AF575536

Joana Marcús

TRES MESES

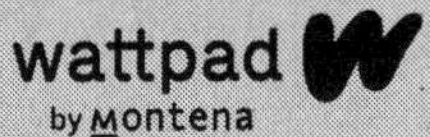

wattpad
by Montena

Tres meses

Primera edición : junio de 2023

penguinlibros.com

ISBN: 978-1-64473-648-7

Impreso en Colombia – *Printed in Colombia*

26 27 28 29 10 9 8 7 6 5 4 3 2

Advertencia:
este libro incluye contenido sensible
relacionado con el consumo de drogas
y relaciones de maltrato.

Para cada Jack
que no sabe cómo enfrentarse a sus miedos,
y que siempre se hace el fuerte
por temor a ser molesto.
Nunca es tarde para pedir ayuda.

Este libro es para ti.

1

Kill Ross

Joder, qué dolor de cabeza.

Me estiré de forma perezosa y, tras unos segundos de hacer el vago, por fin abrí los ojos. Estaba en mi habitación, pero no recordaba haber llegado a ella ni haberme quitado la ropa… y mucho menos haberme traído a la chica que tenía al lado.

Me incorporé lentamente, mirándola. Estaba tumbada de cualquier manera, también desnuda, y con la cara hundida en la almohada. Lo único que alcanzaba a ver era el pelo teñido de rojo y las pecas sobre los hombros.

¿Quién coño era?

Tan discretamente como pude, me incliné y aparté uno de los mechones con la precisión de un cirujano.

De poco sirvió. De pronto, ella roncó con fuerza; yo, alarmado, le solté el mechón y traté de retroceder.

¿Resultado? Caída de culo ridícula y ruidosa en el suelo de mi dormitorio. Y, por consiguiente, que la chica levantara la cabeza de golpe.

Empezamos bien.

—¿Q-qué…? —quiso preguntar, tan confusa como yo.

Y entonces la reconocí. Oh, mierda. Era Terry.

La noche anterior habíamos tenido la reunión anual de antiguos compañeros de instituto, y Will me había convencido para que fuera. No sé cómo se sucedieron los hechos, pero debí de aburrirme de cojones, porque para terminar en una cama con Terry… Lo último que recordaba de ella en el instituto eran las carcajadas que soltó cuando, al darle mi primer beso —cursábamos tercero—, me metió la lengua tan hondo que me entraron arcadas. El resultado fue vomitarle en la alfombra de la habitación y, por descontado, varios años de burlas.

¿Y ahora estaba con ella? ¿En serio? ¿Qué tenía en la cabeza cuando le dije que viniera?

Por la cabeza, nada. Por el hígado, varias cosas.

Bueno, por una noche de borrachera tampoco pasaba nada.

Una noche, dice.

Malhumorado, volví a centrarme en Terry. La situación era un poco incómoda: yo, desnudo y tirado en el suelo; ella, desnuda y con el pelo aplastado por mi almohada. Me miraba confusa, como si no me ubicara del todo.

Lo que faltaba para humillarme del todo era que encima no me reconociera.

—¿Qué...? —repitió, y entonces se le iluminó el cerebrito—. Ah, no jodas... ¿Te has acostado conmigo?

—¿Y cómo sabes que no eres tú la que se ha acostado conmigo? —protesté.

—Porque yo no lo haría ni loca.

—¡Como si yo me muriera de ganas!

Terry se puso en pie y pasó por mi lado sin vergüenza alguna. Su ropa estaba esparcida por toda la habitación, mientras que yo solo conservaba un calcetín y lo llevaba mal puesto.

La viva imagen de una generación.

—Debió de ser un polvo lamentable —murmuró ella mientras—, porque ni lo noto.

—Fíjate si fue malo que no me acuerdo de nada...

Mientras se subía las bragas, Terry enarcó una ceja, con burla.

—¿Cómo vas a acordarte de todos los polvos que echas, Ross? Si no sabes hacer otra cosa.

—¡Sé hacer muchas cosas!

—¡Solo sabes hacer eso! ¡Y encima lo haces mal!

—¡Lo hago de muerte!

—Sí, porque me quiero morir... No me puedo creer que me hayas metido esa cosa que ha estado dentro de medio campus.

Me tapé el pajarillo con las manos. De pronto se sentía insultado.

—No he estado con medio campus —recalqué—. De hecho, no he estado con nadie del campus. Tengo ciertas normas, ¿sabes?

En realidad, solo tenía esa norma. Esa y la de llevar siempre condones encima. La primera, para no tener que cruzarme con nadie con quien hubiera follado —era incómodo de narices—, y la segunda, para prevenir posibles bebitos no deseados —que también eran incómodos de narices—.

—¿«Normas»? —repitió Terry, subiéndose el vestido—. No recuerdo que las aplicaras en el instituto con Maya, con Lizzy, con Stan, con Nana, con Vincent, con Mir, con…

—¡Vale, vale! —Yo también me puse en pie. A esas alturas, ya me sentía un poco ridículo ahí tirado en el suelo—. Ni que tú no te hubieras liado con nadie.

—Yo tenía estándares.

—Y yo también. Por eso te vomité encima en cuanto me besaste.

Toma esa carta reversa.

Ofendida, Terry ahogó un grito y agarró el bolso con todas sus fuerzas.

—¡Que te follen!

—¡Ya te encargaste anoche! ¡Jódete, que lo hemos hecho!

Roja de rabia, salió de mi habitación. Pero yo no estaba conforme con ello, así que fui tras ella. Si me decía algo, no permitiría que se marchara sin que *yo* tuviera la última palabra. Quería ganar la discusión.

En el salón, mis compañeros de piso levantaron la cabeza para contemplar la escena. Sue estaba sentada en el sillón con su portátil mientras Will, sentado en uno de los sofás, miraba los apuntes. Hicieran lo que hiciesen, ninguno de los dos se molestó en disimular que estaban pendientes de cada palabra de la conversación.

Terry, por cierto, ya había llegado a la puerta. La abrió con todas sus fuerzas y se volvió hacia mí. Seguía tan roja como su pelo.

—¡No vuelvas a hablarme en tu vida!

—¡Como si tuviera muchas ganas de hacerlo! —vociferé yo también—. ¡Y ni se te ocurra cerrar de un portazo…!

Tarde. Acababa de hacerlo.

Me quedé mirando la entrada con irritación hasta que oí una risita mal disimulada. Sue sonreía a la pantalla de su portátil.

—¿Algo que decir? —le pregunté, irritado.

—Qué va.

—Curiosa escena —comentó Will.

—La misma que cada mañana —recalcó ella—. Solo que normalmente soy la única testigo.

Sue cursaba el tercer año de Psicología, y pasaba muchísimo tiempo en el piso preparando el trabajo que tendría que entregar antes de las prácticas. Lo que más le gustaba era que, de ese modo, nunca se perdía lo que sucedía en casa.

Todo lo que tenía de rara lo tenía de cotilla.

Todavía recordaba la primera vez que la había visto. Llevaba puesta la misma sudadera gigante y negra que de costumbre, pero su pelo corto y oscuro estaba suelto, y no atado en una coletita. Me había parecido una chica rarísima, y por eso mismo la había aceptado. No había peligro de acostarme con ella —no me tocaría ni con un palo, seamos sinceros— y, además, aportaría algo distinto a la casa.

Will, por otro lado, sí que pasaba poco tiempo por aquí. Obsesionado con estudiar y sacar buenas notas —cosas de gente lista que yo no entendía—, le gustaba pasar el día en la biblioteca con el resto de la gente responsable del campus.

Yo ni siquiera sabía dónde estaba.

A él no le hice entrevista. Nunca hizo falta. Nos conocíamos desde hacía tantos años que prácticamente éramos como hermanos. Habíamos acompañado los buenos y malos momentos de la vida del otro, y me gustaba pensar que así seguiría siendo por el resto de nuestras vidas.

A veces me preguntaba por qué alguien tan genial como Will quería compartir el tiempo con alguien tan desastre como yo. Quizá era simplemente para tener una distracción de vez en cuando.

También recordaba la primera vez que lo había visto; cabeza rapada, piel oscura, ojos grandes y serenos, cuerpo larguirucho… Lo primero que pensé fue que tenía que hacerme amigo suyo para que, en los partidos de baloncesto durante el recreo, se metiera en mi equipo. ¿Quién habría dicho que aquello se transformaría en una amistad para toda la vida?

—Así que cada noche te traes a alguien —observó Will, sacándome de mis ensoñaciones.

Puse los brazos en jarras. No dejaría que me avergonzaran.

—Estoy soltero y tengo ganas de divertirme, ¿qué problema hay?

—Mis horas de sueño son el problema —intervino Sue, indignada—. ¿Es que antes de salir enciendes el radar para encontrar a la gente más ruidosa del local?

—No es que sean chillones, es que yo los hago chillar. Cuando quieras te lo enseño.

Como respuesta, simuló una arcada.

—No finjas que nunca lo has pensado —añadí.

—Lo único que pienso es que estoy harta de verte en tu traje de nacimiento. ¿Puedes hacer el favor de sacarte el calcetín del pie y ponértelo en el tubo de escape?

Extrañado, bajé la mirada. ¿Qué...?

Ups. Me había olvidado de vestirme.

Alarmado, me tapé con las manos y me apresuré a volver a la habitación. Los oí riéndose, pero me dio igual. Seguía con resaca, y mi habitación estaba hecha un asco. Tan solo fui capaz de ponerme los calzoncillos y tirarme sobre el colchón a ver la vida pasar. La cabeza me dolía demasiado como para considerar algo más.

No sé cuánto tiempo había trascurrido cuando Will llamó a la puerta de la habitación. No esperó respuesta para asomarse.

—Buenos días, princesita —bromeó.

—Vete a la mierda.

—Mejor me voy a casa de mi padre, que hemos quedado en que lo ayudaría con unas cuantas cosas —dijo con una sonrisa—. Necesito un pequeño favor, tío.

—Más te vale que no implique levantarse de la cama.

—Va a ser que sí. Alguien debe llevar las cosas de Naya a la residencia. Me dejó la llave para que lo hiciera yo, y no puedo. Necesito que vayas tú.

—Supongo que la opción de preguntárselo a Sue está descartada.

—Ni siquiera me la he planteado. ¿Puedes hacerlo, por favor?

Ojalá me lo hubiera pedido cualquier otra persona, porque no habría tenido problema en decirle que no.

Peeero... era Will. Así que no me quedó otra.

Comí algo, me vestí y arreglé el desastre de habitación, bajé al garaje y cogí la maleta del coche de Will para meterla en el mío. De camino a la residencia, no dejé de bostezar y de frotarme los ojos. Puto sol. Cómo molestaba. Ya podría haber alguna nube por ahí, jodiéndole el día a la gente feliz.

Si había algo peor que la resaca era tenerla en una sala llena de gente. La entrada de la residencia estaba atestada de coches aparcados en doble fila, gente despidiéndose y muchas muchas lágrimas.

No entendía nada. ¿Los padres no se alegraban de que sus hijos se fueran de casa para estudiar? Así tendrían más espacio.

Es que no todos son tan sensibles como tú.

Admito que soy la clase de persona que pone la oreja para escuchar los dramas de los demás, así que estuve cotilleando todas las escenas con las que me crucé mientras arrastraba la maleta —pesadísima, por cierto— de Naya.

—¡Pórtate bien! ¡Y recuerda que el número de emergencias es…! —decía una persona muy dramática.

—¿Estás segura de que lo llevas todo? Mira que si tenemos que volver… —decía uno que miraba ansiosamente la hora.

—Ni siquiera estoy segura de entender qué implica eso de… tener una relación abierta —decía otra, y sonaba a que pronto no tendría relación, ya fuera abierta o cerrada.

—¿Qué número de habitación era? —preguntaba la chica ansiosa que había junto a la entrada.

En ese punto dejé de cotillear porque me detuve para subir la maleta por los escalones de la residencia. La recepción, tal como había sospechado, estaba abarrotada. Todo el mundo charlaba, subía y bajaba escaleras, miraba folletos de la universidad, jugueteaba con las llaves… y ahí estaba Chris, hermano de Naya y cuñado de mi mejor amigo. Sumamente agobiado, se deshacía tan rápido como podía de todo el mundo. Aunque, a decir verdad, siempre parecía un poco ansioso.

En cuanto me vio, frunció los labios con disgusto al tiempo que los míos dibujaban una sonrisita maligna.

—¡Chrissy! —exclamé.

—¡No me llames Chrissy!

Ah, el placer de molestar a alguien. Pocas cosas alcanzaban ese nivel.

—Vale, Chrissy. —Mientras él gruñía, levanté la maleta lila para enseñársela—. Necesito subir a la habitación de tu hermana, pero no sé cuál es.

Pero con Chris las cosas nunca resultaban tan fáciles.

—El primer día solo pueden subir familiares.

—¡Si somos como una familia!

—En ese «como» se incluyen las normas de la residencia. No puedes subir.

—Venga, ¿qué habitación es?

—Es la treinta y tres, pero de verdad que no puedes subir. Si mi jefa se entera…

—Le diré que soy su primo segundo de Suecia. ¿Qué más da?

Chris suspiró con pesadez, como hacía cada vez que estaba a punto de ceder.

—Naya no querría que subieras tú —recalcó.

—¿Y por qué no?

—¡Porque no quiere que molestes a su compañera de habitación! ¡Y a mí me da miedo que te presentes aquí para verla!

—Puedes estar tranquilo, no iba a hacerlo.

—¡Eso mismo dijiste respecto a Lana!

—Y aún tengo pesadillas. ¿Quién es la chica nueva?

—No lo sé.

—Vamos, seguro que lo has mirado.

—¡Solo por encima! —admitió, rojo de vergüenza—. Pero porque es mi hermana pequeña y quiero saber con quién le toca, ¿eh? Y la chica parece… Uy, creo que es esa de ahí.

De eso nada. No le dejaría desviar el tema de conversación. Iba a subir la jodida maleta y luego regresaría a casa para hibernar en paz.

—Bueno, voy para arriba —declaré.

—No puedo dejarte subir, Ross. El primer día está prohibido que entre nadie que no sea un familiar. En especial, un chico. Y lo sabes.

Yo lo sabía, y él sabía que me importaba un bledo.

Tablas.

—Y lo sabes —lo imité en un tono irritante.

—¿Puedes tomarme en serio por una vez en tu vida?

—¿Puedes tú no discriminarme por una vez en tu vida?

—Ross, es una residencia femenina.

—Gracias, no me había dado cuenta.

—… y tú no me pareces una chica.

—Tú tampoco lo pareces y veo que trabajas aquí.

Chrissy empezó a agitar los brazos, como cada vez que se estresaba.

—¡Yo soy un trabajador competente y profesional que…!

Y, tras una conversación tan aburrida como todas las que teníamos cuando se enfadaba por mi culpa, sugirió que lo hiciera Will. Casi me reí en su cara.

—¿De verdad crees que estaría aquí si Will hubiera podido venir? —mascullé.

—La verdad es que no.

—Eres muy hábil.

—¿Y por qué no ha podido venir?

—Porque nuestro querido Will está muy ocupado y se cree que tengo cara de chico de los recados.

—¿Y es más importante lo que sea que esté haciendo que su novia?

—¿Y a mí qué me importa? Mira, me he despertado hace veinte minutos. He dormido dos horas. O incluso menos. La cosa es que me muero de sueño. Y esta maleta pesa más que mi vida. Y tengo mucha mucha hambre, Chrissy. Lo único que me interesa es irme de aquí para poder comerme la pizza fría que me sobró anoche y dormir hasta dentro de diez años. —Me apoyé en el mostrador, enarcando una ceja—. ¿Me vas a dejar subir la maleta de Naya para que cada uno siga con su vida o vas a seguir insistiendo en que no lo haga?

Finalmente, Chrissy salió de su cuadrícula de normas y perfección.

—Está bien. Pero ¡márchate enseguida, que si te ven…!

—Si yo soy muy discreto, ya me conoces.

Cuando le guiñé un ojo, Chrissy enrojeció un poco y señaló a la chica que había estado esperando un rato a mi lado.

—Tengo mucho trabajo, Ross, así que si me disculpas…

—El hombre ocupado.

Cuando se puso a hablar con la siguiente, me encaminé a las escaleras. O más bien pensé en hacerlo. Porque, mientras me volvía, la compañera de Naya pasó por mi lado. Me rozó el brazo con el suyo, pero creo que ni se dio cuenta. Daba igual. Sirvió para que la mirara.

Y vaya si la miré.

Se había apoyado con los codos en el mostrador. Era un poco bajita, porque yo llegaba de sobra, pero ella estaba casi de puntillas para apoyarse bien. Tenía la maleta —mucho más pequeña que la de Naya— al lado y una mochila de color rojo chillón colgada de los hombros.

Por algún motivo, primero de todo me fijé en que, mientras hablaba, no dejaba de colocarse un mechón de pelo tras la oreja.

Quizá estaba nerviosa, quizá era una manía, pero me quedé mirando el gesto más tiempo del estrictamente necesario.

La actitud de Chrissy cambió totalmente con ella, así que supuse que le había caído bien. Incluso sonreía, un hecho histórico. Ella tensó un poco los hombros bajo el jersey color mostaza, pero supuse que se debía a los nervios. Bajé un poco más la mirada, interesado. Tenía las curvas muy marcadas, y supuse que llevaba esos pantalones anchos para disimularlas. Una parte de mí deseó que hubiera optado por una falda, y así poder verla mejor, pero estaba muy contento con las vistas. Especialmente con las de su culito redondo y respingón.

Ha desaparecido el dolor de cabeza, ¿eh?

Me obligué a mí mismo a volverme hacia las escaleras. Era la compañera de Naya y, sobre todo, estaba en el campus. No incumpliría una norma, para dos que tenía...

Saqué la llave del bolsillo y subí el primer peldaño. Sin embargo, ahí me detuve, y desconocía el por qué. O, mejor dicho, lo sabía a la perfección. Miré por encima del hombro, la chica seguía apoyada en el mostrador.

Verás como se entere Naya...

¡Hablar con ella no le haría daño a nadie!

Eso dices antes de cada maldad.

Con una sonrisa malvada, me guardé la llave en el bolsillo.

Llegué justo a tiempo para ver que Chrissy dejaba la otra copia en la mano de la chica nueva.

—Déjame la llave —le exigí—. Tu hermana no está.

No me dejes la llave, Chrissy.

—¿Y dónde está?

—Oye, es tu hermana, no la mía. Deberías saberlo mejor que yo.

—No tengo otra copia de la llave, Ross.

No me la dejes. Vamos, Chrissy, haz algo bien.

Por su cara, deduje que no iba a ayudarme. Así que tuve que arriesgar el plan a un todo o nada.

—Muy bien —sonreí—. Pues sus cosas se quedarán en el pasillo, a merced de ladrones de bragas y cotillas de maletas.

Vi por el rabillo del ojo que la chica agachaba la cabeza para disimular una sonrisa. Tuve que contenerme para no esbozar otra, de orgullo. Iba por buen camino.

E-es decir…, no es que me interesara ir por buen camino. Era, simplemente, el espíritu de querer ganar.

Ajá.

—Puedes esperar un momento a que termine de hacerle la presentación individual a Jennifer —sugirió Chris, y la señaló— y luego ella te abrirá la puerta. Si no te importa, claro —añadió, mirándola.

Te quiero, Chrissy.

La dueña de mi nuevo nombre favorito me miró con curiosidad, así que me permití el lujo de hacer lo mismo. Tenía una cara común pero bonita: nariz respingona, ojos marrones, labios rosados y piel olivácea. Su cabello castaño, que le llegaba por los hombros, estaba un poco despeinado por el viento de fuera. Y, sin dejar de mirarme, se colocó el mismo mechón de antes tras la oreja.

Fue ella quien rompió el contacto visual para mirar a Chrissy, aunque yo seguí observándola unos segundos más sin darme cuenta.

Seguía esperando una respuesta al asunto de la llave, por cierto. Ella dudó un momento.

Di que sí. Di que sí. Di que sí, vamos.

—Eh… —empezó.

¡Di que siiiiii!

—No hay problema.

Tuve que contenerme para no verbalizar el salto mortal que acababa de dar mi conciencia a modo de celebración.

—Mira —dije, obligándome a sonreír a Chrissy—, un poco de simpatía, para variar.

Chris pasó de mí y empezó con la presentación que hacía cada año a las novatas. Admito que desconecté un poco. Me centré en uno de los pósteres de seguridad de las paredes, porque como continuara mirándola a ella empezaría a darle mal rollo.

—Si necesitas algo —siguió él—, me llamo Chris y soy…

—El que se encarga de que no entren chicos sin permiso —murmuré—. O, al menos, lo intenta.

Mis palabras surtieron el efecto deseado. La mirada de ojos castaños de Jennifer volvió a mí y, por un instante, me pareció que iba a sonreír.

Pero el idiota de Chris tuvo que volver a hablar.

Ya no te quiero tanto, Chrissy.

—… el encargado de mantener la paz en esta residencia —me corrigió él, y volví a perder toda la atención de la personita que tenía al lado—. Me alojo en la habitación uno. Es la primera puerta del primer piso. Si necesitas algo pasadas las doce de la noche, me encontrarás ahí.

—Y si no, lo encontrarás jugando al *Candy Crush* aquí —añadí.

Nunca me he alegrado tanto de una decisión como lo hice en ese momento por haber escondido la llave. Pues esa vez sí que me miró. Y, además, me dedicó una pequeña sonrisa.

Chris volvió a hablar, pero no le presté la más mínima atención. Podría haber caído un rayo a mi lado, y mi atención no se habría desviado. Ella sí que lo escuchaba, y atentamente, quería que Chris no se sintiera ignorado. Parecía buena persona.

Vaya, entonces yo no le caería muy bien. Seguro que le iban más los tipos como Will, que se asemejaban más a ella. Yo no. Yo solo sabía molestar.

Sin embargo, seguiría intentando que se fijara en mí, claro. Aunque fuera solo en el trayecto del mostrador a la habitación.

—La seguridad es lo primero —oí que decía Chris—. Regalo de la facultad. Solo uno.

En cuanto vi que se le teñían las mejillas de rosa pálido, volví la cabeza para ver qué le enseñaba. Una cesta de condones.

Interesante reacción.

—Yo te recomiendo los de fresa —le dijo Chris—. Es el sabor más solicitado.

—¿A ver? —murmuré, rebuscando en la cestita.

En cuanto vio que cogía todos los que podía, él dio un respingo.

—¡Solo uno!

Agarré uno cualquiera. Multifruta. El suyo era de mora. Vaya mierda, ya había probado los dos.

Ella, por cierto, enrojeció todavía más al meterse el condón en el bolsillo. Casi parecía que no sabía qué hacer con él. Si el problema era ese, estaba más que dispuesto a enseñarle cómo se usaban.

O lo estaría si no fuera la compañera de Naya, claro. Porque lo era. Y porque no intentaría absolutamente nada.

Chris se despidió de nosotros, y Jennifer dio un respingo cuando él chilló para que pasara la siguiente. Yo ya le estaba dando el tercer repaso consecutivo. Me consideraría más pervertido de lo que era en realidad. Tenía que controlarme un poco.

Vale, lo mejor sería hablar. Así me distraería.

—Entonces… ¿tienes la llave?

Ella carraspeó y me enseñó la palma de la mano. Se mordía las uñas. No sé por qué me fijé en ese detalle.

Tuve que reprimir una sonrisa maligna al ver la copia exacta de la llave que seguía en mi bolsillo.

—A no ser que me haya engañado —bromeó—, la tengo.

Oh, así que teníamos un poco de sentido del humor, ¿eh?

—Genial, vamos, te ayudaré.

Levanté su maleta con ganas —aunque tenía más ganas de llevarla a ella, la verdad— y la seguí hacia las escaleras. No pesaba ni la mitad que la de Naya, que seguía en mi otra mano. Jennifer subió tras de mí y, por un momento, me arrepentí de haber dejado que se pusiera ella detrás; me perdía las vistas panorámicas. Y me conformé con darle un último repaso mientras se peleaba con el cerrojo de la habitación.

En cuanto abrió, comprobé que era una mierda, igual que lo había sido la de Lana en su momento. No me cupo ninguna duda de que se sentía decepcionada. La pobre intentó disimularlo, pero sus ojos eran demasiado expresivos.

—Bueno —forzó una sonrisa—. No está tan mal.

Me miraba como si esperara mi confirmación. Normalmente, como primer impulso habría soltado un comentario que la devolviera a la realidad. Sin embargo, fui incapaz de arruinarle el primer día, especialmente cuando me miró con esos ojos castaños y apenados.

—Al menos, no es un basurero —murmuré, sin saber qué más decirle.

Empujé ambas maletas hasta que quedaron entre las dos camas individuales. Jennifer me echó una mano y, en cuanto estuvieron colocadas, contempló la de su compañera con inseguridad.

—¿Conoces a la chica que dormirá ahí? —me preguntó inocentemente.

Parecía que su pregunta iba en serio, así que no supe si soltarle una respuesta irónica. De hecho, me pareció extrañamente tierna. No había mucha ternura en mi vida, así que me dejó un poco descolocado.

—¿Yo? No. —Conseguí recomponerme—. Es que me gusta transportar maletas de desconocidos. Es la pasión de mi vida.

Igual que mirar el culo a las dueñas de esas maletas.

—Es la novia de mi mejor amigo —añadí al ver que agachaba la cabeza y enrojecía por enésima vez. De pronto, me sentía culpable—. Se llama Naya.

Y será tu peor pesadilla.

—¿Y es...? —Otra vez, el mechón de pelo—. ¿Es simpática?

—Bueno, lo es cuando le interesa serlo. También puede llegar a ser muy persuasiva.

—¿Qué quieres decir?

—Ya lo entenderás cuando te veas a ti misma haciendo cosas que no te apetecían hacer porque ella ha conseguido convencerte.

Me miraba como un corderillo asustado. Madre mía, Naya iba a destrozarla.

Mejor ella que yo, que ya había dado un paso en su dirección sin darme cuenta. Tragué saliva —de pronto me sentía tenso—, miré la puerta. Sí, quizá lo mejor era marcharme. No quería arriesgar más las cosas, bastante tensa había dejado ya la cuerda.

—Bueno..., si me disculpas, mi trabajo de transportista ha concluido.

Jennifer me sonrió con cierta ternura. Me gustó bastante más de lo que habría llegado a admitir.

—Sí, claro, gracias por ayudarme con la maleta.

—Un placer.

Demasiado placer.

Y quise añadir algo. Quise decir algo que la hiciera reír o para que, al menos, no se olvidara de mí a los cinco minutos, pero no se me ocurrió nada. Por primera vez en mucho tiempo, me quedé en blanco. Y, tras mirarla un instante más, no me quedó otra que marcharme.

2

El bueno, el feo y el puerco rojo

—¿Te encuentras bien? —me preguntó Sue.

Miré el móvil, cansado. Me había hablado una chica que, al parecer, había conocido unas noches atrás. Ni siquiera me acordaba de ella, pero tras mirar un rato su foto de perfil, no me pareció un mal plan. Además, no tenía mucho más que hacer. Bueno, Will iba a traer a Naya para cenar, pero no me interesaba quedarme a verlos.

Ross: Te paso a buscar dentro de una hora.

Chica del bar cuyo nombre no recuerdo: Genial ☺

—¿Por qué no iba a estar bien? —respondí por fin a Sue.

Acababa de sentarse en el sillón, se había traído una cerveza.

—Porque sigues aquí —recalcó—. ¿No tienes una cita? ¿Tus días de libertinaje han llegado a su fin?

—Ya te gustaría. He quedado dentro de una hora.

—Era demasiado bonito para ser cierto…

—¿Estás celosa, Sue? Ya sabes que solo tienes que decirlo y…

—Lo único que te pido —me interrumpió, señalándome con un dedito— es que no hagas ruido. Ni tú, ni tu estúpida cita. Estoy hasta los ovarios de no poder dormir por tu culpa.

—Sabes que hay una cosita llamada *tapones para los oídos*, ¿no?

—Sabes que hay una cosita llamada *hotel*, ¿no?

—¿Y tú qué? —desvié un poco el tema—. ¿Te quedas para la reunión de la parejita? Tan solo se besuquearán y pasarán de nosotros.

Sue se encogió de hombros, poco interesada.

—No tengo nada más que hacer.

—Pues yo pienso desaparecer en cuanto crucen la puerta…

—¿En serio? —Ella agudizó su mirada de investigadora—. Pensé que te quedarías solo por curiosidad.

Lo había mencionado mientras yo me ponía en pie para ir a cambiarme. Por supuesto, me senté de golpe. La miré con la misma intensidad que me dedicaba ella.

—Explícate.

—¿Qué me das a cambio?

—¡No puedes dejar el chisme al aire de ese modo! ¡Es ilegal!

—Tienes suerte de encontrarme de buen humor —aseguró—. La compañera de habitación de Naya viene con ellos.

Mi cerebro tardó tres segundos exactos en visualizar a la chica de ese mediodía.

A ver, esa mañana no había hecho nada. ¡Me había portado de maravilla! ¡Había sido un amigo excelente! Pero, claro…, si me la traían directamente a casa… ¿en serio pretendían que no lo intentara?

—¿No tenías que prepararte para tu cita? —preguntó Sue sin borrar la expresión de interés.

La puerta se abrió justo en ese momento y me giré en redondo, encantado.

—¡Por fin! Me estaba muriendo de hambre.

—Yo también me alegro de verte de nuevo —dijo Naya desde la entrada.

Lo que me interesaba era mirar a la chica que había justo a su lado, claramente nerviosa, pero disimulé un poco y me centré en Naya.

—Genial —ironicé—, hemos pasado de la tranquilidad absoluta a tener que escuchar gritos en estéreo todo el día.

Ella puso los brazos en jarras, ofendida.

—Si yo nunca me enfado.

—¿Y quién ha hablado de enfadarse?

Joder, cuando se ponían a hacerlo eran insoportables.

Will me lanzó su chaqueta para acallarme, y yo la lancé al sillón, junto a Sue. Ella pasó de todo el mundo y simplemente abrió su bolsita de comida.

Jennifer se había cambiado de jersey, por cierto. Era un poco más estrecho que el anterior, pero le quedaba igual de bien.

—Veo que aún no has salido corriendo —le comenté.

—No la asustes —me advirtió Naya, ya irritada pese a que acababa de llegar—. Es mi compañera de habitación. Y quiero que siga siéndolo.

La aludida me miró con sorpresa. Mierda.

—¿Qué insinúas? —pregunté a Naya.

—Que eres un pesado —remarcó, sujetando a su amiga—. Ven, siéntate con nosotros.

La cabrona se la llevó al otro sofá y la alejó de mí lo máximo posible. No estaba de acuerdo con esa distribución, pero tuve que aguantarme.

Bueno, si no podía acercarme a ella, habría que atraer su atención.

—Acaba de llegar y ya me está insultando —le dije a Will.

Él sonrió, pero a Naya no le hizo ninguna gracia.

—No la asustes —me repitió esta.

Jennifer me miró en busca de algo que pudiera espantarla. Mierda. No quería asustarla tan rápidamente. Habría que desviar el tema. Y con urgencia.

—¡Yo no asusto a nadie! Además, si quiere vivir contigo, tendrá que saber que tú y Will sois como un combo. Aguantar a uno implica aguantar al otro.

Jennifer dio un respingo, alarmada, entonces intervino:

—¿Qué?

Misión de distracción: completada con éxito.

—Cuando no puedas dormir ninguna noche de la maldita semana por el ruido que hacen, ya volveremos a tener esta conversación.

Will vio que su novia se enfadaba, y, como siempre, decidió poner paz al asunto:

—Déjalo, Jenna. Todos hemos aprendido a ignorarlo.

Naya se apresuró a tomar la delantera de nuevo, también como siempre. Le gustaba llevar la voz cantante. Nos presentó a Sue y a mí. Mientras que la primera no se molestó en levantar la cabeza, yo me aseguré de dedicarle mi mejor sonrisa a su compañera de habitación.

—¿Ross? —repitió. Podría acostumbrarme a que dijera mi apellido todas las veces que quisiera—. ¿Es el diminutivo de algo?

Una parte de mí se sintió un poco incómoda cuando pensé en

mi padre, así que bajé la mirada a los palillos que estaba deshaciendo.

—Es mi apellido —murmuré—. Me llamo Jack Ross, pero todo el mundo me llama Ross.

—Su padre también se llama Jack —le aclaró Will.

Sí, y no dejaría que me llamaran como a ese gilipollas.

—Y yo dije que, como me llamaran Jack Ross júnior, me cortaría las venas —concluí.

Ella sonrió.

Pequeñas victorias.

Y se puso a hablar de su pueblo y de no sé qué sobre las universidades mientras yo intentaba participar y, a la vez, mandaba un mensaje a mi cita para decirle que habría que posponer la velada. Estaba ocupado. Y lo que —esperaba— me mantendría ocupado decía en aquel momento que tenía una relación abierta con su novio; recordé entonces la conversación que había escuchado ese mediodía.

—No sé si se lo ha inventado él —murmuró Jenna—, pero dice que es cuando dos personas se quieren, pero pueden acostarse con otras.

En mitad de la conversación había aprovechado la oportunidad y la había situado a mi lado, por lo que ahora la tenía sentadita junto a mí. Le miré disimuladamente las rodillas. También se había cambiado de pantalones. Esos eran más estrechos.

—Nunca entenderé la vida en pareja —comenté. Entonces vio que la miraba, así que tuve que improvisar—: ¿Te vas a comer todo eso?

—Todo tuyo.

Incluso me sonrió. No se había dado cuenta de nada. Era demasiado inocente.

Mientras recogía el plato con una sonrisita, Naya me crucificó con la mirada desde el otro lado del salón. En cuanto su amiga se fuera, me caería una bronca preciosa.

—Me gusta esta chica —le dije para irritarla.

Will debió de percibir sus ganas de matarme, porque se apresuró a intervenir:

—Igual deberíamos intentarlo nosotros, cariño —bromeó—. Ya sabes, eso de acostarnos con otros.

Aproveché que estaban ocupados y miré el móvil. La chica me

estaba llamando de todo por dejarla plantada. Tampoco podía culparla. Finalmente, decidí dejar de responderle por un rato. Ya le contestaría cuando se hubiera desahogado.

Y entonces Jenna se pegó un poco más a mí. La miré, y me decepcionó un poco ver que se debía a que Sue le acababa de arrancar un cojín de la mano.

—Pedir perdón no soluciona nada —espetó esta de malas maneras.

Oh, había intentado tocar sus cosas. No había mayor error en la vida que tocar las cosas de Sue. Pasaba de todo el mundo, sí, pero ese era su límite. Era mejor no cruzarlo.

—No te lo tomes como algo personal —sugerí a Jenna—. Está así de loca con todo el mundo.

Sue me miró con mala cara.

—No estoy loca, idiota.

—Vale, vale. Entonces no estás loca. Solo estás mal de la azotea.

Me sacó el dedo corazón, pero pasé de ella. Acababa de darme cuenta de que Jenna contemplaba con incomodidad a la parejita. Habían empezado con el besuqueo y, lógicamente, no prestaban atención a nadie más.

Así que… ¡por fin había llegado mi momento de brillar!

Suerte, maestro.

—¿Y si vamos arriba y pasamos de estos dos? —le pregunté.

—Yo también existo —comentó Sue, aunque tampoco parecía muy afectada.

—¿Y quieres venirte arriba?

—Antes prefiero la muerte.

—Pues eso. ¿Te vienes?

Eso último lo había repetido mirando a Jenna, y me resultó obvio que dudaba.

Venga, di que sí. Di que sí.

—Sí, vamos —accedió finalmente.

—Menos mal que hay alguien que no es aburrido.

Tenía muchas más ganas que habitualmente de subir a la azotea. Prácticamente salí de casa dando saltos. Jenna me seguía con una sonrisa que se le borró en cuanto me acerqué a la ventana del final del pasillo. La abrí y le hice un gesto, pero no se movió.

—¿Qué haces? —preguntó—. Hace frío.

—Tenemos que pasar por aquí. Vamos, te ayudaré.

—¿Ayudarme? ¿A qué?

—A saltarla. Mira.

A modo de demostración, abrí un poco más la ventana para que se asomara. Al ver la escalera de incendios, por lo menos se calmó un poco.

—¿Vamos a subir por ahí?

—Es seguro. O, al menos, nadie se ha matado en lo que llevamos viviendo aquí.

—Con mi suerte, seguro que yo soy la primera.

Jenna suspiró; finalmente, aceptó mi mano para que la ayudara a pasar. Aterrizó torpemente al otro lado y me esperó. En cuanto estuve junto a ella, empujé la ventana para que no se cerrara, y le hice un gesto para que subiera.

Esa vez no se libraría de ir delante. Sonreí con malicia.

En cuanto llegamos arriba, arqueó las cejas. Le gustó nuestro pequeño chiringuito. Al llegar al piso, Will y yo habíamos subido unas sillitas plegables para poder fumar sin que Sue nos lanzara objetos punzantes a la cabeza. Con el tiempo, también habíamos dejado ahí unas mantas y una nevera portátil donde guardábamos las mejores cervezas.

—No está mal, ¿eh? —le comenté.

En cuanto se metió las manos en los bolsillos traseros, me apresuré a pasar por su lado, no quería mirarlo. Mierda, ¿qué tenía?, ¿catorce años? Debía centrarme un poco.

—¿Qué hacéis cuando llueve? —quiso saber.

Ocupé una de las sillas plegables, y ella se sentó en la otra.

—Correr a esconderlo todo.

—¿Y si no llegáis a tiempo?

—Entonces esperamos a que se seque. ¿Tienes sed?

Jenna me sonrió —¡bien!— y aceptó la cerveza que había sacado de la nevera portátil. Le dio un sorbo pequeño y miró alrededor con curiosidad.

—¿A vuestros vecinos no les importa que tengáis esto aquí?

Sinceramente, me daba absolutamente igual la existencia de los vecinos. Ella se había estirado y ahora su pierna rozaba la mía. Y lo peor no era que yo me hubiera puesto nervioso, sino que ella no parecía haberse dado cuenta.

Tuve que aclararme la garganta antes de responder:

—Nunca sube nadie.

¿Cómo le pueden quedar tan bien unos vaqueros?

—¿Y cuál es el plan si alguna vez suben?

¿O un jersey?

—El plan A es invitarlos a una cerveza y que se unan a nosotros.

Tengo que mandar una carta de agradecimiento a la empresa que ha fabricado esos pantalones.

—¿Y el plan B?

Mierda, hora de volver a la conversación. Intenté disimular levantando la cerveza, como si hiciera un brindis.

—Tirarlos por la azotea. No puede haber testigos del crimen.

El resultado fue perfecto: se echó a reír. Música para mis oídos.

—Pues es un sitio precioso —aseguró, dando otro sorbo a la cerveza—. Quitando las fábricas abandonadas del fondo.

—Si imaginas que son bosques, parece más bonito.

Sonrió de nuevo, y yo volví a ponerme nervioso. Me encendí un cigarrillo, solo para tener una distracción, y fui fumándolo a medida que avanzaba la conversación.

Me pareció bastante más interesante de lo que había esperado. Resultaba que nuestra querida Jenna no solo tenía novio —algo que ya me suponía un problema—, sino que encima era un capullo integral. Fácil de librarse de él. Aunque tampoco es que me interesara, claro. Era la compañera de habitación de Naya. No había que olvidarlo.

También descubrí otros atributos muy interesantes, como que solía tocar el triángulo —muy glamuroso—, que había hecho ballet pero lo había dejado —tampoco parecía muy apenada—, que en el instituto no había sido muy popular —se le notaba— y, lo más interesante: tenía un total de cero aficiones. No leía libros, no tenía *hobbies*…

—No me gusta mucho el cine.

En cuanto lo soltó, oí cómo se rompía mi corazón. Adiós a la perfección que había manejado hasta ese momento. Podía perdonarlo todo menos eso.

—¿Y qué haces para vivir? —le pregunté, olvidándome de usar un tono que disimulara mi sorpresa—. ¿Escuchar música? ¿Jugar al dominó? ¿Mirar paredes?

—No me gusta el dominó, las paredes no son mi punto fuerte

y la música no está mal, pero soy muy selectiva, así que no escucho demasiada.

Seguía sin poder creerlo y debía de manifestárseme en el rostro, porque ella no dejaba de sonreír.

Bueno, por lo menos se lo estaba pasando bien. Menos es nada.

—¿Y se puede saber qué te gusta? —quise saber.

—¡Muchas cosas!

—¿Por ejemplo…?

—Pues… me gustaba bailar ballet. Hasta que mi madre bañó en café a mi profesora.

Ya no sabía si reírme o llorar. ¿De qué galaxia había salido esa chica? ¿Qué hacía para divertirse?

—¿Y ahora?

—Me gusta ver los *realities* de la tele. Sobre todo, si se pelean mucho.

Bueno, está claro que la perfección no existe.

Tenía tantas cosas por decir que me callé por unos instantes; finalmente, le pregunté de nuevo sobre lo que más me interesaba:

—Vale, volvamos al tema de las películas. ¿No has visto ninguna película? Eso es imposible.

—Claro que he visto alguna —protestó, airada.

Gracias.

—Menos mal. Ya te daba por perdida. ¿Cuántas?

—He visto *Buscando a Nemo.*

Retiro el «gracias».

—La cumbre del cine de cultura —murmuré.

—Es que a mi novio no le gusta el cine.

Oh, tenía que estar bromeando.

—No te estoy preguntando lo que le gusta a tu novio, te estoy preguntando lo que te gusta a ti.

Quizá lo solté con cierta brusquedad, pues se quedó en completo silencio. Llegué a pensar que la había ofendido, pero entonces me di cuenta de que no estaba enfadada, sino sorprendida y confusa, como si aquello la hubiera pillado desprevenida.

Al cabo de unos instantes, carraspeó y fingió que no había pasado nada. Y, sobre todo, que aquella frase no le había afectado en absoluto.

—¡Es que me aburren las películas! —protestó—. Son tan largas, con todos esos diálogos larguísimos y esos planos interminables…

Solo con eso ya se me olvidó su reacción anterior. Respiré hondo. Muy hondo.

No seas cabrón.

Me sentía tentado a serlo.

—Será porque no las ves bien —conseguí mascullar.

—¿Se pueden ver mal?

—Pues claro que sí. A ver, ¿no has visto nada de Disney?

—Sí.

Gracias.

—¿Cuál?

—*Buscando a Nemo.*

Lo reitero.

—Ni siquiera estoy seguro de que eso sea de Disney.

—Entonces, no.

—Madre mía.

—¿Qué?

—Madre mía, pequeño saltamontes.

—¡Deja de decir «madre mía» y respóndeme! —protestó, divertida—. ¿Qué tiene de malo?

¡Todo!

—No has tenido infancia.

—Claro que la he tenido. Solo que… en casa poníamos deportes por mis hermanos, no veía muchas películas.

—¡No veías ninguna!

—¡Vi la de Nemo!

—Es que no entiendo cómo has podido pasar por la vida sin ver películas como…, yo qué sé…, ¿*El rey león*?

—No me suena.

Continuamos con la conversación, pero solo recuerdo los cortocircuitos en mi cerebro. No me lo podía creer, ¡estaba ante un espécimen no descubierto de la raza humana! ¡No había visto ninguna película de Disney!, ¡no me lo podía creer!

Vale, a la mierda el plan de ligármela. En la escala de cosas importantes en la vida, el cine estaba muy por encima de echar un polvo con la compañera de habitación de Naya.

Siempre tan romántico.

—Soy muy feliz así —aseguró la pobre ilusa.

—No, no lo eres. Lo serás dentro de una hora y media, cuando terminemos de ver *El rey león*.

Sin dejar que protestara, salí disparado hacia las escaleras. Oí sus pasos apresurados tras de mí.

Que las películas le aburrían... Qué pecado.

En el salón, encontramos a Naya y a Will metiéndose mano. La primera me miró con sospecha, pero en cuanto descubrió que Jenna no había visto la película, supo que mi intención no era otra que culturizarla un poco.

Entré en mi habitación como un rayo, y Jenna cerró tras de sí. Mientras ella miraba alrededor, lancé la libreta de apuntes a un lado para hacerme con el portátil.

—Prepárate para que cambie tu vida —mascullé.

Ella no le dio mucha importancia. Estaba mirando mis pósteres con curiosidad.

A ver, quizá no era la habitación más glamurosa del mundo, estaba repleta de referencias de películas, pero reflejaba a la perfección lo que me gustaba, y eso era lo importante.

Nunca me había importado que a la gente no le gustara mi dormitorio, pero de pronto me creaba un poco de inseguridad que ella no lo aprobara. La miré de soslayo. Necesitaba decir algo. Me estaba poniendo nervioso.

—Puedes quitarte las botas.

—¿Cuál es esta de la espadita china? —preguntó mientras lo hacía.

¡¿Espadita china?!

Por el amor de Tarantino...

—No es una espadita china, lista —recalqué, ofendido—. Es una katana. Y las katanas son japonesas.

—Oh, perdóneme usted. ¿Y qué película es?

—*Kill Bill.* De Tarantino. Un clásico. Y una de mis favoritas.

—Tampoco la he visto.

Y yo tampoco me la imaginaba viéndola.

—Me lo imaginaba.

—¿Y si la vemos? Ahora tengo curiosidad.

—Te recomiendo empezar tu inmersión cinéfila por Disney, que es más suave. No creo que estés psicológicamente preparada para Tarantino.

Jenna siguió husmeando mientras yo buscaba la película. Por la cara que puso, deduje que mi habitación tampoco le desagradaba tanto, así que me relajé un poco.

Al menos, hasta que me preguntó:

—¿Te gusta el baloncesto?

Habían pasado años y aún me tensaba cada vez que alguien me hablaba de ese estúpido deporte. Me revolví, un poco incómodo, como si la cicatriz de la espalda me hubiera mandado una señal de alerta.

—Me gustaba. —Forcé una sonrisa—. Ahora me aburre.

—Parece que eras bueno.

Tuve que poner toda mi intención para que no se me borrara la sonrisa.

—Sigo siéndolo.

—¿Y humilde?

Eso sí que me dibujó una sonrisa real.

—Eso no lo he sido nunca. Ven. Ya tengo la película.

Me hice un poco al lado para dejarle espacio. Menuda diferencia con esa mañana: Terry me había lanzado una almohada a la cabeza. Ella se la acomodó tras la espalda y movió un poco el portátil para que también yo pudiera ver bien. El detalle me gustó.

Creo que no me enteré de la película, pero daba igual, porque me la sabía de memoria. Mi atención estaba más centrada en observar sus reacciones; si no eran suficientemente expresivas, me sentía ofendido y fruncía el ceño mirando la pantalla; si lo eran demasiado, sospechaba que solo fingía para que yo no me ofendiera. No llegué a determinar cuál de ambas me sentaba peor, solo sabía que, de haber estado Will en mi habitación, se habría partido el culo conmigo.

En cuanto se cerró la última escena y empezaron los créditos, volví la cabeza hacia ella. Necesitaba una reacción final.

—¿Y bien?

—Mmm…, no ha estado mal.

Casi me dio un ataquito.

—¡¿Que no ha estado mal?! Acabas de ver mi infancia en una hora y media, ¡¿y tu conclusión es que no ha estado mal?!

Jenna intentaba no reírse con todas sus fuerzas.

—A ver… Sí, vale, me ha gustado. La música está bien. Los personajes son divertidos… Sí, me ha gustado.

—Sabía que no podrías resistirte a los encantos de Simba.

Otro día ya intentaría que no se resistiera a los míos.

—Pues el que más me ha gustado ha sido Pumba.

Como no quería que se fuera todavía, me puse a buscar otra película mientras le respondía:

—¿Pumba? ¿Por qué?

—No lo sé. Me ha parecido muy tierno.

—¿Tierno en el sentido de que te lo comerías o en el sentido de ternura?

Pareció muy alarmada, cosa que me hizo sonreír.

—Dios mío, en el sentido de ternura. Comerse a Pumba sería como... pisar una flor en peligro de extinción.

—Qué profunda. Quizá sí tengas espíritu poeta, después de todo.

—Lo dudo mucho.

Quiso quedarse un rato más conmigo, y no sé por qué me alegró tanto que lo hiciera. Después de todo, estaba claro que no sucedería nada más. No estaba interesada. Y, sorprendentemente, yo tampoco. Por primera vez en la historia, hacía algo sin ningún interés oculto. Tenerla ahí sentada, mirando películas conmigo... me parecía suficiente.

En algún momento me preguntó por mis estudios, y en cuanto le dije que quería ser director de cine, se interesó por ello; no mucha gente lo hacía.

—Oh. —Se quedó pensativa un momento—. Ahora entiendo tu indignación al saber que solo había visto una película. Y lo de las paredes. Supongo que el coche de las pegatinas es tuyo.

—¿Te has fijado en mi bebé?

Ese sí que era el amor de mi vida.

—Es difícil no hacerlo.

—¿No te gusta?

—Es original. Lo original siempre me gusta. —Mentalmente, me apunté el dato. Habría que serlo, entonces—. Mi habitación no tiene ni uno de esos cartelitos. Aunque tampoco es que me gusten muchas cosas.

—Ahora puedes poner uno de Pumba.

—Seguro que a Naya no le extraña nada entrar y ver la foto de un cerdo rojo en mi pared.

Seguramente se sintió invocada, porque en aquel momento la aludida llamó a la puerta y, como de costumbre, abrió sin esperar una respuesta:

—¿Estáis haciendo algo que no pueda presenciarse? —Pese a

que se tapaba los ojos con las manos, nos miró entre los dedos—. Genial, Ross, veo que te estás portando bien.

Sonreí con ironía.

—Gracias por el tono de sorpresa.

Y, por supuesto, le dijo que debían irse. Intenté no esbozar una mueca de decepción; más que nada, para que la sonrisita triunfal de Naya no aumentara. La cabrona estaba encantada con que tan solo hubiéramos mirado películas.

Encantada y extrañada, claro. Me miraba como si algo no encajara.

Antes de marcharse, Jenna se volvió una última vez hacia mí y me dedicó otra sonrisa.

—Buenas noches, Ross.

—Buenas noches, pequeño saltamontes.

—Gracias por la inmersión en el mundo cinéfilo —añadió.

—El próximo día empezaremos con las películas sangrientas y macabras.

Y se marchó. Naya me sacó el dedo corazón, pero no le hice caso. Simplemente me quedé unos segundos mirando la puerta cerrada, tratando de descifrar cómo me sentía.

3

El hermano contraataca

El concierto de Mike me apetecía casi tanto como una patada en los huevos de Pascua.

Una vez al año, mi madre me obligaba a atender los berridos a los que ella llamaba «conciertos musicales». No me hacía mucha ilusión, pero ella era muy insistente y, además, ya tenía bastante con lo suyo; no quería darle más quebraderos de cabeza. Y si para ello tenía que tragarme una hora de mi hermano mayor fingiendo ser una estrella del rock, no quedaba otro remedio que aceptarlo.

Por lo menos, los demás me acompañarían. No tendría que emborracharme yo solo en la barra para soportar el martirio.

Aparecí en el salón con la sudadera a medio poner. Will y Sue me esperaban, y no se molestaron en disimular que habían hablado de mí.

—¿De qué habláis, cotillas? —quise saber.

—De tu pequeña sequía —sonrió Sue.

Hice una mueca.

—¿Eh?

—La compañera de habitación de Naya estuvo en tu habitación —recalcó Will—. A solas. De noche.

—¿Y?

—Que Naya dice que no hicisteis nada.

—¿Y ella qué sabe? Quizá recreamos el *Kamasutra* entero, solo que Jenna es silenciosa y no se enteró.

Por favor, que no sea silenciosa.

Sue no se tragó el cuento, claro. Puso los ojos en blanco y volvió la página de la revista.

—Es obvio que no hiciste nada. La chica estaba contenta y no te insultó ni una sola vez.

—Pues no, no hice nada —admití—. ¿Algún problema?

—¿Tienes *tú* algún problema? —Ella fingió que se escandalizaba. Incluso se colocó una mano en el pecho—. ¿Te encuentras bien, Ross? Es la primera vez que te llevas a alguien a la habitación sin intenciones sexuales.

—Estoy bien, es que no me apetecía.

Will me miraba con extrañeza, como si no acabara de entender mi comportamiento. Era la misma cara que había puesto Naya en su momento. Al principio quise ignorarlo, pero al cabo de un rato fui incapaz.

—¿Qué? —protesté.

—No estarás tramando algo, ¿verdad?

—A ver, he respetado a la compañera de habitación de Naya. ¿No es lo que queríais?, ¿no deberíais estar contentos?

—¿Te crees que no vi cómo la mirabas? No quiero que mi novia se sienta incómoda el resto del curso. Además, te recuerdo que ya hiciste lo mismo con Lana.

—¡No es lo mismo!

—¿En qué se diferencia?

—¡En que éramos pareja!

—Y ha acabado en Francia —apuntó Sue—. Caso cerrado.

Will contuvo una sonrisa, y yo puse mala cara.

—No tiene gracia.

—Lo que quiero decir —continuó él— es que esta noche vendrá Jenna, y no me gustaría que…

—Espera, espera, ¿se apunta al concierto?

Su mirada cambió a una de advertencia.

Algún día, sería un muy buen padre.

—Ross…

—¿Qué? ¿No puedo alegrarme?

—Mira, nunca me meto en lo que haces o dejas de hacer con tu vida sexual, pero ten cuidado, ¿vale? No hagas nada inapropiado.

—No sé qué insinúas, pero me estás escandalizando.

Obviamente, durante el trayecto en coche estuve maquinando un plan. Will y Sue debieron de darse cuenta, pero pasaron de mí. Al menos, hasta que detuvimos el coche justo frente a la residencia y me bajé de un salto.

—¡Voy a buscarlas!

—¡Ross! —protestó Will, pero ya había echado a correr.

Primera norma del sinvergüenza: si no te pillan, no te pueden echar la bronca.

Subí los escalones de piedra y empujé la puerta con una mano. Chris, que estaba sentadito al otro lado del mostrador, dio un respingo nada más verme.

—Subo un momentito, ¿eh? —lo avisé.

Pero, por supuesto, eso iba en contra de todas sus estúpidas normas.

—¡De eso nada! ¡Las visitas no autori…!

—¡Solo serán veinte segundos, Chrissy!

—¡Nunca son veinte segundos!

—¡Voy a ver a mi futura novia, amargado!, ¡déjame en paz!

—¿Amargado…?

Subí a toda velocidad y crucé el pasillo con una gran sonrisa. Su habitación, la número treinta y tres, estaba casi al final. Llamé con los nudillos y, paciente, esperé; creía que me encontraría a una Naya cabreada, pero el universo fue lo suficientemente majo como para sustituirla por una Jenna sonriente.

Me tomé un breve momento para recorrerla de arriba abajo. Unos vaqueros, un jersey rojo y las mismas botas que el primer día.

Oye, se supone que estás aburrido de esperarlas.

¿Eh? Mierda, era verdad. Hora de borrar la sonrisa.

Segunda norma del sinvergüenza: hay que estar preparado para improvisar.

—No es por meter prisa, pero Sue se está poniendo nerviosa —dije en la entonación más monótona que pude—. Y yo no pienso responsabilizarme de lo que le haga a Will ahora que están solos.

—Naya se está…

—¡Me estoy maquillando, pesado!

—¿Por qué me da la sensación de que ya he vivido esto? —Negué con la cabeza—. Ah, sí, porque pasa cada vez que queremos salir.

Creo que Naya me dijo algo, pero yo estaba demasiado ocupado con la sonrisa divertida que esbozaba Jenna. Se había pintado los labios de rosa.

—Puedes intentar convencerla de que no necesita retocarse —me ofreció, y abrió la puerta del todo—. Yo ya lo he intentado.

Oh, no. No entraría. Era mejor alejarme de la tentación y seguir un poco sereno.

—No, tengo un método más efectivo. —Asomé la cabeza lo justo y necesario para ver a Naya retocándose el maquillaje—. ¡Si en cinco minutos no estás lista, nos iremos sin ti y no pienso decirte si Will mira a las chicas del bar!

Apenas tardó dos segundos en salir.

—Lista.

Mientras esta desaparecía por el pasillo, Jenna cerró la puerta y se guardó las llaves en el bolsillo.

—¿Has pensado en ser profesor alguna vez? —me sugirió—. Tienes mucha autoridad.

—Y mucha falta de vocación.

Y, por primera vez en mucho tiempo, no supe qué más decir. Normalmente tenía temas de conversación de sobra, la gente incluso decía que hablaba demasiado. Pero, en ese momento, me quedé en blanco.

Jenna me siguió escaleras abajo y nos encontramos a Chris, me miraba como si me hubiera cargado a alguien.

—Han sido más de veinte segundos —señaló, enfadado.

—Vamos, Chrissy —protesté—, las visitas cortas están permitidas.

—Que no me llames Chrissy. Además, ¡en el momento en que oscurece fuera, se considera horario nocturno! Y no debe haber visitas sin planificar por la noche, Jennifer.

Oh, un nuevo objetivo de ataque. La aludida dio un pequeño brinco.

—Si solo han sido dos minutos.

—La ley es la ley y debe respetarse.

Estaba claro que no encontraríamos un punto en común, así que le abrí la puerta a Jenna para que saliera de la residencia.

Tercera norma del sinvergüenza: de vez en cuando, finge ser un caballero.

—La ley es la ley y debe respetarse —lo imité entre dientes.

Pero solo con quien te interese, claro.

Para mi alivio, Jenna se rio.

—¿Qué tal? ¿Te ha gustado?

Mike, mi hermano mayor, esperaba impaciente una respuesta. Acababa de bajar del escenario y, pese a que no había movido un solo músculo más allá de los necesarios para chillarle al micrófono, parecía muy acalorado por el esfuerzo.

Hasta ese momento no me había planteado que la primera impresión que Jenna tendría de mi familia sería en un bar apartado del mundo y con un hermano sudoroso apoyado en nuestra mesa. De hecho, no me había planteado que conociera a mi familia, en general.

Madre mía... Preferí no saber qué estaba pensando.

Ella estaba sentada a mi lado y me contemplaba, así que me obligué a no ser un asco de persona y responder.

—Fascinante.

—Sí, ¿verdad? —Mike se mostró de acuerdo—. ¿Y a vosotros?

Los demás pusieron caras de incomodidad. La única que se atrevió a responder fue la propia Jenna:

—Ha estado bi...

—¿Y tú quién eres?

Oh, no.

El tono de interés me puso en alerta, especialmente cuando vi que Mike clavaba sus ojos hambrientos en la compañera de habitación de Naya. Recuerdos desagradables acudieron a mí, y fui incapaz de decir nada.

—Creo que no te tenía fichada —soltó el muy imbécil.

—Normal, no soy una ficha.

Miré a Jenna, sorprendido y encantado a partes iguales. ¿Acababa de acallar a mi hermano del modo más disimulado de la historia?

Cada vez me gusta más.

Mi sonrisa se vio interrumpida por el ruido de la silla que mi hermano arrastró entre nosotros. Se dejó caer en ella con toda su alegría.

—Me llamo Mike —se presentó—. Soy el hermano de este idiota.

Supliqué que no me relacionara demasiado con él, porque, como sospechara que nos parecíamos, pasaría de mí en cuanto saliéramos de ese bar.

Jenna parecía perpleja.

—¿Sois hermanos?

—Desgraciadamente, sí —murmuré.

Will, que veía mi expresión tensa, decidió echarme una mano:

—No se parecen en nada.

Pero Mike estaba centrado en su labor. Le daba igual lo que pensara o dejara de pensar Jenna. Lo único que le interesaba era que había una chica en mi grupo y, por lo tanto, quería acostarse con ella, como cada vez que le había presentado a alguien. Era así de invasivo.

—¿Cómo te llamas? —le preguntó, inclinándose hacia ella.

Mira que me había planteado ser simpático, pero al final mi impaciencia ganó el pulso.

—Nada que a ti te importe —espeté de malas maneras—. Ya he cumplido, así que dile a mamá que no tengo que venir a ver esta mierda hasta dentro de un año.

—Mamá estará muy contenta al saber que me has traído nuevos fans. Deberías apoyar más a tu hermano mayor, Ross.

—Lo haré el día que hagas algo que valga la pena apoyar.

Vi que Jenna entreabría los labios, sorprendida, y me arrepentí al instante de haber sido tan desagradable. Mike, en cambio, estaba encantado. Incluso se atrevió a hacerme la pregunta que más le interesaba:

—¿Es tuya?

Cuarta norma del sinvergüenza: una cosa es ser atrevido y otra es ser un baboso.

Iba a responder, pero Jenna, muy airada, se me adelantó:

—No soy de nadie, gracias. Y si fuera de alguien, sería de mi madre, que para eso me parió.

Un silencio muy perplejo invadió la mesa, y nos dejó a todos parados durante unos segundos. Creo que fui el primero en reaccionar, porque sonreí incluso antes de haber procesado la frase con la que lo había acallado.

Mike, en cambio, parecía pasmado.

—No hace falta ponerse así, solo bromeaba.

Sí que hacía falta ponerse así; y, no, definitivamente, no bromeaba. Que se fuera a la mierda.

—No la molestes —intervino Naya—. Eres muy pesado, Mike.

—¿Y vosotros dos seguís juntos? —respondió él—. Por Dios, disfrutad un poco de la vida.

Will ni se inmutó.

—Aplícate esa norma a ti mismo.

—Yo disfruto de la vida. De hecho, esta noche voy a disfrutarla con una de las chicas que llevan mi cara en sus camisetas. Si tengo suerte, quizá lo haga con dos o tres.

—Muy encantador… —ironizó Naya.

Mike sonrió ampliamente y se estiró para pasar los brazos por los respaldos de mi silla y la de Jenna.

—Siempre he tenido un don para caer bien. —No solo era un mentiroso, sino que encima vivía engañado. Se volvió hacia Jenna con entusiasmo—. ¿Quieres una camiseta firmada?

—Nadie quiere una camiseta tuya firmada —recalcó Naya, ya prácticamente hundiendo la cabeza en la mesa.

Si alguien aguantaba menos que yo a mi hermano, esa era Naya. En cuanto se alejó, ella soltó un suspiro pesado.

—No lo soporto. Lo siento, Ross, pero…

—No te preocupes, siento lo mismo.

—¿Y qué hacemos aquí? —me preguntó Jenna, totalmente perdida.

—Mi madre quiere que venga a verlo, al menos una vez al año.

—¿Cómo están tus padres? —intervino Will.

¿Por qué debíamos hablar de ellos? Yo quería hablar del pintalabios rosa de la chica que tenía sentada al lado. Pero no me quedó otra que conformarme con la conversación que habíamos iniciado.

Ella, por cierto, me observaba con curiosidad, como si realmente le importara lo de mis padres. Aquello me sorprendió un poco, y respondí con más detalles de lo habitual.

—Bien, como siempre. Mi madre sigue pintando líneas en un lienzo y llamándolo arte abstracto, y mi padre sigue leyendo para no morirse del aburrimiento.

«¿Eso es dar más detalles de lo habitual?».

Jenna aún me contemplaba y, para mi sorpresa, se interesó todavía más en el tema. Incluso se le iluminó la mirada.

—¿Tu madre es pintora? —preguntó en tono agudo.

—Eso se llama a sí misma —dije, e intenté averiguar por qué eso la podía emocionar tanto. Solo me faltaba que fuera una fan o algo así—. Aunque está claro que lo de ser un artista no es hereditario. Mike lo ha demostrado esta noche.

No estuvimos mucho más tiempo en el bar. Después de todo, teníamos clase al día siguiente. Cada uno pagó sus copas y, al salir, dejé que Naya, Sue y Jenna se adelantaran un poco. Aproveché la ocasión para dar un codazo disimulado a Will.

—Oye, déjame las llaves.

Él me miró, confuso.

—¿Conduces tú?

—Sí.

—¿Por qué?

—Por hacerle un favor a mi queridísimo mejor amigo del alma. ¿Me las das?

—¿Para hacerme un favor o para llevar a Jenna a la residencia?

—¿Cómo puedes pensar eso de mí? —pregunté, ofendido, mientras le quitaba las llaves de la mano.

Acorde a mi plan, Jenna ocupó el asiento del copiloto para que los demás pudieran enrollarse o, en el caso de la pobre Sue, mirar por la ventanilla con cara de asco. Durante el viaje estuvimos en silencio y al final puse música para que no resultara demasiado incómodo.

En cuanto detuve el coche frente a nuestro edificio y los demás bajaron, Jenna me dedicó una miradita dubitativa.

—¿Te llevo? —ofrecí.

Esbozó una pequeña sonrisa y yo apreté la mano en el volante.

—Si no te importa.

Te aseguro que no me importa.

Vi que Naya se detenía en mitad del vestíbulo del edificio, nos miraba y hacía ademán de acercarse para echarme una bronca. Aceleré enseguida. De hecho, lo hice tan rápido que me puse a conducir sin pensar y, por consiguiente, aceleré mucho más de lo necesario. No me di cuenta hasta que vi de soslayo que ella se aferraba al asiento.

Ups.

—¿Qué pasa? —le pregunté.

—Que conduciendo me recuerdas a mi hermano mayor —aseguró.

—¿Y eso es bueno?

—Parece que tenéis las mismas ganas de desafiar la suerte y tener un accidente.

Riéndome, frené un poco. Me gustaba su sentido del humor.

—¿Qué tal tu primer día de clases? —solté sin pensar.

Sí, el mejor tema de conversación del mundo.

—Regular —murmuró, ahora más tranquila—. Presentaciones y profesores aburridos. Mala combinación. ¿El tuyo?

—Yo no he tenido presentaciones. Es mi segundo año.

—¿No has cambiado de profesores?

—Técnicamente, yo no estoy haciendo una carrera. Solo dura dos años. Son los mismos profesores y alumnos que el año pasado.

—Oh.

¿Por qué me gustó tanto la manera en que me miró? ¿O la manera en que su boca se movió para formar esa última palabra?

—¿Y qué harás cuando termines este año? —quiso saber.

Era la primera vez que alguien me preguntaba eso. Dudé un momento.

—Supongo que lo sabré cuando termine este año.

Pero tras responderle, me quedé pensativo. ¿Por qué no había planeado nada?, ¿por qué nadie me lo había preguntado nunca? El hecho de que ella tampoco lo hubiera planificado me tranquilizó un poco. Me sentía menos solo en mi falta de responsabilidad. Sin embargo, no me gustó que se quedara en silencio cuando se dio cuenta de ello.

Detuve el coche delante de su residencia. Jenna seguía callada y con la mirada clavada en el frente. Quizá le había sentado mal, no estaba muy seguro. Pensé en estirar el brazo y colocarle el mechón de pelo que le caía de nuevo, pero me detuve cuando me dedicó la sonrisa más jodidamente tierna que había visto en mi vida.

—Gracias por traerme.

Tardé un momento en responder. Me había quedado mirándola fijamente otra vez. En serio, ¿qué me pasaba? No era la chica más guapa que había visto en mi vida, tampoco era para ponerse así.

Al final, conseguí esbozar una sonrisa.

—No hay de qué, chica sin *hobbies*.

La mueca que hizo le arrugó un poco la nariz. Mi sonrisa se amplió.

—¿No se te ha ocurrido ningún apodo peor? —protestó.

—Todavía no, pero solo dame tiempo. —Y, de pronto, perdí el control de mi propia sinceridad—. Por cierto, te sienta bien el rojo.

Mierda, ¿me había pasado? Solo era un cumplido, pero se miró a sí misma como si no confiara del todo en lo que había oído. Aparté la mirada y tragué saliva con fuerza. Me daba la sensación de que la sequedad de boca no se debía a la cerveza, sino a que su maldito perfume floral flotaba dentro del coche y me dificultaba aún más las cosas.

—Buenas noches —añadí sin mirarla.

—Buenas noches, Ross.

En cuanto salió del coche, solté un suspiro de alivio. Era difícil concentrarse cuando la tenía tan cerca.

Pero entonces noté que volvía a acercarse. Se había asomado a la ventanilla. La bajé enseguida, muerto de curiosidad.

—Y... —empezó, dubitativa—... ¿cuándo será la próxima clase de cinefilia?

La pregunta me dio muchas más esperanzas de las necesarias. ¿Quería volver a verme? Eso significaba algo más. Incluso ella, que parecía tan inocente en ese aspecto, tenía que saber que esa insinuación podía implicar otras mil.

Estaba tan motivado que respondí sin pensar:

—Cuando tú quieras.

Ahí, haciéndote el interesante.

—¿Y si quiero que sea a las dos de la madrugada? —bromeó.

Aguanté las ganas de repetirle que sería cuando ella quisiera.

—Siempre tengo tiempo para ti —comenté en tono burlón.

—Entonces, cuando Naya vuelva a arrastrarme a vuestra casa.

—Estaré esperando muy impacientemente.

Dicho eso, se alejó hacia la residencia. En cuanto hubo desaparecido, di una palmadita de alegría y subí el volumen de la música. ¡Hora de celebrarlo!

Última e indispensable norma del sinvergüenza: acompáñala siempre a la residencia, ¡vale la pena!

4

El silencio de los abusones

Uno de mis pasatiempos predilectos era visitar la tienda de cómics. No siempre compraba algo antes de volver a casa, pero me entretenía el tiempo suficiente como para no hacer nada peor, así que me sabía de memoria la que quedaba más cerca de casa. Conocía cada estante, cada empleado, cada oferta, cada precio... Se había convertido en uno de mis sitios favoritos.

Por eso me gustó que los demás vinieran conmigo. Especialmente Jenna, que nunca había estado en una. Admito que esperaba un poco más de emoción de su parte, pero me conformé con que se interesara por algún cómic.

Sin embargo, estuvimos menos tiempo del habitual y, por si eso fuera poco, de camino a casa se puso a llover. A Jenna no le quedó otra que subir al piso con nosotros, y mi mirada se desvió varias veces mientras cruzábamos el pasillo. Tenía el pelo y la ropa empapados y pegados a la piel. Nunca la había visto de ese modo, y me llamaba la atención en todos los sentidos.

Ya en mi habitación, me resultó más difícil disimular, así que abrí rápidamente un cajón y me puse a buscar la ropa más pequeña que tenía. Cualquier cosa serviría para distraerme.

—Seguro que mi madre está convulsionando ahora mismo en casa —murmuró Jenna, frotándose los brazos.

La miré con curiosidad.

—Siempre hablas de tu familia como si tu madre fuera histriónica.

Su risa suave hizo que se le sacudiera el cuerpo, y cerré los ojos un momento. Luego me volví para concentrarme en la cómoda como si mi vida dependiera de ello.

Tú puedes, colega. La mente, fría.

—No lo es —aseguró ella—. Bueno, al menos, no está confirmado. Pero se preocupa mucho. Muchísimo. Demasiado.

—¿Y eso es malo? —Aproveché la pausa para enseñarle las dos sudaderas que había estado buscando—. Elige la que quieras. Son las más pequeñas que tengo.

Y necesitaba que se pusiera algo. Urgentemente. Pues en ese momento solo llevaba una camiseta interior de tirantes. Nunca la había visto con tan poca ropa, y no estaba muy seguro de cómo me sentía al respecto.

A ver, sí, me ponía cachondo. ¿Eso me convertía en mala persona? Pero ¿cómo no iba a ponerme un poquito? Era una chica atractiva, me lo pasaba genial con ella y cuanto más hablábamos mejor me caía. Resistiría la tentación, pero no estaba hecho de piedra, ¡claro que me atraía!

Cuando se agachó para observar las sudaderas, me quedé mirando la pequeña curva de su abdomen, sus pechos y esa cintura marcada por la prenda mojada. Vale, sí. Un poco cachondo sí que me ponía, eso no podía negarlo.

Sin embargo, lo que en realidad me preocupaba era que no se trataba del mismo tipo de atracción al que estaba acostumbrado.

Normalmente, cuando alguien me gustaba, no me lo pensaba tanto antes de expresarlo. Sin embargo, con ella era distinto. Para empezar, Naya me cortaría los huevos en cuanto insinuara un mínimo movimiento. Además, aunque me apetecía... ¿por qué sentía que no era lo correcto? Si llegara a hacerlo, la culpabilidad se apoderaría de mí. Estaba segurísimo. Y mi reticencia se debía, sobre todo, a que no creía que Jenna se mereciera aquello.

Eso me hizo pensar en todas las personas con las que había actuado sin cuidado. En su momento, no le di muchas vueltas. Era un modo de pasar el tiempo, de acostarme con alguien sin el peso del compromiso. Sin embargo, por primera vez, me pregunté si me había portado mal con todas ellas, si siempre me había quejado de que la gente me utilizara mientras que yo había acabado utilizando a todo el mundo.

En fin, reflexiones al margen... no podía poner un dedo encima de Jenna. Tocaba mirar, babear y aguantarse.

Así me gusta.

Quizá debería echar un polvo. Seguro que eso me calmaría.

Todavía tenía el número de esa chica del bar. Aunque, pensándolo bien..., ¿no era aquello lo que intentaba evitar con Jenna?, ¿aprovecharme de ella?

—No es malo —me dijo ella, pero ya no sabía ni de qué hablaba. Tardé unos instantes en volver a centrarme—. Pero puede llegar a agobiar. ¿Tu madre no te llama continuamente para saber cómo estás?

Hablar de mi madre casi hizo que me distrajera y dejara de mirarla como un desquiciado.

—¿Mi madre? —murmuré—. No, ni de lejos.

No lograba imaginármela preocupándose por mi vida. Al menos, no en el sentido que ella decía. Cuidaba de ciertas cosas, pero de otro modo.

Por algún motivo, Jenna dejó de moverse y me miró con cierta lástima.

—¿Te llama poco?

—No lo hace mucho. —Me tensé al advertir mi entonación, y agradecí que me distrajera dándome la sudadera que no quería—. Pero nunca ha sido de las que llaman constantemente para saber cómo estás.

Por suerte, el tema murió deprisa. Jenna se había hecho con la sudadera de la silueta de Pumba. Sonreí.

—No sé por qué, pero me imaginaba que cogerías esa.

—Es la elegida.

Acto seguido, me miró fijamente. No entendí nada. ¿Por qué no empezaba a quitarse la ropa?

—¿A qué esperas? —quise saber, impaciente—. ¿A que aplauda?

—No. A que te vayas.

—¿Yo? ¿Por qué? Quiero quedarme.

—¡Me tengo que cambiar!

—Pues precisamente por eso quiero quedarme.

—¡Ross!

—¡Vale, vale!

Había fingido que se enfadaba, pero estaba claro que se lo había tomado con humor. Sonreí y salí de la habitación para dejarla sola. Me pregunté, ya de paso, qué pensaría si supiera que yo no había bromeado en absoluto.

Esa noche se marchó más temprano de lo habitual y no oculté mi decepción cuando le preguntó a Will si podía acercarla a la residencia. ¿Por qué se lo pedía a Will y no a mí? ¿Es que no teníamos la suficiente confianza?

Con la misma cara que habría puesto si me hubiera dejado, miré cómo desaparecía; no me di cuenta de mi expresión hasta que oí la risita de Naya. Me volví, irritado, y vi que ella y Sue sonreían con maldad.

—No sé qué os hace tanta gracia.

—Sigue pasando de ti, ¿eh? —se burló Sue.

—No pasa de mí, es que no he intentado hacer nada.

—Aunque lo intentaras, pasaría de ti —aseguró Naya con altivez—. Está coladita por su novio.

Estuve a punto de caer en la provocación y cabrearme, pero recordé que se trataba de Naya y que, con tal de provocar a la gente, era capaz de decir cualquier cosa. No me creía que Jenna estuviera tan pillada por su novio. Algo en su modo de actuar cuando estábamos a solas me daba esperanzas. Y estaba seguro de que no eran imaginaciones mías, pues si Naya y Sue se estaban burlando, significaba que también habían notado algo.

Además, había otra cosa. No estaba muy seguro de cuál; aun así, no podía ignorarla: algo en la forma en que hablaba de él y de la relación que mantenían, algo en su modo de actuar. Me generaba una sensación muy familiar y, por algún motivo, me dejaba muy mal cuerpo.

—¿En serio? —la provoqué yo—. No me toques los huevos, Naya. Estoy siendo muy bueno, pero también puedo cambiar de opinión y hacer lo que me venga en gana.

Ella dio un brinco, irritada.

—No serías capaz.

—Ponme a prueba. ¿Quieres que me ligue a mi querida *Jen*?

No la había llamado así en mi vida. De hecho, acababa de inventármelo sobre la marcha. Pero solo por ver la expresión de rabia de Naya, valió la pela cada letra.

—No es tu querida *nada* —me aseguró—. Es mi amiga. Eso es lo que es.

—Lo que tú digas.

—No provoques a Ross —le recomendó Sue tranquilamente— o *su* Jen no querrá volver a salir con nosotros.

Empecé a reírme nada más ver la cara de Naya al repetirle el apodo. En cualquier momento le saldría humo de las orejas.

—¡No te rías tanto! —la advirtió—. Ya sé que te tiraste a Terry. ¿A que le cuento a Jenna lo que pasó la noche que Terry te intentó besar? Seguro que le encantaría oírlo.

Ahora yo me irrité y ella se rio. Capulla.

—¡Eso es jugar sucio!

—¡Igual que tú!

—Pero ¡yo admito que siempre juego sucio!

—¿Llegaréis a alguna conclusión o esta conversación continuará vagando sin rumbo? —murmuró Sue.

Miré a Naya como si esperara que ella tuviera la respuesta. Al cabo de unos segundos, suspiró con cierto aire de derrota. Y así finalizó nuestra discusión.

Quizá lo de acudir a una cita no había sido tan buena idea, después de todo.

Me encontraba en el mismo bar en el que habíamos visto a Mike con su banda; esta vez, sentado en la barra. La chica que me había hablado por mensajes —ahora sabía que se llamaba Emily— estaba a mi lado. No había dejado de hablar desde que habíamos tomado asiento.

No era mala chica, pero no me lo estaba pasando ni la mitad de bien de lo que debería. Apreciaba su guapura y simpatía, también los encantos que tenía; sin embargo, no lograba que me interesara. Era como si tuviera la cabeza en otro sitio.

—Bueno —concluyó en algún punto de la cita—, ¿y tú qué? ¿No vas a decir nada?

No tenía mucho que contar. En todo el día solo había editado guiones de cortos y no me parecía una actividad muy entretenida; además, seguía medio muerto del asco.

Aun así, hice un esfuerzo y me tomé un trago de mi bebida. Fue todo lo que necesité para sonreírle.

—¿Qué quieres saber?

—No sé. ¿A qué te dedicas?

—Estoy estudiando para ser director de cine.

Ella me devolvió la sonrisa, pero no se interesó mucho por el tema.

—El cine está bien —opinó—. Yo estoy en biología. No me convencía mucho, pero es lo único que me gusta, así que…

Y continuó hablando, pero dejé de escucharla. La contemplé. Tenía el pelo oscuro y recogido en un moño, se había puesto una blusa fina y pintado los labios de rojo. Claramente, se había arreglado para verse conmigo, había hecho un esfuerzo, y continuaba haciéndolo para mantener una conversación.

¿Por qué me parecía todo tan vacío, entonces? Tan solo hablábamos porque necesitábamos un preludio antes de echar un polvo, igual que en todas las otras citas de ese tipo. Estaba acostumbrado a esas situaciones, ¿por qué ese día me pareció tan absurdo?

Me abrumaba la misma sensación cuando se subió a mi coche y la llevé a su casa. Por el camino, canturreó una canción de la radio mientras yo contemplaba la carretera.

Cuando aparqué frente a su bloque, sí que se volvió hacia mí. Me sorprendió verla insegura.

—¿No te ha gustado la cita? —preguntó.

Oh, mierda.

—Ha estado muy bien —mentí, descaradamente.

—No hace falta que mientas, Ross...

—Mira..., no es que haya estado mal, ¿vale? Es que hoy estoy cansado, me has pillado en un mal día.

Emily me contempló unos instantes y, finalmente, decidió caer en la mentira piadosa. No subiría a su casa, ya se lo había dejado claro.

Aun así, se quitó el cinturón, me colocó un dedo en el mentón y me ladeó la cabeza para besarme. No sé por qué, pero permití que lo hiciera. Y se le daba bien, la verdad. Me dejé llevar por la sensación de sus labios cálidos sobre los míos durante, seguramente, uno o dos minutos.

Pero entonces se separó con una sonrisa.

—Si algún día te sientes más animado... ya sabes cómo localizarme. Hasta luego, Ross.

Y ahí acabó mi cita.

Hacía tanto tiempo que no concluía una cita sin un polvo que no supe cómo me sentía. Sobre todo, porque había sido yo quien lo había saboteado. Volví al piso con los hombros hundidos, y ni siquiera Sue se atrevió a hacer ningún comentario cruel al respecto. Supongo que percibió que no estaba de humor.

Me duché, me puse el pijama y cené algo rápidamente frente al televisor. Después corregí uno o dos guiones más, me metí en la cama, y a soñar con los angelitos. Esa fue mi noche loca.

Hasta que el móvil sonó en mitad de la noche. Abrí los ojos, confuso, y me quedé mirando la pantalla sin llegar a ver nada.

Como fuera el idiota de Mike…

—Seas quien seas… —murmuré con la voz pastosa del sueño—, ¿sabes qué hora es?

—Necesito tu ayuda.

No era la voz de mi hermano. Confuso, permanecí unos instantes en silencio.

—¿Jenna?

—Sí. Soy yo. ¿Puedes hacerme un favor?

Sonaba ansiosa, y se activaron mis alarmas.

—¿Qué pasa?

—Naya me ha llamado llorando para que fuera a buscarla, pero…, eh…, mira, no puedo explicártelo todo, pero ¿crees que podrías acompañarme a recogerla?

Espera, ¿era *esa* clase de favor?

Y tú que ya ibas a por condones…

A callar.

—¿Por qué no ha llamado a Will? —le pregunté.

—Ha dicho que no quería que le dijéramos nada.

—¿Sabes lo que me hará si se entera de que no le he avisado?

—Lo mismo que me hará Naya a mí si Will se entera de algo.

—Bueno, pero una cosa es lo que diga ella y otra muy distinta es lo mej…

—Ross —susurró—, por favor.

Mierda.

Ya empezaba a conocerla, y me daba la sensación de que no se daba cuenta, pero cuando hablaba conmigo a veces usaba ese tono, ese tonito lastimero de cachorrito abandonado que físicamente me impedía negarme.

Maldita sea.

—Dentro de cinco minutos delante de tu residencia —cedí.

Jenna soltó tal suspiro de alivio que casi sonreí.

—Gracias, gracias, gracias. Eres el mejor.

—Bueno, eso ya lo sabíamos.

Colgué el móvil y, todavía un poco adormilado, contemplé la cómoda. Tocaba ponerse algo decente, pues no iría a recogerla en calzoncillos.

Siendo positivos, al menos tenía una excusa para verla otra vez.

Como habíamos acordado, Jenna me esperaba de pie delante de su residencia. Tenía el móvil en la mano, y se paseaba de forma ansiosa. Cuando vi que llevaba puesta mi sudadera —la que se había llevado—, me quedé momentáneamente embobado. ¿Cómo debía tomarme eso? ¿Se había dado cuenta de ese detalle? También vestía unos pantalones cortos. Nunca la había visto en pantalones cortos.

Cuidado con esas babas, que el coche va a derrapar.

Subió al coche nada más verme, y su expresión me distrajo por completo. Estaba muy preocupada. Me gustaba más verla sonreír.

—¿Ha pedido un taxi, señorita? —intenté animarla.

Pronto advertí que no estaba por la labor, así que arranqué y me dejé de tonterías.

—Gracias por venir —murmuró.

Como si pudiera decirle que no, a la asquerosa.

—No tenía nada mejor que hacer —le aseguré—. Bueno, dormir era una opción, pero ¿quién quiere dormir pudiendo ir a rescatar a Naya?

Al menos, esa vez sí que sonrió.

—Los rescatadores.

Verla algo más animada me animó a mí también, y aceleré un poco más. Después de todo, no sabía qué le sucedía a Naya. Si era grave, mejor llegar cuanto antes.

—¿Qué le ha pasado? —pregunté.

—No me lo ha dicho. Pero sonaba bastante mal.

—¿Y por qué no quiere que Will se entere?

Ella esbozó media sonrisa.

—La conoces más que yo, deberías decírmelo tú.

Bueno, su humor había mejorado. Aproveché la ocasión para comentarle eso que me había guardado desde que me había detenido frente a la residencia.

—Interesante elección de ropa.

En realidad, no tenía exactamente ese comentario en la mente, pero no quería espantarla con lo que pensaba de verdad.

No necesité mirarla para saber que su cara había adquirido el mismo color que Pumba. Contuve una sonrisa. Pues sí que había sido un despiste, ¿eh? Me pregunté cuántas noches habría dormido con ella y, lo más importante, si cuando me la devolviera continuaría oliendo a ese perfume floral que siempre permanecía en el coche tras su partida.

—Es… es que… no sabía qué ponerme —dijo con bastante torpeza—. Pero… t-te la lavaré y… y te la devolveré, de verdad.

Con que se la quitara ya me sentía conforme, pero preferí no expresarlo.

—Me fío de ti —le aseguré.

—Es que…

—Puedes quedártela.

—¿Eh?

—A mí me va pequeña —mentí—. Y a ti te queda bien. —Ahí no mentí.

—Pero… —parecía confusa— es tuya.

—Ya no. Ahora es tuya. Acabo de dártela. Es tu responsabilidad, así que cuídala bien.

La búsqueda de Naya empezó en un edificio amarillo. Bajamos del coche y observamos nuestro alrededor. Jenna me había traído a una zona de casas de gente adinerada, de esas en las que siempre se montaban las mejores fiestas —o las más aburridas—. Había estado en unas cuantas, y no me apetecía meterme en otra. Me pregunté si encontraríamos a Naya en una de las aburridas.

Dejé de preguntármelo en cuanto detecté el modo en que nos miraba un grupito de gente; más bien, el modo en que uno de ellos miraba a Jenna. Había esbozado una sonrisa burlona y sus amigos se rieron por su comentario. Se rieron de ella. Por si eso no fuera poco, al pasar por su lado se volvió descaradamente para mirarle el culo. Apreté los puños sin darme cuenta.

Tú también lo haces, ¿eh?

¡No era lo mismo!

—Bonitos calcetines —le dijo el imbécil a Jenna.

Ella pasó de contestarle y continuó andando, pero yo fui incapaz de seguirla. No sé ni cómo me contuve para no agarrarlo del cuello de la camiseta. Imbécil.

—Bonita cara. Cierra la boca si quieres conservarla.

No me volví para ver su reacción. La gente como él nunca tenía respuesta cuando le devolvías el ataque, así que no malgastaría mi tiempo.

Alcancé a Jenna. Sus ojos grandes y castaños me contemplaban con sorpresa. Mierda. Por un momento, se me había olvidado que nunca le había mostrado esa pequeñita parte de mí.

Pequeñita, dice.

—No me digas que eres un chico malo —murmuró en broma.

Si supiera lo bien encaminada que iba... De pronto, me puse un poco nervioso.

—¿Yo? Sí, malísimo. Soy un peligro andante.

—Pues has sonado amenazador de verdad. Me has dado miedo incluso a mí.

—Genial, ahora ya conoces mi lado oscuro.

Por fortuna, funcionó y no insistió más. Suspiré con alivio con tanto disimulo como pude.

Entonces, Jenna encontró por fin a Naya. Aceleró el paso, alarmada, cuando la vio sentada en la acera. Estaba claro que había llorado y, por si fuera poco, iba empapada de arriba abajo. No dejaba de temblar.

Oh, a Will no le gustaría que no lo avisáramos.

Alarmada, Naya se puso en pie de un salto nada más verme.

—¿Ross? —soltó—. ¿No habrás...?

—Me ha hecho jurar que no le diré nada a Will.

Ella se acercó a Jenna y la abrazó con fuerza. Con las manos en los bolsillos y sin saber cómo podía ayudar, simplemente las observé.

—¿Qué te ha...? —intentó preguntar Jenna.

—No debí haber venido —aseguró Naya—. Se han burlado de mí, me ha pedido mi collar para mirarlo... No sabía qué decir y se lo he dejado..., pero no me lo ha devuelto... Se... se lo ha quedado.

—¿Y por qué estás empapada? —quise saber.

—Cuando intentaba quitárselo, me han tirado a la piscina. Llevaba el bolso encima y... me he quedado sin dinero y ni siquiera sé si mi móvil funciona. No me he detenido a asegurarme. He tenido que pedirle a una chica que me prestara el suyo y... menos mal que me acordaba de tu número, Jenna...

La aludida le ofreció su chaqueta, pero enseguida les aseguré que en el coche llevaba una de sobra. Ya teníamos una candidata a una afección pulmonar, no necesitábamos otra. Por suerte, Naya accedió, tan solo quería marcharse de ese lugar. Le pasé un brazo por encima de los hombros y ella se acurrucó contra mi costado. Me daba la sensación de que hacía rato que necesitaba un abrazo.

Me encaminé con ella hacia el coche, pero me detuve al notar que Jenna no estaba a mi otro lado. De hecho, no se había movido.

Ambos nos volvimos, extrañados. Seguía plantada en el mismo sitio y con cara de crispación.

—¿Y por qué lo ha hecho? —le preguntó a Naya.

—Le gusta reírse de los demás. Supongo que hace que se sienta mejor consigo misma.

—¿Y te has quedado sin nada? ¿Sin móvil, sin dinero…?

—Todo ha quedado inservible cuando me han tirado a la piscina.

Jenna frunció tanto el ceño que se le formó una arruguita entre las cejas. Esa expresión me resultaba nueva, totalmente opuesta a su habitual sonrisa o mueca avergonzada. Y…, oh, no, conocía esa postura. Hombros tensos, puños apretados, mentón bajado, ojos entrecerrados… Era la postura de alguien que estaba a punto de cometer una estupidez.

Básicamente, la que tenía yo el noventa por ciento del tiempo.

—Eso no es justo —murmuró.

—Lo sé —dijo Naya en voz baja.

—¿Y tu collar? ¿Era especial o…?

—Fue el primer regalo que me hizo Will. —Naya agachó la cabeza. Yo todavía recordaba haberme pateado media ciudad porque su novio, como de costumbre, no encontraba nada que le pareciera perfecto—. Por mi cumpleaños.

—¿Te lo ha roto?

—No. Se lo ha puesto.

Jenna parpadeó, incrédula.

—¿Y no le has dicho nada?

¿Estaba de broma? ¿No conocía a Naya? Podía ser muy pesada, pero en su vida se había metido en una pelea. Evitaba los conflictos físicos como la peste.

—No es tan fácil —dije. Y lo creía de verdad. No resultaba fácil plantarte solo frente a varias personas y marcar tu límite. Nunca sabías por dónde te podrían salir.

Pero mi querida rescatadora no estaba convencida.

—Sí lo es.

—No, no lo es, Jenna —le dijo Naya—. Después de todo lo que pasó en el instituto… Me he acordado de lo insignificante que me sentía en aquella época. Me… me he bloqueado.

Hizo una descripción bastante acertada, yo mismo me había sentido así muchas veces. La única diferencia consistía en que ella lo había vivido con la gente que la acosaba en el instituto, mientras que yo lo había experimentado con mi padre.

Jenna, por su parte, no estaba del todo satisfecha con la situación. Miró la casa, nos miró a nosotros y se dio la vuelta.

—Esperad aquí un momento.

—¿Que esperemos? —repitió Naya.

—Voy a entrar a por tus cosas. Ahora vuelvo.

—Te acompaño —dije automáticamente.

—No. Quédate con Naya. No tardaré.

Y una mierda.

—De eso nada. Tú ahí no entras sola.

Jenna encabezó la marcha hacia la casa. Naya no se separó de mi lado cuando entramos. De hecho, apretaba con fuerza las manos en mi brazo. No podía culparla. Incluso me daba un poco de lástima.

—Cuando quieras, saco al chico malo que llevo dentro —bromeé en voz baja.

Al menos logré que Naya sonriera un poco a pesar de los nervios.

—No creo que haga falta.

—Bueno, tú solo tienes que darme la señal.

—Gracias, Ross.

En el jardín trasero se encontraba casi toda la gente que había asistido a la fiesta. La mayoría iban semidesnudos y se bañaban en la piscina climatizada, mientras que los otros estaban en la zona del césped. Entre esos últimos había una chica de pelo rizado y vestido largo que llevaba puesto el collar de Naya. Nos vio nada más pusimos un pie en el jardín, y todos sus amigos se volvieron hacia nosotros.

Sin embargo, centró la atención en Jenna, que estaba delante de nosotros.

—¿Te he invitado? —le preguntó en tono de burla. Sus amigos intercambiaron sonrisas desdeñosas.

—No. —Jenna no pareció muy afectada. Incluso se cruzó de brazos—. Has invitado a una amiga mía. Se llama Naya. Quizá te suene, teniendo en cuenta que llevas puesto su collar.

No me gustaba cómo la miraban los amigos de la anfitriona. Dejé que Naya se escondiera un poco tras de mí y aproveché para acercarme.

—¿Y qué eres? ¿Su guardaespaldas? —La chica le sonrió—. No intimidas mucho.

Uno de sus amigos dio un paso hacia Jenna, y yo me coloqué automáticamente a su lado. No quería volverme loco delante de ella, pero tampoco permitiría que un borracho se lanzara sobre ella.

—¿Por qué no devuelves el collar y terminamos con esto? —sugerí, sin despegar mi mirada del amigo.

Y él supongo que se sintió atacado, porque nos advirtió:

—Será mejor que os vayáis.

¿Y nos vas a obligar tú, campeón?

A modo de provocación, le mandó un beso a Jen y otro más grande a Naya. Apreté los dientes. Oh, así que quería jugar, ¿eh? La diversión le duraría bien poco.

—¿Y por qué iba a dártelo? —preguntó la chica, mientras tanto.

Pasmada, Jenna abrió la boca.

—Porque no es tuyo.

—Ahora lo es. Me lo he ganado.

—No, lo has robado.

—Estoy en mi casa, puedo hacer lo que quiera.

—¡De eso nada! —exclamó Jenna, ya alterada porque se sentía impotente.

—Mira, esta conversación se me está haciendo muy pesada, ¿vale? Te recuerdo que estás en mi casa. Y no eres bienvenida, así que te recomiendo que te vayas.

—No sin el collar.

—No lo repetiré.

—No nos iremos sin el collar —remarqué yo.

—¿Por qué os la jugáis por ella? —intervino el capullo que se nos había acercado—. Decidle a la zorra de vuestra amiga que venga ella misma a por su collar, si tanto lo quiere.

Me volví instintivamente hacia Naya. Claramente, esa palabrita le había sentado como una patada en el estómago. Apreté los puños sin darme cuenta. Entonces, su expresión de miedo cambió a la perplejidad absoluta.

Me volví de nuevo, justo a tiempo para que Jenna me apartara, se adelantara un paso y se plantara frente al capullo.

Y sin más preámbulos, esa chica pequeña y tierna a la que se le formaban arruguitas en la nariz cuando fingía estar enfadada… le reventó la nariz de un puñetazo.

Creo que entreabrí los labios por la impresión. No estoy muy seguro, porque no podía dejar de mirar la escena. El chico retrocedió dos pasos, gimoteando y sujetándose la zona afectada. Ella sacudió el puño con una mueca de dolor. Todos los amigos contemplaban la escena con la misma expresión que yo. Gritaron algo, pero no lo entendí. Estaba demasiado ocupado flipando.

Y entonces Jenna se volvió hacia la cumpleañera.

—¿Me puedes dar el collar de mi amiga Naya?

Por supuesto, no dudó en dárselo.

Cuando Jen se nos acercó, ya no quedaba rastro del Harry el Sucio que había invocado unos segundos atrás, incluso esbozaba de nuevo esa sonrisa tierna que siempre la había acompañado.

Y, sin borrarla, preguntó:

—¿Nos vamos?

Quiero casarme con ella.

Me obligué a seguirla. Tuve la impresión de que incluso los pantaloncitos cortos le quedaban mejor que cuando habíamos entrado. Estaba tan impresionado que no disimulé que la estaba mirando, y Naya me pellizcó en el brazo para devolverme a la realidad.

Aun así, solo conseguí hablar una vez que estuvimos fuera.

—Le has dado un puñetazo —dije con perplejidad—. En toda la nariz.

Jenna caminó de espaldas para sonreírnos. No había quedado muy afectada, y, por algún motivo, eso me gustaba aún más.

—No ha sido para tanto —aseguró—. Deberías ver a mi hermano Sonny. Era boxeador. Me enseñó a golpear, pero nunca lo había necesitado. Tengo que contárselo.

Naya la felicitó, entusiasmada, pero yo no me uní. Más que nada, porque en ese momento me di cuenta de que tenía los nudillos rojos. Sin pensarlo, me acerqué a ella, aun desconociendo si ya estábamos en esa fase de la relación en la que podía tocarla cuando me viniera en gana.

Para mi sorpresa, no me apartó. Dejó que le sujetara la mano para que viera mejor la zona afectada.

—¿Te has hecho daño? —le pregunté en tono de regañina.

—Un poco.

Tenía los nudillos del índice y del dedo corazón de color rojo. Joder, era verdad que sabía golpear. Lo había hecho a la perfección.

Al ver que sabía defenderse me gustó incluso más, y cuando levantó la cabeza y me miró a los ojos..., boom, se me aceleró el corazón.

Verás cómo se acelerará cuando te lo rompa.

—Con el puñetazo que le has metido, no me extraña —mascullé, sin saber si reír, llorar o poner mala cara. Opté por sacudir la cabeza. No tenía la mano hinchada. Buena señal—. No parece nada grave.

—Podríamos pedirle hielo a Chris en la residencia para que no se hinche —ofreció Naya, y me pareció una buena idea—. Es lo mínimo que puedo hacer.

—Vamos, os llevaré.

De camino al coche, miré de reojo a Jenna. Volvió a sacudir la mano distraídamente, trataba de quitarse el dolor del golpe de encima y, sin embargo, esbozó una sonrisita, orgullosa de sí misma.

El trayecto a la residencia trascurrió en silencio. Naya miraba su collar, Jen se frotaba los nudillos y yo estaba concentrado en la carretera.

—Gracias por acompañarnos —me dijo Naya cuando llegamos, y luego se volvió hacia Jenna—. Voy a por el hielo.

—No creo que haga falt...

No dejó que terminara la frase, pues ya había salido del coche.

Jenna se quedó mirándola un momento antes de volverse hacia mí y sonreír.

—Gracias por haber venido.

Podía acostumbrarme a tantos agradecimientos seguidos, la verdad.

—No querría meterme contigo, Jen. He visto los puñetazos que das.

No me di cuenta de la cagada hasta que vi su expresión. Ella parpadeó, sorprendida, y yo me tensé de pies a cabeza. ¡Se suponía que ese apodo era para burlarme de Naya, no para decírselo a ella!

—¿Desde cuándo me llamas Jen? —preguntó.

Improvisa, ¡IMPROVISA!

—Desde hace cinco segundos —solté torpemente.

No es la mejor improvisación de la historia, pero tendrá que valer.

—Creo que nunca me habían llamado así.

—Si prefieres «pequeño saltamontes», puedo adaptarme.

—Jen está bien —aseguró con una sonrisa que disipó un poco la tensión en mis hombros—. Buenas noches, Ross.

—Buenas noches, Jen.

Vale, había sonado raro. ¿Había sonado raro? Sí, había sonado raro.

Pero ella no dijo nada. De hecho, me pareció que le gustaba. Así pues, en vez de autocorregirme, simulé que me sentía seguro de mí mismo.

Como continuaba mirándome con una sonrisa, señalé la puerta del coche con un gesto.

—¿Piensas irte o estás esperando un beso de buenas noches?

Entonces perdió la sonrisa y puso los ojos en blanco.

¿He mencionado ya que cuando me pongo nervioso digo *gilipolleces*?

—Que te den —dijo, medio en broma medio irritada.

—A ver si hay suerte.

Tras ese comentario, se bajó del coche y entró en la residencia.

5

Una monja sin piedad

Al menos una vez por semana, Will o yo cometíamos el gravísimo y peligrosísimo error de tocar algo de Sue, por lo que esta nos echaba una bronca. Ese día le había caído a Will, así que yo lo esperaba sentado en los escalones del edificio. Tardó tanto que incluso me dio tiempo a fumarme un cigarrillo. Al pobre lo había dejado solo ante el peligro; sin embargo, se llevaba mejor con Sue que yo, así que seguramente la estaría ayudando a arreglar lo que fuera y bajaría de un momento a otro.

Miré el móvil. La chica del bar me había hablado de nuevo, me comentaba una tontería, pero claramente dejaba la conversación a punto para que le pidiera que nos viéramos otra vez. Me quedé mirando la foto de Emily unos segundos, dudaba entre el sí y el no, y entonces oí los pasos de Will. Me puse en pie al tiempo que escondía el móvil.

—¿Qué tal la bronca? —bromeé.

Su expresión cansada me lo dijo todo.

—Cállate. Ya me reiré cuando te toque a ti.

—Es que no debes tocar sus cosas, señorito.

Will sonrió y nos subimos al coche, lo había aparcado frente a la entrada mientras lo esperaba. Encendí la calefacción, bajé el volumen de la música y me encaminé hacia la residencia. Iríamos al cine con Jen y Naya.

Will suspiró y se acomodó en el asiento.

—¿Qué tal las clases? —le pregunté.

—¿En serio me vas a hablar de clases?

—Yo qué sé, intentaba romper el silencio.

—O intentabas no hablar de lo que no te interesa.

No dije nada. Will, sin embargo, continuó mirándome con media sonrisita malvada.

—¿Qué quieres? —protesté, impaciente.

—Nada.

—No, ¿qué?

—Sabes *qué*.

—No lo sé.

Claro que lo sabía.

—Muy bien. —Se encogió de hombros.

—Sea lo que sea que estés pensando, estás equivocado.

—Ni siquiera sabes lo que iba a decir.

—Claro que lo sé.

—¿No has dicho que no lo sabías?

—Te crees que quiero algo con la amiga de Naya —dije finalmente—, pero no es así.

Will soltó una carcajada bastante molesta.

—¡Ahora es la amiga de Naya! ¿Ya no es Jenna? ¿O Jen, mejor dicho?

Al oír lo último, di un respingo.

—¿Qué...?

—Se lo contó a Naya. Y ella a mí, claro.

—No me extraña que hayáis durado tanto, sois dos cotillas...

—Vaaale, voy a dejar el tema.

Will volvió la cabeza hacia la ventanilla, y yo me mordisqueé el labio inferior. Ahora que había sacado el tema, ya tenía una excusa para preguntarle algo que me rondaba en la cabeza hacía ya unos días.

—Así que Naya te cuenta cosas de Jen, ¿eh? —le comenté con tanta discreción como pude.

—Ajá.

—Y..., em..., ¿te ha dicho algo más?

Will me miró con curiosidad.

—¿Hay algo que quieras saber?

—Qué va.

—Iremos más deprisa si lo preguntas directamente, pero como tú veas.

Permanecí unos segundos en silencio; finalmente, suspiré y cedí:

—¿Te ha dicho algo de su..., em..., de su novio?

No quise mirarlo pese a que estábamos parados en un semáforo en rojo. Will sí que me contempló. Durante un buen rato, además. Estaba analizando mi expresión, así que intenté permanecer lo más neutral posible.

—¿Tanto te gusta Jenna? —preguntó al final, pasmado.

Apreté los labios.

—¿He dicho eso?

—No lo has dicho, no.

—No me gusta. Me parece... interesante.

—Sí, a mí Naya también me parecía interesante. Por eso empecé a salir con ella.

Solté un gruñido de frustración, y él se rio entre dientes.

—No me ha comentado mucho sobre su novio —dijo al final, y me centré en la conversación—. Creo que Jenna tampoco le habla demasiado de este asunto. Solo sé que a Naya no le gusta demasiado. Dice que Jenna siempre se queda con mala cara después de hablar con él, y que sospecha que su relación no es demasiado sana.

Reflexioné unos segundos.

—Pues que lo deje —concluí—. ¿Qué problema hay?

—Ninguno. Solo tienes que decírselo a Jenna.

—No es mi problema.

—Pues bien que hayas preguntado.

—Es que estoy haciendo un corto sobre relaciones abiertas y me interesaba saberlo, ¿vale? Nada más.

Will soltó una risotada. Subí el volumen para no oírla.

Llegamos a la residencia un poco antes de lo acordado. Chris saludó a Will con un gesto, mientras que a mí simplemente me puso mala cara.

—Fíjate —murmuré, ya en el pasillo—. Cuando voy contigo, no me pone ninguna pega.

Will sonrió y llamó a la puerta. Naya abrió casi al instante y, por supuesto, se saludaron con un morreo. Suspiré.

—¿Y Jenna? —pregunté.

—*Jen*... —Naya hizo especial énfasis en la palabra, y ambos se rieron—... está en la ducha. ¿Ya la echas de menos?

¿En qué momento habían convertido esa palabra en una herramienta para burlarse de mí? Malhumorado, pasé por su lado y fui a sentarme en la cama que ellos no usarían para continuar enrollándose.

Jen tenía las cosas bastante ordenadas. Había hecho la cama, tenía los zapatos bien colocados a los pies de esta, el armario cerrado y varias fotos sobre la cómoda. Era todo lo contrario a Naya y, sinceramente, a mí. Menos mal que las pocas veces que había pisado mi habitación la había encontrado ordenada.

Will le dijo algo a Naya, ella soltó una risita y tiró de su mano hasta que quedaron tumbados en la cama. La cosa iba para largo. Suspiré y estiré el brazo para alcanzar uno de los libros. Sin embargo, me sorprendí un poco al averiguar que no era una novela, sino un álbum de fotos.

A ver… debería dejarlo.

Pero no lo harás.

Claro que no lo haría.

Con el ruido de la ducha de fondo, empecé a pasar fotos. Lo más probable era que Jen me golpeara nada más descubrirme, pero mi curiosidad estaba venciendo la batalla a mi decencia. La mayoría de las imágenes eran de su infancia, aparecía acompañada —supuse— de sus hermanos. La que más salía era la mayor, era de quien más me había hablado. ¿Se llamaba Shanon? Estaba casi seguro de que sí. Pasé página. Estaban todos en la playa. Parecía que le gustaba. Hacía castillos, se bañaban en el mar, merendaban todos sentados en las tumbonas y las toallas…

—Míralo, qué tierno —comentó Naya entonces—. Intenta ponerse al día con la vida de su chica.

La miré con cara de pocos amigos. Will y ella se reían abiertamente de mí.

—Algo tendré que hacer mientras os succionáis mutuamente —murmuré.

—No va a admitirlo —le dijo Will a su novia.

—Ya lo veo. Ross Rossi Ross es un enamorado muy tímido, ¿quién lo habría dicho?

—¿Por qué no os metéis mano y me dejáis en paz?

Lejos de ofenderse, Naya le dijo algo en la oreja y Will empezó a reírse a carcajadas. Intenté que no me afectara, pero me resultó imposible.

—¿Qué? —mascullé.

—Nada, nada.

—No, ¿qué? ¿Qué es tan gracioso?

—Solo hacía apuestas sobre cuál será el próximo apodo cariñoso —dijo Naya—. Hemos empezado por Jen..., ¿el próximo cuál será? ¿Amor mío? ¿Cariñito? ¿Luz de mi vida?

Will se rio ante mi cara de indignación. Sacudí la cabeza y volví a concentrarme en el álbum.

—Sois dos críos.

—Y tú también —aseguró ella—. A ver, ¿no has quedado con nadie esta noche?

—Con vosotros.

—¿Y ayer? ¿Y pasado?

—¿Y a ti qué te importa?

—¡Ross! —exclamó, entusiasmada—. ¡Por primera vez en tu vida no te estás tirando a todo lo que se mueve cerca de ti! ¡Eso tiene que significar algo!

—Sí, que no me apetece. ¿O quieres que me vuelva a apetecer con tu compañera de habitación, Naya? Porque te recuerdo que no te hacía ninguna gracia.

—Oh, por favor..., como si a ella le interesaras.

Eso me ofendió mucho más de lo que debería. Coloqué el álbum estratégicamente para que me tapara la cara, y ellos volvieron a lo suyo.

Ahí seguían —y yo, con mi enfado— cuando Jen salió del cuarto de baño.

—Hola, ¿eh?

Bueno, por lo menos no era el único a quien le parecía insoportable que no hicieran más que enrollarse.

Bajé un poco el álbum y el universo me recompensó con la maravillosa imagen de Jen en albornoz. Era de Dori. Se me ocurrían *looks* más sexis, pero igualmente me gustó. Lejos de la sensualidad, inspiraba ternura. Era más... Jen. Y quizá por eso me gustaba.

Joder, Naya tenía razón al reírse de mí. Qué asco daba.

—Empezaba a sentir que me fundía con el entorno y me volvía invisible —murmuré—. Estoy cansado de oír succiones y lametazos.

Logré que Jen se riera. Me distrajo tanto que no esquivé el cojín que mi mejor amigo me acababa de lanzar a la cabeza.

—Bonito albornoz —apunté, y, presa del pánico, me obligué a añadir algo menos tenebroso—. Se nota que hasta hace poco solo habías visto *Buscando a Nemo*.

—No tengo otro —aseguró, y se sentó a mi lado—. ¿Se puede saber qué haces con mi álbum?

No sonaba ofendida, me pareció que no se lo había tomado a malas. Hice un puchero para librarme, solo por si acaso.

—Me aburría.

—¿Y no tienes móvil?

—Sí. Pero me gusta más el drama realista. ¿Quiénes son?

Jen sonrió y se me acercó un poco más para coger el álbum y ver las últimas fotos que había mirado yo. Pasó unas páginas más con curiosidad.

En aquel momento, Naya ya había dejado los besuqueos y me miraba con desconfianza. Después de todo, su amiga estaba semidesnuda en una cama conmigo. No sonaba nada mal. Con una sonrisa malvada, me apoyé en un codo y me acerqué tanto que prácticamente miré el álbum por encima de su brazo. Jen no me apartó. Todo lo contrario: se giró un poco para que pudiera verlo mejor.

Miré a Naya con una sonrisita malvada. Ella entrecerró los ojos. Así que no podía hacer nada porque Jen pasaría de mí, ¿eh? Pues toma esa.

—Mi novio, Monty…

Esas palabritas me descentraron del todo. Bajé la mirada al álbum y me quedé mirando la cara bobalicona de un chaval que, en la foto, le había pasado un brazo a Jen por encima de los hombros. Era rubio, grandullón y, repito, con cara de tener pocas luces. Aunque quizá eso me lo hacían pensar mis ganas de que fuera un capullo fácilmente olvidable.

Así que esa era la competencia, ¿eh? Interesante.

¿No has dicho que no te interesa?

A callar.

—¿Monty? —repetí con una mueca de desagrado—. Por Dios, ¿qué les hizo a sus padres para que lo odiaran nada más nacer?

Tú lo has odiado nada más verlo.

—Viene de Montgomery —explicó Jen.

—No sé si hace que sea peor.

Volvió a sonreír, me miró demorando la mirada en mí un instante y luego pasó a la siguiente foto.

Vale, ¿realmente me estaba mirando más de la cuenta o era yo, que me montaba mis propias películas? Ya no estaba muy seguro.

No me centré de nuevo hasta que me di cuenta de que Will me observaba sonriente. Naya, en cambio, parecía que me quería matar. Conclusión: se me notaba demasiado. Hora de centrarse.

Jen, por suerte, continuó con la explicación:

—Ella es Nel, una amiga… Bueno, ahora no tan amiga.

—¿Te dijo que le gustaban los superhéroes y la despreciaste?

—No. —Su sonrisa no fue muy alegre, y me arrepentí de haber hecho la broma—. Es una larga historia. Y aburrida. Este es un amigo de Monty —se apresuró a añadir, como para cambiar de tema—. Ese día ganaron uno de sus primeros partidos de baloncesto.

Vale, no quería hablar del tema. Habría que respetarlo.

—Pues la verdad es que tienen pinta de ser malísimos.

—Lo eran. Ahora no tanto. Han entrenado bastante.

Sinceramente, me daba igual lo buenos o malos que fueran. Cualquier cosa aparte de ella sentada en una cama conmigo me importaba una mierda.

Pero entonces me devolvió el álbum y se puso en pie.

—Cinco minutos y estoy lista.

—Si quieres venir así, por mí no hay problema.

Ups.

¿Eso lo había dicho o lo había pensado?

Mientras entraba en pánico por si me había pasado de la raya, y para mi asombro más absoluto, Jen puso los brazos en jarras y se volvió hacia mí… con una sonrisa.

—Gracias por la sugerencia, pero voy a vestirme.

¿Acababa de ligar descaradamente con ella y no se había cabreado?

Mmm…, interesante dato. *Muy* interesante.

—Pues yo voy a ponerme unos malditos tapones en las orejas —murmuré.

Ella sonrió de nuevo, me volvió a mirar más tiempo del necesario y se metió en el cuarto de baño.

Un día de esos iba a darme un infarto.

Ya en el coche, Naya no dejaba de parlotear. Pensé en subir el volumen, pero me pareció demasiado maleducado, así que opté por cambiar de tema:

—¿Dónde íbamos?

—Centro comercial. Cine. —Ella se asomó entre los asientos delanteros—. ¿Podemos ir a ver la película esa de guerra?

Jen suspiró.

—¿Guerra? No me apetece llorar.

—Me uno a Jenna —dijo Will.

Yo también me uniría a Jenna, la verdad.

Chico, estás descontrolado.

Pues un poco.

Rebusqué en los bolsillos hasta que, con una mano, conseguí colocarme un cigarrillo entre los labios y encenderlo. Tras la primera calada, me sentí un poco más relajado. Capté la mirada de Jen por el retrovisor, pero no dijo nada.

—¿Y cuál es la alternativa? —preguntó Naya.

—La de miedo —intervine yo entonces—. La de la monja esa.

—Sí —Will asintió—, esa parece una buena opción.

Las chicas no estaban muy convencidas.

—No sé… —empezó Jen.

—Ni de coña —masculló Naya.

Apoyé el brazo en la ventanilla y miré a Naya por el retrovisor. Se había cruzado de brazos y me ponía mala cara. Sonreí y solté el humo entre los labios.

—¿De quién es el coche? —le pregunté con retintín.

—Tuyo, pero…

—Entonces, la de la monja.

—Eso no es justo, Ross.

—La vida es injusta.

—No tiene por qué serlo.

—El coche es mío, ¿recuerdas?

Entonces fue Jen quien se asomó entre nuestros asientos.

—Sí, pero el cine no es tuyo.

Abrí la boca y volví a cerrarla, no supe qué decir. Incluso se me había borrado la sonrisa. Will se rio a carcajadas y Naya me sonrió con malicia.

—Deberías venir más veces, Jenna —aseguró el primero—. No mucha gente sabe hacer que se calle.

—Yo confiaba en ti —la acusé, volviendo la cabeza hacia ella.

Casi al instante, Jen dio un respingo y se apresuró a volverme la cara de nuevo.

—¡Mira al frente!

—Pero ¡si estoy en una carretera recta!

—¡Anda que no ha muerto gente en carreteras rectas!

El único que seguía centrado en la conversación era Will, que preguntó:

—Bueno…, ¿qué película vamos a ver?

—La de terror —dije enseguida.

—Yo también quiero verla.

Miré por el retrovisor. Jen hizo contacto visual conmigo, luego con Naya y finalmente suspiró con derrota.

—Pues la de terror, supongo.

Tras mi pequeña victoria, aparqué el coche junto al centro comercial y atravesamos el aparcamiento. Will y Naya encabezaban el grupo, mientras que Jen y yo, pese a restar en silencio, nos rezagamos un poco. Pensé en cogerle la mano, pero me pregunté por qué demonios haría algo así y descarté la idea.

Ya con las palomitas, me sentí mucho más cómodo. Empecé a comerlas a bocados mientras seguía a Jen hasta nuestros asientos. Sin embargo, ella se detuvo en seco al entrar en la sala. Cuando se dio la vuelta pensé que iba a darme una bofetada —merecida, seamos sinceros— por haberla estado mirando todo el rato. Pero no. Lo que señalaba era la pantalla de proyección.

—¡Es gigante!

Mi cerebro pervertido tardó varios segundos en darse cuenta de que tan solo hablaba de la pantalla.

No quería burlarme, pero sí que sonreí con diversión. Entonces, Jen ocupó el asiento que había junto a Naya y Will, y yo me coloqué a su lado. En cuanto estuve acomodado, me puse a engullir de nuevo.

La sala se estaba llenando y ya habían apagado parte de las luces. Los murmullos empezaron a aquietarse y dieron comienzo a los tráileres. Mientras tanto, Jen observaba la pantalla con los ojos muy abiertos. Estaba claro que nunca había visto algo así.

En serio, era como ver a un androide experimentando por primera vez con la raza humana.

Una vez acostumbrada a la novedad del momento, volvió a centrarse en mí. Más concretamente, en todo lo que estaba comiendo.

—¿Siempre tienes tanta hambre? —susurró.

Se había inclinado para que la oyera bien. Podría acostumbrarme muy fácilmente a tenerla tan cerca.

—Siempre —le aseguré.

—¿Y no engordas?

—Nunca.

Su nariz se arrugó un poquito con la mueca de desagrado.

—Creo que te odio.

Estuve a punto de reír. No, no dejaría que me odiara. Aunque teniendo en cuenta mi experiencia con otras chicas, era probable que lo hiciera.

—No, yo no lo creo.

—Vale, no te odio. Pero me caes peor.

—¿Te caería mejor si te regalara palomitas?

Miró el cubo con interés.

—Quizá.

Por supuesto, le dejé coger lo que quisiera. Se hizo con un puñado de palomitas y, mientras se las zampaba, un pensamiento me invadió la mente; no lo había tenido en cuenta hasta ese momento.

—Oye —murmuré, inclinándome hacia ella.

Jen me miró muy de cerca. Más cerca de lo que habíamos estado nunca. Pero ni siquiera pareció darse cuenta. O era una excelente actriz o vivía sin enterarse de casi nada.

Apuesto por la segunda.

—¿Qué pasa?

—¿Alguna vez has visto una película de terror?

—Eh…, no. ¿Por qué? —Como no le respondía, me dio un pequeño codazo divertido—. ¿Qué?

—Creo que esta noche te arrepentirás de haber venido.

Tuvo la desgracia de que la película empezara, precisamente, con una escena de terror puro y duro. Yo miraba la pantalla sin mucho interés, pero ella fue tensándose cada vez más. Incluso dejó de comer palomitas. No despegaba la mirada de la pantalla. Y, de pronto, llegó el susto de la primera escena. Jen dio un salto y, automáticamente, me rodeó el brazo con ambas manos. La miré, sorprendido. Ella se pegó por completo a mi costado.

Vaaale, no había sido tan mala idea. De pronto, el terror era mi género favorito.

Acabó abrazada a mi brazo y con la mejilla pegada a mi hombro. Y no recuerdo haberme sentido tan cómodo con el contacto humano en mucho tiempo. Estaba mirándola de soslayo cuando, de repente, sus dedos me apretaron con mucha fuerza. Otro susto.

Benditos sustos.

Jen era incapaz de despegar la mirada de la pantalla, ni siquiera cuando me hablaba en susurros:

—¿Cómo se mete ahí?

—Si no lo hiciera, no habría película.

—Lo sé. —Volvió a apoyar la mejilla en mi brazo—. Pero es tan estúpida…

Yo sí que era estúpido, que no me atrevía a dar el paso de rodearla con el brazo.

Y entonces la película terminó y Jen se separó de mí. No se había dado cuenta de lo mucho que me había apretado, porque cuando vio las marcas rojas de mis brazos se quedó lívida. Si supiera que no me dolían en lo más mínimo…

Pero no me dejó decírselo. Ya se había apresurado a seguir a la parejita, supongo que por la vergüenza que la abrumaba —y el miedo a que la monja la persiguiera—. Yo hice lo propio y, tras tirar el cubo vacío a la basura, los acompañé a la salida.

—Podéis venir a casa —sugirió Will por el camino.

Estaba claro que Naya aceptaría, pero con Jen no estaba tan seguro; se puso a juguetear con los dedos, como todas las otras veces que se había puesto nerviosa.

—Yo debería irme a la residencia, la verdad…

—No seas así —le suplicó Naya—. Vamos, porfa, porfa…

Pareció que Jen iba a negar con la cabeza y me descubrí a mí mismo suplicando que no lo hiciera. Quería que volviera a mi habitación; aun sin que sucediera nada, quería pasar más tiempo con ella.

¿Quién eres tú y qué has hecho con Ross?

Buena pregunta.

—Luego te puedo llevar a la residencia —dije demasiado precipitadamente, así que intenté arreglarlo con una broma—: Estoy empezando a asumir que soy el chico de los recados.

Ciertamente, me sorprendió que dijera que sí, pero su mirada se clavó en la mía y me pareció que no dudaba un segundo en dedicarme una pequeña sonrisa.

—Bueno…, vale.

Naya no se lo tomó tan bien como yo.

—¿En serio? ¿A mí me dices que no y a él que sí?

—Es que a mí me gusta Tarantino, Naya —le expliqué—. Dentro de la jerarquía social, ni siquiera te acercas a mi puesto.

—Exacto. —Jen me siguió la broma—. No sois ni comparables.

Naya puso los ojos en blanco.

Tras una sesión de pizzas en el salón, Jen aceptó ver una película en mi habitación. Cualquier cosa era más apetecible que hacer de sujetavelas de la parejita, supongo. Nos acomodamos en mi cama, le enseñé la pantalla del portátil para que eligiera alguna película, y nos pusimos a verla.

O, mejor dicho, yo me puse a verla. Ella solo ojeaba alrededor.

Contuve una sonrisa y pausé la película.

—¿Qué haces? —quise saber.

Le hablé tan de repente que dio un brinco y se aferró con fuerza a la manta.

—¿Yo? Nada.

—¿Estabas mirando el rincón?

—No —mintió rotundamente.

—¿Tienes miedo?

—¡No!

—No pasa nada si lo tienes —le aseguré.

—¡He dicho que no tengo miedo!

—Jen, tener miedo de una película de miedo es… casi obligatorio. En serio, no pasa nada.

—Pues a ti no te veo muy asustado —murmuró.

—Porque ya he visto muchas. Y en todos estos años no me ha atacado una monja asesina, así que puedes estar tranquila.

Pese a todo, no se había tranquilizado por completo. Continuaba jugueteando con la manta y ahora, además, también miraba la puerta. ¿Quería irse?

—¿Qué? —pregunté.

—Es de noche.

—Gracias por avisarme. No me había dado cuenta.

Suspiró y yo sonreí. ¿Qué le ocurría?

—Es que está oscuro —insistió en voz baja.

—Sí, la noche suele implicar oscuridad.

Jen apartó la mirada, avergonzada, y habló tan bajito que apenas pude oírla:

—¿Puedes… acompañarme al baño?

Y, por primera vez con ella, salió inevitablemente el idiota que todos sabíamos que era. Me eché a reír a carcajadas. Jen levantó la mirada y, ofendida, se quitó la manta de encima.

—Sabía que no tendría que habértelo pedido.

Seguí riéndome incluso cuando se puso en pie. Indignada, amenazó con tirarme una almohada.

—¡Ross! ¡Eres un idiota!

Vale, eso había sonado a enfado. Oh, oh. Me levanté de un salto y me apresuré a alcanzarla antes de que saliera de la habitación.

—No, espera. Vamos, te acompaño.

—No, ahora ya no quiero.

No pude evitarlo. Ya había desatado mi lado idiota y no tenía quien lo parara. Le pasé un brazo por encima de los hombros.

—Pues yo sí quiero. Te cubro las espaldas.

No sé qué me sorprendió más, que Jen no se enfadara todavía más o que no me apartara el brazo. Dejó que la acompañara a la puerta del baño y, una vez ahí, me pidió que la esperara. Apoyé un hombro en el marco y aguardé pacientemente.

Durante un minuto que desbordó mi límite de paciencia.

—¿Sigues viva? —pregunté.

No la veía, pero estaba seguro de que había puesto los ojos en blanco.

—Eso creo.

—¿Y cómo sé que eres tú y no te está obligando a decir eso una monja loca?

—Porque te lo digo yo.

—Pero ¿cómo sé que eres tú y no…?

Abrió la puerta de golpe, interrumpiéndome. Yo volví a reírme como un capullo, no podía evitarlo.

—No tiene gracia —mascculló—. Estoy asustada.

—¿Quieres un abracito para que se te pase el mal rato?

—Que te den.

Dejé de reír, sorprendido, cuando me lo espetó de ese modo. Espera, ¿estaba enfadada de verdad? Nunca la había visto enfadada, así que no tenía ningún punto de referencia. Me apresuré a seguirla a mi habitación sin saber qué esperarme, y una vez ahí comprobé que no, que solo estaba irritada por la situación.

—¿Nunca has tenido miedo de una película de terror? —preguntó cuando me senté a su lado, en la cama.

—Bueno…, de pequeño vi una escena de *El exorcista*. La de las escaleras. Estuve unas cuantas noches asustado.

—¡Y te ríes de mí! —Me empujó por el hombro, indignada.

—¡Yo tenía ocho años, tú tienes diecinueve!

—Dieciocho.

Se interrumpió a sí misma al oír el sonido de la cama de Will. Ya habían empezado a dar botes, como de costumbre. Suspiré con pesadez.

—Ya empieza la fiesta.

Jen había enrojecido. Claramente, todo lo relacionado con el sexo no la hacía sentir cómoda.

—¿Siempre son así de...?

—¿... pesados?

—Iba a decir cariñoso.

Era incapaz de mencionar algo malo de ellos, ni siquiera en una situación así. Esbocé media sonrisa.

—Sí, siempre son unos pesados muy cariñosos —aseguré—. Pero no te preocupes, Sue no tardará en cortarles el rollo.

—¿Qué quieres decir?

A modo de demostración, nuestra compañera de piso fue a golpearles la puerta y a gritarles que se callaran. Obedecieron al instante. Sonreí.

—Siempre me quejo de Sue, pero la verdad es que ayuda bastante en ese sentido. Además...

El móvil me sonó y bajé la mirada, alarmado por si era Emily. Pero no. Era... ¿Lana? ¿Por qué me llamaba mi exnovia? Si hacía meses que no hablábamos... ¿Tenía que acertar justo en una de las pocas noches en las que estaba a solas con Jen? Menuda puntería.

Pero la conocía. No podía ignorarla así como así, porque se pondría el doble de pesada. Lana no era la clase de persona que te permite decirle que no.

—¿Te importa...? —murmuré, y señalé el móvil.

Jen se encogió de hombros.

—Estás en tu casa.

Respondí a Lana de camino hacia el salón, justo en el punto del pasillo en que empezaba a haber cobertura.

—¿Sí?

—¡Hola, cariño!

Me detuve junto a la ventana del salón y me apoyé en ella con una mano.

—¿Cariño? —repetí en tono de escepticismo.

—Sí. ¿Qué pasa?

—Que hacía años que no me llamabas así, sospecho que quieres algo.

—Oh, vamos, solo te llamaba para preguntarte si estás bien y todo eso.

Vale, podía fingir que me lo creía.

—Pues estoy bien. ¿Y tú? ¿Qué tal por la magnífica Francia?

—Oh, es increíble. Deberías haber venido, cariño. Te encantaría.

—No creo que sea para mí.

—¿No ibas a mandar una solicitud a la escuela esa de cine? Está cerca de mi universidad.

—La mandé hace unas semanas —tuve que admitir—, pero no me dirán nada antes de uno o dos meses. Si es que me responden, que lo dudo.

—No seas tan pesimista, vamos. Seguro que te dicen que sí. ¿Te imaginas? Los dos por Francia.

No me lo imaginaba del todo, la verdad.

—Oye, me pillas en mal momento. Te llamaré más tarde, ¿vale?

—¿Y eso? —Sonó divertida—. ¿Estás ocupado con alguien? ¿Otra vez?

—Exactamente. Forma parte de mi naturaleza.

—Pues por mí dejaste de hacerlo.

Sonreí y sacudí la cabeza.

—¿Has llamado para recapitular sobre nuestra relación?

—Ya te he dicho que solo quería saber cómo estás.

—Y yo ya te he dicho que estoy bien.

—Ya veo. —Hizo una pausa. Casi podía imaginarla tratando de adivinar lo que no le estaba contando—. Sea quien sea que te mantiene ocupado, espero que pueda superar las expectativas que te dejé.

—Dijo ella humildemente.

—No te molesto más, entonces. Solo quiero que me digas una cosa.

—¿Qué cosa?

—¿Cómo se llama?

Dudé un momento. Pensé en decírselo, pero entonces me eché atrás.

—No vale la pena ni que memorices el nombre.

Ignoraba de dónde había salido eso, pero Lana se echó a reír.

—Supongo que, al final, hay cosas que nunca cambian.

6

Alguien voló sobre el piso de Jack

Will y Naya no dejaban de besuquearse, como de costumbre. Traté de centrarme en la tele y pasar de ellos, pero resultaba complicado. El ruidito de su amor me originaba una mueca de asco cada vez más pronunciada, y ni siquiera estaba Sue para hacerme un poco de compañía, aunque no fuera la mejor del mundo.

Finalmente, solo pude formular una pregunta:

—¿Dónde está Jen?

Naya se separó y, todavía con los labios hinchados, entrecerró los ojos.

—¿Y a ti qué más te da?

—Me gustaría no tener que aguantar esto a solas.

—Pues deja a mi amiga tranquila, ¿vale? Lo último que necesito es que la espantes igual que hiciste con Lana.

Pero ¿cuántas veces había mencionado a la dichosa Lana desde el primer día de universidad? ¡Nunca antes se había mostrado tan afectada porque se hubiera marchado! Pero no; de pronto, yo era el capullo y ella la pobre exiliada.

—Déjalo tranquilo —intervino Will, acariciándole la espalda.

Naya intentó mirarlo con enfado, pero no le salió tan bien como conmigo.

—Es que siempre hace lo mismo.

—No creo que esta vez sea lo mismo.

Hubo un momento de silencio. Yo no lo había entendido muy bien, pero Naya lo pilló al vuelo. Me contempló unos instantes, parpadeando, y de pronto se volvió hacia su novio, como si necesitara una confirmación de sus sospechas. Él sonrió.

—¡Oh! —exclamó su novia.

—Oh, ¿qué? —pregunté.

—Que no creía que tú…, que… A ver, todo este tiempo me he burlado porque no sabía que la cosa iba en serio, pero ahora…

—No sé qué insinuáis, pero estáis equivocados.

—Vale —accedió Naya con una sonrisita entusiasta—. Vale, lo que tú digas. Estamos equivocados.

—¿Por qué siento que piensas todo lo contrario a lo que dices?

—¡No, no! Tienes toda la razón. Pero… si quieres que le mande un mensaje a Jenna y le pida que venga, solo tienes que decirlo. Nadie en esta habitación le atribuirá ninguna intención oculta. Absolutamente ninguna.

Me pasé una mano por la cara mientras que mi querido amigo Will se reía entre dientes. Y entonces vibró el móvil de Naya. Solo por su expresión, ya supe de quién se trataba.

—¡Adivina quién me acaba de decir que se aburre! —exclamó con una alegría muy inusual a mi alrededor.

Quería hacerme el duro, solo para demostrarles que no tenían razón. De verdad que quería, pero eso era más fuerte que yo.

—Dile que voy a buscarla —solté de sopetón.

Por supuesto, intercambiaron una miradita de complicidad mientras me marchaba.

Como iba solo en el coche, aproveché para conducir tal como a mí me gustaba: como un lunático. Me gané varios pitidos, pero me dio absolutamente igual. Ya tendría tiempo de ir a la velocidad correspondiente cuando Jen se subiera y me pusiera mala cara cada vez que me saltara una señal de tráfico.

Para mi sorpresa, sin embargo, no la encontré en su habitación, sino de pie junto al mostrador, y por la cara de Chrissy deduje que algo no iba bien. Me acerqué con curiosidad.

—… conciencia porque duermas en la calle —decía él en voz baja.

Espera, ¿qué? ¿Dormir en la calle? ¿Quién? ¿Jen? ¿Teniendo yo esa cama tan grande y tan solitaria?

Normalmente me contenía para no tocarla más de lo necesario. De hecho, solía dejar que diera ella el primer paso para no espantarla. No obstante, cuando mencionó que necesitaba un abrazo, perdí un poco de autocontrol.

Chris hizo ademán de acercarse y, rápidamente, me adelanté. De eso nada. Ese abrazo era mío. ¡Me lo había ganado!

La rodeé desde atrás y pegué su espalda a mi pecho. Jen levantó la cabeza, sorprendida, y lo pareció aún más cuando me reconoció. Pero no se separó ni me pidió que me apartara. Todo lo contrario, se pegó un poco más a mi cuerpo.

Otra pequeña victoria, ¿eh?

—¿Y por qué no me lo pides a mí? —le pregunté—. No te diré que no. —Y luego miré a Chris, pues tenerla tan cerca me puso nervioso—. Hola, Chrissy.

Supongo que respondió, pero estaba a millas de escucharlo. Jen no solo se había pegado más a mí, sino que había apoyado una mano sobre la mía, que reposaba en su abdomen. Su lenguaje corporal gritaba, a leguas, que algo iba muy mal. Por eso me centré de nuevo en la conversación.

—Bueno, ¿de qué hablabais? —quise saber. El ambiente estaba tan tenso que sentí la necesidad de calmarlo un poquito—. ¿De los condones de sabor a mora?

Lo malo es que Jen se separó un poco de mí. Lo bueno es que fue para reírse.

—¡Eso son secretos de la residencia! —me increpó Chrissy.

—No puedes pretender dar condones de sabores por el campus sin que se entere todo el mundo.

—Eres un chismoso —musitó Chris—. Hablábamos de los problemas financieros de Jennifer.

Automáticamente, Jen se separó del todo. Estaba roja como un tomate y miraba a Chris con el suficiente cabreo como para que este también enrojeciera.

—Gracias por la discreción, Chris —murmuró ella.

—Ups... Hablábamos de..., sí, de condones con sabor a mora.

—Muy hábil.

—¿Estás mal de dinero?

Aquello lo pregunté yo, aunque lo dije sin pensar, por la sorpresa. Con todo el tiempo que llevaba hablando con ella, viéndola casi a diario... ¿por qué nunca me lo había mencionado? O, mejor dicho, ¿por qué ese asunto la incomodaba hasta tal punto? No era para tanto, ¿no? Todo el mundo tiene algún que otro problema financiero en algún momento de su vida.

Ella se colocó el mechón de pelo de siempre y se aclaró la garganta. Claramente, intentaba hacer tiempo mientras consideraba la respuesta. Aun así, no encontró ninguna.

—No —mascullό—. Bueno…, sí, pero no pasa…

—¿No puedes pagar este mes? ¿Es eso?

Por el amor de Dios. Si era necesario, pagaría diez años para que dejara de poner esa cara.

Pensó él, haciéndose el interesante.

Pero Jen no se tomó muy bien mi interés.

—Eso es privado —murmuró, y miró a Chris con el ceño fruncido. Él fingía que jugaba al puñetero *Candy Crush.*

—Vamos —la animé; no quería presionarla, pero sí que confiara en mí—, puedes decírmelo.

¿Cómo se conseguía que alguien confiara en ti? Nunca me lo había planteado.

Jen tardó un buen rato en responder, pero al final asintió con la cabeza.

—Sí. No tendré el dinero hasta el mes que viene. Si sabes de alguien que ofrezca trabajo de… algo…, lo que sea, sería útil.

Podía ir al tablón de anuncios. Ahí encontraría trabajos por un tubo, todos ideados para explotar a los estudiantes. Pero no quería que tuviera que trabajar mientras estudiaba. Y menos si era solo para pagarse un triste mes de residencia.

Así pues, me jugué toda la baraja a una sola apuesta.

Verás tú como salga mal.

—No, no conozco a nadie —empecé.

—Vaya…

Creo que nunca me había puesto tan nervioso. Y era por una estupidez.

—Pero tengo algo mejor —dije con entusiasmo y nervios, muchos nervios—. ¡Podrías venirte a vivir con nosotros!

La palabra «conmigo» estuvo a punto de escapárseme, pero la contuve a tiempo. Creo que me habría espantado incluso a mí.

La cara de Jen, por cierto, fue digna de ser enmarcada. Parecía… ¿horrorizada?, ¿perpleja?, ¿incrédula? No estaba muy seguro, y mi tensión iba en aumento. Necesitaba que dijera algo cuanto antes.

Su primera reacción no fue muy satisfactoria.

—¿Eh? —graznó en un tono agudo.

—¡Ya me has oído!

—Sí, pero creo que no lo he entendido bien. Es decir…, ¿qué?

—Vamos, ya eres parte de nuestro selecto grupo de amigos.

—No hace ni un mes que me conoces, Ross —recalcó y, aunque tenía toda la razón del mundo, me daba absolutamente igual—. Podría ser una asesina.

—Estoy dispuesto a arriesgarme.

—¡Y tendrías que aguantarme todo el día!

—Oye, yo ya estoy convencido, no necesitas seguir intentándolo.

—Ross, no tengo dinero —insistió en voz baja.

—Pero es temporal, ¿no? Has dicho que el mes que viene tendrás dinero de nuevo, así que podrás volver aquí.

—Sí, pero tendré que pagar algo si voy a vivir con vosotros.

—¿Qué?

La propuesta me ofendió bastante más de lo que debería. ¡Claro que no tenía que pagar! Una cosa era que lo hicieran Will y Sue, que vivían conmigo. Pero si Naya necesitara amparo durante un tiempo, ni se me ocurriría pedirle un alquiler. ¿Cómo podía pensar Jen que a ella sí que se lo requeriría?

—Déjate de tonterías —mascullé—. Si no tienes dinero, no vamos a obligarte a pagar.

—Y, mientras, ¿cómo me gano mi lugar en el piso? ¿Con amor?

Por favor y gracias.

—Es una opción a la que no me negaré.

Seguí insistiendo, y ella continuó negándose. Un verdadero tira y afloja. Pero sentía que, en el fondo, Jen quería hacerlo. Por eso no desistí.

—No sé qué decirte, Ross... —admitió finalmente.

—Entonces, di que sí.

Chris se entremetió en la conversación y, por suerte, se puso de mi parte. Mencionó algo sobre dos meses, sobre perder la habitación si llegaba alguien nuevo..., pero yo no lo escuchaba. Observaba la expresión de Jen, que mantenía un debate interno muy intenso.

—E-espera —dijo entonces—, ¿dos meses? Yo hablaba de solo un...

—Tres meses me parece bien —intervine.

—¡¿Tres?! ¿Qué...?

—Bien —atajó Chris al tiempo que colocaba un papel sobre el mostrador—, entonces, solo tienes que firmar aquí como si abandonaras la residencia. Intentaré ofrecer cualquier otra habitación si viene alguna chica nueva. Eso servirá para distraer a mi jefe.

Y una vez arreglado el papeleo, me importó un rábano la conversación. Cogí a Jen de la mano y la arrastré conmigo hacia las escaleras. De pronto, estaba entusiasmado. ¡Se venía con nosotros!, ¡no era un simulacro!, ¡iba a hacerlo de verdad! Me sentía como un crío en Navidad.

—¿No deberías avisar a Will? —preguntó mientras subíamos las escaleras.

—¿A Will?

—Bueno, es su piso. Creo que lo agradecerá.

Me quedé mirándola, pasmado. ¿No sabía…? Ah, claro. No lo sabía. Nunca le había comentado muy a fondo quiénes eran mis padres, hasta qué punto destacaban en sus respectivos campos o incluso el modo en que me habían criado. Claro que no se creía que el piso fuera mío. Will encajaba más que yo en el tipo de persona que tiene cosas a su nombre.

Sentarme en su cama y ver cómo iba de un lado a otro llenando la maleta me resultó muy entretenido. Había intentado ayudarla en varias ocasiones, pero no soportaba que le desordenara las cosas, así que simplemente disfruté de las vistas.

Y como llevaba ya un rato portándome bien, decidí molestarla un poco.

—¿Por qué tienes tantas cosas? Si siempre vas con lo mismo.

Tras repasar su atuendo, me fulminó con la mirada.

—Eso no es cierto.

—No me malinterpretes, me encanta lo que llevas siempre. Ojalá ni siquiera lo llevaras.

De forma instintiva, me lanzó lo que fuera que tenía en la mano. Resultaron ser unos pantalones. Mis favoritos, de hecho. Eran los del primer día.

Riendo, los dejé en la maleta.

—Hoy te has levantado inspirado, ¿no? —murmuró en tono de regañina.

Si supiera que me levantaba así cada día, probablemente se espantaría.

—Yo siempre estoy inspirado. Pero lo disimulo para no asustarte.

—¿Te crees que soy tan fácil de asustar?

—¿Te recuerdo lo de la monja loca?

—¡Eso es diferente!

—Sí, sí. Muy diferente.

Claramente frustrada, lanzó a la maleta unos pantalones hechos una bola. Por primera vez en mi vida, doblé una prenda para recolocarla.

—¿Y cómo es que no tienes dinero para pagar este mes? —le pregunté, precavido. No quería inmiscuirme más de lo que ella me permitiera—. ¿En qué te lo has gastado?

Sin muchas ganas, Jen me explicó lo de sus hermanos. Era la pequeña de cinco —joder— y sus dos hermanos más próximos, que eran gemelos, tenían un taller de mecánica en el garaje de los padres. No debía de ir muy bien, pues el dinero destinado a la residencia de Jen se había invertido para evitar que lo cerraran.

Por el modo en que habló sobre su familia, sospeché que siempre se guardaba parte de la información, que no quiso hacerme partícipe de la magnitud del problema. No estaba muy seguro de si no deseaba que yo lo supiera o si, simplemente, no quería asumirlo ella misma. De todos modos, me encontré a mí mismo observándola con curiosidad durante toda la conversación. No me gustó lo que vi.

No obstante, me animé al llegar al coche, ¡cada vez era más real!, ¡venía con nosotros! Estaba demasiado feliz como para disimularlo, y ella sonrió al ver mi expresión.

—¿Por qué estás tan contento con la situación, Ross?

Por ti.

—No lo sé.

—Sí lo sab…

—¿Escuchamos música? —Subí el volumen sin esperar una respuesta.

El camino se me hizo eterno, no solo porque conducía más despacio, sino por las ganas que tenía de llegar. Ni yo me explicaba el motivo. Solo hacía un mes que la conocía, en realidad no me había dado tiempo a entusiasmarme tanto por su presencia en mi vida.

Y, sin embargo, ahí estábamos.

Por fin llegamos al garaje, y aparqué el coche junto al de Will. Al bajarse y ver que yo resoplaba con su maleta en mano, Jen enarcó una ceja.

—Parece que llevas piedras aquí dentro —protesté.

—Pues pesa lo mismo que el primer día.

—No lo creo. Seguro que has metido más cosas para que me resulte difícil cargar con ella. Tienes una mente perversa.

Por primera vez desde que habíamos hablado de su familia, Jen empezó a reírse.

—O eso o es que eres un debilucho.

Ante tal acusación, solté la maleta y puse los brazos en jarras, indignado. Oh, ¿estábamos de humor para jueguecitos? Porque no iba a ganarme.

—¿Eso es un reto? —quise saber.

—¿Eh? —Su sonrisa se borró.

—¿Lo es, pequeño saltamontes?

—N-no…, no es…

—Ya lo creo que lo es.

Me adelanté al instante y la cogí de las piernas para lanzármela sobre el hombro. Su peso estuvo a punto de desestabilizarme, pero logré mantener el equilibrio y sujetarla con un brazo alrededor de los muslos.

Sí, definitivamente, podía acostumbrarme a eso.

Jen parecía enfadada. Empezó a retorcerse, irritada.

—¡Ross, bájame!

—No haberme provocado.

—¡¡¡Ross!!!

Sonreí y cogí la maleta con la otra mano. Después me encaminé al ascensor. Jen no dejó de retorcerse hasta que pulsé el botón del tercer piso.

—Me está subiendo la sangre al cerebro —informó.

—¿Qué cerebro?

Cuando me golpeó la espalda con la mano abierta, di un respingo divertido. Acababa de vernos en el espejo: ella, colgada boca abajo y con una sonrisa, fingía que estaba irritada; yo la sujetaba con un brazo por encima de mí. Esa estampa no me desagradaba del todo.

—¡Oye! —exclamé—. Ten cuidado o nos mataremos los dos.

—¡Si me bajaras, no correrías peligro!

—Es que me gusta estar así.

Se lo tomó a broma, pero quedaba bastante lejos de serlo.

Como todas tus bromas.

—¿Y eso por qué? —masculló.

—Mi mano está más cerca de tu culo de lo que me dejarías ponerla si estuvieras en el suelo. Es un gran incentivo.

¿Era mentira? No.

¿Podría habérmelo ahorrado? Probablemente.

Mis últimas palabras avergonzaron a Jen y, obviamente, ya no quiso permanecer mucho más tiempo sobre mi hombro. Al final, la bajé y vi que se recomponía la ropa, toda roja y agitada. Casi me inspiró ternura.

—¿Qué? —me desafió, mosqueada.

—Nada. Ha sido un placer tocarte el culo.

—No me lo has tocado, idiota.

—Pues *casi* tocarte el culo. He estado a punto de saborear la gloria.

—Nunca saborearás la gloria.

Lo dijo de forma contundente, pero tenía la esperanza de que no fuera verdad.

—¿Estás volviendo a retarme? —le pregunté—. Porque yo siempre gano un reto, pequeño salt…

—¡No te estoy retando! —aseguró enseguida.

Una vez en nuestro descansillo, la ayudé con la maleta y metí las llaves en la cerradura. Jen, a mi lado, parecía tan ansiosa como yo. Desde que la había soltado, me iba mirando de soslayo y disimulaba cuando la pillaba.

Por primera vez me pregunté si no era tan indiferente a mis encantos como aparentaba; de pronto, la espera para irnos a dormir se me antojó eterna.

Abrí la puerta, entré en el piso y llegué al salón con una gran sonrisa. Will, Naya y Sue me miraron con poco interés, pero me importó un bledo.

—¡Me he ido con las manos vacías y vuelvo con una nueva inquilina!

Y ya es la favorita de su casero.

Tímidamente, Jen apareció a mi lado y los saludó con un gesto, algo cortada.

—Hola.

Todos nos contemplaron con incredulidad. Naya, la que más.

—¿Qué está pasando aquí? —preguntó Will, intercambiando miradas entre ambos.

—Vengo a vivir con vosotros —dijo Jen, con más entusiasmo del que esperaba.

Naya parpadeó varias veces.

—¿Qué?

—Bueno, de forma temporal.

—De eso nada. Hemos decidido llevar nuestra relación un paso más allá —aseguré, y la apretujé contra mi cuerpo—. Os pedimos un poco de privacidad y respeto en estos momentos de felicidad extrema y apoteósica.

—¡¿Qué?! —Naya estaba a una palabra de estallar.

—Que no es verdad, Naya —protestó Jen, separándose de mí—. Voy a pasar una temporada aquí. Si no os importa.

Aparte de su amiga, los demás no estaban demasiado sorprendidos. Sue nos observaba con desagrado, como de costumbre, y Will sonreía.

—Por mí, perfecto —aseguró este último—. Seguro que eres mucho mejor compañía que estos dos. ¿Sabes cocinar?

—Un poco, sí.

—¡Por fin alguien que sabe cocinar!

—¿Y mi chili qué? —protesté.

—Eso es asqueroso.

¡Oye! ¡¿Cómo se atrevía?!

La crueldad humana no conoce límites.

—¡Mi chili es perfecto! —espeté.

—¿Sabes hacer chili? —intervino Jen, sonriente—. ¿Puedo probarlo algún día?

Sin adivinarlo, acababa de cumplir el único requisito necesario para llevarse bien conmigo: hablar bien de mi chili.

Sin embargo, los demás la miraban tan fijamente que enseguida se dio cuenta de que algo iba mal.

—Bueno, o no...

—Olvídate de ellos —le aseguré—. Lo cocinaré solo para ti. Y te enamorarás aún más de mí.

—O lo odiarás mucho más —murmuró Sue de mal humor.

—Perdona, pero soy un cocinero excelente.

—Que solo conoce una receta —recalcó Naya.

—Fingiré que no he oído nada de eso porque sé que en el fondo os encanta mi chili y porque estoy de buen humor. ¡Vamos, ven!

Tras mis últimas palabras, que fueron un grito, cogí a Jen de la mano. Ella me siguió arrastrando la maleta, sonreía.

Durante la cena, Will se reía disimuladamente de mí, pues yo no dejaba de mirarla. Se había puesto unos pantalones cortos de algodón —¿cómo podían quedarle tan bien?, ¿se extrañaría si le pedía que, por favor, se los pusiera cada noche?—, mi sudadera de *Pulp Fiction*, unas gafas grandes y esos calcetines de colores junto con las pantuflas de perrito.

Me gustaba que estuviera ahí. Y me entusiasmaba que no solo cenara con nosotros, sino que se quedara.

Veía a Jen tranquila y con ganas, pero a medida que avanzaba la noche y los demás se iban retirando, me di cuenta de que estaba muy nerviosa. Y, de algún modo, un poco rara; me gustaba que se pusiera nerviosa por mí, me hacía sentir un poco más relevante en su vida.

Antes de acompañarme a la habitación, se encerró en el cuarto de baño. Aproveché el momento para ponerme el pijama; lo improvisé rápidamente porque no solía ponerme nada, pero no quería espantarla. Me hice con unos pantalones largos y una camiseta de manga corta, a tiempo para que no se diera cuenta de que lo había rebuscado en el fondo de mis cajones.

Una vez que estuvo conmigo, hubo un momento de silencio incómodo. Le temblaban las manos, y sus ojitos castaños me recorrían de arriba abajo. Estaba nerviosa. Me obligué a decir algo:

—¿Qué lado prefieres?

No, no se me ocurrió otra cosa. Yo también estaba nervioso, ¿vale?

—¿Eh? —murmuró, parpadeando.

—En la cama, Jen. ¿Derecha? ¿Izquierda? ¿Debajo?

O encima. Por favor, que fuera encima.

—Me da igual —murmuró con la cabeza gacha.

Vale, quizá las cosas no serían tan fáciles como yo me había imaginado. Mejor llevar la iniciativa que dejársela a ella.

—Pues me pido el de la derecha.

Me tiré en la cama con toda la naturalidad que pude —a ver si se calmaba—, pero ella simplemente la rodeó y se sentó. Observé sus gestos. Se quitó las gafas, se desató el pelo, se lo recolocó con las puntas de los dedos y finalmente se pasó las manos por los ojos.

Para cuando me miró, estaba medio embobado.

—Si quieres hacer algo ilegal, este es tu momento —dijo, forzando una sonrisa—. No veo nada.

Bueno, al menos se esforzaba por fingir que todo aquello no le resultaba incómodo.

—Lo tendré en cuenta para el futuro.

Me estiré, apagué la luz y volví a tumbarme. Jen me contempló unos instantes y, finalmente, se tumbó boca arriba y se tapó hasta la barbilla. Permanecimos unos segundos en silencio.

—Buenas noches, Jen —dije entonces.

Me miró. Yo también la miré. De hecho, le sostuve la mirada. En la oscuridad, sus ojos brillaban con más intensidad. Sentí que iba a decir algo. O, más bien, que quería hacerlo.

Pero finalmente volvió el rostro hacia el techo.

—Buenas noches, Ross.

No sé cuánto tiempo pasó, era incapaz de dormirme. No quería mirar el móvil, porque si veía la hora sería aún peor. Me conformé con contemplar el techo y, sobre todo, escuchar la respiración acompasada de mi acompañante.

Jen hablaba en sueños. Esa fue mi primera conclusión. Se movía y hablaba, aunque en murmullos que yo apenas entendía. Había dado varias vueltas por la cama, y en esos momentos estaba tumbada de costado, con la cara hacia mí. Un mechón de pelo le había quedado encima del rostro y se lo aparté con delicadeza para colocárselo tras la oreja. Ella permaneció profundamente dormida.

Verla me relajaba, no estaba acostumbrado a ver dormir a la gente. Cuando alguien venía, no solíamos dormir mucho; y si lo hacíamos, yo estaba demasiado agotado o borracho como para quedarme observando.

Pero esa noche no estaba borracho ni cansado. Mi mente no dejaba de maquinar, de pensar, de imaginar. Además, era incapaz de concentrarme en ningún asunto en concreto. Mi cerebro sabía que estaba nervioso, y no lograría dormirme hasta que no lo convenciera de lo contrario.

Frustrado, me pasé las manos por la cara y consideré la posibilidad de salir al balcón a fumar. Pero, entonces, su voz me interrumpió:

—Ross…

Mierda, ya la había despertado.

Me volví hacia ella con la disculpa preparada, pero me detuve nada más verla. No la había despertado, estaba soñando.

Y había dicho mi nombre, ¿verdad? ¿O era mi mente enferma imaginándose cosas?

Todo pensamiento racional desapareció en ese mismo instante, porque Jen estiró un brazo y me cogió de la camiseta. Su mano se convirtió en un puño, y de pronto se me acercó. Pasmado, vi que escondía la cara en mi pecho y me pasaba una pierna por encima. Y, de nuevo, murmuró algo en sueños; solo entendí mi nombre.

Vale, ¿cómo discernir si no era yo quien estaba soñando? Porque eso era demasiado bonito como para ser cierto.

Espera… ¿Y si tenía una pesadilla?

—¿Jen? —susurré, tratando de no despertarla con brusquedad.

A modo de respuesta, gruñó de un modo algo peculiar y me rodeó con ambos brazos. Con su contacto, el cuerpo se me aceleró; traté de no pensar en ello. La pobre chiquilla estaba asustada, y yo, pensando en esas cosas.

Consideré si intentar despertarla otra vez, pero entonces vi que su cuerpo se relajaba contra el mío. Volvió a murmurar mi nombre, y frotó la mejilla contra mi pecho. Sí, definitivamente tenía una pesadilla. Pobrecita.

Seguía sin poder dormirme; le pasé un brazo por encima de los hombros, le di una palmadita en la espalda y, de nuevo, me quedé mirando el techo.

7

El club de las tumbonas

Sabía que vivir con Jen me gustaría, pero no imaginé hasta qué punto.

A ver, yo era muy sociable, pero no me gustaba pasar mucho tiempo con una misma persona; desde pequeño, siempre me había aburrido muy rápido de todo. Todavía recordaba las mil actividades extraescolares a las que me había apuntado sin que ninguna llegara a llenarme, y todas las veces que alguien había dejado de gustarme porque, en cuanto lo tenía, perdía el interés.

Por eso me sorprendía tanto lo de Jen.

Pasábamos mucho tiempo juntos, muchísimo… Aun así, no me cansaba de ella.

Habíamos alcanzado ese delicado punto en el que, quizá, debería empezar a asustarme.

Detestaba las rutinas, pero la que compartíamos me gustaba; desayunar juntos en la barra de la cocina, ir y volver de la universidad, turnarnos para elegir las cenas y las películas, irnos a dormir, y vuelta a empezar.

También me gustaban los detalles que había ido descubriendo en nuestra convivencia. Por ejemplo, que la primera noche no fue la única que habló en sueños. A veces no se entendía nada, otras veces entendía más de lo pertinente y me veía arrastrado a un debate interno sobre la moralidad de quedarme escuchando un poco más.

A todo ello se le sumaban otros aspectos: no soportaba irse a dormir si la habitación no estaba ordenada, con los armarios cerrados y las cortinas echadas. Yo, por supuesto, no me atrevía a salir de casa sin hacer la cama; desconocía si se enfadaría en caso de encontrársela tal cual, pero prefería no comprobarlo. Daba más miedo que Sue cuando le tocaban un cojín.

En cuanto a comida, le gustaba la pizza barbacoa. Qué asco. Tan perfecta y con un gusto tan malo. La comida tailandesa, en cambio, era un no rotundo. La griega tampoco le entusiasmaba demasiado. La que más disfrutaba era la italiana y, en ocasiones, la china. No desayunaba mucho, pero le gustaban las tortitas porque de pequeña su padre las cocinaba para ella y sus hermanos. Los gofres, en cambio, se añadían a su lista negra, y más aún si se acompañaban de salsas dulzonas.

Por otro lado, cuando le tocaba escoger películas, solía ir a por las comedias románticas, los dramas o algo similar; que a nadie se le ocurriera poner algo mínimamente tenso o tenebroso, porque se pasaba el rato con la cabeza escondida bajo la manta.

Otra cosa que no le gustaba eran sus gafas. Odiaba que le dijera que le quedaban bien, porque, según ella, contaba entre las mentiras piadosas y no lo soportaba. Para compensarlo, sí que le encantaba que le prestara mi ropa para dormir; ya prácticamente todo lo que usaba para estar por casa era mío, y a mí no me molestaba en absoluto. Will no nos hacía mucho caso, pero Sue aprovechaba cada oportunidad habida y por haber para burlarse de mí. Sus comentarios más destacados se parecían a «límpiate las babas, que luego tengo que fregar yo» o «me llegas a mirar a mí así y te meto un dedo en el ojo». Siempre muy cariñosa.

Sin embargo, me daba igual, porque todas esas cosas se iban desarrollando junto con la relación entre Jen y yo. No estábamos tan cerca como me gustaría —ya quisiera yo—, pero sí que nos teníamos mucha más confianza que antes. Tocarnos ya no nos resultaba tan raro, y aunque solía tratarse de un contacto corto e inocente, me ponía de buen humor para todo el día. Al mirar películas, por ejemplo, ya siempre nos acomodábamos bien juntos; la única noche que no quiso fue una en que bromeé sobre la monja malvada, pero pocas eran las veces en que no había contacto alguno.

No obstante, lo que más me gustaba era que me permitiera ligar con ella. Podía soltarle los comentarios que me vinieran en gana, porque ya no se escandalizaba. Todo lo contrario: sonreía, enarcaba una ceja, me acallaba con algún comentario mordaz y me dejaba plantado. Yo, por mi parte, me quedaba mirándola, suspiraba y luego recibía con resignación el comentario burlón de Sue.

Pero… todo cambió con la maldita visita de Lana.

Hacía días que Jen me evitaba. Apenas me miraba, apenas me hablaba y, desde luego, no me tocaba ni con un palo. Una noche ni siquiera cenó en el piso, sino que se marchó con un amigo. ¡Un amigo! ¿Quién era ese amigo?, ¿uno de su clase? Había dicho que se llamaba Curtis. Puto Curtis. Qué mal me caía. ¿Desde cuándo salía a cenar con él? Y, sobre todo, ¿desde cuándo me lo hacía saber de ese modo, como si lo hubiera planeado específicamente para joderme?

No pretendas que no había funcionado.

No estaba acostumbrado a los celos, pocas veces en mi vida le había dado tanta importancia a alguien como para sentirlos, pero esos días me bastaron para descubrir que los odiaba. Cada vez que Jen me lo mencionaba, me entraban ganas de darme un cabezazo contra la pared. Y estaba de muy mal humor, claro. No solo con ella, sino con todo el mundo.

Aun así, lo soporté medianamente hasta el día en que abrí la puerta de casa y oí su risa, la risa de Jen. Me quedé plantado en el umbral, confuso. Algo raro sucedía, porque normalmente no se reía con tal descontrol. Fruncí el ceño y, tras dudar unos segundos, entré en el salón.

Y menuda escena me encontré.

Mike y Sue, tirados en el sofá, se reían a carcajadas, mientras que Jen estaba sentada en el sillón con las piernas en el respaldo y la cabeza colgando.

—¿Qué está pasando aquí? —espeté, mirando muy específicamente a Mike.

Siempre que había un problema, él estaba involucrado. Qué casualidad más inesperada.

Nótese el sarcasmo.

El olor ya me brindaba una pista, pero los tres pares de ojos rojos me lo confirmaron: un porro. Sabiendo lo que me había costado salir de ese mundo de mierda…, ¿cómo podía ser tan estúpido?

Mi hermano soltó una risita.

—No sé… de…, eh…, qué… estás hablando.

Tenía una cerveza en la mano, y cada vez que intentaba abrirla hacía una pequeña pausa. Ese simple gesto ya logró acabar con la poquita paciencia que me quedaba. Se la quité de un manotazo y la planté sobre la mesita.

—¿Quién te crees que eres para entrar droga en mi casa? —musité, furioso.

—¿Droga? ¿Qué droga?

Jen y Sue se rieron con disimulo. O eso intentaron, porque resultaba bastante obvio.

—¿Te crees que no sé a qué huele la marihuana? —le espeté a Mike.

—También es mi casa —me recordó Sue—. Y la de Jenna.

—Eso, eso —dijo la aludida.

Al oírla supe que iba muy fumada. Ya no sabía si matar a Mike, sacudir a Jen o darme, finalmente, ese esperado cabezazo contra la pared. La miré fijamente, y ella enrojeció un poco.

—¿Has drogado a Jen? —pregunté, agotado, a mi hermano.

Sue soltó la enésima risita.

—Lo hemos hecho juntos. Somos el equipo de la droga.

Un estruendo nos distrajo a todos, y vimos a Jen desparramada por el suelo con el jersey empapado en cerveza. Se miró a sí misma y, acto seguido, empezó a reírse a carcajadas, igual que los otros dos idiotas.

—Mierda —mascullé—, mira cómo te has puesto.

No ofreció mucha ayuda, así que tuve que cogerla de los brazos y levantarla. Una vez incorporada, se apoyó sobre mí para no caerse de culo otra vez. Estaba despeinada, roja y apestaba a cerveza. No sabía si reírme o llorar.

Miré a mi hermano mayor.

—Y tú ya puedes dejar de reírte. Cuando se te pase esta mierda, ya hablaremos.

—Vamos, no seas tan amargado —protestó Jen.

Y casi se me cayó otra vez. Cansado, la cogí de la muñeca y me la acerqué para pasarme su brazo sobre los hombros. Después, la sujeté de la cintura. Jen se dejó como un muñequito de trapo.

—Vamos, Ross —intervino Sue entonces—, tenemos algo guardado para ti. No seas tan aguafiestas.

Tenían suerte de haberme pillado en un momento tranquilo de mi vida y, sobre todo, de que mi prioridad fuera ayudar a Jen, no enfadarme con ellos. De lo contrario, ya estarían en la calle; especialmente mi hermano.

Él conocía mi relación con las drogas y el alcohol, con todo lo que fuera afín a ese mundo. Sabía perfectamente cuánto me había costado dejarlo atrás. Un recuerdo muy desagradable acudió a mi mente: yo negándome a ir a una clínica, Will hablándome de su hermano, Will diciéndome que no podía ser amigo de alguien sin intención alguna de vivir.

Por si fuera poco, recordaba cómo me sentí mientras lo dejaba; las noches sin dormir, las náuseas constantes, las jaquecas, los mareos, la agresividad, la impotencia, los llantos desesperados... También recordaba mi actitud de mierda con todo el mundo. Algunos compañeros de clase fueron a verme, y todos ellos se alejaron de mí así que salieron de la clínica. De no haber sido por Will y Naya, me habría quedado completamente solo. Y, por primera vez, me di cuenta de que nunca les había dado las gracias. Al menos, no directamente.

Cerré los ojos con fuerza. Había dejado atrás esa parte de mi vida hacía mucho tiempo, y no me apetecía sacarla de nuevo a la luz. Había salido de la clínica, lo había dejado, seguía alejándome de esa clase de ambientes a toda costa. La tentación nunca desaparecería por completo, pero, eso sí, estaba limpio. Había quedado atrás.

Además, no era el momento de pensar en ello. Jen se sostenía gracias a mi agarre, pues era incapaz de aguantar el equilibrio; además, seguía cubierta de manchas de cerveza. Tiré de ella con suavidad, tratando de que no se cayera, pero se detuvo en el pasillo.

—No quiero —protestó—. Estoy aquí con mis amigos.

—Yo también soy tu amigo, y te digo que tienes que cambiarte de ropa.

Ella soltó la risa más agria que había oído en mi vida.

—Mi amigo.

No supe qué decirle. Nunca había sido tan directa con sus insinuaciones y, desde luego, nunca nos habíamos atrevido a entrar en detalles sobre EL TEMA, pese a que ambos lo teníamos plenamente presente.

—Vamos, Jen —le pedí.

—No quiero, *amigo*.

—Jen...

—No quiero.

—¿Y lo harías si te lo pidiera tu *amigo* de la otra noche?

No sabía de dónde había salido eso, pero ya lo había soltado, así pues, no quedaba otra que asumir las consecuencias. Jen sonrió con ironía y apoyó ambas manos en mis hombros. Me gustaría decir que disimulé los nervios que, de pronto, me invadieron..., pero creo que no lo hice muy bien.

—¿Estás celoso, Ross? —me preguntó, aún con esa sonrisita.

—No. Lo que quiero es que te quites ese jersey manchado.

Decidí llevármela a la habitación y dejarme de tonterías. En cuanto estuvo sentada en el suelo, Jen se apartó de mí y se frotó la cabeza.

—He perdido el hilo de lo que decía —admitió.

—Qué pena.

—¿Sabes? Si hubieras venido antes, ahora estarías tan contento como nosotros. Y no tan... amargado. Pareces Sue.

Nada como un piropo para alegrarle el día a uno.

Si ella averiguara la cantidad de veces que me había puesto contento... Y, sobre todo, si supiera de lo poco que duraba esa alegría...

—Intentaré ignorar eso —murmuré.

—Oye, Ross, deberías disfrutar un poco más de la vida, que tienes un montón de años por delante.

—¿Llevas algo debajo? —pregunté con impaciencia.

—A no ser que te atropelle un camión, en cuyo caso...

—¿Sí o no?

—Este jersey es barato, Ross. Si no me pongo algo debajo, pica.

Esa conversación me resultaba muy interesante, pero yo solo quería que se le pasara el subidón para poder hablar con ella con normalidad.

—Levanta los brazos —le pedí.

—Sí, capitán.

—Ríete si quieres, pero levántalos.

Casi perdí el norte cuando hizo ademán de acercárseme, pero por fin atendió y alzó los brazos. Con un suspiro, cogí el borde de su jersey y se lo saqué por la cabeza.

Mira que me había imaginado cómo sería que me desnudara y, sobre todo, cómo sería desnudarla a ella. Pero ninguno de esos escenarios se parecía a la realidad del momento.

Debajo del jersey llevaba una camiseta de tirantes semejante a la que había usado la noche que se quedó después de ir a la tienda de cómics. Me quedé mirándola un poco más de lo adecuado, pero volví a centrarme enseguida. Más que nada, porque ella no dejaba de tambalearse.

—Hace frío —murmuró con desagrado.

—Me había dado cuenta —murmuré yo, también con desagrado—, pero gracias por avisar.

—¿Por qué siempre eres taaan sarcástico?

No respondí, tan solo contemplé el jersey destrozado que tenía en las manos. Jen empezó a reírse.

—Mañana esto no te hará tanta gracia —le aseguré en voz baja.

Lancé el jersey al cesto y me volví hacia ella. Me sonreía como si supiera exactamente en qué estaba pensando yo y en qué no pensaba, y me tensé un poco.

—Deberíamos... —intenté decir, pero me cortó.

—Yo me he quitado el jersey.

—¿Y?

—Y lo justo es que tú te quites algo también, ¿no? Igualdad de condiciones.

Sin pensarlo, la sujeté de la cintura, se había pegado a mí. Pero apenas duró unos instantes y cerré los ojos con fuerza. Me repetí a mí mismo que Jen no estaba interesada en mí, que era una chica fumada que no sabía lo que hacía. Eso no estaba bien.

—¿Cuánto has fumado, Jen?

—Un poco demasiado.

—No hagas nada de lo que puedas arrepentirte mañana —le pedí, manteniéndola a una distancia prudencial.

—No estoy haciendo nada.

—Hace cinco minutos, estabas fumando marihuana con mi hermano.

Al menos tuvo la decencia de parecer avergonzada, y eso me calmó un poco.

—¿Era tu primera vez? —pregunté. Dudaba que lo hubiera hecho en muchas otras ocasiones.

Ella, sin embargo, me miró con extrañeza.

—No, no soy virgen.

—N-no... ¿Qué?

—Bueno, técnicamente, no lo soy.

—¿Técnicamente?

Mi cerebro procesaba todo aquello a gran velocidad.

—Es una larga historia. ¿Cómo me puedes preguntar por mi primera vez en una situación así, Ross?

—¡Me refería a tu primera vez fumando!

—Ah, sí. Eso sí. —Lo consideró un momento—. Por un momento, pensaba que te habías vuelto un pervertido.

Siempre lo ha sido.

—Aunque a veces haces comentarios de pervertido, ¿eh? —Me clavó un dedo en el pecho y me entraron ganas de tirar de ella—. Como el de la toalla del otro día.

Oh, la toalla…

Bendita toalla.

—Son de pervertido entrañable —protesté.

—No lo niego, pero son de pervertido.

Vale, hora de cortar esa conversación antes de que continuara degenerando. Me alejé de ella y señalé su armario.

—¿Qué quieres ponerte? Es tarde. Puedo sacarte el pijama.

—Mi pijama es horrible —masculló.

Nada de lo que se pusiera lo sería, pero no se lo discutí.

—Podrías usar mi ropa, como siempre. Aunque estos días no lo has hecho.

—Es que… es muy cómoda.

Ah, no. No tenía derecho a subirme los colores durante diez minutos y luego evadir algo así.

—¿Y por qué has dejado de usarla?

—Porque… —Hizo una pausa, y al final agachó la cabeza—. No importa.

—A mí sí me importa.

—Bueno…, como estamos… enfadados…, pensé que no te gustaría que me pusiera tu ropa.

—Yo no estoy enfadado contigo. No podría.

Vaaale, eso había sonado más intenso de lo que pretendía. Era hora de continuar hablando, muy urgentemente.

—Eres tú la que se porta de una forma extraña desde hace unos días.

—Porque yo sí estoy enfadada, Ross.

—¿Y se puede saber por qué?

No era tonto, me imaginaba que estaba relacionado con Lana; pero no entendía qué le sucedía exactamente. Nunca se habían dicho nada malo. ¿Puede que sintiera celos? En tal caso, dudaba mucho que fueran los típicos celos del romance; después de todo, Jen nunca había evidenciado que se sintiera muy atraída por mí. Sin embargo, sí que éramos buenos amigos; ¿quizá pasaba mucho tiempo con Lana y eso no le gustaba?, ¿eso era posible?

Jen se dejó caer en la cama y supuse que no me revelaría mucho más, así que me acerqué a ella. Me sonrió.

—¿Por qué he tardado tanto en descubrir la marihuana?

—Porque es una droga y ni siquiera deberías haberla probado. Ya hablaré con Mike.

—Mike es un buen chico. No como tú.

Dejé de moverme al instante.

Que me compararan con Mike ya me tocaba los cojones, pero que lo hiciera ella... era insoportable. Especialmente respecto a un asunto que me hería tanto como el de las drogas.

Perdí los papeles. Al menos, por un momento. Y la entonación que usé se alejaba mucho de la calidez.

—¿Mike te parece un buen chico?

Parte de ese cabreo instantáneo desapareció cuando —ahora, preocupada— me cogió de la mano. No se esperaba una reacción así, tampoco tenía por qué hacerlo. No sabía nada de nuestra vida. Estuve tentado a apartarme, pero al final me quedé quieto.

—Vamos. No seas tan tremendista. Era broma.

Me acarició la palma con el pulgar; aun así, no me quité la desagradable sensación de encima.

—¿Por qué te cae tan mal? —quiso saber—. Es decir..., no es que sea la mejor persona del mundo, pero... nunca te ha hablado mal del todo, ¿no?

—Es complicado.

Y el hechizo se rompió cuando me soltó la mano, suspirando.

—Da igual. No es mi problema. Lo entiendo.

—No es eso. Pero... ya te lo contaré en otro momento. Cuando no estés fumada, por ejemplo.

O no. Quizá nunca tendría que hablarle de mi familia.

Tampoco era un tema tan interesante.

La tarde de la marihuana había sido muy interesante y, aunque con Jen no volvimos a hablar demasiado, pensé que habíamos dado un pasito en la dirección correcta.

Va a ser que no.

Las cosas habían vuelto a la normalidad, pero no a la que a mí me gustaba —es decir, la del inicio—, sino que me hacía el vacío otra vez. Hablábamos lo justo y necesario, apenas nos mirábamos y, desde luego, dormíamos de espaldas; bueno, eso último lo hacía más ella que yo, pero acabé imitándola, solo para conservar un poquito de dignidad, que ya hacía falta.

En alguna ocasión intenté hablar con ella, pero resultaba imposible. Se comportaba como si no me soportara, aunque luego la pillaba mirándome con cierta tristeza, como si no le gustara tratarme así. Sus señales contradictorias me empezaban a afectar, y mi frustración crecía desproporcionadamente. Tanto, que los demás dejaron de simular que no lo notaban.

Estaba en medio de una guerra fría con la chica que me gust… que me *interesaba*, y ni siquiera sabía a qué cagada se debía esa vez.

¿Qué ibas a decir, pillín?

Todavía sentado en el salón, me saqué la cajetilla de tabaco del bolsillo. Mierda, solo me quedaban dos cigarrillos. A causa de la rabia acumulada que aún arrastraba, me cabreé más de lo debido y empecé a refunfuñar en voz baja.

Al oírme, Will sonrió.

—Deja de sonreír como un idiota —mascullé.

—¡Oye! —saltó enseguida—, no pagues conmigo tus frustraciones sexuales.

—No tengo frustraciones sexuales.

—Claro que las tienes. La de la chica que pasa de ti, específicamente.

—Qué gracioso…

—Tío, disimula un poco. Estás más tenso que Sue cuando alguien coge una bayeta.

—¡NO ESTOY TENSO!

—Eso díselo a tus pobres llaves.

Bajé la mirada, sorprendido, y me di cuenta de que las había estado apretando con todas mis fuerzas. Aflojé el agarre, avergonzado.

—¿Qué le pasa a Jen? —Al final, no me quedó otra que rendirme y preguntárselo. Sobre esos asuntos, Will sabía más que yo—. ¿Qué he hecho mal?, ¿por qué pasa de mí?

Para mi sorpresa, él no respondió inmediatamente, sino que me miró como si fuera lo más obvio del universo.

—¿Va en serio?, ¿no lo sabes?

—Supongo que es por Lana. Todo empezó cuando apareció.

—Pues claro que es por Lana, idiota. Está celosa de ella.

Lo consideré unos instantes. Sinceramente, yo creía que había encontrado mensajes de Emily o de cualquier otra persona de mi lista de contactos. Pero… no. Era solo por Lana.

¿En serio?, ¿tanto drama por una exnovia a la que nunca había llegado a querer?

—Pues no lo entiendo —mascullé—. No le he dado una sola señal que pudiera hacerle pensar…

—No se trata de eso. Venga, ya conoces a Lana. Cuando se lleva bien contigo, es muy simpática. Pero cuando se lleva mal…

—¿Crees que le ha dicho algo malo a Jen?

—Delante de ti, imposible. Pero ¿cuando no estabas? Probablemente.

Me quedé mirándolo mientras intentaba rememorar cada una de sus interacciones.

—¿Y cuándo se han quedado a solas? —le pregunté, totalmente perdido.

—Pues no lo sé, tío, pero todo empezó con la llegada de Lana. No creo que sea casualidad.

Pero ¿en serio Jen se creía que Lana podía hacer que me olvidara de ella lo más mínimo? ¡Si había estado un año sin ella y apenas me había acordado de su existencia! En cambio, llevaba unos días peleado con Jen y ya tenía ganas de matar a alguien.

Si se puede elegir, me pido a Mike.

Suspiré y me acomodé en el respaldo del sofá, pensativo. Will también se recostó, aunque no estaba preocupado. Intenté ignorarlo con todas mis fuerzas, hasta que clavó la mirada en el pasillo, por encima de mi cabeza.

—Lista —oí que decía Jen alegremente.

Bueno, al menos había un poco de alegría en su voz. Ahora solo faltaba que se debiera a mi presencia, pero la cosa estaba complicada.

Por cierto, íbamos a la fiesta de Lana. Lo que me faltaba ya…

—Al fin estamos listas —anunció Sue, que había entrado con ella.

—¿Para qué meterle prisa? —protesté—. Si Naya va a hacer que lleguemos tarde igual.

—Porque cuando Naya ve que la esperamos, se da más prisa —me dijo Will, poniéndose en pie—. Joder, Jenna, estás genial.

¿Ah, sí? Pues eso me interesaba verlo.

Volví la cabeza con curiosidad, y vaya si la curiosidad mató al gato. Iba a levantarme, pero opté por quedarme sentado. Jen estaba genial. Más que genial; estaba preciosa. Se había puesto un vestido negro, ajustado y pequeño, y llevaba el pelo suelto. Y eso fue todo lo que pude ver, porque mi cerebro cortocircuitó y fue incapaz de procesar más información.

Hasta que Sue chasqueó los dedos.

—¿Se puede saber a qué esperas?

Buena pregunta. Parpadeé, carraspeé y me levanté. Mi cuerpo funcionaba de un modo algo automático, como siempre que me quedaba en blanco. Era mejor callarme que decir lo que me pasaba por la mente, si quería ahorrarme una bofetada.

—¿Estás bien? —bromeó Will.

Entrecerré los ojos y su sonrisa se ensanchó.

La situación en sí ya resultaba suficientemente incómoda, pero empeoró notoriamente cuando Jen decidió tomar asiento delante, junto a mí. Sus rodillas desnudas —y pegadas entre sí— quedaban tan cerca del cambio de marchas que varias veces estuve a punto de alargar un poco más el brazo, movido por la tentación. Pero no lo hacía, y los dedos me cosquilleaban. En un semáforo en rojo, bajé un poco la ventanilla para despejarme la cabeza.

Por si todo aquello fuera poco, Will y Sue desaparecieron para ir a recoger a Naya y nos dejaron a solas en el coche. La miré de soslayo. Tenía la mirada clavada en la carretera oscura y las manos firmemente apretadas en el regazo. Obviamente, estaba enfadada. ¿Qué podía decirle para que la situación no se volviera aún más incómoda?

Yo también miré al frente, suplicando que los otros vinieran pronto. Su perfume inundaba el coche. Y su presencia. Toda ella. Era insoportable.

—¿Tienes la... la calefacción puesta?

Su pregunta me pilló por sorpresa, y subí la ventanilla en el acto.

—No. ¿Tienes frío? ¿Quieres que la ponga?

—No.

La respuesta fue tan contundente que delató su preocupación.

—¿Quieres mi chaqueta? —le ofrecí.

Jen no me miró. De hecho, se inclinó un poco hacia la puerta y sacudió la cabeza.

¿Qué estaba haciendo tan mal?, ¿por qué no podía ni mirarme?

—Parece que tardan —me dijo en voz baja.

—Eso parece.

Soné más frustrado de lo que pretendía, así que me obligué a mí mismo a añadir cualquier cosa:

—Nunca te había visto con un vestido.

Para sorpresa de nadie, Jen se ruborizó un poco. Nunca se acostumbraría a un cumplido.

—Bueno…, el invierno no es la mejor época del año para llevar vestidos. —Por fin me miró, aunque su sonrisa no me pareció muy sincera—. A no ser que tengas una fiesta, claro.

—Ya podrían invitarnos a más fiestas.

Mierda, ¿ves? ¡No podía controlarlo! Jen abrió un poco más los ojos y, acto seguido, apartó la mirada como si le hubiera dado un calambrazo.

—Nunca lo había usado. Es un regalo de Mo… mamá. Yo nunca te había visto con una chaqueta de cuero.

Había intentado decir el nombre de su novio y no lo había hecho, ¿verdad?

Interesante. Muy interesante.

Espera, me había dicho algo. ¿El qué? Maldita sea, ¿por qué me resultaba tan difícil centrarme?

Ah, sí, la chaqueta.

—La usaba mucho cuando iba al instituto —le expliqué, acompañándome de una sonrisa—. Intentaba parecer un chico malo.

Preferí ahorrarme lo de que no solo lo parecía.

Aún recordaba el día en que Lana me la había regalado. Por aquel entonces, yo todavía la veía como una integrante más del grupo, y la verdad es que el detalle me sorprendió; sobre todo, porque fue el día de San Valentín.

La cosa es que…, bueno…, yo ni siquiera sabía que era San Valentín. Para mí fue un martes como cualquier otro, y obviamente no tenía ningún regalo para ella. Aunque, pensándolo bien, tampoco le habría comprado nada de haberlo sabido. No éramos más que amigos. Aun así, Naya se pasó media hora gritándome, con insultos y maldiciones. Al final, no tuve más remedio que comprarle algo a Lana para que no se sintiera despreciada. Ni siquiera recuerdo qué fue, pero sí que le gustó.

Sinceramente, la chaqueta era de las pocas cosas buenas que me llevaba de mi relación con ella. Eso y los polvazos.

Dijo el fino caballero.

Me apostaría lo que fuera a que ella pensaba exactamente igual.

—El clásico chico malo, ¿eh? —Jen me devolvió a la realidad.

—Sí. Muy clásico. Pero nunca pasa de moda.

—¿Y lo eras?

—¿El qué?

—Un chico malo.

Pensé en todas las peleas, en la gente con la que me había enrollado, en la de veces que había acabado en comisaría, borracho o herido, en las broncas de mi padre…

Sí, lo era; pero no el típico chico malo de las películas, que al final tiene su redención y consigue volverse bueno. En aquella época, era una mala persona a secas. No me merecía nada de todo lo bueno que tenía.

Y, sin embargo, al mirar a Jen, fui incapaz de decírselo. Si se lo confiaba, la imagen que tenía de mí cambiaría por completo. Ya… ya se lo contaría. O no. Ahora era un buen chico. Había cambiado. Igual no tenía por qué saberlo. Igual solo tenía que conocer la parte buena de mi vida.

—No quiero que te lleves una mala impresión de mí —le confesé finalmente.

—Me has dejado entrar en tu casa y en tu cama siendo prácticamente una desconocida. No tengo una gran impresión de ti.

¡Sí! Por fin volvía esa sonrisa malvada. Menos mal.

—Cuánta ingratitud —bromeé.

—Vamos, cuéntame lo del instituto —insistió, interesada—. ¿Hablabas mal a los profesores? ¿Salías con muchas chicas? ¿Te metías en problemas? ¿En peleas?

Tuve que contenerme para no reír. Joder, las había clavado todas menos una.

—No hablaba mal a los profesores.

—Así que eras un chico malo que salía con muchas chicas, se metía en problemas y también en peleas. No te pega nada.

Me sorprendió un poco eso último. ¿No? Era lo que había hecho toda mi vida, ser un puto desastre. Lo que pensaba todo el mundo que me conocía.

¿Cómo es que ella no lo hacía?

—¿Por qué no? —le pregunté.

—No lo sé. Pareces tan…

Como vi que dudaba, me incliné un poco hacia ella.

—¿Tan qué?

—Tan… tranquilo.

—¿Tranquilo? —Inevitablemente, me reí.

¡Tranquilo! Jamás me habían calificado como «tranquilo». Me imaginé las carcajadas que habría soltado Will de haber estado presente. Me alegré de que me lo hubiera dicho a solas.

—¿No lo eras? —quiso saber.

—Si les preguntaras a mis padres cómo era en el instituto, dudo que «tranquilo» fuera su respuesta, la verdad.

Uf, no. Mejor no hablar de mis padres o la cosa empeoraría aún más.

La imagen que ella tenía de mí continuó rondándome en la cabeza incluso cuando llegamos a la fiesta. Entramos en la fraternidad de Lana, dejamos los abrigos y nos metimos en la sala principal. Como de costumbre, Naya quería bailar; Will, saludar a unos amigos; Sue, buscar el alcohol, y yo, ir a mi bola. Jen, en cambio, miraba alrededor con asombro. Claramente, no estaba muy acostumbrada a entrar en sitios de ese estilo.

Unos amigos de clase me interrumpieron, pero me los quité de encima rápidamente y volví con ella, que se había quedado un poco apartada.

—¿Estás buscando a alguien para mandarle fotos de tus tetas? —le pregunté, cerca de la oreja.

No, no olvidaría que su hermano la pilló cuando ella intentaba fotografiárselas. Había hecho muy mal en contarme esa historia.

Ella me fulminó con la mirada.

—¿Estás buscando a Terry?

Maldita Terry. Y maldita Naya, por mencionarla. Le debía una de las malas.

—No sabes qué pasó, así que no tienes derecho a usarlo en mi contra —protesté.

—¿Qué pasó?

—Nunca lo sabrás.

—¡Venga ya, Ross!

Estuve a punto de explicárselo por encima, pero la exclamación de Lana, justo a nuestro lado, me interrumpió:

—¡Cariño!

Siempre tenía una puntería...

Resignado y con una sonrisa tensa, acepté el abrazo. Jen apartó la mirada, algo incómoda.

—Me alegra ver que has venido —me dijo Lana, encantada—. ¡Te has puesto mi chaqueta favorita! ¡La que te regalé!

—Sí. Ha sido casualidad, pero...

—¡Ya sabes cómo me encantaba en el instituto!

Vale, ya empezaba a entender a qué se refería Will. La miré a modo de advertencia, y ella suspiró y se volvió hacia Jen.

—¡Jenna! ¡Por un momento pensé que no vendrías!

Me alegró ver que ella alzaba la vista y nos sonreía un poco.

—Soy imprevisible.

Y tanto.

—Ya lo veo —dijo Lana—. Si queréis beber algo más, recordad que hay barra libre. Pedid lo que queráis. ¡Yo invito!

Dejé de prestar atención a la conversación, como de costumbre. Esa manía me resultaba muy desagradable, porque luego me perdía la mitad de lo que me decían. Como en ese momento, que Jen me miraba con cierta confusión. Vale, mi ex me había dicho algo y yo había pasado de Jen. Me centré otra vez. Lana señalaba ahora a unos viejos conocidos del instituto.

Ah, mierda... Miré de nuevo a Jen.

—Pero... —empecé.

—Yo he visto a unos de mi clase, creo que iré a saludarlos —dijo Jen atropelladamente—. Ya nos veremos después.

Tras eso, desapareció entre la gente. Irritado, me aparté de Lana. Ella ya me estaba soltando, así que no puso muchas pegas. De hecho, pareció encantada.

—¡Por fin te tengo un poco para mí! Creía que nunca se marcharía.

—¿Qué te hace pensar que yo quiero que se marche?

Lana enarcó una ceja y sonrió con malicia.

—Te noto irritado.

—Es que lo estoy. ¿Le has dicho algo a mis espaldas?

No mencionaría que habíamos estado una semana peleados.

Más que nada, porque Lana solía usar ese tipo de cosas en tu contra cuando menos lo necesitabas. No quería darle más información de la absolutamente necesaria.

—¿Yo? —Se llevó una mano al pecho—. ¿Cómo puedes pensar eso de mí?

—Lana…

—Dime, cariño.

—No, déjate de «cariño». Te conozco desde hace años. ¡Incluso estuvimos saliendo y te tiraste a mi hermano mayor! Yo diría que tenemos la suficiente mierda encima como para llamarlo «confianza», así que dime qué coño le has hecho a Jen.

Ella me miró con el ceño fruncido, ya desprovista de esa falsa simpatía que derrochaba cuando le interesaba.

—No le he dicho nada que no sea verdad —declaró finalmente.

—¿Y eso qué significa?

—Joder, ¿no puedes dejar de ser un amargado durante cinco minutos? ¡Estamos en una fiesta! ¡Anímate un poco!

—No me apetece animarme.

—Ah, claro —canturreó, de pronto divertida—. Ya entiendo lo que pasa. Todavía no habéis follado, ¿no?

Suspiré.

—Eres muy romántica…

—No hables de romanticismo como si tú lo hubieras experimentado alguna vez.

—Contigo no, eso seguro.

No me esperaba una expresión dolida y tampoco la encontré. Solo una mirada desafiante y una petulante sonrisa.

—Teníamos cosas mejores —me aseguró en un tonito insinuante, y me jodió que tuviera razón—. Me pregunto si con ella podrías tenerlas. No parece muy atrevida.

—¿Tanto te has fijado?

—Lo suficiente. Me daba mucha curiosidad ver cómo la mirabas. A mí nunca me miraste así.

—Es que ahora me gusta lo que veo.

El golpe fue perfecto, porque dejó de sonreír con tal altivez. Oh, cuánto me gustaba borrarle esa sonrisa. Eso sí que no tenía precio.

Lana alzó un poco la barbilla, como siempre que le herían el orgullo.

—Si todavía no ha pasado nada, a mí no me eches la culpa.

—Sabes por qué te lo digo. No sabotees esto, ¿te ha quedado claro?

—¿Te ha quedado claro a ti que tiene novio?

—Y una relación abierta.

—¿Y qué te crees?, ¿que ahora que te ha conocido se la replanteará?, ¿eso te ayuda a mantener las esperanzas?

Buen contragolpe. Me dolió más de lo que me habría gustado admitir. Pese a que se me pasaron por la cabeza varias respuestas crueles, simplemente esbocé una sonrisa irónica.

—Pásatelo bien en la fiesta.

—Espera, Ross. —Me detuvo agarrándome del brazo—. Vaaale, la he liado un poco, lo admito. Ya no le diré nada más, si tanto te importa. Me portaré bien.

—¿Bien? —repetí.

—Tan bien como sé portarme.

Bueno, al menos eso era un alivio.

Cumplió con su palabra, pues no volvió a mencionar a Jen en toda la fiesta.

Por desgracia, yo no vi a Jen en un buen rato. Salí a fumar con unos amigos, me acerqué a la zona donde había las bebidas, me crucé con unos compañeros de clase, salí con Will a fumar un poco más... Estaba disfrutando, pero me apetecía pasar un rato con Jen, así que me puse a buscarla entre la gente. No hubo mucha suerte, hasta que me crucé con Sue y me dijo que la había visto al lado opuesto de la masa de gente.

Efectivamente, la encontré cerca de la puerta del pasillo. Hablaba con Lana, y eso me puso en alerta. Sin embargo, aunque a ella no le veía la expresión porque quedaba de espaldas, mi ex sonreía. Me tranquilicé un poco.

Aproveché para acercarme a Jen por detrás y rodearle los hombros con los brazos. Su perfume me invadió las fosas nasales, y su cabello me acarició la mandíbula. Bajé la mirada, encantado.

—Mira a quién he encontrado. ¿De qué habláis?

—Le decía a Jenna lo bien que le queda el vestido —comentó Lana.

—Nunca me cansaré de mirarlo.

Iba a sonreír a Jen, pero me detuve en seco cuando vi su expresión. Estaba dolida. E irritada. Por si eso fuera poco, se separó de mí de un tirón. Me quedé mirándola con los labios entreabiertos, pasmado. ¿Qué...?

—Tengo que irme —espetó—. Pero no te preocupes, llamaré a un taxi.

Y desapareció. Miré a Lana, que se encogió de hombros sin disimular su alegría.

—Gracias por cumplir con lo que te he pedido —mascullé.

—Oh, vamos... ¡Ross!

Me llamó para que me quedara con ella, pero pasé de hacerlo; enfadarme con Lana no era, ni de lejos, mi mayor prioridad en ese momento. Salí disparado detrás de Jen.

La encontré en el pasillo. Iba en dirección contraria a la salida, pero estaba tan alterada que ni se había dado cuenta. Intenté adelantarla y, como no se detuvo, me puse a andar de espaldas para ver su expresión.

—¿Qué haces? —le pregunté, totalmente perdido.

Por favor, que no estuviera enfadada conmigo. ¡Yo no había hecho nada!

—Irme. —Mantuvo la mirada lejos de la mía—. No sé ni qué hago aquí.

—Pero... ¿no te lo estabas pasando bien con Naya? Jen, para.

—No.

—Detente solo un momento —insistí, y la sujeté de los hombros. Por lo menos, entonces sí que me miró—. Te he visto antes y parecía... parecía que te lo pasabas bien.

—Me lo estaba pasando bien. Con Naya —remarcó.

Vale, igual lo mejor era ir al grano.

—¿Qué te ha dicho?

—¿Naya?

—No. Lana.

—No sé a qué te...

—Sabes perfectamente a lo que me refiero. ¿Qué te ha dicho? ¿O qué te ha hecho?

A modo de respuesta, se separó de mí y continuó buscando la salida. Mira que era testaruda. Si tan solo hablara conmigo...

No quise decirle por dónde era, así que terminó metiéndose en una terraza con tumbonas blancas. Con un suspiro, dejó el bolso y se sentó en una de ellas. Como no sabía qué hacer, me planté delante de ella. Jen había hundido la cara entre las manos.

¿Podía consolarla o sería todavía peor?

—No quiero sabotear lo vuestro —señaló entonces.

Casi me eché a reír.

—No hay nada *nuestro*.

—¿Y se lo has dicho a ella?

Más de cuarenta veces, sí.

—¿Qué te ha dicho? —insistí, un poco impaciente.

—¿Por qué me habéis ofrecido venir si sabéis cómo es? ¿Es que os divierte o algo así?

La acusación me puso en alerta y, sin pensarlo, me agaché y apoyé las manos en sus rodillas desnudas. Ella me miró.

—¿Qué? —Negué con la cabeza—. No, claro que no. No digas eso.

—¿No sabes cómo es una chica que conoces desde el instituto y con la que saliste?

Estaba a punto de explicarle que ya había pasado mucho tiempo y que no significaba nada. Pero de pronto se echó a llorar. Sí, a llorar. Delante de mí.

Mierda, ¿cómo se consolaba a alguien? ¿Lo había hecho antes? *Probablemente sí, pero ni te acuerdas.*

Extendí una mano hacia ella, pero se escondió aún más entre las suyas. ¡Mieeerda! Le di una palmadita torpe en la rodilla, me sentía el ser más inútil de la historia de la humanidad.

—Pensé que…, no lo sé. —Pensé en cualquier excusa, pues tenía razón, ¿por qué la había invitado a la fiesta de Lana?—. Que podíais llevaros bien. Que había cambiado. Lo parecía.

Sí que lo parecía. Maldita sea. Maldita Lana.

—¿Crees que quiere llevarse bien conmigo? —preguntó, negando con la cabeza—. Ross, siente que le he quitado su vida. Y yo también estoy empezando a sentirme así.

Maldito Will, siempre teniendo razón en todo…

¿Cómo podía explicarle que no era la sustituta de nadie?, ¿que ya ocupaba un lugar en el grupo y en el piso que nunca nadie había ocupado y que no podría llenarlo nadie más? Y, sobre todo, ¿cómo podría decirle eso sin morirme de un subidón de cursilería?

—No eres la sustituta de nadie —le aseguré. Solo me faltaba jurarlo con una mano en el corazón.

—Claro que lo soy. La echabais de menos, por eso me aceptasteis tan rápido.

—¿Eso te ha dicho? —mascullé.

—No necesito que nadie me lo diga para verlo. No soy idiota.

No, era perfecta. Ojalá lo viera.

—Sé perfectamente que no lo eres.

—Entonces ¿es eso? ¿La echabas de menos? ¿Por eso me invitaste a tu casa?

Me miró, expectante. Lo preguntaba completamente en serio. ¿Cómo podía estar tan ciega?

—No —le aseguré.

Y, para mi sorpresa, sacudió la cabeza.

—No es cierto.

—No te estoy mintiendo.

—Ross…

—No te estoy mintiendo. —Fruncí el ceño—. Nunca te he mentido, Jen. ¿De verdad crees que podría echar de menos a alguien que se acostó con mi hermano para llamar mi atención?

Pareció quedarse sin nada que decir, así que decidí seguir hablando:

—No hace falta que disimules, me imaginaba que ya lo sabrías. Todo el mundo que nos conoce lo sabe. No me gusta Lana. Nunca me ha gustado. En el instituto era una buena chica y podía llegar a pasarlo bien con ella, pero… salir con ella ha sido uno de mis mayores errores. Lo hice porque sí. Ni siquiera me importó cuando me enteré de lo de Mike.

—¿Cómo no te va a importar? —preguntó, pasmada—. Es tu hermano… y tu ex.

—Me refiero a que no me puse celoso. Claro que me importó, porque… sí, es mi hermano, aunque no era la primera vez que hacía algo así. Pero con Lana… fue distinto. No sufrí por ella, ni tampoco deseé haber hecho las cosas de otra forma. No sentí que hubiera perdido nada que quisiera recuperar.

Sin darme cuenta, volví a apoyar las manos en sus rodillas; pese a que las miró, no me apartó. Incluso había dejado de llorar, estaba más tranquila. Y tenía el maquillaje un poco corrido.

—Si le dijeras eso —murmuró—, quizá su ego bajaría un poco.

—No escuches a Lana.

—Es difícil no hacerlo si me habla como lo ha hecho.

—No lo es.

—Sí lo es, Ross.

—Entonces escúchame a mí.

Jen suspiró y me miró de soslayo.

—Ella sigue sintiendo algo por ti. Es evidente.

—Lana nunca ha sentido nada por mí. Solo está acostumbrada a que todo el mundo haga lo que ella quiere.

Por fin esbozó una pequeña sonrisa.

—A ti no te gusta mucho eso de obedecer órdenes.

—Pues no. Aunque las tuyas las obedecería.

Se rio, pero era total y tenebrosamente cierto.

—¿En serio? —murmuró con una tímida sonrisa.

—Totalmente.

—¿Y si te digo que me regales tu coche?

—Dependiendo de lo que me ofrezcas a cambio, no podré negarme.

Me dio un ligero empujón en el hombro que me hizo sonreír. Sin embargo, su alegría no duró demasiado. Seguía preocupada por la conversación.

—¿De verdad Lana puede llegar a ser tan mezquina solo por eso? ¿Por salirse con la suya?

—Ella…, bueno…, ella es así.

—¿Y cómo pudiste salir con alguien… así?

Buena pregunta.

—No lo sé. Fue casi… obligatorio. Por Naya. Me insistió tanto en que Lana sentía algo por mí que terminé intentando convencerme a mí mismo de que yo también sentía algo por ella. Pero no era así. No llegó a haber amor entre nosotros. Solo una amistad… un poco rara. Por eso no me gusta mucho lo de tener pareja.

—¿No… no te gusta?

—No demasiado —aseguré—. Aunque igual podrías hacer que cambiara de opinión, pequeño saltamontes.

—¿Para que vuelvas a salir con chicas? —bromeó—. No quiero que la atención que me dedicas se la des a otra.

—Tranquila, siempre serás la primera.

Primerísima.

—Eso dímelo cuando conozcas a alguien que te guste.

Esa mirada inocente, esos labios pintados, mis manos en sus rodillas… era demasiado. Tenía que apartarme o decirlo. Ya no podía más. Resultaba demasiado evidente aun cuando ella no quería verlo. Ya no podía seguir ocultándolo.

—No he vuelto a salir con nadie desde que lo dejé con Lana —le planteé.

Ella se mostró sorprendida.

—¿En serio?

—¿Por qué te sorprende tanto?

—No lo sé…, mírate.

—¿Qué insinúas? —No pude evitar la sonrisita petulante—. ¿Que soy guapo?

Por supuesto, Jen enrojeció.

—¿Eh? Y-yo… ¡No! ¡En absoluto!

—Ya lo creo. ¿Soy un buen partido? ¿Es eso?

—Eres simpático.

—Simpático. —Hice un sonido parecido al de ahogarme con la palabra.

—¡No te burles!

—Acabas de destrozarme.

—¡Ser simpático es algo bueno!

—Definitivamente, no lo es.

—Sí lo es. Yo te veo… simpático.

—No quiero ser solo simpático para ti, Jen.

Ya lo había dicho. Ya estaba. Ella me miró con sus grandes ojos castaños muy abiertos, como si temiera lo que estaba a punto de decir, fuera lo que fuese. Pero ya no había vuelta atrás; como siempre, o todo o nada.

—No lo ves, ¿verdad? —murmuré.

—¿El qué? —Sonaba tensa… y un poco ansiosa.

—El porqué está tan enfadada contigo, Jen. El hecho de que yo la ignore no es la única razón. Ni siquiera es la principal.

—¿Y cuál es la principal? ¿Le he roto un jarrón y no me he enterado? No sería la primera vez…

—No que yo sepa.

—¿Entonces?

—Cuando estábamos juntos —empecé, tragando saliva—, siempre me recriminaba que no la quería lo suficiente. Siempre. Y… cada vez que me decía que no la miraba como si quisiera estar con ella, que no hablaba con ella como si quisiera ser su pareja…, cada vez que se acuerda de eso, ve cómo te miro a ti. Cómo te hablo a ti. Justo como no lo hacía con ella.

Cuando dejó escapar una bocanada de aire, bajé la mirada a sus labios. Volví a alzarla rápidamente. Tenía que centrarme o terminaría de decirlo. Y necesitaba quitarme ese peso de una vez por todas.

Adoraba nuestra relación, nuestra dinámica y la forma en que me hacía sentir, pero habíamos llegado a ese punto en el que necesitaba más. No podía vivir eternamente midiendo las palabras que pronunciaba, los momentos en los que la tocaba o mi sinceridad, para no asustarla. Necesitaba decirlo de una vez, aunque supusiera un cambio en nuestra relación. Necesitaba, por encima de todo, que supiera que para mí ya no eran bromas, que hacía mucho tiempo que habían dejado de serlo.

Si me rechazaba... dolería, sí. Pero más dolía tenerla tan cerca y aun así estar alejados.

—No le gusta que alguien se le haya adelantado —finalicé en voz muy baja.

Jen me miraba casi sin parpadear. Su pecho subía y bajaba más rápido de lo normal, y sus rodillas se habían tensado bajo mis dedos. Sin embargo, no me apartaba, ni me rechazaba. No se movía; solamente me miraba.

Cuando por fin habló, me pareció que se quedaba sin aire.

—Esto no es una carrera, Ross.

—Si lo fuera, tú ya la habrías ganado.

Y entonces miró mis labios. Y yo miré los suyos. Y ya no necesité ni una señal más, porque me moría de ganas de besarla. Me adelanté y, para mi asombro más absoluto, Jen me encontró a medio camino. Nuestras bocas se conectaron, y el mundo dejó de existir alrededor. Solo existían ella y las ganas que tenía de acercarme más a su cuerpo.

Y en ese mismo momento supe que habría un antes y un después. Besar a alguien más ya nunca sería lo mismo. Para mi suerte o desgracia, había encontrado a esa persona que te muestra que todas las anteriores fueron solamente paradas en el camino para llegar a ella.

Su mano me tomó tímidamente de la nuca, y me contuve con todas mis fuerzas para no separarle las piernas. Por muchas ganas que tuviera, no quería ser un bruto. Quería que ella marcara el ritmo. Y su ritmo consistió en abrirlas un poco para permitir que me aunara más a su cuerpo. Sus curvas se amoldaron a las mías, y con el brazo la rodeé para acercármela aún más. Cualquier brizna de aire entre nosotros era innecesaria. La necesitaba unida a mi cuerpo. La necesitaba conmigo. Podía sentir su ropa contra la mía, su corazón palpitando en mi pecho. El mío se desbocó en cuanto me agarró el pelo en un puño, dejándose llevar por el momento. Jen arqueó la espalda, y la bocanada de aire que soltó contra mi boca fue mucho más intensa que cualquier experiencia sexual que hubiera sentido con otra persona.

Perdí el control y abandoné su boca. La besé en la mandíbula, en el cuello, en el hombro. Casi gruñí de placer cuando inclinó la cabeza para facilitarme el acceso. Me correspondía. Sentía lo mismo que yo. No habían sido imaginaciones. Todo lo que habíamos vivido había significado algo para ambos, no solo para mí. Era demasiado bonito como para ser cierto.

Y entonces moví la mano en un acto involuntario. Mis dedos acariciaron su piel desnuda en la parte interna del muslo. Jen, lejos de alejarme, se aferró con ambos brazos y escondió la cara en mi hombro. El sonido de placer que se le escapó fue todo lo que necesité para recorrer la poca distancia que me separaba para llegar a tocarla.

Y... ese tuvo que ser el puto momento en que abrieron la puerta.

Me aparté de un salto, y Jen se quedó paralizada. Al menos, durante los primeros dos segundos. Después se recolocó el vestido a toda velocidad. La parejita que nos había interrumpido se rio y se marchó felizmente.

¿Alguna vez había odiado tanto a alguien?

Yo creo que no.

Jen evitaba mi mirada. Estaba roja y respiraba con agitación, igual que yo. Lo que no entendía era que volviera a evitar mi mirada. Mierda, ¿qué había hecho? ¿O qué haría ella? Porque yo tenía muy claro lo que quería, pero supuse que Jen seguía con sus dudas.

Oh, no. ¿Y si quería irse? ¿Y si esa noche no quería dormir conmigo? Me pasé una mano por el pelo, frustrado.

—¿P-podemos irnos? —sugirió. Evitaba mirarme, como si tuviera la peste.

—Sí..., eh..., yo... —¿Qué? ¿Yo, qué?—. Vámonos —concluí.

Necesitaba una ducha fría.

O unas cuantas.

Cuando nos reunimos con los otros, era yo quien no podía mirarla. Mejor así, porque necesitábamos disimular un poco o nuestros amigos sacarían sus conclusiones. Además, tenía que conducir. Repiqueteé los dedos, cada vez más nervioso. No quería tocar el puto volante, no quería conducir a casa y no quería estar con los demás. Lo que quería, seguramente, se había perdido en esa terraza y nunca podría recuperarlo. Jen no volvería a hacer algo así. Y no entendía la decepción que sentía al pensarlo.

Frustrado, encendí la radio de un golpe y me centré en la jodida carretera.

En el ascensor, intenté captar de nuevo su mirada y supe que ella la había notado, pero no se volvió. Tragó saliva y recordé cómo había echado la cabeza hacia atrás para facilitarme el acceso a su cuello. Cerré los ojos. Iba a volverme loco.

Ya en el piso, se encerró en el cuarto de baño, igual que la primera noche. Yo me metí en la habitación y me puse el pijama. Era incapaz de quedarme quieto, estaba muy alterado, y me jodía mucho no saber qué debía hacer. O, mejor dicho, desconocer cuál sería su reacción.

Cuando volvió, se quedó plantada en el umbral de la habitación. Me pareció una imagen adorable, con esos ojitos castaños muy abiertos y las manos jugueteando frenéticamente entre sí.

—¿E-estás bien? —preguntó.

Intentó sonar natural, pero la voz aguda delató sus nervios.

—Sí, yo… —Bueno, ¿qué coño? Todo eso resultaba absurdo. Mejor ir al grano de una vez—. Mira, si quieres que vaya a dormir al sofá…

—¿Qué? ¡No!

Su rotundidad me dejó de piedra. Al oír la intensidad del tono que había usado, se apresuró a corregirse:

—Es… es tu cama.

Mi cama sin ella me parecía un poco lamentable, la verdad.

—No quiero que te sientas incómoda.

—Nunca me he sentido incómoda contigo, Ross.

Sus palabras me ocasionaron un subidón de autoestima. No pude contener una sonrisita en los labios; «la sonrisa de los idiotas», habría dicho si la hubiera esbozado otra persona.

—Si… si quieres, puedo ser yo la que vaya… —empezó a decir.

—¿De verdad crees que yo me siento incómodo?

Lo mío no era incomodidad, sino algo peor.

Finalmente, Jen accedió a meterse en la cama conmigo, aunque nos pusimos en los extremos opuestos del colchón, sin hablar y, sobre todo, sin mirarnos. Parecía que compitiéramos para ver quién aguantaba más en silencio.

Y, entonces, ¡fiesta! Will y Naya iniciaron sus estúpidos gemidos.

Idiotas.

Unos tanto y otros tan poco, ¿eh?

Me pasé las manos por la cara, frustrado.

—¿Ross?

Mis manos se detuvieron al instante. ¿Esa había sido su voz? Me volví, pasmado, y la encontré mirándome. Oh, oh. ¿Iba a mandarme al sofá? Nunca me habían mandado al sofá. Sería una curiosa manera de estrenarse.

—¿Sí? —murmuré, cauteloso.

Jen dudó un momento.

—Lo que ha pasado antes…

—¿Sí…?

—¿Te acuerdas de lo que te conté sobre mi relación?

Joder si me acordaba. Lo tenía grabado a fuego.

Espera.

Espeeera…

¿Estaba…? ¿Estaba insinuando…?

No, imposible.

Pero ¿quizá…?

¡Deja que hable, pesado!

—Sí —dije, más tenso que en toda mi vida.

Jen tragó saliva. Yo la miraba fijamente, esperando las palabritas mágicas.

—Yo… t-te… te dije que no pasa nada si tenemos a alguien con quien…, bueno…

Que lo dijera ya, por favor.

—… con quien ha-hacer… cosas…

—Sí…

Que lo dijera ya, porfa, porfa, porfa.

—Bueno…, respecto a lo de antes…, yo…

A la mierda la paciencia.

—Sí —la corté.

Giré sobre mí mismo, la tomé de la nuca y la obligué a mirarme. Durante unos instantes, solo hicimos eso. Y entonces la cogí del pelo, me acerqué y la besé con todas las ganas que me había aguantado durante todo ese tiempo.

Un buen rato más tarde, me dejé caer de espaldas a su lado. Jen se apartó el pelo de la cara con una mano, la otra seguía aferrada al cabecero de la cama. La miré de soslayo y esbocé una sonrisita orgullosa, a la que respondió con un manotazo en el hombro.

—¡No he abierto la boca! —protesté.

—No, pero tu expresión lo dice todo.

—Y la tuya también, por eso sonreía.

Hizo ademán de darme otra vez, riendo, y le atrapé la muñeca con una mano. Pretendí acercármela para tumbarla encima de mí, pero Jen me detuvo enseguida para interponer cierta distancia de seguridad. Estaba desnuda, sonrojada y agitada, y aun así tenía mucha más cordura que yo.

—Cálmate, fiera, o me dará algo —me pidió—. ¿Qué hora es?

—Casi las cinco, ¿por qué?

—Tengo que ir al baño.

Se puso en pie sin más preámbulos. Crucé los brazos por detrás de la cabeza y observé sus movimientos con interés.

—Ya has ido cuando hemos llegado de la fiesta —le recordé.

—Pero solo ha sido para mirarme en el espejo y que no me diera un infarto. Ahora necesito ir de veras.

Cuando vi que se ponía mi camiseta, fruncí el ceño.

—¿Qué haces?

—No pienso ir desnuda por el piso, Ross.

—Todo el mundo está dormido.

—*Tú* no estás dormido.

—Pero *yo* ya lo he visto todo. Y no solo lo he visto, sino que también lo he…

—¡No lo digas así! —chilló enseguida, roja de pies a cabeza—. ¡Y no me mires el culo al salir!

Nunca sabréis si lo hice o no.

Todos lo sabemos.

Oí sus pasitos discretos por el pasillo y me estiré un poco más en la cama. Estaba hecha un desastre. Bueno, yo entero estaba hecho un desastre, pero no podía importarme menos, porque por fin había sucedido. Además, había sido mucho mejor de lo que había imaginado.

Ah, y no, no era silenciosa. Otro punto positivo.

Espera ¿qué coño hacía esperándola? Me levanté y salí al pasillo sin molestarme en vestirme. Jen no había cerrado la puerta del cuarto de baño, solo estaba ajustada. La encontré lavándose las manos, aunque ella no se dio cuenta de mi presencia hasta que cerré la puerta; levantó la cabeza y, alarmada, me descubrió a través del reflejo del espejo.

—¿Qué...? —dijo, sorprendida.

No dejé que terminara. La sujeté de la nuca, la volví hacia mí y me incliné para besarla otra vez. Jen soltó un sonidito de sorpresa, pero entonces perdió todas las fuerzas y me rodeó la cintura con los brazos para atraerme hacia sí. La empujé un poco hacia atrás, hasta que su cadera chocó con la encimera, y ahí intenté meter la mano bajo la camiseta.

Ella me la pilló enseguida, alarmada.

—¡No vamos a hacer *eso*... aquí! —susurró al tiempo que echaba una mirada furtiva a la puerta.

Yo también lo hice. No se oía absolutamente nada.

—¿Por qué dices *eso* como si decir *follar* fuera a matarte?

—¡ROSS! —Enrojeció todavía más—. Ya te he dicho que aquí no.

—¿Por qué no? —quise saber, e hice un mohín.

Nunca lo había hecho en un cuarto de baño. Y empezar con Jen me parecía bastante tentador.

—P-porque... podrían oírnos y...

—Ya te he dicho que están dormidos.

—¿Y si se despiertan?

—Les pedimos que se unan a la fiesta.

Sonrió con ironía, pero no se separó cuando la besé de nuevo. De hecho, me permitió que la cogiera por debajo del culo y la sentara en la encimera. Incluso me rodeó con las piernas para acercarme más a ella. Encantado, me incliné hacia delante y la obligué a hacer lo mismo, hasta que la parte superior de su espalda chocó con el espejo. Ya estaba empañado. Cuando metí una mano entre nosotros, ella cerró los ojos y yo sonreí contra sus labios.

—¿Has traído un condón? —preguntó sin aliento.

—Vaya, y yo pensando que eras una chica decente...

—¡No empieces!

—Claro que lo he traído. Soy un pervertido muy persuasivo, sabía que te apetecería.

Jen hizo un gesto de enfado, pero se le pasó muy deprisa. Específicamente, cuando rompí el envoltorio y, ansioso, me lo coloqué. Ella me clavó los dedos en la nuca y me atrajo con tal intensidad que me pilló desprevenido; casi perdí el equilibrio. La sujeté del muslo y la atraje hacia mí, dejándola justo donde quer…

Tres golpes en la puerta me detuvieron.

Oh, oh.

Jen también me miró, completamente paralizada y lívida. Abrió la boca para decir algo, pero justo entonces la interrumpió la voz de Sue:

—¡Joder, Will!! —exclamó al otro lado de la puerta—. ¿Desde cuándo lo hacéis en el cuarto de baño? Qué asco… Mejor me aguanto las ganas de hacer pis.

Dicho eso, volvió a la habitación con pasos enérgicos.

Permanecí quieto hasta que oí el ruido de la puerta de su habitación. Entonces me separé de Jen y suspiré aliviado.

—Mejor volvemos a la habitación, ¿no? —murmuré—. Me ha cortado un poco el rollo.

—No quiero decir que te lo dije… pero te lo dije.

Sonreí y le ofrecí una mano para ayudarla a bajar. Ella la aceptó con un gesto burlón y, tras eso, volvimos a encerrarnos en la habitación.

8

Colonia perpetua

A la mañana siguiente, no me sorprendió encontrarme solo en la cama. Por las mañanas, Jen solía salir a dar brincos por el parque, algo incomprensible para mí. ¿Quién hacía ejercicio pudiendo dormir?

Menos mal que me vi en el espejo del armario de Jen, porque estuve a punto de salir de la habitación sin ropa; habría sido gracioso ver las caras de mis compañeros. Me puse unos pantalones rápidamente y fui a la cocina.

Will, Sue y Naya merodeaban por ahí, preparándose el desayuno.

—¡Buenos días!

Los tres me observaron con curiosidad. Después de todo, no estaban muy acostumbrados a verme de buen humor por la mañana. Solía despertarme muy gruñón.

—¿Qué le pasa? —preguntó Naya con la boca llena.

—Está *demasiado* feliz —murmuró Will, precavido.

—¿Y por qué no iba a estarlo? Hoy hace un día muy bonito, ha salido el sol, los pajarillos cantan… ¡Incluso Sue me parece preciosa!

Ella hizo una mueca de indiferencia que se le borró en cuanto le estrujé las mejillas y le planté un beso en la frente. Asqueada, se apartó de un salto y se frotó la zona afectada con todas sus fuerzas.

—¡Qué asco! ¡Como vuelvas a hacer eso…!

Y empezó a amenazarme con veinte muertes distintas, pero me dio absolutamente igual.

Con mi actitud había conseguido desterrarla y hacerme con uno de los taburetes de la barra. Sue había salido corriendo para lavarse la cara, mientras que Naya la perseguía para reírse de ella. Cuando Will me sirvió una taza de café, le sonreí con amplitud.

—¿A que tú también piensas que es un buen día? —le pregunté.

—Lo es —me concedió—. Y también debió de ser una buena noche, por lo que veo.

Al oír sus últimas palabras, mi sonrisa vaciló un poco.

—¿Eh?

—¿Tienes idea de por qué Sue me ha echado una bronca sobre no follar en el cuarto de baño?

Oh, eso. Ups.

—¿Cómo dices? —Me llevé una mano al corazón—. ¿De qué me hablas?

—No lo sé, por eso te lo pregunto.

—Pues no tengo ni idea, pero, Will…, ¡debería darte vergüenza! ¡Ese baño es de todos, no solo tuyo!

Estaba de tan buen humor que incluso fui a ayudar a mi madre sin protesta alguna. De vez en cuando me llamaba para que le echara una mano, le servía de excusa para pasar un rato juntos. Yo acostumbraba a rechazarla, pero ese día me apeteció ir a verla. Mi respuesta la pilló tan desprevenida que se quedó en silencio un minuto entero.

Me subí al coche, conduje a toda velocidad por media ciudad y aparqué en el garaje de su casa. Ella me esperaba en la sala donde guardaba todos los utensilios de pintura y de fotografía. Era muy maniática con sus cosas, y no aceptaba que cualquier persona se lo colocara; decía que no lo hacían tan bien como ella. Por eso se lo habían dejado todo en mitad de la sala y nos tocaba organizarlo en cajas.

Pesaban bastante, así que yo transporté la mayoría, mientras que ella escribía en las etiquetas qué cuadros, materiales y gamas había en cada una.

Sin saber por qué, la miré de soslayo. Todo el mundo me decía que mi madre parecía muy joven para tener hijos de veinte años, y no les faltaba razón. Siempre llevaba la melena rubia suelta o atada en una coleta, un maquillaje ínfimo, pendientes grandes, ropa suelta y de colores naturales… Le gustaban esas cosas, y le hacían parecer más joven de lo que era. No obstante, en cuanto hablaba parecía mucho mayor.

Mamá se volvió al notar mi mirada, y yo la aparté enseguida.

—¿Va todo bien? —preguntó con curiosidad.

—Sí, como siempre.

Para excusar mi silencio, recogí dos cajas de golpe y las llevé al otro lado de la sala. Ella se acercó para ponerles la etiqueta.

—Mike me ha comentado una cosa —murmuró precavida.

—¿Que fui a su concierto?

—Y que fuiste con alguien, más específicamente.

Pues claro que se lo había contado. Menudo bocazas.

—Fui con Will, Naya, Sue… los de siempre.

—Si no quieres decírmelo, no me lo digas. Pero haz el favor de no mentirme.

—Vale, fui con una chica que ahora vive con nosotros. ¿Contenta?

Desde luego, lo pareció. Esbozó una pequeña sonrisa mal disimulada y pegó la etiqueta a la segunda caja.

—Ya veo.

—No ves nada, porque no te he contado nada más.

—Y como no me cuentas nada más, tengo que tirar de mi imaginación.

A mamá le hacía mucha ilusión que tuviera pareja. O, mejor dicho, que abandonara el estilo de vida que había llevado hasta el momento. Si eso implicaba conocer a alguien que me ayudara a dar ese paso, ya le parecía bien.

—Piensa lo que quieras —mascullé, un poco a la defensiva.

—No te enfades, Jackie…

—Pues deja de meterte en mi vida como si, por primera vez, te interesara.

Con un golpe seco dejé una caja, me sacudí el polvo de las manos y me volví hacia ella. No me di cuenta de mi dureza hasta que vi su expresión dolida. Mierda. Cerré los ojos un momento, con la esperanza de que al abrirlos mi mirada se hubiera suavizado un poco.

—Lo siento, no quería decir eso.

—No pasa nada, sé que no querías decirlo.

Aun así, su entonación había expresado cierta tensión, como la mayoría de las veces que hablábamos de cualquier cosa que no fueran películas, cuadros o fotografía.

—Es una amiga —le expliqué, tratando de calmar las aguas—.

No es mi novia ni nada, pero… vive con nosotros. Y nos llevamos muy bien.

No entraría en detalles, obviamente, pero leí en su sonrisa que lo había entendido.

—¿Te lo pasas bien con ella?

—Mucho.

No te haces una idea.

—Pues eso es lo más importante, Jackie —aseguró—. Quédate con la gente que te haga sentir bien.

Sumido en mis reflexiones, la ayudé a transportar el resto de las cajas, y mientras ella colocaba la pegatina a la última, murmuré:

—Me obliga a hacer la cama todos los días.

Mamá levantó la cabeza y sonrió.

—¿Tú?, ¿haciendo una cama?

—Sí, sí…

—Pero ¡si eres don «¿para qué?, si luego la voy a deshacer igual»!

—Pero a ella le gusta.

—Ajá…

Lo dijo con tono insinuante, y choqué mi hombro con el suyo. Sonrió.

—Creo que es la primera vez que me hablas de una posible pareja.

—¿Quién ha hablado de parejas?

—Por eso he dicho *posible.*

—Conociste a Lana —le recordé.

—No la conocí. A tu amiga Naya se le escapó que tenías novia y, hasta hoy, esa ha sido toda la información que me ha llegado sobre tu vida amorosa.

—Tampoco hay tanto por contar.

—Puedes contarme cómo es la chica con la que vives; aunque solo sea un detallito.

¿Un detallito? Me rasqué la cabeza como un idiota, trataba de decidirme por uno de los muchos que me vinieron a la mente.

—Es… dulce.

Mamá dejó de escribir en la pegatina y me miró, pasmada.

—¿Dulce?

—Sí. Es… Bueno, da igual.

—¿El qué?

—Es muy cursi.

—Jackie, vamos.

Suspiré.

—A veces siento que es demasiado buena como para estar conmigo.

Me pareció increíble que hubiera pronunciado esas palabras, y más frente a mi madre. Me sentía ridículo y, a la vez, como si me hubiera quitado un peso de encima. Era una mezcla un poco extraña.

Por suerte, mamá acudió al rescate y no prolongó el silencio.

—¿Cómo se llama?

—Jen. Es decir…, Jennifer.

—¿Y por qué no la invitas a alguna galería?

—¿Para qué?

—Para conocerla. —Parpadeó con inocencia—. Igual que conozco a Will, a Naya, a Sue… Me gusta saber con quién te relacionas.

—No es lo mismo.

—Pues por eso mismo quiero conocerla.

—Mamá —la corté, medio divertido—, tiene novio. No te hagas ilusiones, ¿vale?

Pero ya se las había hecho, porque vi cómo desaparecían de su expresión. Apartó la mirada con un mohín y se alejó de la última caja.

—Qué pena.

—¡Mamá!

—Uy, ¿lo he dicho en voz alta?

Sacudí la cabeza, divertido. Sin embargo, cualquier tipo de diversión desapareció en cuanto recordé las pocas interacciones que había visto entre Jen y él.

—Creo que no la trata bien —murmuré.

Mamá se tensó de golpe, como si la hubiera recorrido una corriente eléctrica. No me miró. De hecho, tuve la sensación de que evitaba hacerlo a toda costa.

—¿Por qué dices eso?

—Por su manera de comportarse cuando habla con él. Es como si…, no lo sé, como si se convirtiera en una versión mucho más pequeña y reprimida de sí misma.

Mamá tragó saliva.

—¿Alguna vez te ha comentado algo sobre este asunto?

—No habla mucho de su novio, pero Naya piensa lo mismo que yo. No se la merece.

Estuvo a punto de responder, pero entonces la interrumpieron desde la puerta:

—¿Y tú sí que te la mereces?

Ahora fui yo quien se tensó, pero de un modo mucho menos visible que el de mi madre. Esta vez, sí que me miró; quiso comprobar que todo fuera bien, antes de sonreírle a papá.

—Jack, ya te dije que no necesitaba más ayuda, ¿qué…?

—No me has respondido —me dijo él, cortándola.

Mamá apretó los labios y no insistió más.

Una vez leí en un periódico que elegimos nuestras relaciones en función de la química que surge con los demás. Sea amistosa o amorosa, hay gente con quien la tienes y gente con la que no, y no se puede hacer mucho al respecto.

Lo único que saqué en claro de todo aquello era que mi padre y yo, desde luego, no la teníamos. Nunca la tendríamos. Lo notaba incluso sin que abriera la boca. Involuntariamente, se me tensaba la espalda, apretaba los dientes, la respiración se me aceleraba… Mi cuerpo entero lo rechazaba.

No solíamos coincidir, mi madre se encargaba personalmente de ello desde que me fui de casa. Sin embargo, de vez en cuando le apetecía aparecer por sorpresa y tocarme los cojones con lo que él considerara importante en ese momento.

Miré de soslayo a mi madre, que, mientras observaba la escena, jugueteaba compulsivamente con el anillo de bodas. Al notar que la había visto, forzó una sonrisa poco creíble.

—¿Ni siquiera vas a mirarme? —preguntó papá. Se me había acercado.

Respiré hondo y poco a poco me di la vuelta para mirarlo. Hacía muchos años que lo superaba en altura, aun así, cuando lo tenía delante, me sentía muy pequeño.

Me quedé mirando una cara muy similar a la mía, unas gafas de pasta negra y una camisa carísima que se arremangaba de forma estratégica para mostrar el Rolex de oro. Lo peor era el olor. Lo detestaba. Detestaba su colonia. Me entraban arcadas nada más olerla, y no porque fuera mejor o peor, sino porque era suya.

Siempre pensé que mi padre era patético.

Ojalá tuviera el valor de decírselo.

Pero no. Solo me quedé mirándolo con todo el cuerpo en tensión.

—No te estaba escuchando —repliqué en el tono más indiferente del que fui capaz.

—Raro será el día que decidas hacerlo —ironizó con una pequeña sonrisa que no le llegó a los ojos.

Resultaba curioso, pero no recordaba haberlo visto sonreír de verdad. Quizá en las fotos de la boda o algo así, pero nunca me había parado a mirarlas con detenimiento. No quería verle la cara más de lo estrictamente necesario.

—¿De qué hablabas? —quiso saber, y miró varios segundos a mi madre antes de continuar—: He oído un nombre, pero no me resulta muy familiar.

El hecho de que hablara de Jen hizo que me hirviera la sangre. No solo porque se tratara de Jen, sino porque ella participaba de una porción de mi vida que mi padre no podía emponzoñar; en esa, yo era simplemente el chico que la hacía reír, mientras que en la parte que le concernía a él, yo era un imbécil que destruía cuanto tocaba.

No quería que mi padre se relacionara con el otro lado, porque, si lo hacía, sería cuestión de tiempo que ambos mundos se mezclaran y que, al final, yo volviera a ser el capullo de siempre.

Debió de notar mi tensión, pues volvió a mirar a mamá. No vi su reacción, pero no fue necesario. Cantó enseguida:

—Una amiga de Jackie, nada importante…

—Sonaba importante. ¿He oído que vive contigo? Que yo sepa, ese piso solo tiene tres habitaciones.

—¿Has estado alguna vez ahí? —mascullé.

Papá, por supuesto, ignoró la pregunta.

—¿Has metido a una desconocida en tu casa?

—No es una desconocida —quiso defenderme mamá, pero con ello solo logró proporcionarle aún más información, cosa que yo estaba intentando evitar a toda costa.

—Ah, así que has metido a una chica que ya tiene pareja a dormir contigo… Seguro que su novio está muy feliz con la situación.

—Esté como esté, no es problema tuyo —le aseguré en voz baja, sin dejar de mirarlo. No permitiría que me intimidara—. Tengo que irme.

—¿Tan pronto? —preguntó papá.

—Deja que se vaya —le pidió mamá enseguida—. Me ha dicho que tenía muchos deberes, mejor que no se distrai...

—Quiero conocer a tu amiga.

Noté que mamá me miraba con los ojos muy abiertos, aunque yo apenas reaccioné. O, al menos, no lo exterioricé.

—No veo el motivo.

—Está viviendo con mi hijo.

—¿Te molestas en conocer a cada persona con la que vive Mike, también?

—Me interesa más tu vida. Por lo menos, no está totalmente desperdiciada.

Una parte de mí se alegró de que Mike no estuviera presente, porque mi padre no habría tenido problema en decir exactamente lo mismo, y conocía a mi hermano: habría fingido que no le importaba, habría soltado alguna broma sin gracia, se habría reído y, una vez a solas, recordaría todas las otras veces en las que le había dicho lo mismo. Y la decisión que Mike tomara basándose en esa información no sería algo en lo que yo quisiera pensar.

—Quizá mi vida sea peor que la suya —le sugerí con media sonrisita burlona.

—No lo creo.

—¿Y por qué coño finges que te importa?

El ruido llegó antes que mi reacción. Oí el sonido de unas cajas que se caían, el grito ahogado de mamá, y noté que mi cuerpo se movía. Y entonces me encontré a mí mismo con la espalda pegada a la pared. Mi padre me había agarrado el cuello de la camiseta con un puño y me retenía ahí con tanta fuerza que se me obstruyó la respiración. En la parte baja de la espalda se me clavaba una de las cajas que había movido al empujarme.

Su cara se encontraba muy cerca de la mía, y su colonia cara me revolvió el estómago. Ese olor había estado presente en muchas de mis pesadillas. Lo detestaba. Evocaba recuerdos que durante años había intentado enterrar pero que siempre acababan resurgiendo.

Oí a mi madre gritar y me di cuenta de que me había evadido, como siempre que ocurría algo así. Mi cerebro había estado divagando mientras todo eso ocurría, como si intentara llevarme a algún otro lugar, donde no me costara respirar, donde mi padre no me tuviera retenido contra una pared y donde no temiera el golpe que quizá recibiría.

—¡Jack! —insistió mamá, desesperada—. ¡Lo ha dicho sin pensar!

Parpadeé y volví a la realidad justo a tiempo para ver que mi padre se inclinaba sobre mí. Su expresión no cambió. Nunca cambiaba. Transmitía sentimientos contradictorios, pues parecía calmado, pero en cuanto veías sus ojos sabías que por dentro no lo estaba en absoluto.

—¿Qué has dicho? —me preguntó en voz baja, y su mano apretó el agarre—. ¿Qué me has dicho, Jack?

Pese a que apenas podía respirar, hice un esfuerzo por mantener una expresión tan neutral como la suya. Un sonido de protesta emanó de mi garganta, y me apretó todavía más contra la pared. Estaba tan cerca que, cada vez que respiraba, su colonia me entraba en el cuerpo y me envenenaba los pulmones.

—No eres nadie para hablarme así —declaró con el mismo tono y expresión—. ¿Me has entendido, Jack? *Nadie.*

—¡No pretendía decirlo! —insistía mamá, pese a que él no le hacía ningún caso—. ¿A que no, cariño? ¡Venga, dile que lo sientes! ¡No pasa nada!

No dije nada. Miraba fijamente a mi padre, igual que todas las otras veces. Alguna vez llegué a pensar que lo que más le molestaba de mí era que no reaccionara, que siempre me quedara mirándolo fijamente como si esperara el final de su acto ridículo.

Él mantuvo mi mirada unos instantes, y finalmente me apartó a un lado. Caí al suelo, apoyándome en una mano, me pasé la otra por la garganta y carraspeé en un triste intento de recuperar el aliento.

—Vete de aquí —oí que le decía a mamá.

—Pero…

—Él ya se va, así que no tienes nada que hacer en esta sala. ¿Tengo que volver a decírtelo?

No fue necesario. Mamá salió de la sala, papá, tras mirarme unos segundos, hizo lo mismo. Cerró la puerta tras de sí; una vez a solas, aproveché para toser y respirar profundamente.

Tardé unos minutos en ponerme de pie y avanzar hacia la puerta. No por lo que me hubiera hecho él, sino por lo que no había hecho yo. A veces, eso era todavía peor; pensar en lo que habría podido suceder, en lo que le habría permitido hacer… y que no había sucedido, simple y llanamente, porque a él no le había apetecido.

Una vez fuera de la sala, vi que ambos estaban sentados en el sofá mirando las noticias. Papá tenía un brazo apoyado en el respaldo, justo por detrás de mamá, y ella miraba la pantalla con tensión en los hombros.

Debió de notar que la observaba, porque volvió disimuladamente la cabeza hacia mí y, a pesar de que me miró con los ojos muy abiertos, se volvió de nuevo hacia el televisor sin decir nada.

Me tomé el camino a casa con mucha más calma de lo habitual. Miraba fijamente la carretera, sin expresión alguna, y repiqueteaba un dedo sobre el volante al ritmo de una canción que no había oído en mi vida. Pese a estar en pleno otoño, no tardé en bajar la ventanilla para que el aire frío me diera en la cara. Lo agradecí.

Ojalá no tuviera que volver a pisar esa casa. Ojalá no tuviera nada que ver conmigo. Daba igual cuántos pasos avanzara, porque cada vez que hablara con él me haría retroceder veinte de un solo empujón.

Aparqué el coche, subí por el ascensor y entré en casa. Estaba a oscuras, así que supuse que todo el mundo estaba durmiendo. ¿Tan tarde se había hecho? Saqué el móvil. Quizá había estado dando vueltas un rato, fumándome uno o dos cigarrillos, para llegar más despejado a casa. Quizá había estado más de una hora por ahí. Quizá, más de dos.

Entré sin hacer ruido, dejé las cosas en la encimera y recorrí el pasillo hacia la habitación. Me detuve un momento en la puerta, apoyé la frente en ella y respiré hondo. Después, me atreví a abrirla.

Jen dormía hecha un ovillo bajo las sábanas. Por algún motivo, me quedé mirándola unos segundos más de la cuenta antes de acercarme a la cama y sentarme en el otro lado. Me quité los zapatos, la camiseta, los pantalones... Estaba poniéndome el pijama cuando discerní un movimiento por el rabillo del ojo.

—¿Ross?

Oh, mierda. Cerré los ojos con fuerza antes de mirarla. Esperaba que estuviera lo suficientemente dormida como para no darse cuenta de mi expresión.

—¿Te he despertado? Lo siento, he intentado no hacer ruido.

—¿Dónde estabas?

Mi voluntad se resquebrajó un poco, pero mantuve la sonrisa.

—Mira a quién le ha nacido la curiosidad. Asuntos familiares aburridos.

Por favor, que no insistiera.

—¿Está todo bien?

—Sí —dije, demasiado rápido—. No te preocupes. Duérmete, es tarde.

No me pareció que tuviera muchas intenciones de hacerlo, así que aproveché para ponerme la camiseta. Jen me observaba con curiosidad.

—¿Qué miras tanto, pervertida? —le pregunté.

Por suerte, fue la distracción perfecta.

—¿Qué quieres que mire si siempre te cambias delante de mí?

—Oh, has descubierto mi secreto. Lo hago a propósito.

Jen sonrió, olvidándose por fin del tema, y yo aparté las sábanas para meterme en la cama. Ella me hizo hueco sin dejar de observarme, y yo me acomodé. Sin embargo, me faltaba una cosa. Una muy importante. La cogí del brazo y tiré de su cuerpo hacia mí, hasta que quedamos enredados el uno en el otro. Jen permaneció quieta unos segundos, finalmente apoyó la cabeza en mi pecho.

El olor floral de su perfume camufló el de mis pesadilla.

9

Malditos hermanos

Ya tenía una palabra favorita.

Más que favorita, incluso. Una palabra sagrada. Una que nunca me cansaría de pronunciar.

Exnovio.

Qué precioso. Qué harmónico. Qué sonoro.

Si pudiera suspirar con hartazgo, ahora mismo lo haría.

Jen ya no tenía novio. Tenía un *exnovio*. Le había costado la mayor parte de su ropa y también su habitación de la residencia, pero ya no estaba en su vida, que era lo importante. Y, aunque el primer día apareció algo cabizbaja, ya se la notaba mucho más aliviada.

El maldito Monte o como se llamara ya no estaba en el horizonte, ¡qué buen día!

Como siguiéramos así, besaría otra vez a Sue.

Miré a Jen de reojo. En esos momentos estaba en la cocina con Naya. Habían decidido iniciar no sé qué dieta para comer no sé qué sano. Ese asunto escapaba a mis conocimientos, así que no les había prestado mucha atención.

Cuando volvió, se me sentó en el regazo y yo esbocé una sonrisita orgullosa. No estaba mal que fuera ella quien iniciara el contacto de vez en cuando; me hacía sonreír, pues no solo era yo quien sentía cosas. Además, me resultaba muy cómodo.

Sin embargo, no duró demasiado. Estábamos a mitad de la cena, y de pronto se tensó de pies a cabeza. Miré la pantalla de su móvil con curiosidad. Su madre la estaba llamando.

—Si es mi suegra —bromeé.

Pero Jen no sonreía. De hecho, yo dejé de hacerlo al ver su cara de horror. Quise preguntarle al respecto, pero ya había dejado el plato en la mesita y estaba de pie.

—Oh, no —murmuró—. Oh, no.

—¿Qué pasa? —quiso saber Will, postrado en el otro sofá.

Pero ella tardó varios segundos en contestar. Miraba la pantalla como si deseara que la llamada terminara cuanto antes.

—Nada..., yo... —Tragó saliva—. Nada.

—Te has quedado blanca, Jen —advertí, preocupado.

—No es... Se va a enfadar conmigo. Muchísimo.

Naya la miraba con la misma cara de preocupación que yo.

—¿Por qué?

—Porque... Oh, no. Yo... Oh, no.

Y, al final, contestó a la llamada.

Tan solo oí su nombre completo, su madre lo había gritado tan alto que se había oído en todo el salón. Después de eso, las respuestas de Jen habían sido casi monosilábicas. Empequeñecía por momentos; su madre no la dejaba hablar, y cada vez que lo intentaba, la interrumpía.

Resultaba difícil seguir el argumento entero de la conversación, pero me pareció entender algo de un cumpleaños y de que no había dinero suficiente para ir. Jen no sabía cómo pagarlo.

Menos mal que yo sí.

Hora de ganarse a la suegra.

Me incorporé y me acerqué a Jen, que estaba de espaldas, muerta de la vergüenza. Le quité el móvil sin siquiera titubear y, aunque se dio la vuelta de golpe, pasé de ella y me lo llevé a la oreja.

—¿Señora Brown?

Casi pude ver el espíritu de Jen saliendo de su cuerpo y dándole cuatro vueltas antes de volver a entrar en él.

—¡¿Qué haces?!

Cuando intentó quitarme el móvil, viré estratégicamente para esquivarla.

—Uy —soltó la madre de Jen mientras tanto—. ¿Con quién hablo ahora?, ¿eres Will, el que vive con ella? ¡Jenny me ha hablado de ti!

—No, soy el dueño del piso. Jack Ross.

—¡Ah! Jenny nos ha hablado *mucho* de ti. Eres es el amiguito de Naya, ¿verdad?

¿El amiguito de Naya? ¿Así me conocían en mi futura familia política?

Se me ocurren opciones peores.

—Sí, ese amigo… —admití a regañadientes.

—¡Me alegro mucho de que Jenny tenga tantos amigos!

—Sí…, bueno, no está muy claro si solo somos amigos. Su hija no termina de decidirse.

Jen abrió tanto los ojos que creí que iban a salirse de sus órbitas. Will y Naya intercambiaron una mirada divertida.

—¡Ross! —siseó la primera, desesperada.

—¡Qué gracioso eres! —dijo su madre tras una risita jocosa—. Ah, ya veo por qué habla tanto de ti. No le viene mal alguien con quien reírse un poquito, ¿sabes? Jenny siempre ha sido una niña muy solitaria. Y te agradezco muchísimo el favor que le estás haciendo, querido. No cualquiera haría lo que tú haces por ella. Si quieres un alquiler o alguna cosa así…

—No se preocupe —la interrumpí antes de que empezara a insistir como su hija.

—Oh, ¿no has venido a hablar de eso?

—En realidad, no. Mire, si mi madre cumpliera sesenta años y no fuera a su fiesta, se pondría muy muy triste…, y no puedo dejar que eso le pase a usted.

—Qué pelota es —oí que decía Will, riéndose.

—¿Qué dices? —preguntó Jen, por su parte—. ¡Cuelga ya!

Su madre, sin embargo, se había quedado un momento en silencio.

—Espero que no estés insinuando lo que creo, querido, porque no podemos aceptar más favores de tu parte. Ya has hecho mucho por Jenny. Además, no creo que ella te lo haya pedido.

—No, claro —admití, mirándola de soslayo.

—Mira, no quiero que te sientas presionado a nada, ¿vale? Ni siquiera sé muy bien qué relación tienes con mi hija…, pero si de verdad te apetece hacer esto, puedes tener por seguro que a principios del mes que viene te devolveremos el dinero. Tienes mi palabra.

No quería meterme en una discusión con mi casi suegra sobre devolverme o no el dinero, así que accedí rápidamente:

—Sí, no se preocupe.

—¿Seguro?

—Sí, de verdad.

—Ay, querido... Será un cumpleaños genial.

—Pues claro —sonreí, mirando a una muy perdida Jen.

—¡Y te prometo que recuperarás el dinero!

—Ya me lo devolverá cuando pueda. No hay prisa.

Sonreí al ver la cara de Jen y la aparté con un dedo en la frente. Gesticulé un «cotilla» y ella entrecerró los ojos.

—¡Oh, eres un cielo! —exclamó su madre—. ¡Pues que sepas que me gustas mucho más que ese noviete que tenía Jenny! No era mal chico, pero no había modo de que encajaran. Por cierto, ¡a ver cuándo nos conocemos! ¡Aquí hay sitio de sobra y serás bien recibido! —Hizo una pequeña pausa—. Me estoy enrollando, ¿verdad? Bueno, no te quito más tiempo. Pero ¡ha sido un placer hablar contigo!

—El placer es mío —le aseguré, riendo.

—¡Y lo de la invitación iba en serio!

—Sí... —Vale, tanta efusividad me estaba empachando un poco—. Oh, sería un placer —añadí para no parecer un borde.

—¡Cuando tú quieras!

—Sí, claro. ¿Quiere hablar con su hija?

—Oh, por favor. Estoy deseando darle las buenas noticias.

Sonreí y le ofrecí el móvil a Jen.

—Es tu madre.

Ella tardó unos instantes en reaccionar y quitármelo de un manotazo. Mantuvo una corta conversación con su madre mientras me iba echando miraditas de reojo, y finalmente colgó el móvil con cara de circunstancias. Quizá no tuviera mucha experiencia con su yo cabreado, pero no era necesario ser un psiquiatra para darse cuenta de lo sumamente furiosa que estaba.

—Bueno —dijo Naya con precaución—, creo que es nuestro momento de ir a tu habitación, amor.

—Estoy muy de acuerdo —murmuró Will.

Tras seguirlos con la mirada, me volví de nuevo hacia Jen. Sonreí, aunque, ciertamente, no sabía qué expresión poner. ¿Estaba enfadada?, ¿por qué? ¿No había hecho algo bueno por ella?

En cuanto abrió la boca, supe que me caería una bronca. Y vaya si me cayó. ¿El motivo? El dinero. Siempre era el dinero. El noventa por ciento de las peleas que había visto en mi casa empezaban y terminaban con el dinero. Qué harto me tenía ese asunto.

Suspiré, me senté en el sofá y dejé que me soltara el casi monólogo sobre por qué no podía seguir invitándola a todo. No lo entendía. ¿No se supone que a la gente le gusta que la inviten?, ¿por qué a ella le resultaba tan complicado aceptarlo? No quería que me devolviera nada, solo me gustaba hacerle el favor porque la apreciaba, igual que ella hacía cosas por mí por el mismo motivo. No era tan difícil de entender.

De haber sido otra persona quien me gritara, seguramente me habría puesto de muy mal humor, pero los enfados con Jen se me pasaban con mucha facilidad. Especialmente si, después de quejarse y desahogarse, finalmente veía la parte positiva de la noticia.

—Voy a ir a casa —me dijo como si no se lo pudiera creer.

Sonreí.

—¿Ahora te enteras? Llevamos un buen rato hablando de ello.

—¡Voy a ir a ver a mi familia!

—Me alegro de que te ponga tan contenta.

Y vaya si se puso contenta. De pronto, la tenía encima, besándome por toda la cara. Yo sostenía aún su plato de ensalada, del que había ido robando trozos de tomate, y tuve que apartarlo para que no lo tirara al suelo. A Jen le dio igual y me rodeó el cuello con los brazos.

—¡Eres el mejor!

—Eso ya me gusta más —aseguré, divertido.

Aprovechó el momento para separarse y mirarme, muy seria.

—Pero prométeme que no me pagarás nada más.

—No pienso prometerte eso —mascullé.

—Lo digo en serio. Al menos, espera a que te devuelva el dinero del viaje.

—Como me devuelvas algo de dinero, te juro que te compro una mansión en Las Vegas.

Intentó hacerse la enfadada, pero le había hecho gracia. Acepté su abrazo de koala sin protestar lo más mínimo y la rodeé con un brazo. Podía acostumbrarme a que estuviera así de cariñosa.

—Y no es por presumir —añadí, hablando contra su hombro—, pero creo que ya le caigo mejor a tu madre que tú.

Ella se mantuvo abrazada a mí unos segundos, y entonces se separó con las manos reposadas en mis hombros. Me miró de un modo un tanto inusual. No supe muy bien qué significaba eso, así que dejé el plato en la mesa por si acaso.

—¿Qué? —le pregunté.

—Nada.

Claramente, algo quería, así que cuando agachó la cabeza busqué su mirada. Para mi sorpresa, enrojeció y la apartó. ¿Qué le pasaba ahora?, ¿por qué era tan complicada de leer?

—¿Tienes… sueño? —insinuó en voz baja.

¿Sueño? ¿Qué le había dad…?

Oh, espera.

—¿Qué tienes en esa cabecita maligna? —quise saber, entrecerrando los ojos.

—Nada. —Se mordió el labio inferior—. ¿Estás muy cansado?

—Para ti, no.

¿Por qué daba tantas vueltas para preguntarme simplemente si quería echar un polvo? Mira que era fácil de pedir.

Me incliné para besarla y Jen cerró los ojos. Justo en ese momento, capté un movimiento muy molesto por encima de su cabeza. Sue, de pie en el pasillo, nos miraba con una expresión de horror absoluto.

Jen, al darse cuenta de que había dejado de moverme, se volvió para mirarla. Dio un salto del susto.

—Oh, no —se lamentó Sue—. Más parejas no, por favor.

Jen me dirigió una mirada avergonzada, y yo carraspeé.

—¿Podemos ayudarte en algo? —le pregunté.

—Iba a limpiar esto. Pero no puedo centrarme si estáis ahí besuqueándoos. Me entran ganas de vomitar.

Bueno, con eso no había problema.

Miré a Jen de forma significativa. Ella me devolvió la mirada de un modo todavía más significativo. Con una risita, se levantó y me cogió de la mano para arrastrarme a la habitación. Yo me dejé, con una gran sonrisa. Al pasar por el lado de Sue, le guiñé un ojo.

—Pásatelo bien con la limpieza, ¿eh?

—Que te den.

—¿Quieres venirte y darle tú? —le preguntó Jen.

No pude evitarlo, solté una carcajada tan sonora que Sue dio un respingo y, acto seguido, nos enseñó el dedo corazón.

De camino al aeropuerto, la idea de que se marchara de viaje empezó a parecerme menos buena. Vale, solo eran dos días y se iba a ver a su familia, que era importante. Pero… ¡dos días! ¡Eso se me haría eterno!

Exagerado.

Vale, quizá no era tanto tiempo, pero seguro que me lo parecería.

Me esforcé para que no se me notara. Primero, porque Naya ya dramatizaba suficientemente en nombre del grupo, y segundo porque llegábamos ya al aeropuerto y Jen tenía que irse. No quería preocuparla justo antes de que subiera a un avión.

Nos detuvimos todos junto al control de seguridad, y Jen agarró con fuerza las correas de la mochila, era todo lo que se llevaba. Naya gimoteó y se sorbió la nariz, así que Jen le sonrió.

—Son solo dos días.

—¡Dos días y medio!

Por primera vez en la historia, estaba de acuerdo con Naya.

Por supuesto, la abrazó durante un rato. Cualquiera habría pensado que no la veríamos en cuatro años, cuando en realidad el lunes ya estaría en casa.

Will fue el siguiente. Le dio una palmadita cariñosa en la espalda.

—Pásatelo bien.

Jen le sonrió y, acto seguido, se volvió hacia Sue. No se dijeron nada, aunque de ella tampoco me lo esperaba. Yo fui el último. Hubo un momento de duda; obviamente, no sabía si abrazarme o qué. Y como nuestros amigos ya empezaban a mirarnos con confusión, decidí zanjar el asunto acercándome a ella; Jen me abrazó por la cintura, dejándome bien claro que no habría besos frente a los demás, y tras unos segundos se separó de mí.

—No le des un puñetazo a nadie en mi ausencia —bromeé.

Ella soltó una risa irónica y luego se despidió de todos con un gesto.

—¡Nos vemos dentro de dos días…! —Dudó al ver la mirada de Naya—. ¡… y medio!

Ella sonrió con aprobación.

Y se marchó. Con las manos en los bolsillos y sin saber qué hacer con mi vida, me quedé observando cómo desaparecía tras las cintas de seguridad.

Hasta que Sue se giró hacia nosotros con las manos en las caderas.

—Bueeeno…, no sé si será un buen momento para decirlo, pero la verdad es que me he quedado sin helado. Si pasáramos por el supermercado de camino a casa, me iría genial.

Will se rio y le deslizó el brazo por encima de los hombros. Por primera vez en la historia, Sue no rechazó el contacto humano.

—Si lo pides con tanto amor, ¿cómo podemos negarnos? —preguntó él.

—No hacía falta tocarme para decir que sí.

—Es que me encanta tocarte.

—Ya lo sé, pero tu novia está delante, disimula un poco.

Naya y yo nos quedamos unos pasos atrás y, mientras esos dos iban charlando, nosotros nos acompañamos de nuestro triste silencio de nostalgia. Parecía que estábamos de luto.

Seguía con la misma mueca cuando llegué a casa; me puse una película, repasé un guion y me di una ducha. No encontraba ninguna fuente de entretenimiento que terminara de gustarme, y me estaba poniendo de los nervios. Necesitaba distraerme de algún modo, del que fuera.

Casi agradecí que Mike apareciera por casa.

Imagínate el nivel de desesperación.

Salió del ascensor justo cuando yo abría la ventana para subir a la azotea. Nos miramos un momento, entonces él sonrió y me siguió en absoluto silencio. No sé por qué, pero yo tampoco protesté. Simplemente dejé que viniera.

Una vez sentados en las sillitas plegables, Mike sacó el paquete de tabaco y me lo tendió. Se suponía que yo lo había dejado; aun así, acepté uno.

—Creo que es la primera vez que me ofreces algo en lugar de cogerlo —murmuré.

—Muy gracioso —masculló Mike tras encenderse el cigarrillo. Luego prendió el mío y nos quedamos un momento mirando la ciudad—. He estado con mamá.

—¿Y me lo dices porque…?

—Porque dice que hace mucho que no sabe nada de ti —me aclaró.

—Pues como siempre.

Mike sacudió la cabeza, mirándome.

—Se pensaba que ahora que te has echado novia te centrarías un poco más y tendrías más tiempo para visitarla.

—¿Y quién coño ha dicho que yo tenga novia? —protesté.

Mi hermano mayor tardó varios segundos en responder, y yo los aproveché para sacar dos cervezas de la mininevera. Atrapó una al aire sin siquiera mirarme y la abrió con una mano. Me daba mucha rabia que él supiera hacer eso y yo no, pero no me atrevía a intentarlo por primera vez con Mike de testigo, así que abrí la mía usando ambas manos.

—¿Ha pasado algo con la chica? —quiso saber entonces—. No veo que esté por aquí.

—Sabes perfectamente cómo se llama.

—Sí, pero lo evito porque te noto sensiblero.

—No estoy sensiblero, ¿vale? —dije, a la defensiva—. Y no ha pasado nada. Se ha ido a ver a su familia.

—¿Y va a volver?

Ante tal insinuación, le fruncí el ceño. Mike sonreía sin un ápice de vergüenza.

—¿Te crees que la trato como tú tratas a tus parejas? —mascullé.

—¿Ves por qué te digo que es tu novia? Hablas de ella como si lo fuera.

—Bueno, pues no lo es. Ya puedes decírselo a mamá, que seguro que te ha mandado para recaudar información a cambio de comprarte cualquier chorrada.

—No confesaré quién financia mis crímenes.

Muy a mi pesar, me hizo sonreír.

No sé cuánto rato pasamos en esa azotea. Me daba la sensación de que ninguno de los dos quería bajar a enfrentarse al mundo real, así pues, forzamos la conversación ya muerta, en busca de algo que comentar tras años sin apenas hablarnos. Era incómodo y cansado, pero ahí estábamos. Y ninguno de los dos había hecho ademán de moverse.

Yo ya iba por mi cuarta cerveza y apenas había comido, quizá por eso me estaba subiendo a la cabeza. A Mike, lo único que le estaba subiendo era el porro que se había fumado delante de mí y que yo me había negado a probar.

Estaba a punto de abrir la quinta lata cuando de pronto el alcohol me hizo perder la vergüenza.

—¿Cómo haces eso de abrirlo con una mano? —le pregunté.

Mike dejó de beber para mirarme. Tuvo que parpadear varias veces antes de enfocarme como debía.

—¿Eh?

—Lo de abrir la lata con una sola mano. ¿Cómo lo haces?

—¿Me estás pidiendo mis consejos de hermano mayor y sabio? Sabía que algún día llegaría este momento, pequeño saltamontes.

Casi esbocé una mueca de disgusto. Hacía años que no me llamaba así, pero aún recordaba lo odioso que me resultaba entonces. De pequeños, yo siempre fui mucho más bajo que Mike; tardé mucho en dar el estirón, mientras que él lo dio enseguida. Aquello, sumado a que era más sociable que yo, lo llevó a las burlas, las bromas y, finalmente, a los apodos. El más recurrente era ese, y yo siempre lo había detestado. O eso decía, al menos. Lo cierto es que, cuando pegué el estirón y empezamos a distanciarnos, llegué a echarlo de menos.

—Vete a la mierda —murmuré—. ¿Me lo dices o lo intento yo solo?

—Es muy fácil —aseguró, y me quitó la lata para enseñarme el truco—. Tienes que sujetarla con estos dos dedos y poner el corazón en la anilla. ¿Lo ves?

—Sí.

—Pues inténtalo, a ver si se te cae encima y me echo unas risas.

Eso hice, y el sonido de gas me indicó que había salido de maravilla. Miré a Mike con una sonrisa de orgullo y él puso los ojos en blanco.

—Parece que el alumno supera al maestro —insinué.

—Has abierto una lata, no has dado diez piruetas seguidas.

—Me apuesto lo que sea a que igualmente podría hacerlo mejor que tú.

—Oye, un respeto a tus mayores.

Quizá fue a causa del alcohol, pero solté una risita muy impropia de mí. Mike sonrió y sacudió la cabeza.

—¿Te acuerdas de esa vez que te dije que podía saltar al lago desde más arriba que tú? —comenté entonces.

—Joder si me acuerdo. Te lanzaste desde esa roca gigante y aterrizaste sobre un brazo. Tienes suerte de que solo estuviera mamá, porque la abuela te habría llevado al hospital de la oreja.

—Oye, que tú también tienes lo tuyo. ¿O se te ha olvidado que le robaste la moto al vecino cuando tenías catorce años?

—Eso fue divertido —protestó—. ¡Y, además, te subiste conmigo!

—¡Porque me dijiste que sabías conducir!

—¡Pues nos la pegamos porque tú desviaste el manillar!

—¡Para no atropellar al gato del vecino, Mike!

Él soltó una carcajada al recordarlo.

—Ese pobre gato rozó la muerte más de siete veces, no sé cómo sigue vivo.

—No sigue vivo, idiota. Murió el año pasado.

—¡¿Qué?! —dio un brinco y se llevó una mano al corazón—. ¡¿Limón está muerto?!

—Limón ya era el abuelo del barrio cuando nosotros éramos pequeños, así que imagínate cuántos años tenía. Murió por eso, no por el atropello de un adolescente.

—¿Y murió en paz?

—¿Cómo coño voy a saberlo? Pregúntale a él.

Mike parpadeó, confuso. Tardó varios segundos en hablar de nuevo:

—¿Estás insinuando que hagamos una ouija o…?

—¡Claro que no! Dios mío, estás fatal.

—Pues como tú, que saltas a lagos medio vacíos desde más de diez metros de altura.

—No eran tantos metros, ¡y fue para impresionarte!

Mierda, ¿eso lo había dicho en voz alta?

Mike se volvió hacia mí con una mueca de sorpresa, así que asumí que, efectivamente, se me había escapado. Yo debí de poner una mueca similar, pues no estaba muy seguro de dónde había salido aquello. Hacía años que había superado la fase de impresionar a mi hermano mayor, si es que alguna vez lo había logrado. Mike era un puto desastre. Nadie quería impresionar a alguien como él.

No te engañes a ti mismo.

Fui el primero en apartar la mirada; no sabía por qué, pero me sentía incómodo. Mike seguía en las mismas.

—¿A mí? —preguntó, perplejo.

—Ha sido una broma.

—¿Intentabas impresionarme a mí? —repitió.

¿Tan difícil era de creer? Me encogí vagamente de hombros, y él tardó un buen rato en hablar de nuevo:

—Es que nunca he pensado que tú y yo fuéramos…, no lo sé…, esa clase de hermanos.

—No lo somos.

—Pero…

—No lo somos, ¿vale? Lo único que nos une es que somos hermanos.

—Y nuestro amor incondicional e indefinible hacia nuestro querido progenitor, no te olvides de esa parte.

La broma fue tan amarga que ninguno de los dos sonrió. Yo tenía la mirada clavada en la ciudad. La cerveza ya me había subido un poco a la cabeza y no controlaba mucho la información que salía de mi boca.

Cuando hablé, lo hice en voz muy baja:

—A ti nunca te odió tanto como a mí.

Mike siempre me había acusado de convertir aquello en una competición, de necesitar que alguien me reconociera como el más odiado de casa. Yo no entendía por qué lo hacía, pero no podía evitarlo.

Mi hermano sonrió con ironía.

—Si te crees que a mí me odiaba menos que a ti, es que vives en una realidad alternativa.

—A ti no te hacía lo mismo que a mí.

—A ti te hablaba, Ross. Al menos te veía. Lo último que me dijo a mí fue que era un puto desastre, y desde entonces me ha dado por perdido. Ni siquiera se presenta como si tuviera dos hijos, sino uno; y te aseguro que nunca soy yo.

Me golpeó una punzada de culpabilidad, especialmente cuando mencionó lo de «puto desastre». Era justo lo que yo había pensado unos segundos atrás.

—¿Estamos discutiendo si es mejor una paliza o que ignoren tu existencia? —murmuré.

Esa vez, Mike sí que se rio. Y de verdad, sin burla ni nada parecido.

—Sí, eso parece.

—Nos quejamos mucho de papá, pero anda que no da para tema de conversación…

—Sí, es un cabrón muy interesante. Alguna vez podríamos hablarle a un psiquiatra sobre lo fascinante que resulta.

—¿Te imaginas ir a una consulta y que en primer lugar te pregunten cómo te llevas con tus padres?

Mike soltó una risotada que acompañé mientras me pasaba un nuevo cigarrillo.

—A mi hermano lo apalizaba y a mí me ignoraba —interpretó—, pero, aparte de eso, genial. Una infancia preciosa y didáctica.

—¿Y cómo hablarías de mamá?

Lo había preguntado en broma, pero Mike se quedó reflexivo, incluso le cambió la expresión.

—No diría nada malo —admitió finalmente.

Él siempre había tenido especial devoción por mamá. Ella, igual que conmigo, nunca había intervenido para defenderlo; aun así, la quería. Yo no lo entendía, ¿es que no le daba rabia?, ¿no veía que nunca había hecho nada por nosotros?

—¿En serio? —lo cuestioné sin pensar—. ¿Te recuerdo que ella siempre estuvo ahí y nunca hizo nada?

—¿Cuántas veces viste a papá tratarme como el culo, Ross?

—¡Muchas!

—¿Y cuántas veces interviniste tú?

Su pregunta y, sobre todo, su serenidad... me pillaron un poco desprevenido; a causa del alcohol, también un poco a la defensiva.

—No es lo mismo —murmuré.

—¿Y qué diferencia hay?

—Nosotros no podíamos hacer nada, pero ella tenía la opción de divorciarse.

—¿Y si nos quedábamos con papá?, ¿qué habría hecho entonces?

Por primera vez en muchos años, me sentí como un hermano pequeño al que amonestaba el mayor. ¿En qué momento nos habíamos emborrachado tanto como para llegar a ese punto?

—Si hubiera dicho que me maltrataba, no habrían dejado que se nos acercara de nuevo —insistí—. Ella tenía el poder de hacer algo al respecto y nunca lo usó.

—¿Sabes cuál es tu problema, hermanito? Que consideras muy simples los problemas de los demás y muy complejos los tuyos. Te aseguro que no eres el único que debe lidiar día tras día con sus propias piruetas mentales. Cada uno arrastra su saco de mierda por la vida, ¿eh? Yo lo hago, y mamá también. Así que centra tus quejas en quien las merece, y a ella déjala tranquila. ¿O es que quizá no te atreves a echarle la culpa a quien de verdad la tiene?

Eso último me sentó como una patada, me quedé sin respuestas; además, me sorprendió que la defendiera. No recordaba haberlo visto tan sereno en... en toda mi vida. Parpadeé varias veces, tratando de enfocarlo.

Finalmente, actué como cualquier niño que se siente acorralado: contrataqué.

—No puedes dar lecciones de moral cuando te has acostado con todas mis novias.

Mike ni siquiera se inmutó. Dio una calada al cigarrillo, soltó el humo lentamente y luego respondió:

—Pues sí. No debería haberlo hecho.

Esperé que continuara hablando, pero eso fue todo.

—¿Y ya está? —protesté—. ¿Eso es todo lo que tienes que decir al respecto?

—¿Acaso quieres que me disculpe?, ¿te ayudará a cerrar el capitulito?

—Lo que quiero es un hermano normal.

—Siento decírtelo, pero eso no existe. Se lo inventó Disney para que, de pequeños, los hermanitos del mundo no se mataran entre sí.

—No estoy de humor para bromas, Mike.

Él me contempló unos instantes. Podía odiarlo cuanto quisiera, pero me conocía tanto como yo a él; y enseguida se dio cuenta de que algo no cuadraba.

—Tu amiga Jenna... —tanteó, y noté que se me tensaba el cuerpo—, ¿siente lo mismo por ti que tú por ella?

—¿A qué viene eso?

Mike se encogió de hombros.

—Curiosidad.

—Pues no sé lo que siente. No sé ni lo que siento yo, así que déjalo estar.

—Solo intento ayudarte.

—¿Por qué?

—Porque te veo muy pillado, hermanito. Jamás me habías echado en cara lo de tus novias, y justo cuando aparece esta chica te entran las inseguridades. ¿Te da miedo que vuelva a pasar?

—No volverá a suceder —repliqué lentamente—, porque esta vez no seré tan simpático contigo, Mike.

Él, lejos de preocuparse, sonrió.

—Veo que he acertado de lleno.

—No me manipules.

—Decir las cosas como son no es manipular, así que volveré a preguntártelo: ¿ella siente lo mismo por ti que tú por ella?

Esa vez no respondí directamente. Me quedé mirándolo como si no supiera qué cara poner y, finalmente, murmuré:

—No lo sé.

Pensativo, Mike dio otra calada al cigarrillo.

—Mira, ya que estamos en este momento tan bonito de hermanos, déjame darte un consejo de hermano mayor: no te enamores de alguien si no sabes qué siente por ti.

—¿Quién ha hablado de amor?

—Yo. Porque soy tu hermano y te conozco. Y por eso sé que es la palabra más adecuada.

Aparté la mirada, irritado.

—Confío en ella.

—Entonces, felicidades —murmuró—. Espero que esa confianza nunca te explote en la cara.

10

En busca del consolador perdido

Bueno, habían pasado varias semanas y tenía muchas noticias:

Las buenas eran que Jen había vuelto al piso.

Las malas, que su exnovio le había hecho daño.

Las tranquilizadoras, que, tras dos semanas de procesos judiciales, abogados y otros dolores de cabeza, había conseguido una orden de alejamiento.

Las geniales, que parecía mucho más feliz y tranquila desde entonces.

Las mejores, que ahora Jen era mi novia.

Y las regulares eran que habíamos pasado el fin de semana en la casa del lago, se había hecho un tatuaje igual que el mío y... yo había acabado discutiendo a gritos con mi padre, como de costumbre.

—¿En qué piensas tanto? Te saldrá humo de las orejas en cualquier momento.

Sonreí y miré a Will. Apoyados en mi coche, esperábamos a que Jen saliera de un examen. Mi amigo me observaba con curiosidad mientras fumaba.

—En nada —mentí.

—Venga ya.

—Pienso en la vida. En el universo. En la inhóspita y efímera existencia del ser humano.

—En cuanto asumo que ya conozco tu faceta más lamentable, me sorprendes con otra de estas bromas.

Sonreí con ironía.

—¿Y eso me lo dice el que no bromea ni cuando le va la vida en ello?

—Mejor no bromear a que sean así.

—Vaaale, Sherlock. Estaba pensando en Jen.

—Qué sorpresa.

—¿Qué culpa tengo yo de tener sentimientos? No los elegí.

Will sonrió —mis chistes no eran tan malos, ¿eh?—, y dio otra calada al cigarrillo.

—No está mal verte tan comprometido, por una vez en tu vida.

—¿Una vez? —me indigné—. ¡Si he tenido dos novias! Tres, si contamos a Jen.

—Sí, pero no era lo mismo.

—¿Por qué no?

—Porque con las otras dos mostrabas la misma emoción que cuando Naya elige la película que vamos a ver todos. Con Jenna al menos se te ve entusiasmado.

Me encogí de hombros, divertido.

—¿Qué puedo decir? Soy un hombre nuevo.

—Ya podrías tener un nuevo sentido del humor, también.

Lo empujé del hombro y, cuando él me devolvía el empujón, oímos la puerta de la entrada. Un grupo de estudiantes, todos abrigados, equipados y con bolsos y mochilas, bajaban los escalones. Algunos se reunían para discutir sus respuestas, otros iban directos al coche. Will me dio un codazo, y me centré de nuevo en las escaleras. Jen las descendía, cabizbaja y con una agria expresión.

Oh, oh.

En cuanto llegó al último escalón, me acerqué rápidamente y la rodeé con los brazos.

—¿Quieres que vayamos a amenazar al profesor? —le ofrecí, *medio* en broma.

—No hace falta… —De pronto, sonrió ampliamente—. Me ha ido genial.

—¿Eh?

—Era broma. Pero has pasado la prueba del consolador.

Me quedé mirándola unos instantes, perplejo, y luego me volví hacia Will. En cuanto hicimos contacto visual, ambos empezamos a reírnos a carcajadas.

—¿Qué? —Jen nos contemplaba sin entender nada—. ¿Qué os hace tanta gracia?

—¿Consolador? —repitió mi amigo, aún entre risas.

—Oh, por favor, ¿cuántos años tenéis?

Me daba igual que se enfadara, ¡había sido graciosísimo! Y, sí, era mi tipo de humor. Y también el de Will, porque en el coche continuamos riéndonos a carcajadas.

—Mira ahí —señaló Will—, un local de masajes.

—Seguro que consuelan muy bien —comenté.

Y, por supuesto, ambos nos echamos a reír otra vez. Jen puso los ojos en blanco y se centró en la carretera. No obstante, tras tres o cuatro bromas más, empezó a estresarse.

—¡Madurad de una vez! —protestó.

—Vamos, Jenna —intervino Will desde el asiento de atrás—, ha sido gracioso.

—No tanto como para que os sigáis riendo…

—Por algo somos mejores amigos —comenté—. Tenemos el mismo nivel mental, y nos consolamos mutuamente.

Miré a Will por el retrovisor y él estalló en carcajadas. No pude evitarlo y me le uní. Harta de nosotros, Jen se subió el jersey para cubrirse la cara.

Cuando llegamos al edificio, yo todavía sonreía y Will fingía que se secaba las lágrimas. Antes de que pudiera bajar el coche al garaje, Jen me puso una mano en el brazo.

—Espera. Voy a comprar cervezas para celebrarlo.

—¿Voy contigo? —se ofreció Will.

Ella le dedicó una mirada de rencor.

—Estaré en el supermercado de aquí abajo. Id a aparcar primero.

Jen se bajó sin darme ningún beso, por lo que Will soltó una risita malvada.

—Alguien se ha enfadado —comentó.

—Si le pongo una película que le guste, seguro que me perdona.

Él hizo un sonido de burla, y bajé el coche al garaje. Tras aparcarlo junto al suyo, nos dirigimos al ascensor.

—Y tú no puedes hablar mucho —comenté—. Te recuerdo que cada vez que Naya se cabrea contigo, se tiene que enterar todo el mundo.

—Eso no es verdad —protestó.

—¡Venga ya! Le encanta contarlo para que le digan «pobrecita, si es que él es muy malo y tú muy buena».

Poco ofendido, Will sonrió y se encogió de hombros.

—Cada uno es como es. Ella tiene sus cosas y yo las mías.

—¿Y hay algo bueno? —musité.

—Pues sí, muchas cosas. Ella es muy detallista, por ejemplo. Le encanta sorprenderme continuamente, y si le doy un regalo, aunque se trate de una nota escrita a lo rápido, lo guardará hasta que se muera. Es su modo de mostrar cariño. Yo soy mucho más frío, y eso tampoco resulta fácil en una relación.

—Ya, pero… —Reflexioné un momento sobre lo que le iba a preguntar, pues no deseaba incomodarlo—. ¿Puedo preguntarte… por qué te gusta?

Will me miró, divertido.

—¿Qué?

—Es decir, es buena chica y, aunque a veces me pone de los nervios, me cae genial. Pero de ahí a pasarme más de media vida en una relación con ella…

—Estoy enamorado de ella, ¿qué quieres que te diga?

—Ya, ya. Lo que me pregunto es… ¿por qué? Sin ofender, pero no os parecéis en nada.

Will apartó la mirada y se quedó pensativo mientras las puertas del ascensor se abrían de nuevo.

—No somos tan dispares como parece. Tenemos gustos muy semejantes. Lo único que nos diferencia es nuestra personalidad, pero eso no tiene por qué ser malo.

—Puede serlo.

—No si la personalidad del otro hace que te guste más la tuya.

Por supuesto, simulé que iba a vomitar.

—Vale, déjalo.

—¡Oye, que me lo has preguntado tú!

—¡No me esperaba una respuesta tan cursi! Lo retiro todo. Mejor que dejemos el tema.

Me pareció que iba a bromear otra vez, pero se detuvo en seco. Miraba la entrada de la calle. Solo por su expresión, supe que algo iba mal, y lo comprobé nada más volverme.

Jen no había llegado al supermercado, se encontraba justo al otro lado de la puerta de cristal del edificio, y un tipo corpulento y rubio la tenía agarrada del brazo. Me quedé momentáneamente paralizado, como si mi cerebro no asumiera la situación. El grandullón intentaba arrastrarla hacia su coche, y ella procuraba soltarse desesperadamente. Estaba asustada.

Will me dijo algo, pero ya me zumbaban los oídos. Jen se encogió un poco cuando el chico se inclinó sobre ella, y un escalofrío muy desagradable me recorrió la espalda.

—¡Ross! —Will me sacudió del hombro para que reaccionara—. ¡Muévete de una vez!

No me había dado cuenta de que le bloqueaba el paso, mi cerebro estaba entumecido; de pronto tuve la sensación de que estaba oliendo la colonia de mi padre.

Me moví de forma automática, pues no fui consciente de lo que hacía hasta que sentí el peso de la puerta. Acto seguido y sin pensarlo, clavé la mano en el cuello del grandullón. Debido al impacto que se produjo al estamparlo contra el coche, me tembló un poco el brazo.

—¿Qué…? —farfulló, perdido, pero yo apenas podía verlo; estaba totalmente nublado.

—Llévatela de aquí y llamad a la policía —le pedí a mi mejor amigo con urgencia. Al notar que no se movía, apreté el agarre—. Will…

Me pareció oír las protestas de Jen, pero sonaban a lo lejos. Se la había llevado. Bien. Parpadeé, me enfoqué en el chico que tenía agarrado contra un coche, y de pronto recordé su cara. Lo había visto en el álbum de Jen.

—¿Qué coño te crees que haces? —espetó su exnovio, intentando apartarme—. ¡Suéltame de una vez!

No reaccioné; seguía mirándolo fijamente. No era la primera pelea en la que me metía, ni de lejos, y conocía a la gente como él. Por mucho músculo que tuviera, solo sabía usarlo para golpear a alguien que no supiera defenderse.

El grandullón me apartó y yo me dejé. Retrocedí un paso y, con el pie bien plantado en el suelo y detrás de mí, le di un empujón por los hombros. Él, que no se lo esperaba, chocó contra la puerta del vehículo y le fallaron las piernas. El impacto de su cuerpo había abollado la carrocería.

Una vez que estuvo en el suelo y lamentándose, su cabeza chocó contra una rueda. El quejido me hizo sonreír con diversión.

Madre mía, se estaba dando una paliza a sí mismo, y ni siquiera necesitaba mi ayuda. A ese nivel habíamos llegado.

Me adelanté un paso y…

Un grito ahogado me hizo dar la vuelta; me sorprendí. Hasta

ese momento, no me percaté de que alguna gente se había detenido y nos rodeaba. El grito ahogado había salido de una mujer que se apresuró a taparle los ojos a su hijo y a pasar rápidamente por nuestro lado. Los demás retrocedieron en cuanto establecieron contacto visual conmigo.

Espera…, ¿se pensaban que yo era el malo de la historia?

Me volví de nuevo hacia el idiota, que estaba tirado en el suelo y se frotaba la parte de atrás de la cabeza. Me miré a mí mismo. Respiraba de forma agitada, tenía los puños cerrados y había estado a punto de darle una patada en la cara. A punto.

Fue como si acabaran de lanzarme un cubo de agua fría. Di un paso atrás; de repente me noté mucho más inseguro de lo que me había sentido en los últimos tiempos, y el sudor frío que ya me cubría la espalda me causó una sensación muy desagradable en el cuerpo.

¿Qué coño estaba haciendo?, ¿por qué me comportaba como… como él?

Retrocedí otro paso, y el idiota levantó la mirada hacia mí. Parecía furioso.

—¡Voy a llamar a la policía! —exclamó un hombre mayor que se había detenido junto a la puerta de nuestro edificio.

Lo miré, entre sorprendido y desorientado, y solté una risotada irónica.

—¿Por mí?

—¡Las cosas no se solucionan con violencia! ¡Deja al chico tranquilo!

—¿Que lo deje tranquilo? —repetí, y se me escapó otra risotada al mirar a los demás—. ¿Queréis que lo deje tranquilo? Oh, ahora parece un angelito malherido, pero no lo era cuando casi le fracturó una costilla a la que era su novia, ni cuando se ha saltado la orden de alejamiento que le han puesto, ni cuando la ha amenazado durante semanas. ¿Quiere llamar a la policía? —añadí con la vista fija en el hombre que había hablado—. Pues hágame el favor de hacerlo cuanto antes, a ver si así la deja en paz de una puta vez.

Y para ver si así conseguía quitarme las ganas de darle una paliza.

Me había dicho a mí mismo que había cambiado, no podía recurrir de nuevo a la violencia ante la primera dificultad. Tenía que haber otro camino, aunque fuera ese el que más me apetecía recorrer.

Tras mi discursito, todos se quedaron sin saber qué hacer, intercambiaron miradas dubitativas, pero nadie se movió. Entonces, la primera señora que había visto —la del niño pequeño— salió del círculo, tenía el móvil en la oreja.

—¿Policía? —murmuró—. Hay aquí un chico que estaba amenazando a una jovencita…

Y así empezó a explicarle la historia. Miré de nuevo al idiota, que había conseguido levantarse y se frotaba la nuca con una mueca de dolor. En cuanto oyó la palabra «policía» se puso nervioso y buscó las llaves en el bolsillo. Las sacó con la mano temblorosa y logró meterlas en la cerradura, pero apenas había entreabierto la puerta cuando un hombre que iba de la mano con una niña pequeña la cerró.

—Será mejor que te pongas cómodo, chico. No te moverás de aquí.

Confuso, el idiota miró alrededor y aproveché el momento para quitarle las llaves de un golpe. Fue tan brusco que dio un respingo y me miró, parpadeando como un bobalicón.

—Siéntate —siseé.

—No pienso sent…

—¡Que te sientes!

Eso último lo había dicho el señor mayor; se ve que pudo más la presión social, pues él se deslizó lentamente hasta quedar sentado en el suelo. Aproveché el momento para agacharme a su lado. Evitó mirarme a toda costa.

—Esta vez he intentado ser mejor persona que tú —repliqué en voz baja—, pero para lo próxima igual me pillas de menos humor, ¿lo has entendido?

Por supuesto, no contestó. Simplemente me miró como si quisiera estamparme algo en la cara. Pero no se atrevía a hacerlo, claro.

—Bien, pues ahora quédate aquí sentadito, que creo que la policía te hará unas cuantas preguntas.

—No voy a…

—Cállate. ¿Te ha quedado claro? Cállate. No tienes nada que decir. Absolutamente nada.

E, igual que todos los cobardes, se quedó callado y apartó la mirada.

Por suerte, la policía llegó muy deprisa. Dos agentes se bajaron del coche, contemplaron la situación y finalmente se acercaron al idiota. Le hicieron una o dos preguntas —no estoy muy seguro de cuáles— y luego le dijeron que se levantara y cruzara las muñecas en la espalda. Lo último que vi fue que uno de ellos lo metía en el coche patrulla.

—¿Dónde está la persona que pidió la orden de alejamiento? —me preguntó el otro.

Lo llevé con Jen, y a partir de ahí todo resultó un poco caótico. Fuimos a la comisaría, hablamos todos con los policías para explicarles lo que había sucedido, metieron a Jen en una salita para que repitiera todo lo que ya había dicho cuando lo denunció... Me puse tan nervioso que Will me mandó a fumar un cigarrillo afuera. Para cuando me lo acabé, ellos dos ya salían de la comisaría. Revisé la expresión de Jen; estaba cansada, pero bien, que era lo más importante.

Esa misma noche, bastante después de habernos metido en la cama y haber apagado la luz, la miré de reojo. Ella tampoco podía dormirse. Estiré el brazo por debajo de la sábana y alcancé la suya. Jen no me miró, pero la apretó con fuerza.

—Siento no haber llegado antes —murmuré.

Ella sonrió y sacudió la cabeza.

—Llegas siempre justo a tiempo, Jack.

Yo también sonreí, pero en cuanto cerró los ojos dejé de hacerlo.

Si siempre llegaba a tiempo... ¿cómo iba a explicarle que había recibido la carta de confirmación para estudiar en Francia y que tendría que marcharme?

11

El señor de las tortitas

—Últimamente pides muchas de estas, ¿no?

Alcé la mirada. El chico que estaba tras el mostrador de la pizzería, que no debía de pasar de los quince años —¿era legal trabajar a esa edad?—, me observaba con curiosidad. Tenía la cara alargada y con antiguas marcas de acné, pero lo que más destacaba era su mueca de aburrimiento.

Qué placer tener a gente tan feliz alrededor.

—¿Eh? —murmuré.

—Que últimamente metes una pizza barbacoa en todos los pedidos.

—¿Llevas el recuento?

—No, pero me acuerdo de los pedidos de los clientes habituales. Yo la detesto —añadió, dándome el cambio.

—Y yo. Solo la compro porque a mi novia le gusta.

—Qué mal gusto.

—Por algo está conmigo.

Supongo que no pilló la broma o no le hizo gracia, porque me pasó las pizzas y me miró con cara de «vete ya de aquí».

Volví al piso con las pizzas acomodadas en el asiento del conductor. En el salón solo me esperaban Will y Sue, que miraban un programa de televisión. Dejé la comida sobre la mesita del café y ella empezó a comer sin mucho preámbulo.

—¿Nunca te han dicho que es de mala educación empezar antes que los demás? —le sugirió Will.

Sue se encogió de hombros y siguió comiendo.

—Si come antes, se irá antes —le dije a mi mejor amigo—. Deja que haga lo que quiera.

Will sonrió, pero ella, ofendida, me dio con un cojín en el brazo. Después me di cuenta de que estaban a solas; había pensado que Jen saldría del cuarto de baño o de la habitación, pero no se encontraba ahí.

—¿Y Jen? —pregunté.

Will se revolvió con incomodidad, y me interesé aún más.

—Arriba.

—¿En la azotea? ¿Ella sola?

—No está sola.

—¿Y con quién...?

—Se está enrollando con el parásito —me cortó Sue.

Sonreí con ironía.

—Qué graciosa. Ahora en serio, ¿dónde está?

—¡Te lo estamos diciendo!

—Está arriba con Mike —añadió Will—. Le ha dicho que quería hablar con él a solas.

—¿En serio?

No sé por qué me sentí tan fuera de lugar, no era para tanto. Todos hablábamos alguna vez a solas, ¿qué importaba que lo hiciera también con Mike?

Miré la pantalla unos instantes, intentaba deshacerme de las desagradables imágenes que me venían a la mente. Conocía a Jen, ella nunca haría nada de lo que tuviera que preocuparme, y mucho menos con un miembro de mi familia.

El problema residía en que..., bueno, que también conocía a Mike. Y mi hermano no era esa clase de persona en la que podías confiar ciegamente.

—¿Por qué no subes de una vez? —me sugirió Sue—. Estás a punto de implosionar en el sofá.

—Sería patético subir a preguntarles —murmuré.

—Sí, pero saldrías de dudas. Y luego podrías bajar a contármelo todo.

Miré a Will, que no sabía qué decirme.

Vale, a la mierda. Tenía más curiosidad que orgullo.

Atravesé la ventana ya abierta y subí los escalones lentamente, como si una parte de mí no se sintiera segura de lo que hacía. En cuanto llegué arriba, los busqué con la mirada. Vale, estaban de pie junto a las sillas plegables. Pero no entendía qué hacían; Jen le cogía la mano y estaba inclinada hacia él. Muy cerca. Me detuve.

¿Se estaban…?

Vale, no. Solo hablaban. Joder. Sin darme cuenta, suspiré aliviado y, por fin, encontré mis cuerdas vocales.

—¿Qué hacéis?

Ambos reaccionaron al instante. Jen le soltó la mano y Mike retrocedió. Por supuesto, ambos me miraron con cara de culpabilidad, cosa que, sinceramente, me preocupó un poco. O me cabreó. O ambas cosas. Todavía no lo había decidido.

—Solo charlábamos —dijo Jen.

Lo que me alarmó no fue que ella respondiera, sino el silencio de mi hermano. Lo conocía perfectamente, y siempre tenía algo que decir. Siempre. Si se quedaba callado, se debía a lo contrario: tenía algo que ocultar.

—¿Charlar? —Mi mirada no se despegó de Mike—. ¿Charlar de qué?

No quería sacar conclusiones precipitadas, pero me lo ponían complicado. Tardaron lo que me pareció una eternidad en responder:

—Hermanito —dijo él entonces—, no es…

—No me llames hermanito. Y no estaba hablando contigo.

—Jack —intervino mi novia—, no es lo que parece.

—¿Y qué es?

Mi tono de voz hizo que se detuviera, y me alegré de ello. Quería que me dijera la verdad, no que se acercara a abrazarme.

—Estábamos hablando —insistió—, ya te lo he dicho.

Probó a dar otro paso y, como no me aparté, cerró la distancia entre nosotros. No me apetecía demasiado hacer manitas con ella; aun así, dejé que me cogiera la mano y se acercara un poco más.

—Solo quería preguntarle algo a tu hermano sobre vosotros.

¿Sobre nosotros? ¿Ambos? Mis alarmas se dispararon. Al final, mi mayor duda fue:

—¿Y por qué no podías preguntármelo a mí?

Ella miró de soslayo a Mike, que se apresuró a marcharse. Cuando oí sus pasos al final de la escalera, volví a centrarme en el asunto que me había llevado a la azotea.

—No me gusta que estés a solas con él —admití—. Por favor. Con cualquiera menos con él.

No sé si entendió todos los matices de lo que le decía, pero Jen asintió como si lo hiciera. Incluso me dio un beso en los labios que me relajó un poco. Quizá había sonado algo más patético de lo que pretendía, pero decidí que no era momento de pensar en ello.

—¿De qué hablabais? —Volví al tema.

Jen apartó la mirada. Por fin iba a decirme la verdad.

—Mis padres quieren que vayas a cenar a mi casa en Navidad.

Espera, ¿qué?

¿Ese era el gran dilema?

Mi enfado se evaporó en cuestión de segundos, y esbocé una gran sonrisa. ¡Mis suegros querían conocerme! ¿A qué venía esa cara? ¡Era una noticia excelente! Los familiares de mis otras parejas me habían detestado, pero esos me iban a querer, estaba seguro de ello.

—¿En serio? —le pregunté con más ilusión de la que me esperaba.

Jen, en cambio, no parecía tan segura. Menos mal que yo tenía seguridad de sobra para ambos.

—¿Te apetece? —murmuró.

—¡Claro que me apetece!

Se calmó un poco; deslizó las manos desde mis mejillas hasta mis hombros, y ahí la rodeé por la cintura. Estaba a punto de inclinarme para besarla, pero algo en su expresión me detuvo. Estaba más calmada, sí, pero sospeché que había algo más.

—Solo… hay un pequeño detalle —añadió en voz baja, acariciándome los hombros con los pulgares.

Y… ahí venía la bomba.

Jen nunca se mostraba tan cariñosa fuera de nuestra habitación, y las pocas veces en que sí lo había sido, había precedido a una mala noticia. Dudaba mucho que ese día se rompiera la norma.

—¿Qué detalle? —quise saber.

—Bueno… También quieren conocer a tu familia.

La contemplé unos instantes como si no la hubiera entendido. Entonces intenté apartarme. Ella no lo permitió, me atrapó la mano con una velocidad sorprendente e incluso me sonrió, pero no funcionó.

Nada suavizaría ese asunto.

—¿A mis padres? —le pregunté directamente.

—Sí. —Hizo lo posible para que su voz sonara suave—. ¿No te apetece?

—Sabes que eso no me apetece, Jen.

—Jack...

—Solo mi madre.

Si mi padre conseguía meterse en esa parte de mi vida, la arruinaría, tal como había hecho siempre. No lo permitiría.

—Es tu padre... —insistió en voz baja.

Casi me reí en su cara. ¿Mi padre? ¿Cuál era el requisito para llamarlo así?, ¿que me hubiera engendrado? Porque nunca se había comportado como un padre. Al menos, no que yo recordara. Intenté rememorar algún momento feliz con él, pero resultaba difícil. A la cabeza solo me venían insultos, golpes y gritos.

—Tú no sabes nada de él —le aseguré, también en voz baja—. No quiero que lo conozcan.

—¿Por qué no?

Porque no quería que me relacionaran con alguien así o que se pensaran que su hija estaba con alguien que la trataría como él trataba a su familia.

—Porque no quiero que se piensen que soy igual de imbécil que él —admití.

—Tu padre puede caerte mal, Jack, pero sigue siendo una persona formal que se disculpó conmigo y trató de hacerme sentir cómoda en tu casa.

—Sí, sobre todo cuando insinuó que...

—Eso ya está olvidado.

Me sentí molesto y aparté la mirada. Jen tenía razón el noventa y nueve por ciento de las veces que me llevaba la contraria, pero ahora nos encontrábamos en el uno por ciento restante; en ese tema no tenía razón, pues ignoraba por completo lo que estaba insinuando o qué clase de persona era mi padre.

Además, él y yo no nos dirigíamos la palabra. Desde que habíamos estado en la casa del lago, fingíamos que el otro no existía. Normalmente yo ya lo hacía, pero esta vez él había decidido imitarme. Hasta el momento, era el periodo más largo que había pasado sin hablarle, y no podía estar más feliz.

—No pienso disculparme con él —dije finalmente.

¿Qué quería?, ¿sentar a la mesa de sus padres a dos personas que no se hablaban? Era innecesariamente incómodo.

—¿Por la discusión? —preguntó.

—Por nada. No pienso disculparme. No con él.

—¿Y si él se disculpa contigo?

—¿Qué? —le pregunté simplemente, ya estaba cansado.

—Yo podría hablar con él.

Me tensé de pies a cabeza.

—No.

—¿No? —Mi rotundidad la descolocó un poco.

—No quiero que hables con él a solas. Nunca. Si lo haces, te juro que no volveré a dirigirle la palabra.

Y no era una forma de hablar. Era lo único que me faltaba ya, otra excusa para fingir que no formaba parte de mi vida. Esa vez sería definitiva.

Ella seguía pasmada.

—Jack…

Le sostuve la cara con ambas manos, sin un ápice de humor.

—Lo digo muy en serio. No quiero que estés a solas con él nunca.

—¿Por qué no?

Ya estaba de nuevo con el puto tema. Se moría de ganas de saber por qué nos llevábamos mal, y a mí me ponía de los nervios que no pudiera dejarlo de una vez. ¿Qué quería?, ¿que le narrara lo que había sucedido? No lo haría.

—Porque no —zanjé.

—Si no quieres que haga algo, creo que es justo…

—No empieces con eso. Estoy harto de hablar de ese gilipollas.

¿Tan difícil era bajar y comernos la pizza en paz? Ya estaba harto de esa conversación.

—Vale —dijo finalmente; pero mi alivio duró poco—. Solo quiero entender por qué…

No. Otra vez, no. Se acabó.

Por primera vez, perdí la calma con Jen.

—¿Por qué necesitas saberlo? —espeté con rabia, y la dejé de piedra—. Sabes que puedes preguntarme lo que sea y te lo diré. Lo que sea, menos eso. Y sigues insistiendo en ello…

De repente me quedé callado, una idea acababa de asaltarme la mente.

—Un momento, ¿de eso hablabas con Mike? —Su silencio me reveló más que cualquier respuesta, y me aparté de ella por completo—. ¿Es eso lo que le estabas preguntando? ¿Qué te ha dicho?

Jen, que no sabía qué hacer, se puso a jugar con las manos de un modo ansioso.

—Nada —admitió.

—Bien.

Quizá mi tono fue bastante más mordaz de lo que quería, porque levantó la mirada como si le hubieran dado un latigazo.

—¿Qué te pasa últimamente? —masculló.

—¿Qué?

—Hay algo, ¿no?

—No hay nada.

Pero lo dije muy deprisa. La imagen de la carta me vino a la mente y me agobié. Bastantes quebraderos de cabeza tenía ya como para estar pendiente también de ese.

—Sí, hay algo —insistió ella, tan lista como de costumbre—. Estás tan… irritado. Te enfadas por cualquier cosa.

—Igual es porque los demás os habéis aliado para sacar los pocos temas que me molestan y…

—No. Hay algo más.

Simplemente debía soltarlo. Ya lo sabía. Aun así, me sentía incapaz de hacerlo. Jen se tomaría mal que rechazara matricularme en esa escuela, pues finalmente había decidido no marcharme a Francia; y no solo por ella —que ya era un motivo de peso—, sino porque, entre otras razones, no quería vivir lejos de quienes me querían.

Si se lo decía, no se lo tomaría bien. Insistiría para que me fuera, tal como hizo Will cuando se lo conté, y esa conversación no me apetecía.

Se lo contaría cuando hubiera finalizado el plazo de aceptación. ¿Se enfadaría? Probablemente. Pero ya no podría cambiarlo.

—No hay nada —insistí.

Jen continuaba mirándome. Esa noche llevaba puesta una sudadera, unos vaqueros anchos y se había atado el pelo en un moño desenfadado. El mechón de siempre se le puso delante de los ojos, y ella se lo apartó con frustración. No sé por qué aquello me llamó la atención en ese preciso momento o por qué ese último detalle me hizo sentir tan mal.

—No me mientas, Jack —me pidió.

—No quiero seguir con esta conversación.

—¿Por qué me dejas siempre con la conversación a medias?

—¿Por qué no puedes respetar que no quiera decirte algo?

—¿Por qué demonios no puedes decírmelo?

—¡Porque no estoy preparado para hacerlo! —estallé, ya cabreado. Ella no se movió, pero su enfado le tensó el cuerpo—. ¿Tanto te cuesta entenderlo? Intento contártelo todo, pero necesito mi tiempo.

—¿Tiempo para qué?

—Déjalo —mascullé.

—¿He hecho algo?

Estaba dispuesto a regresar al piso, pero me volví enseguida. Fue por el tono que usó, se sentía dolida; de hecho, lo leí en su expresión. El problema era que yo no sabía ser delicado con la gente dolida, ignoraba cómo debía tratarlos para que no se sintieran aún peor.

—¿Qué? —murmuré—. No, Jen.

—Sí. Es algo conmigo. Siempre te enfadas hablando conmigo.

—No es verdad.

—Sí lo es. Cada vez que te enfadas, te marchas o empiezas a intentar cambiar de tema. Pero solo te enfadas cuando estás hablando conmigo. Con los demás, no actúas así.

No sabía qué decirle. En el fondo, quizá tenía razón, solo que yo no quería admitirlo.

—Lo siento —me disculpé, sin saber qué más hacer.

—No lo sientas —me pidió, ya cansada—. Solo… dime qué estoy haciendo mal.

—No es por ti, es…

Frustrado, me pasé una mano por el pelo. ¿Por qué seguíamos con ese asunto?, ¿no podíamos bajar y punto, y así olvidarnos de toda esa tontería?

—Vamos a cenar, por favor —concluí.

Jen me contempló unos instantes. No era la primera vez que se enfadaba conmigo, pero nunca la había visto decepcionada como esa noche. Lo vi en cada milímetro de su expresión, la había decepcionado.

Le ofrecí una mano, pero una parte de mí ya tenía claro que no la aceptaría.

—No vas a decírmelo, ¿verdad? —murmuró, mirándome fijamente—. Tú puedes presionarme todo lo que quieras para que te hable de cualquier tema, pero si lo hago yo, no respeto tu espacio. —Al contrario que ella, yo fui incapaz de seguir sosteniéndole la mirada y la clavé en el suelo—. Bien. Como quieras.

—Jen…

—Déjalo.

La vi salir disparada hacia las escaleras y, aunque quise mostrarme digno y quedarme en la azotea, no tardé en descender los escalones tras ella. Al cruzar el salón, resultó más que obvio que nos habíamos peleado, pero nadie dijo nada. Jen fue directamente a la habitación, y yo, por supuesto, entré detrás de ella. Cerré a mi espalda, pero no me atreví a acercarme demasiado.

—No quiero que te enfades —murmuré.

Jen recogió la camiseta del pijama con rabia. Estaba esparcido por la habitación desde la noche anterior. Creo que incluso voló mi despertador, un detalle que en otra ocasión me habría divertido pero que entonces me hizo sentir aún peor.

—Si no quieres que me enfade —masculló—, hablemos.

—Jen…

Por la mirada que me dirigió, entendí todo lo necesario. Estaba furiosa, y decepcionada; yo, en parte, también. Quizá sería mejor dejarla sola, porque juntos no resolveríamos nada, al menos en ese momento. Sin embargo, era incapaz de hacerlo; no estaba acostumbrado a posponer los problemas, me gustaba solucionarlos al instante y pasar a lo siguiente, fuera lo que fuese.

Pero Jen no era así, a ella le gustaba mantener la distancia hasta que se calmara y pudiera hablar.

Una vez recogido su pijama, se sentó en su lado de la cama y me miró con seriedad.

—Si no te importa, quiero cambiarme.

Oh, venga ya. Tenía que ser una broma.

—Vamos, no seas así —le pedí.

—Y no tengo hambre. Puedes regalarle mi parte a quien quieras. O tirarla a la basura.

—¿No puedes olvidarte del tema? —mascullé.

—¿Puedes dejarme sola?

No admitía discusión y, sinceramente, tampoco me apetecía dársela. Solté una palabrota entre dientes y salí del dormitorio.

Los demás me observaron en silencio cuando me senté en el sofá, en el extremo opuesto a mi hermano. Apenas habían tocado la pizza barbacoa de Jen, y eso empeoró mi humor. Sue me miraba con interés, así que asentí con la cabeza; ella y Mike se la comieron sin miramientos.

—¿Necesitas alguna cosa? —se ofreció Will, el único que me miraba con preocupación.

Sí, un manual para tratar con gente enfadada. Pero dudaba que lo tuviera.

—No lo sé —admití.

—Está enfadada, ¿eh? —comentó Sue con la boca llena.

Mike se mantenía al margen, comiendo en silencio.

Muy buena decisión.

—Qué lista eres —ironicé—. ¿Todos estos años de psicología te han servido para esto? Qué dinero más bien invertido.

—Oye, conmigo no lo pagues. Preocúpate mejor de cómo vas a arreglarlo.

—Ya tengo un plan.

—Echar un polvo no se vale.

—Gracias por arruinar mi único plan.

—Qué poca comprensión emocional tienes…

—Oye —protesté—, ¡yo tengo mucho… de eso! Lo que pasa es que Jen me lo pone complicado. ¡A todo el mundo le gusta arreglar las cosas así menos a ella!

—A mí tampoco me gusta —intervino Will.

—Pues casaos, si tan buena pareja hacéis…

—Creo que Naya tendría algo que decir al respecto, pero lo consideraré.

Le sonreí con ironía.

—¡Silencio! —Sue levantó los brazos como si le sirviera para concentrarse mejor. Incluso cerró los ojos—. A ver, pensemos… ¿Cómo se solucionan estas cosas?

Nadie dijo nada en lo que pareció una verdadera eternidad. Al final, ella abrió los ojos e, irritada, nos contempló.

—¿Nadie tiene nada?

—A ver… —murmuró Will—. Cuando Naya se enfada conmigo, le compro algo y ya se le pasa. Zapatos, preferiblemente. Pero solo si son enfados pequeños. Con los grandes resulta más complicado.

—¿Y qué te gusta que te haga a ti si te enfadas? —preguntó Sue.

—No sé. Que admita su parte de culpa, supongo. Y que me pida disculpas sinceras.

—No creo que a Jen le valga eso —murmuré—. Las disculpas no quiere oírlas, y lo de los zapatos le da igual.

—Pues sí —admitió Sue. Algo pensativa, mordisqueaba la pizza—. ¿Y qué le gusta a tu querida novia?

—Mirar películas.

—Puedes hacerle una película sobre vuestra relación.

—Lo veo lento. E intenso.

—¿Y qué más le gusta? —quiso saber ella.

—Correr.

—¡Sal a correr con ella! —sugirió Will.

—Antes prefiero la muerte.

—¿Qué más? —insistió Sue, ya perdiendo un poco la paciencia.

—Dormir, comer…, lo que le gusta a todo el mundo.

—¡Ya está! —saltó ella de repente—. ¡Cocínale algo!

De nuevo, el salón se sumió en un silencio absoluto. Mike me miró con escepticismo, me había visto cocinando demasiadas veces como para saber que eso no acabaría bien.

—Eh…, no sé si lo sabes —intervino Will, mirando a Sue—, pero Ross no es, precisamente, el mejor chef de la historia.

—¡Puedo hacerle chili! —exclamé.

Sue negó enseguida.

—¡No! Que se va de casa, seguro. Hazle otra cosa. Sabiendo lo malo que eres, si ve que lo intentas, seguro que le das pena y te perdona.

—Si lo intento, acabaré incendiando el piso.

—¿Prefieres un piso menos o una novia menos?

Hice una mueca de resignación.

—Ya me lo parecía —concluyó Sue.

—Espera un momento —añadí, mirándola—. ¿En qué momento has empezado a preocuparte por mis problemas?

—Tus problemas me la pelan, pero los de Jenna no.

—¿Por qué?

—Porque ella me cae bien.

—¡¿Y yo no?!

Me contempló unos instantes, como si le molestara dar una respuesta tan obvia.

—Pues claro que no.

Y continuó comiendo, tan tranquila.

Faltarán muchas cosas, pero nunca la sinceridad.

Esa noche fue… incómoda. Me costó dormirme, y cuando me desperté Jen se estaba vistiendo para salir a correr. Fingí que no la veía y, en cuanto se marchó, me incorporé de golpe. Me había pasado toda la noche dándole vueltas, y Sue tenía razón; sin embargo, era mejor no decírselo para evitar que le creciera el ego.

Tenía un objetivo.

Misión de reconciliación forzosa: activada.

Recorrí el pasillo de puntillas y abrí la primera puerta a la izquierda, la habitación de Will; dormía tranquilamente abrazado a una de sus almohadas, con la boca entreabierta y una pierna fuera de las sábanas. Me agaché a su lado y le pinché una mejilla con el dedo.

—¿Will?

A modo de respuesta, roncó con más fuerza.

—Wiiiiiill —insistí en voz baja.

Ni puto caso.

—Willy, Willy... Willy Wonka... Venga, despierta, ¡necesito ayuda!

Seguía sin despertarse.

Es hora de probar con algo más potente.

—¡¡WILL!!

Esa vez sí que se despertó, y de qué manera. Dio un brinco sobre la cama, empujó la almohada en un acto inconsciente y casi se dio con la cabeza contra el cabecero. Solo entonces, parpadeó y logró enfocarme a mí, que le sonreía ampliamente.

—¿Qué...? —empezó con voz pastosa—. Pero... ¡¿a ti qué te pasa?!

—¡Buenos días!

—¡¿Buenos días?! ¡¿Cómo se te ocurre despertarme así?! ¡¡¡Podría darme un infarto!!!

—¡Es que no tengo mucho tiempo! Mira, necesito que me hagas un favor.

—¿Ahora?

—¿Cómo se hacen las tortitas?

Will me contempló unos segundos antes de pasarse las manos por la cara, aún medio dormido. En silencio, seguro que ya me había maldecido diez veces seguidas.

—¿Tortitas? —murmuró—. ¿En serio?, ¿esa es la urgencia?

—¡Necesito saber cómo se hacen!

—¿Para qué?

—¡Para preparárselas a Jen! Una vez me contó que, cuando era pequeña, su padre les hacía tortitas a ella y a sus quinientos hermanos, y que le encantaban. Estoy intentando ser un buen novio, ¿vale?

Will lo consideró un momento entre bostezos.

—No sé... Huevos, harina..., y todo lo demás, supongo. Búscalo por Internet.

—¡¿No me vas a ayudar?!

—Soy tu amigo, no tu chef.

—¡Pero...!

—Vete ya o le digo a Jenna lo de Terry.

¡¿Por qué todo el mundo me amenazaba con eso?! Indignado, ignoré su risita y salí de la habitación.

Tras diez minutos rebuscando en Internet y, sobre todo, por la cocina, me hice con los ingredientes y cacharros necesarios. Ni siquiera sabía que teníamos un bol para preparar cosas de esas. Qué desastre. Y tampoco sabía lo del delantal de florecillas, aunque, ciertamente, no me quedaba nada mal. Eso sí que me gustó.

Sue y Mike se despertaron mientras, muy frustrado, removía los ingredientes. La señora de la web decía que debía conseguir una mezcla esponjosa, y la mía era más líquida que la sangre que me circulaba a toda velocidad por el cerebro. Añadí una cantidad indecente de harina, y una nube de esta me dio en la cara. En cuanto empecé a toser, Sue y Mike empezaron a reírse. Will, que apareció en ese momento, no dudó en unirse a las carcajadas.

Por lo menos, la parte de la sartén me daba un poco más de esperanza. Se trataba de que no se quemara, y eso podía hacerlo incluso yo.

Eso habrá que verlo.

Pronto se esfumó toda la esperanza. ¿Por qué se rompían las estúpidas tortitas todo el rato?, ¿por qué la masa se pegaba a la sartén?, y, sobre todo, ¿por qué olía a quemado? Solté una palabrota y lancé la primera tortita al plato, la dejaría debajo de las demás y así nadie se enteraría jamás del desastre.

Cuando ya llevaba dos más o menos aceptables, Mike suspiró por enésima vez.

—¿Falta mucho? Tengo hambre.

—Cállate —espeté.

—Yo también tengo hambre —añadió Sue.

—Tú también cállate.

Si no lo hacían pronto, pagaría mis frustraciones con ellos. Y, oh, no les gustaría una mierd…

—¿Qué hacéis?

Al oír la voz de Jen, casi lancé una tortita cruda por los aires.

Todo sonrisas, me volví y, con un nudo de nervios en el estómago, le enseñé la sartén. Ella la contempló con perplejidad, pero no dijo nada.

—Buenos días, ¿tienes hambre?

Oh, mierda, me estaba quemando.

Dejé la sartén bruscamente en la encimera, y no sé cómo me las apañé para añadir la última tortita al plato. Me metí el dedo quemado en la boca y con la otra mano le ofrecí la delicia a Jen.

—¿Qué…? —protestó Sue de fondo—. ¿Ella sí y nosotros no?

—Cállate —mascullé, y luego miré a Jen—. Ni caso. Son para ti.

Ella dudó, pero al final lo aceptó. Casi solté un suspiro de alivio, pero lo contuve a tiempo. Se sentó entre los dos pesados —Will había tenido el detalle de apartarse— y miró el plato con curiosidad. No como las dos aves carroñeras que tenía al lado, cuyos rostros solo manifestaban ansia.

—¿Nos das un poco? —le pidió Mike en un tono lastimero.

—O compártelas solo conmigo —añadió Sue.

—Yo soy más amigo tuyo que ella.

—No es cierto.

—Sí lo es.

—Vive conmigo.

—¡Y conmigo!

—Tú no vives aquí, solo eres un parásito.

—¡Soy el hermano del dueño! ¿Qué eres tú? ¿Eh?

—Son todas suyas —interrumpí, con la paciencia agotada—. Dejad de molestar, hienas.

Jen sonrió disimuladamente y, por fin, se llevó un trozo de tortita a la boca. La observé con sudores fríos. ¿Y si la envenenaba sin querer? Lo que me faltaba ya para ser el peor novio de la historia…

Masticaba con tranquilidad, pero se detuvo al darse cuenta de que todos la observábamos fijamente.

—¿Qué? ¿Podéis dejar de mirarme así?

—¿Están… ricas? —quise saber.

Ella lo consideró unos instantes antes de asentir con la cabeza.

—Es difícil creer que es la primera vez que las haces —admitió.

Sin el más mínimo disimulo, exhalé un suspiro de alivio; Will, de pie junto a la nevera, sonrió.

—Menos mal —murmuré, y dejé la sartén en el fregadero.

Bueno, por lo menos había completado la primera fase del plan. Ya lo intentaría de nuevo por la tarde.

Pasito a pasito.

Y ningún otro pasito con harina de por medio, eso seguro. Con una mueca de asco, fui a limpiarme.

12

La lista de Jennifer

—No me creo que estemos yendo a casa de mis padres —me dijo en voz baja.

Yo, que miraba por la ventanilla del avión, me aparté un poco para permitir que se asomara. La veía angustiada, y me apretaba la mano con mucha fuerza, incluso más que con la historia de la monja.

—Esto va a ser muy divertido —murmuré.

No dijo nada más en lo que quedaba de trayecto. Solo se mordía las uñas y se recolocaba compulsivamente el mechón de pelo. Quise reírme, pero pensé que quizá debería preocuparme.

Lo peor no era que nos dirigiéramos a casa de sus padres para pasar la Navidad con su familia, sino que la mía también nos acompañaría. Al final, había logrado que mi padre se disculpara conmigo, así pues, no tuve más remedio que aceptar su estúpida presencia. Mamá, Mike y la abuela también se habían apuntado; todos ellos irían al día siguiente.

Al parecer, mi querida novia quería presentarme por separado.

Qué raro me resultaba conocer a su familia. Nunca me habían presentado a los padres de mis novias, y a los que había conocido había sido por pura casualidad y en circunstancias desfavorables. Primero, porque siempre se había dado en situaciones incómodas; segundo, porque yo no había puesto mucho de mi parte. Procurar caerle bien a alguien simplemente porque fuera un familiar de mi pareja no me iba demasiado.

Conocer a la familia de Jen no me ilusionaba especialmente, y menos después de todo lo que había oído sobre ellos… Pero si para ella era importante que les cayera bien, les mostraría mis encantos.

Bueno, sí, mejor caerles bien. Al fin y al cabo, tendrían que aguantarme muuucho tiempo como yerno.

Si a tu novia no le da un infarto antes de llegar, claro.

—¿No se supone que yo debería ser el nervioso? —le pregunté.

Ya frente a la puerta de llegadas, me cogió del brazo justo antes de cruzarla, después me miró con fijeza. Cualquiera habría dicho que me preparaba para la experiencia más visceral de mi vida.

—Necesito decirte algo —empezó.

—¿Qué pasa? ¿Estás bien?

—Sí, no es eso. Es... —Tras una pausa que me pareció eterna, inspiró profundamente y al fin empezó a hablar—: Tengo que advertirte de algo.

De nuevo, no supe si reírme o preocuparme.

—Muy bien, ¿de qué?

—Mi hermano mayor se cree que tiene la necesidad de espantar a cualquier chico que se me acerca porque se cree que eso le hace mejor hermano. No digo que vaya a golpearte, pero va a ser pesado. Muy pesado. Y es probable que te pise la mano en cuanto hagas un ademán de ponérmela encima, así que tendremos que mantener las distancias.

Contuve una sonrisa, pues estaba claro que iba en serio.

—Vale.

—Mis otros hermanos son horribles, ¿vale? Son como dos monos peleándose por una banana. Se pasan el rato metiéndose conmigo de forma compulsiva, jugando a videojuegos o en su taller. Si se meten contigo, no dudes en defenderte. No tienen sentimientos, así que no puedes hacerles daño. De hecho, creo que no tienen ni cerebro. Al menos, nunca han dado señales de tenerlo.

—Jen —intenté cortarla, pasmado—, ¿qué...?

—Y mi hermana mayor va a interrogarte. Mucho. Muchísimo. Va a empezar a bombardearte con preguntas hasta que respondas sin darte tiempo a pensar. Es una experta en sacar la verdad a la gente, incluso cuando no quieren contarla. Así que ten cuidado con ella.

—Vale, pero...

—Por favor, no te creas que soy como ellos —añadió, mirándome con preocupación—. Es decir, ellos están bien, no es que estén locos...

—Jen...

—... pero en serio que no soy como ellos, ¿vale?

—Lo tendré en cuenta.

Estaba a punto de decir algo más, pero, al parecer, la advertencia no había llegado a su fin.

—Y mi madre te va a empezar a acosar y a achuchar. Es muy pesada. Demasiado, diría yo. Pero... ¡no lo hace para molestar! Es su forma de ser, ¿sabes? Así que, si empieza a abrazarte y a llamarte cielo, no te lo tomes a mal.

—Podré vivir con ello —aseguré.

—Y quizá también te haga muchas preguntas. Se pone muy intensa cuando quiere. No es tan experta como Shanon, pero tampoco se le da mal.

—Jen...

—Y mi padre es muy...

Con la mano que tenía libre, le levanté el mentón para que me mirara. Solo entonces detuvo el monólogo.

—Jen, relájate, ¿vale?

—Créeme, ojalá pudiera relajarme.

—Me da igual cómo sean. Son tu familia. Ya me caen bien. —Eso no era técnicamente cierto, pero si servía para calmarla, bendito fuera—. Venga, a la guerra.

Por lo menos, la vi un poco más animada.

—¿Seguro que no...?

—Jen. —Esa vez, sonó como una advertencia.

—¡Vale!

Y por fin cruzamos la puerta.

Pese a que estaba el doble de nerviosa que yo, dejé que me guiara y nos sumamos a la gente que se acercaba a saludar sus conocidos. No tardé en encontrar a los nuestros; parecía que hubieran sacado a Jen de una fábrica de gente bajita con el pelo y los ojos castaños, la cara algo delgada y la misma nariz.

Llevaban carteles y hablaban entre sí de forma frenética, casi lograron que mi querida novia saliera corriendo. Sin embargo y por desgracia suya, ahí estaba yo para devolverla a su lugar.

—Eh... —se obligó a murmurar—, hola, mamá.

—¡Jennifer, cariño!

Me aparté un paso, pensando que presenciaría el reencuentro del siglo, pero su madre vino directa hacia mí. Se parecían una barbaridad, solo que ella tenía el pelo más corto, presentaba los signos propios de la edad y se la veía mucho más cansada que a Jen.

Una vez plantada frente a mí, me examinó de arriba abajo con sumo interés, como si me calibrara.

—¡Y tú debes ser Jack! —exclamó al fin—. Venid aquí, cielitos.

Tuve que aceptar su abrazo, y descubrí la cara de Jen detrás de su cabeza. Cuando yo sonreí, ella enrojeció.

—Mamá, por favor…

—Siempre avergonzándose de mí —se lamentó al tiempo que se separaba para mirarme—. ¿No te parece que eso está muy feo?

Vaya, por fin tenía la oportunidad de devolverle todas las bromas que me había hecho junto con mi madre.

—Eso está muy feo, Jen —confirmé.

Su madre asintió con aprobación.

Primera prueba: superadísima.

Sus dos acompañantes eran los hermanos mayores de Jen: Spencer y Shanon. El primero fue un poco reacio a hablar conmigo, pues debía cumplir con el rol de asustarme o algo así, pero cuando se enteró de que había ayudado a Jen con su ex, empecé a caerle bien. Su hermana resultó más fácil de conquistar, sobre todo porque habíamos hablado por teléfono en varias ocasiones.

De camino al coche, sonreí a Jen para darle ánimos. Ella, no obstante, no se sentía muy segura.

Pasar la Navidad en casa de mi novia resultó ser… inesperadamente positivo.

Algunos miembros de su familia me ponían algo nervioso —los gemelos, ejem—, pero los otros me gustaban; especialmente Spencer y Shanon, que eran quienes verdaderamente se preocupaban por ella. Pasé con ellos tanto tiempo como pude, y con los demás intenté disfrutar en su compañía. Tenía la sensación de que Jen se encontraba en la misma tesitura.

Su padre se me antojó misterioso. Yo no estaba acostumbrado a tratar con una dinámica paternal, y él no parecía muy dispuesto a facilitármelo, más que nada, porque decía lo justo y necesario en cada conversación; ni una palabra más, ni una palabra menos. Aun así, no me desagradaba del todo.

Una tarde me enseñó a arreglar el motor de un coche que se

sobrecalentaba; deduje, pues, que era él quien había instruido a los gemelos.

—Es muy sencillo —añadió mientras cerraba el capó.

Yo, que estaba sentado en los escalones de la puerta de entrada al taller, lo contemplé con curiosidad.

—¿Es cosa mía o está muy acostumbrado a hacer eso?

—Suelo encargarme yo de casi todos los coches que traen.

—Pensaba que el negocio era de sus hijos.

Él soltó una risa irónica y se quitó los guantes engrasados; tras dejarlos sobre la mesa de trabajo, se volvió hacia mí.

—No te conozco mucho, pero me pareces un chico listo. Y un chico listo se daría cuenta enseguida de que Steve y Sonny no son, precisamente, el tipo de personas a las que puedes dejar a cargo de un negocio.

Quizá era demasiado entrometido, pero no pude evitarlo:

—¿Y por qué no le paga la residencia a Jen en lugar de financiarles el negocio?

No quería que ella volviera a la residencia. De hecho, pensaba pedirle que se quedara definitivamente con nosotros. Sin embargo, me gustaba defenderla y que tuviera a alguien de su lado que —ante esas situaciones— recalcara lo injustos que eran con ella.

El señor Brown colocó los brazos en jarras y suspiró pesadamente.

—Quizá deberíamos —admitió.

—Pero no lo hicieron en su momento. Por eso Jen vino a vivir conmigo.

—Supongo que confiaba en que Jenny sería más capaz de espabilarse que esos dos. —Claramente, quería dejar ese asunto, porque señaló la puerta—. ¿Tienes hambre? Seguro que hay algo dulce en la despensa.

Después de aquello, no tuvimos ninguna conversación larga.

Lo que más nervioso me ponía de esas vacaciones era que mi familia se nos uniría. Sin embargo, encajaron a la perfección. Mike incluso encontró un amigo; se llevaban más de diez años de diferencia pero tenían la misma edad mental. Mi padre también se esforzó, y eso sí que me sorprendió. Nunca lo había visto tanto tiempo callado, y ese primer día fingió durante un buen rato que escuchaba a la madre de Jen.

Quizá sí que había cambiado, después de todo.

¿Tú crees?

Nah, probablemente no.

Los días me pasaron volando y antes de darme cuenta ya estábamos en la habitación de Jen haciendo las maletas de nuevo. Esa vez se llevaría unas cuantas cosas más para meterlas en el armario y sustituir lo que su ex le había roto. Me dejé caer sobre la cama. Total, yo lo hacía tan mal que si intentaba ayudarla se ponía nerviosa.

Como me había dejado cotillear en sus cajones, abrí uno y me quedé mirando un cuaderno, según me pareció.

—¿Es un diario? —quise saber mientras lo hojeaba—. ¿Por qué hay una lista de nombres de lugares… y de personas?

Jen lo ojeó antes de sonreír y seguir a lo suyo.

—Cuando era pequeña, tenía una lista de cosas de las que me sentía orgullosa: de haber ido a Disney, de aprobar cálculo… Tonterías.

La chica que fue a Disney sin haber visto NI UNA SOLA película de Disney.

Si es que tenía que quererla.

—¿Y yo no estoy aquí? —bromeé.

—Tú estás detrás. En la lista de errores de mi vida.

Ofendido, me llevé una mano al corazón y aproveché su risita para cotillear la última página. Efectivamente, había muchas cosas apuntadas, bastantes más que en la lista de cosas buenas; habría que invertirlo en algún momento.

Al no encontrar ahí un nombre que esperaba ver, fruncí el ceño.

—¿Por qué no está escrito Malcolm?

—¡Hace años que no escribo en ese cuaderno! —protestó, divertida—. Y se llama Monty, pesado.

—Nunca es tarde para añadirlo.

Ella no dijo nada, simplemente continuó doblando la ropa para meterla en la bolsa de viaje. Tras guardar el cuaderno, la contemplé un momento; me sentía confuso. ¿Había hecho algo para molestarla?

La sensación de que había hecho algo inadecuado y que Jen no sabía cómo decírmelo me acompañó en el viaje de vuelta. Quise preguntárselo varias veces, pero temía que me considerara un paranoico. Al fin y al cabo, no me había dicho nada malo, simplemente apartaba la mirada en vez de sonreír cuando yo bromeaba.

Quizá se debiera al cansancio del viaje o incluso a que habíamos pasado mucho tiempo juntos y necesitaba un poco de espacio; pero la sensación no se esfumó al llegar a casa, ni al día siguiente.

Empezó a preocuparme que la hubiera agobiado. La noche que subimos a la noria le había propuesto que viniera a vivir conmigo. ¿Me había precipitado?, ¿había sido una mala idea?, ¿le había dado a entender algo que no debía, como que estaba obligada a vivir con nosotros? Quizá quería volver a la residencia y, sin darme cuenta, le estaba negando esa opción. O quizá simplemente necesitaba separarse un poco y disponer de más espacio para sí misma. ¿Podía ser eso? Y, si así era, ¿por qué no me lo decía?

Fuera lo que fuese que tanto la preocupaba, decidí brindarle más momentos consigo misma para que se aclarara las ideas. Aproveché para pasar más horas en la biblioteca por primera vez en la historia, me entretuve con amigos después de clase, fui a algún que otro bar con Will... En resumen, hacía tiempo para no volver a casa. Si ella se dio cuenta en algún momento, nunca lo mencionó. Simplemente, me hablaba como si no pasara nada y seguíamos con nuestras vidas.

Una de esas noches en que decidí salir con un grupo de la clase a tomar algo, comí todo lo que pude y más, como de costumbre. A pesar de que no bebí porque luego debía conducir, me distraje tanto que me olvidé de la hora; para cuando abrí la puerta de casa, ya casi era la una de la madrugada.

No me esperaba encontrar a Will y a Jen en el salón. Se miraban de un modo algo extraño y se volvieron hacia mí tras unos instantes.

—Hola de nuevo —dije, con una sonrisa algo tensa—. ¿Qué hacéis? ¿Conspiráis contra Sue y su helado?

Como todos esos días, nadie sonrió con mi broma. De todas formas, me acerqué a Jen y le di un beso en los labios, aunque solo fuera para asegurarme de que todo iba bien. Tras devolvérmelo, apartó la cara. Hablaran de lo que hablasen, claramente yo no me podía sumar a la conversación.

—Voy a cambiarme —concluí al tiempo que dejaba las llaves en la encimera.

Desde el pasillo oí sus murmullos, pero me dije que era mejor no escucharlos. Entré en la habitación, me cambié los vaqueros por unos pantalones más cómodos y me metí en la cama. Mientras miraba las fotos que nos habíamos hecho mis amigos y yo durante esa velada, Jen entró y cerró tras de sí.

Esa vez dejé de simular que no advertía su expresión de pesar.

—¿Qué pasa?

—Naya me ha puesto la película del perrito que se queda esperando a su dueño muerto. Estoy triste.

Por supuesto, Naya tenía que ser.

—Ven aquí —le ofrecí con los brazos abiertos—. Haremos desaparecer esa tristeza.

Para mi sorpresa, lo hizo sin poner ninguna pega. Después de varias noches dándonos la espalda, no esperaba un gesto tan cariñoso; dejé que se acurrucara y apagué la luz. Era agradable volver a estar así.

—¿Mejor? —le pregunté, refiriéndome a todos los aspectos posibles. Ella asintió con la cabeza pegada a mi pecho. Me habría gustado ver su expresión—. Podemos adoptar un perro algún día. Siempre he querido uno.

—¿Un perro?

—Sí. Biscuit Segundo. En honor a tu Biscuit.

—Lo dices como si estuviera muerto —protestó.

—No es que esté muerto, pero necesita su representación en esta casa —reflexioné en voz alta—. O un gato. Los gatos son más independientes. —Jen permanecía en silencio; como me estaba poniendo nervioso, me obligué a continuar hablando—: ¿Qué me dices? ¿Gato? ¿Perro? ¿Dragón de cinco cabezas?

Por fin se separó y me miró; esbozó una sonrisa, pero sentí que era forzada.

—El dragón suena bien.

—Pues un dragón. Aunque yo no pienso hacerme cargo de limpiar lo que destroce.

Iba a añadir que obligaríamos a Sue a encargarse de ello, pero me interrumpió con un beso.

Fue un poco extraño, casi… incómodo. Tuve la impresión de que se obligaba a sí misma a mostrarse cariñosa. No me tocaba, no me abrazaba y estaba tiesa como un palo. Permití que lo prolongara unos segundos, pero luego no pude contenerme y la sujeté de los hombros para separarla de mí.

—¿Qué? —soltó, con los ojos muy abiertos.

La contemplé unos instantes, me preguntaba por qué se comportaba de aquel modo. Había alguna emoción contenida que quería compartir conmigo.

—¿Va todo bien? —quise saber.

—Claro que…

—Por favor, deja de mentirme, ¿qué pasa?

Y de pronto se echó a llorar. Se separó de mí, se quedó sentada en la cama y hundió la cara entre las manos. No supe qué hacer, me había pillado totalmente desprevenido; así que, un poco nervioso, me senté justo a su lado.

—¿Qué…? ¿Qué pasa? ¿Qué he hecho?

—¡Nada!

—Jen, por favor…, habla conmigo.

—Es solo que…

No terminó la frase, simplemente negó con la cabeza y siguió llorando. Me sentía impotente, solo se me ocurrió pasarle un brazo por encima de los hombros. Permanecimos en silencio durante lo que pareció una eternidad, y entonces ella habló sin mirarme a la cara.

—¿Crees que…? ¿Crees que soy una mala persona?

Casi me eché a reír.

—Sé que eres la mejor persona que conozco.

—Solo dices eso porque soy tu novia…

—¡Lo digo porque es verdad! —le aseguré enseguida—. Jen, si no lo fueras, no me habría enamorado de ti.

Creía que decir algo así mejoraría la situación, pero incluso la empeoró. Ella apartó aún más la cara para que no viera su expresión.

—No es nada —me aseguró con la voz temblorosa.

—Pero…

—Solo quería decirte que… que yo… —Se interrumpió a sí misma de nuevo, y esta vez sí que me miró. Tenía los ojos llenos de lágrimas—. Que nada de esto habría valido la pena…, el venir a estudiar aquí…, si no te hubiera conocido.

Jen no era la clase de persona que hablara habitualmente sobre lo que sentía, especialmente cuando algo la tocaba profundamente. Creo que por eso me quedé en blanco y, en lugar de responderle como era debido, la contemplé con perplejidad.

—Jen…

Me tapó la boca con la mano.

—No digas nada, ¿vale? No hace falta. Solo… solo acércate un poco más.

Me quitó la mano de la boca y, finalmente, se acercó para besarme. Esa vez de verdad. La rodeé con los brazos, y ella se sentó a horcajadas encima de mí. Se disolvió cualquier duda que me hubiera acechado, porque todo cuanto pude pensar en ese momento fue que por fin se me acercaba de nuevo.

Al despertarme, me estiré tanto como pude en la cama, como cada mañana. Jen estaba corriendo, había más espacio para mí. Cerré los ojos, suspiré de gusto y, pasados unos segundos, me di cuenta de que no podía dormirme de nuevo; me incorporé y me froté los ojos.

Entonces me di cuenta de un pequeño detalle: el armario estaba entreabierto.

Era una tontería, probablemente a Jen se le había olvidado cerrarlo, pero, tras unas cuantas broncas suyas por no haberlo cerrado, me extrañó bastante.

Alcancé los pantalones que la noche anterior había dejado tirados por el suelo, me los puse y, mientras acababa de atármelos, divisé otra novedad, sobre mi cómoda. Había una notita plegada.

¿Una notita de amor? Jen se había despertado inspirada.

La abrí con una sonrisa que se fue desvaneciendo al leer la primera línea.

Probablemente ahora mismo me odies, pero tengo que volver a casa. He dejado tu ropa y el dinero que he podido dentro del armario. Ya sé que no vas a quererlo, pero siempre te dije que intentaría devolvértelo.

Lo siento mucho, Jack.

Aparté la nota, me sentía confuso. ¿Qué era eso?, ¿una broma de mal gusto? No se la había currado demasiado.

Fui al armario, solo para asegurarme. Me quedé mirando el espacio que había dejado vacío, solo quedaba la sudadera de Pumba, la de *Pulp Fiction* y unos pantalones largos que una vez me había pedido prestados. Del resto, nada; había también un sobre que, efectivamente, contenía algo de dinero.

Contemplé unos instantes esa escena, como si no tuviera sentido, y al final releí la nota intentando descifrarlo.

No entendía nada. Fui al salón. Sue, Mike y Will hablaban en voz baja, pero se callaron nada más verme. Me dio igual. Cogí el primer móvil que vi sobre la mesa y miré la hora. Las once. Jen debería estar aquí. De hecho, debería haber llegado hacía mucho rato. Y no estaba. ¿Por qué no estaba?

Automáticamente, miré a Will, y él tragó saliva.

—¿Qué…? —empecé, sin saber cómo terminar la frase—. ¿Qué pasa? ¿Dónde está?

—¿Has leído la not…?

—¡Me da igual la nota! —salté; estaba alterado—. ¿Dónde está Jen?

No parecía dispuesto a decirme nada, así que miré a los demás. Mike apartó la vista, y Sue me contempló con los labios apretados. Al cabo de unos segundos, ella suspiró.

—Creo que está en la residencia.

Sinceramente, no sé cómo fui capaz de conducir, me sentía la mente totalmente embotellada. Nada tenía sentido, y lo poco que iba entendiendo no me gustaba en absoluto.

Me encontré en la residencia antes de comprender al cien por cien qué sucedía y crucé el vestíbulo como un rayo. Chris levantó la cabeza, sobresaltado.

—Oye, ¿qué ha pasado? Anoche vino Jenna y no parecía estar…

No escuché el resto porque ya estaba subiendo los escalones. Crucé el pasillo en tiempo récord y, finalmente, me detuve frente a su habitación. Ni siquiera estaba seguro de qué le quería decir cuando llamé con los nudillos.

—¡Jen! —exclamé mientras me acercaba para oír algo—. ¡Abre la puerta!

Cualquier murmullo que hubiera discernido se esfumó al instante. Cerré los ojos. De pronto, tenía la respiración agitada. La parte de mi cerebro que no quería creerse lo que sucedía empezó a asumirlo; la situación me superaba.

Golpeé la puerta de nuevo, con impaciencia, y por fin se abrió. No sé si me sentí mejor o peor cuando vi el rostro de preocupación de Naya.

—Ella no… —empezó.

—Naya, aparta.

No me valían las excusas baratas de que no quería verme. Me daban absolutamente igual. Hablaría con ella fuera como fuese.

Naya dudó, pero tras unos instantes se apartó para dejarme pasar.

Creo que no fui absolutamente consciente de que todo eso era real hasta que vi a Jen. Naya dijo algo, pero en mi cabeza ya había dejado de existir. Solo podía ver las maletas, la mesita y el armario vacíos, las manos temblorosas de Jen jugando entre sí y, sobre todo, su expresión de cautela. Había estado llorando, y no durante poco tiempo. Aún tenía los ojos rojos.

—¿Qué...? —empecé, sin saber qué quería decir—. No... no entiendo nada... ¿Qué...? ¿Te vas?

Jen siguió mirándome sin cambiar la expresión. No sonrió, ni arrugó la nariz con ironía, ni mucho menos bromeó.

Simplemente tragó saliva.

—Sí.

—¿Por qué? ¿Qué...? ¿Qué ha pasado?

—Quiero irme.

Parpadeé, totalmente perdido.

—Anoche... yo... —Cerré los ojos en un intento de centrarme por completo en la conversación—. Joder, ¿no estaba todo bien?

Ella cerró los ojos, y sospechaba que se debía a un motivo distinto al mío. Simplemente parecía cansada.

—Jack...

—¿Qué he hecho mal? —insistí—. Sea lo que sea, te lo compensaré, te lo juro, yo...

—No es por nada que hayas hecho —me aseguró en voz baja.

—¿Y qué es? ¿Qué pasa? ¿Por qué quieres irte? —Su silencio se alargó, y empecé a desesperarme—. Solo dímelo, por favor. Solo...

—No quiero seguir contigo.

Al percibir su tono tajante dudé varios segundos. Busqué en su expresión cualquier indicio de que no hablara en serio, de que, quizá, todo fuera una broma de mal gusto. Incluso pensé que podía tratarse de una mentira, pero no. En su expresión tan solo había agotamiento.

—¿Qué? —conseguí articular.

—No puedo seguir con esto —admitió en voz baja, y sonó tan real que lo sentí como una bofetada—. No puedo seguir... No puedo ir a vivir contigo, Jack. Es demasiado. No... no quiero. Quiero irme a casa.

—Ya estás en casa —salté.

—No lo estoy. Este no es mi hogar, es el tuyo.

—Jen...

—No formo parte de esto, Jack.

—Formas parte de mí.

Había sonado tan patético que me entraron ganas de salir de esa habitación, pero no pude evitarlo; podía ser tan orgulloso como quisiera, pero en ese momento me daba completamente igual. Solo quería que no se marchara.

Pero Jen no pensaba así. Sacudió la cabeza con cansancio.

—Tengo que irme.

—No, no tienes por qué hacerlo. Quédate... quédate en el piso un tiempo más. Dormiré en el sofá, no me importa. Piénsalo... Déjame compensarte y...

—No —me interrumpió—. Tenía un trato con mi madre, ya te lo dije. Si en diciembre quería volver a casa...

—Ya ha pasado diciembre, Jen.

—Por eso. Ya ha pasado. Todo lo que sucedió antes de diciembre... es pasado.

Hablaba completamente en serio, y no soporté quedarme sin recursos. Nada de lo que pudiera decirle la haría cambiar de opinión. Absolutamente nada.

Excepto una cosa.

—No me dejes —le pedí en voz baja. Ella suspiró y apartó la mirada, aun así, le cogí la mano. Jen no se apartó, pero tampoco me miró—. No me dejes. Te quiero, Jen. He estado seguro de muy pocas cosas en mi vida, pero esta es una de ellas.

Ya no me importaba la dignidad, ya no me importaba suplicarle. Casi me reí de mi propia hipocresía. ¿Cuántas veces me había reído de esa clase de escenas en una película? ¿Cuántas veces me había burlado de Will o de Naya por hacer lo mismo cuando se peleaban? Habían sido tantas las ocasiones que ni siquiera recordaba el número. Y cada una de esas veces, Will me había asegurado que el día que me sucediera a mí sería él quien se reiría.

Pues esperaba que estuviera pasándoselo bien, porque ahí me encontraba yo, suplicando a la chica que quería, suplicándole que no me dejara. Y, sin embargo, sabía que no se quedaría. En el fondo, lo supe así que la vi.

Me resultaba insoportable que continuara sin mirarme, así que le coloqué un dedo bajo el mentón y la obligué a hacerlo. Jen me contempló con cierta lástima, pero no había cambiado de opinión.

Ojalá hubiera sido capaz de aceptarlo, de dejar que se fuera sin insistir más, de conservar un poco de orgullo. Pero, no, no pude.

—Quédate conmigo —la insté en voz baja—. Aunque sea viviendo aquí, en la residencia. Si necesitas espacio, lo entiendo. No hace falta que te vayas de esta forma para…

—Jack… —me interrumpió en un tono que denotaba su agotamiento.

—¿Es por algo que he dicho? ¿Te… he hecho daño sin darme cuenta?

—No es eso.

—¿Y qué es? —insistí, cada vez más alto, estaba desesperado e irritado—. ¿Qué ha pasado?

—¡Nada!

Jen se separó para cortar cualquier contacto entre nuestros cuerpos, y la impotencia que sentía se transformó en frustración.

—¡Eso no es verdad! —le eché en cara.

—¡Sí lo es! ¡Solo quiero irme!

—¡No es cierto, hay algo más, hay algo…!

—¡He vuelto con Monty!

La contemplé, pasmado, sin que esa nueva información me entrara en la cabeza.

—¿Qué?

—Era mi novio antes de llegar aquí —me aclaró en un tono de simulada calma—. Y… me he dado cuenta de que… lo echo de menos. Por eso… tengo que volver. Hablaré con la policía. Lo arreglaremos todo. Lo siento, Jack.

—Pero… no… me dijiste… Pensé…

—Nunca te he dicho que te quisiera.

Parpadeé varias veces como si intentara enfocarla. O quizá solo trataba de entender cómo me sentía. Lo único que pude concluir se redujo a una palabra: traición. Sí. Me sentía traicionado. Ahí, mirándola con la boca entreabierta como un idiota, solo podía sentir que me había traicionado.

No sé qué respuesta esperaba, pero yo solo era capaz de permanecer ahí, de pie, contemplándola. La miré, pero realmente ya no la veía. Ya no era Jen, la chica de quien me había enamorado y con la que había compartido esos meses. Ya no era nada que hubiera conocido hasta ese momento. Era alguien completamente distinto, alguien a quien no conocía.

Me habían dado muchos golpes a lo largo de la vida, pero pocos me habían calado tan hondo como ese. Nunca pensé que un golpe emocional pudiera doler más que uno físico.

Su móvil sonó, pero cuando se movió dejé de mirarla. No podía mirarla, ahora mi cuerpo entero la rechazaba. No quería verla. No quería saber nada de ella. De pronto, una parte de mí creyó realmente que podía odiarla.

—Tengo que irme —murmuró desde un lugar muy lejano—. Yo… lo siento.

No sé qué me impulsó a hacerlo, pero me di la vuelta y la sujeté de la muñeca. Jen me miró como si quisiera irse, pero no me importó.

—¿Estás enamorada de él? —musité. Cuando asintió, mi rabia creció—. ¿Lo has estado todo este tiempo?

—Siempre.

Le solté la muñeca como si me quemara, y enseguida me volví hacia cualquier punto que no fuera ella. No quería verla. No quería. Nunca más.

La rabia me invadió, la impotencia y la ira se apoderaron de mí. De pronto acudieron a mi mente todas las conversaciones con mi padre y con mi hermano; el primero siempre me había dicho que nunca tendría una relación real, que lo que buscaban todas esas personas no era a mí sino mi dinero, y el segundo me había asegurado que Jen sería igual que las otras. Pero no. Había sido mucho peor. No se había acostado con él, sino que me había dejado por alguien mucho peor.

¿En qué momento me había abierto tanto a ella?, ¿cuándo había permitido que se metiera hasta tal punto en mi vida como para destrozármela de ese modo al marcharse?, ¿por qué de pronto parecía que mi puta felicidad dependía de otra persona? Y, sobre todo, ¿por qué sentía que marchándose me la estaba quitando toda?

Al mirar la puerta abierta, comprendí que la partida de Jen me brindaba muchas más opciones de las que había llegado a imaginar en ese momento. No solo tenía la oportunidad de volver a mi antiguo estilo de vida, sino que estaba solo. Podía hacer lo que quisiera, con quien quisiera y cuando quisiera. Ya no le debía explicaciones a absolutamente nadie.

El problema era que no lo quería, no deseaba nada de eso. Estaba enamorado de Jen, y ella era todo lo que quería.

Y ella nunca lo había estado de mí.

Por primera vez en mi vida, mi padre tendría razón al reírse de mí. Me lo merecía. Realmente me lo merecía.

13

El viaje de Jack

Si de algo había servido la marcha de mi —ahora— exnovia, había sido para aceptar la dichosa solicitud de Francia.

Exnovia, ¿eh?

Qué palabra tan… vacía. Tan solitaria.

Los últimos días por casa se me habían hecho muy cuesta arriba: asistía a clase, pasaba tiempo con los demás, hacía mis trabajos…, pero todo me costaba un doble esfuerzo. Estaba cansado, desanimado, y no me apetecía hablar con nadie. Tan solo me apetecía encerrarme en mi habitación y ver las películas que ya había visto decenas de veces.

Curiosamente, la rabia y el desdén me mantuvieron en movimiento. Me negaba a que la marcha de Jen influyera en mi carrera, me alejara de mis objetivos o me hiciera sacar malas notas. No estaba dispuesto a permitirlo. Y fue eso precisamente lo único que me sacó de aquella cama que, de pronto, parecía tan vacía.

De haber sido por mí, sin embargo, probablemente habría desechado la oportunidad de estudiar en Francia. Will me lo recordó una tarde mientras mirábamos películas en mi cama.

—Podrías aceptar —murmuró.

—No sé, tío…

—¿Por qué? ¿Qué tienes aquí que se vaya a echar a perder cuando te marches?

Lo consideré un momento. Tenía razón. ¿Cómo no me había dado cuenta antes? De entre todas las razones por las que me había negado, la principal era mi relación con Jen. Pero esa relación ya no existía, ¿qué sentido tenía ahora privarme de ir a Francia?

Si dijera que no intenté volver con ella… mentiría. Durante

casi un mes traté de ponerme en contacto, ya fuera mediante mensajes o llamadas. Ella leía mis mensajes, pero nunca me respondió, tampoco a las llamadas. Simplemente actuaba como si yo no existiera. Y me habría encantado que no me importara, no mirar nuestras fotos continuamente, no echarla de menos en cada detalle de la casa..., pero no resultaba tan fácil. Pese a que una parte de mí la detestaba, la otra la seguía queriendo. Y los sentimientos no desaparecen por un mensaje sin respuesta.

El viaje a Francia —dos semanas tras la marcha de Jen— me pareció eterno. Muchas horas de vuelo, una escala, muchos pasos desgastados en los aeropuertos... y todo para llegar a una residencia que detesté tan pronto como la vi.

La escuela en sí no me gustó. Resultaba evidente que el diseño se proponía impresionar a primera vista mediante una estructura muy similar a las que eran habituales en las casonas de los ricos del barrio. La residencia, por lo tanto, seguía el mismo patrón, tenía altas columnas, suelos de mármol, muebles sedosos, grandes ventanales... Acompañaba perfectamente la reputación prestigiosa que ya tenía gracias a sus profesores, que en su mayoría eran veteranos en sus campos. La escuela, además, había albergado en sus aulas a cineastas famosos, y muchos de los alumnos habían conseguido su primer proyecto porque alguno de los profesores había creído en ellos.

Pero yo no necesitaba nada de eso. No necesitaba rodearme de gente que solo se fijaría en la marca de la ropa que vestían los demás, en quiénes eran sus padres, en que los muebles fueran de lujo o en que todas las pertenencias tuvieran un precio mínimo con objeto de mantener bien controlado su ecosistema de riqueza absurda.

Y, sobre todo, no quería sentirme juzgado.

Tú también los estás juzgando, ¿eh?

Mi habitación se ubicaba en el cuarto piso —en él, todas eran individuales— y la encontré al inicio del pasillo. Era bastante sencilla, pese a todo. Tenía una cama doble, un armario empotrado, un escritorio y un cuarto de baño privado. Incluía más de lo que solía haber en una residencia de estudiantes, pero menos de lo que me habría esperado de un lugar como aquel.

Lo primero que hice al entrar fue dejar la maleta a un lado y sentarme en la cama. Era mucho más cómoda de lo que parecía, y las sábanas olían a detergente. No estaba acostumbrado a vivir en un sitio tan impoluto, incluso me pareció surrealista.

A lo bueno se acostumbra uno rápido, no te preocupes.

Era una escuela de cine, y en algunas de sus clases mezclaban alumnos de distintas especialidades: actores, guionistas, directores, cámaras, diseñadores, realizadores…, pues en ella se ofertaban estudios para las distintas disciplinas que participarían en una producción. Para colmo, coincidíamos todos en el edificio principal de la institución.

Mis clases solían ser por la mañana, así que me levantaba diez minutos antes, me vestía, me bebía un zumo de la máquina y acudía a ellas con cara de sueño. Después comía en la cafetería, donde me daban una bandeja y elegía lo que me apeteciera de entre los platos situados al otro lado del cristal. Ya satisfecho, volvía a mi habitación y, mientras los otros aprovechaban su rato libre para pasearse por la ciudad, yo hacía los deberes y luego encendía el portátil; ya fuera para hablar con mis amigos o para ver películas, me complacía mucho más que perder el tiempo en una ciudad cuyo idioma desconocía.

La primera conversación —asuntos sobre estudios aparte— se dio tras una semana de mi llegada. Un chico con quien coincidía en una de las clases organizaba su fiesta de cumpleaños y quería invitar a todo el mundo. Pensé en quedarme en mi habitación de todos modos, pero luego decidí aprovecharlo para relacionarme con los estudiantes.

Me arrepentí de todo nada más llegar.

Mira que te has vuelto criticón, ¿eh?

La fiesta se celebraba en un club privado de la ciudad que, a elección del cumpleañero, habían decorado con aires ochenteros. Tras diez canciones de Madonna, Whitney Houston y Janet Jackson, me planteé si debía meter la cabeza en la caja de bebidas, en busca de una intoxicación etílica, para terminar con tanto sufrimiento. Si el chico del cumpleaños no me hubiera visto, me habría marchado mucho antes.

Pero ahí me quedé, de pie junto a la mesa de las bebidas. Estuve a punto de hacerme con una botella entera y pasar de los vasitos, pero me contuve; no era el mejor momento para emborracharme, pues estaba más solo que nunca y, además, no dominaba mucho el francés: mejor mantener el control.

—¿Quieres uno?

Volví la cabeza. Tres chicas se me habían acercado, llevaban en los brazos sombreritos de purpurina plateada como los que habían estado repartiendo por doquier. Supuse que no me quedaba otra que aceptar, así que me puse uno acompañándome de una mueca de resignación.

—¿Y tú quieres uno? —le preguntaron a la chica que se había detenido a rellenarse el vaso.

Las miró de soslayo, y al ver la purpurina esbozó una mueca de asco.

—Ugh, no.

Y entonces decidí que me caía bien.

Las tres chicas intercambiaron una mirada de indignación y, acto seguido, se marcharon con sus sombreritos ochenteros. La chica, en cambio, se rellenó el vaso con tranquilidad.

—¿Te pongo uno? —me preguntó al darse cuenta de que no dejaba de mirarla.

Vale, quizá debía disimular un poco. Carraspeé, incómodo.

—No, gracias.

—¿Has caído en la trampa del sombrerito? Oh, no, ya formas parte de su secta —bromeó—. Cuidado con sus sonrisitas simpáticas, que en cuanto te despistes intentarán robarte tus futuras películas.

—¿Cómo sabes que hago películas?

La chica se volvió hacia mí con una sonrisa de incredulidad.

—Será una broma, ¿no? Estás apartado de todo el mundo, tienes un aspecto descuidado…

—¡Oye!

—… y está claro que solo has venido para dejar de ser un marginado. Aquí, o eres actor o trabajas en películas. Imagino que te dedicas a la segunda opción. Y te veo con cara de dar órdenes, así que me decanto por director.

—Vale, Agatha Christie, enhorabuena por acertar.

—Ah…, nada como tener razón para alegrarte la noche.

Colocó la botella donde la había encontrado y, acto seguido, me sonrió. Esta vez, sin burla ni bromas.

—Me llamo Vivian, por cierto.

Era una chica guapa. Poco más pude decir en ese momento, pues solo pensaba en irme a la residencia. Tenía el pelo rubio y recogido en un moño, los ojos oscuros y la piel morena. Además, su deje alemán aportaba un toque de distinción a los acentos franceses que me rodeaban.

—Ross —me presenté.

—¿De quién eres hijo? —preguntó Vivian entonces—. ¿Político, aristócrata, famoso…? Porque aquí todo el mundo es hijo de alguien así.

Al menos me sonsacó media sonrisa.

—Mi padre es pianista y mi madre pintora, pero no creo que se sitúen al nivel de los aristócratas, políticos y famosos. ¿Y los tuyos?

—Los míos segurísimo que no lo están —aseguró, divertida—. Mi padre trabaja en una oficina y mi madre limpia habitaciones de hotel.

—¿Y han podido permitirse todo esto?

Tras pronunciar la pregunta, me di cuenta de lo inapropiada que era. Ella debió de verme la cara de pánico, porque se echó a reír sin muchas preocupaciones.

—Tranquilo, hombre. Claro que no se lo pueden permitir, pero conseguí una de las becas para ser actriz. Cuando no tienes dinero, necesitas talento.

—Yo dispongo de dinero, pero quiero pensar que también tengo talento.

—Eso deberás demostrarlo, directorcito.

Le devolví la sonrisa sin saber muy bien por qué lo hacía.

Y a partir de ahí, Vivian se convirtió en uno de mis mayores apoyos.

No era la única persona con la que hablaba —también estaban mis amigos de siempre, incluso mi abuela—, pero sí a quien más cosas contaba, y con muchísima diferencia. Íbamos a menudo a la habitación del otro, nos tirábamos donde fuera y charlábamos una y otra vez de tantos asuntos como quisiéramos, ya fuera sobre nuestras vidas, nuestros gustos o nuestros miedos.

Descubrí que le encantaba la fotografía. Por lo menos, la que estaba relacionada con su cuenta de Instagram. Aunque resultaba difícil que quedara mal en una foto porque era bastante fotogénica, poseía un don especial para salir aún mejor de lo esperado. Le gustaba pasarse horas eligiendo la postura, la ropa y el lugar perfecto, y, luego, editar la imagen hasta lograr el resultado deseado. Y le funcionaba, porque en poco tiempo casi había alcanzado los diez mil seguidores. Un día le propuse que hablara con el gerente de algún cine para conseguir entradas gratis, pero le dio vergüenza.

No tiene nuestra visión empresarial.

Una de esas noches, mientras mirábamos una película en su cama —ella, metida bajo las sábanas, y yo, por encima y con un bol de palomitas—, noté que me miraba con suspicacia.

—¿Qué? —le pregunté con la boca llena.

—No pareces la clase de persona que se encariña fácilmente con la gente —comentó—. Pero conmigo lo hiciste.

—¿A qué viene eso?

—Los protagonistas de la peli estaban hablando de ello, y he pensado que tú no pareces de ese estilo.

—No lo soy —murmuré, y me metí otra palomita en la boca—. ¿Y tú?

—Depende de la otra persona —admitió con actitud pensativa—. Hay gente con quien me cuesta mucho conectar y otra a la que dejo entrar en mi vida con demasiada rapidez… Mis padres siempre me dicen que debería tener más cuidado, pero nunca les hago caso.

—Mis padres nunca me dan consejos de ese estilo —se me escapó.

Vivian me miró con curiosidad.

—¿Se alegraron de que vinieras a la escuela?

No habíamos hablado de ellos, pero desde luego se olía algo al respecto, si no en toda su magnitud, como mínimo en parte.

—No hablo mucho con ellos —admití en voz baja, y creo que pilló que no quería adentrarme en el asunto—. ¿Y los tuyos?

—Montaron una fiesta —aseguró con una sonrisa—. Le dijeron a todo el mundo que su hija iba a ser actriz, que tras tanto esfuerzo por fin me habían cogido en uno de los sitios más prestigiosos del mundo. Solo les faltaba pedirme un autógrafo.

—Tiene que ser genial tener una familia que te apoye tanto.

—Lo es. —Su sonrisa se fue transformando en una mueca de determinación—. Si algún día gano el dinero suficiente… lo primero que haré será comprarles una casa y sacarlos de ese piso enano en el que tuvieron que criarme.

Me gustaba cuando hablaba así, porque me daba la sensación de que cualquier cosa que dijera era absolutamente posible. Le sonreí.

—Espero que algún día lo logres.

Por si fuera poco, no solo hablaba con ella de nuestras vidas, sino también sobre todos los aspectos de una producción. Por primera vez en mi vida, no aburría a nadie con ese tema. Y, además, ella me enseñaba cosas que quizá yo desconocía. Se me antojaba como un sueño hecho realidad, era la persona que tanto tiempo había estado esperando.

Incluso en alguna ocasión llegué a olvidarme de mi relación con Jen.

Pero no era tan fácil como pasar la página de un libro. De vez en cuando, pensaba en ella y mi actitud cambiaba completamente; se hacía tan evidente que Vivian pronto se percató. Siempre me preguntaba por qué parecía tan triste, y yo no daba con las palabras adecuadas para explicárselo.

De hecho, se lo conté bastante después de conocernos. En una fiesta, me senté a su lado con nuestras bebidas, Vivian cogió la suya y miró alrededor con curiosidad. La contemplé unos instantes, su pelo rubio, su piel morena, su atractivo... En todo ese tiempo me pregunté reiteradamente por qué podía ser tan amigo suyo sin que me atrajera en lo más mínimo; la respuesta era bastante simple.

No era Jen, y por eso no me atraía.

Por muy guapa y lista que fuera, por muchas cosas que tuviéramos en común, por muy bien que nos lo pasáramos juntos... no era Jen. Ni ella ni cualquier otra persona. Ese era su único defecto y el único motivo por el que no podían gustarme.

Y, no sé por qué, en aquel instante, con todo eso en la mente, decidí abrirme con mi amiga.

—Viv... —empecé—. Hay algo que... em...

—¿Por fin vas a contármelo? —Se entusiasmó enseguida.

—¿Por qué te alegras si no sabes de qué se trata?

—¡Precisamente por eso! Tiene pinta de ser interesante.

Suspiré, incapaz de corresponder a su positividad.

—No es una historia muy bonita.

—¿Y qué? No todas las historias deben serlo.

Aparté la mirada y me terminé la copa de un trago. Lo necesitaría.

—Hace poco estuve con una chica. No salimos durante mucho tiempo, tan solo fueron tres meses, pero sentía cosas muy intensas por ella. Y la chica... un día decidió que lo mejor era marcharse. Sentía que no formaba parte de nuestro grupo, así que me dejó. Además, volvió con su exnovio y admitió que siempre había estado enamorada de él. Así que… se fue. Me dejó. Fin de la historia.

Hasta ese momento tan solo había recibido palabras de consuelo, y una parte de mí sabía que Vivian me aportaría algo más que una lástima vacía e inútil.

Y no me equivoqué. En lugar de mirarme con lástima o darme una palmadita en la espalda, asintió como si lo entendiera a la perfección.

—Ya veo —murmuró.

Y eso fue todo. Enarqué una ceja, intrigado.

—¿Y ya está? ¿No dices nada más?

—¿Pretendes que le falte al respeto a la chica a quien aún quieres?

—No —admití con media sonrisa.

—Entonces, mejor que no mencione lo que pienso de esta bonita historia.

Solté una carcajada, y ella se levantó. No tuve tiempo de reaccionar, dejó la copa a un lado y me tiró de las muñecas.

—¡Vamos, Ross!

—¿Qué haces? —le pregunté, alarmado.

—¡El mejor método para olvidarte de alguien es pasártelo bien!

—¿Y por qué piensas que bailando me lo paso bien?

Hizo caso omiso a mis protestas y no tuve más remedio que levantarme. Vivian sonrió entusiasmada.

—Venga, ¡a bailar! —anunció—. ¡Y a olvidarnos de tooodo lo que no esté aquí esta noche! ¿Qué te parece?

—Me parece… liberador.

Por primera vez en muchísimo tiempo, esa noche me emborraché hasta perder el sentido.

No me acordaba de todo lo sucedido; más que lagunas, tenía agujeros negros. Recordaba haber bebido con Viv, y bailar con ella, y reír, reír mucho. También me venían a la mente algún juego sin sentido y Vivian aplaudiendo cuando me tocó besar a un desconocido. Ni siquiera tenía presente su cara o quién era.

Y entonces reparé en que me daba igual, en que me lo había pasado genial —pero genial de verdad— y no me había preocupado por nada.

¿Por qué debía sentirme culpable por disfrutar? ¿Por qué debía comportarme con decencia? ¿Acaso tenía que contenerme por la esperanza de recuperar algo que, en el fondo, ya había perdido?

Además, me gustaba salir con ella. Como su cuenta de Instagram crecía sin cesar, la gente le hacía la pelota constantemente y conseguíamos cosas gratis. A ella no le gustaba, pero yo me aprovechaba en nombre de ambos.

Esa misma semana ya no intenté contactar más con Jen. Mi última llamada fue a la mañana siguiente y, al no obtener respuesta, decidí borrar su número. Sin pensarlo; simplemente lo hice.

Se había acabado. Tardaría mucho tiempo en asumirlo, pero había dado el primer paso. Ya solo me quedaba recorrer el resto del sendero.

Así se habla, sí, señor.

Sinceramente, perdí la cuenta de mis borracheras en esos meses, así como la noción de lo bien que me lo pasaba. Me había quitado un peso de encima, ya no debía preocuparme por ser perfecto o por llenar una relación absurda. Ya no debía intentar caerle bien a nadie. Simplemente tenía que estudiar mi tema favorito, estar con mi amiga y pasármelo genial cada noche que me viniera en gana.

Se fue formando un grupo de compañeros, y con ellos viajamos por primera vez a París, que quedaba a unos veinte minutos en tren. Recorrimos las calles de piedra, entramos en una cafetería cualquiera, nos burlamos de una mujer que se había reído de nuestro desastroso acento y finalizamos el tour en la Torre Eiffel, donde todos la contemplamos en silencio.

—Me la esperaba más… —intenté decir.

—Menos… —intentó decir Viv.

No supimos cómo terminar.

—Menos… ¿metálica? —sugirió finalmente.

—Más… ¿decorada? —propuse yo.

Nos miramos, y ya no pude contener las risas. Nuestros compañeros nos dijeron que habíamos dicho una absurdidad, pero nos dio absolutamente igual. Hice las fotos pertinentes a Vivian, para Instagram; ella me obligó a fotografiarme también, para que no me marchara de ahí sin recuerdo alguno, y volvimos a la residencia.

Fuimos otras veces a París, con objeto de visitar los cines más antiguos y famosos de la ciudad, pero en tales ocasiones no hubo risas ni burlas. Mirábamos películas antiguas que olvidaríamos en cuestión de horas, tratábamos de entender a los actores franceses; a la salida, siempre nos deteníamos en alguna pastelería para regresar a la residencia con una caja con dulces que nos comeríamos viendo las peores películas que se nos ocurrieran.

Pese a mi situación al llegar a Francia, la estadía no fue desagradable; de hecho, años más tarde la recordaría con muchísimo cariño.

Mi situación personal era otro asunto. Pese a que a lo largo de esos meses compartí con Viv nuevos datos sobre mi relación, ella no me presionaba para averiguar más sobre el tema. Ni siquiera mencionaba a Jen, dejaba que yo hablara y ella sacaba sus conclusiones. Y, aunque claramente no le caía bien Jen, se esforzaba para disimularlo y no despreciarla frente a mí.

La primera vez que ella sacó el tema fue una de las tardes en que me visitó en la residencia.

Nos habían asignado la tarea de escribir un guion en duplas, y decidimos trabajar juntos, pero no se nos ocurría ninguna idea.

Yo estaba tumbado en mi cama, contemplaba el techo con un bolígrafo apoyado entre los dientes; ella daba vueltas por la habitación con la silla giratoria. Íbamos en pijama y todavía olía a las hamburguesas que nos habíamos zampado hacía unos minutos.

De pronto, Vivian clavó un pie en el suelo para detener la silla. Antes de que yo reaccionara, me lanzó una goma de borrar a la cabeza.

Seguro que se ha oído eco.

—¡Oye! —protesté.

—¡ROSS!

—¿Era necesario darme con...?

—¡Tengo una idea! ¡Es genialísima!

Rodé sobre mi cuerpo para mirarla con curiosidad.

—¿Y cuál es? ¿Copiar el guion de *Star Wars*?

—Nah, eso lo dejamos para otro día.

—¡Vivian!

—¡Escucha! ¿Qué nos dijeron en la última clase?

—No sé. Me dormí.

—Te di un codazo para que atendieras. Vamos, ¿qué nos dijeron?

Durante unos instantes traté de rememorar alguna parte que ella pudiera considerar importante.

—Que las mejores historias nacen de nuestras propias vivencias —dije al final.

—¡Exacto! ¿Sabes lo que leí una vez en Internet? Rómpele el corazón a un músico y te convertirá en su mejor canción.

—No somos músicos, Viv.

—Eso ya lo sé. Si fueras un guitarrista tatuado, probablemente me gustarías más.

—Oye, ¡que ya te gusto de sobra!

—Pero como hermano, que no es lo mismo. Además, ¡no estábamos hablando de eso! No eres músico, vale, pero ¡eres director! Esa chica de la que me hablaste, Jennifer, te rompió el corazón. ¿Se te ocurre alguna vivencia mejor?

No supe qué pensar. La contemplé unos segundos, pasmado, y ella aplaudió con entusiasmo.

—Marca este día en el calendario, Jack Ross, ¡porque hoy vamos a escribir el guion que nos hará famosos!

—No me extraña que te hicieras actriz, vaya nivel de dramatismo…

—¡QUE ESCRIBAS!

No sé cuántas horas pasamos encerrados en mi habitación, hablando, creando, ideando y escribiendo. Cada vez que le contaba una parte dolorosa de mi historia con Jen, Vivian la escribía rápidamente y la moldeaba para mejorarla. Yo también la escribía, hicimos dos trabajos distintos. Y al terminar los comparamos para ver cuál resultaba mejor.

—No me gusta —dije, estudiando el suyo.

Ella abrió la boca con indignación.

—No seas asqueroso.

—No lo digo porque sea malo —le aclaré—. Es que Jen no queda bien reflejada. Aquí, cualquiera diría que la víctima es ella.

—Hay que profundizar en el personaje, Ross.

—Pero no hay que desviarlo de lo que es. Y esa chica es una mentira. Que quede bien claro.

Vivian se encogió de hombros.

—Como diga, Tarantinito.

No sé en qué momento decidí verter todo mi rencor en ese guion, pero lo hice sin considerar siquiera hasta qué punto estaba bien o mal. Cada palabra, cada frase, cada diálogo… todas esas páginas destilaban rencor. Rencor por haberme roto el corazón de ese modo, por haberme dejado, por haber jugado conmigo… y también por mí mismo, por haberme dejado engañar de esa manera.

El profesor, sin embargo, no lo vio así; en cuanto terminamos la presentación del proyecto, nos sonrió y asintió con la cabeza.

—Muy buen trabajo —admitió.

—¿En serio? —Vivian casi daba saltos de emoción.

—Totalmente en serio. Solo falta una cosa.

Viv y yo intercambiamos una mirada.

—¿Qué? —preguntó ella.

—Un título. —El profesor nos miró por encima de las gafas—. ¿No tenéis ninguno pensado?

Vivian se quedó en blanco, lo leí en su expresión. No obstante, el título ya estaba elegido mucho antes de terminar el guion.

—*Tres meses* —respondí.

El profesor sopesó ambas palabras unos instantes, le habían gustado.

—*Tres meses*, sí. Me gusta. ¿Os importaría que me quedara el guion hasta mañana? Me gustaría enseñárselo al director.

Nosotros desconocíamos que el director no solo se lo había leído, sino que el guion encajaba a la perfección en lo que buscaba uno de sus amigos: un productor que llevaba meses pidiéndole algún guion romántico que rehuyera del esquema habitual. Supongo que el rencor que destilaba el mío lo hizo destacar por encima de los demás. Así pues, el profesor nos llamó para informarnos de que estaban considerándolo para una posible adquisición.

Fueron las semanas más eternas de mi vida. Viv y yo vivíamos pegados a nuestros móviles, pendientes de la llamada que nos notificara la posibilidad de adaptar el guion. Ella tenía la seguridad de que nos llamarían; yo, la inseguridad de que probablemente no lo harían.

Y, por fin, el director nos convocó en su despacho. Su amigo, el productor, estaba con él.

Nos preguntaron sobre el proceso creativo, quisieron ver nuestras notas, otros proyectos nuestros…, incluso consultaron el Instagram de Vivian, donde había algunos vídeos que yo mismo le había editado. Pese a que intentaban ocultar sus impresiones, me dio la impresión de que les gustaba lo que veían.

—Bueno —concluyó el director cuando lo tuvieron todo. Se dirigió a su amigo—: ¿Qué te parece?

El productor se daba toquecitos en el mentón con un dedo mientras cavilaba sin despegar la mirada de mí.

Míralo fijamente, como a los osos, para que no te ataquen.

—¿Estarías dispuesto a ponerte al mando? —preguntó entonces.

Parpadeé varias veces, no estaba muy seguro de si me lo preguntaba a mí.

—¿Al... mando?

—Como director —me aclaró, sin darle mucha importancia—. Mira, intento priorizar que los autores dirijan sus propios guiones, pero no te voy a engañar: tendrás muy poco presupuesto. Así es como trabajamos con todos los demás. Si lo haces bien y puedo recuperar mi dinero, hablaremos de producciones más grandes.

Entendía a la perfección todas sus palabras, pero fui incapaz de responder. Hasta que Vivian me pellizcó la pierna por debajo de la mesa.

—¡Sí! —solté con la voz aguda, tras un respingo—. Sí, sí..., ¡estoy dispuesto!

El productor asintió. El director sonreía con un halo de orgullo.

—Bien —dijo el primero—. Entonces voy a proponérselo a mi equipo. Cuando tenga una respuesta, te la haré saber.

La respuesta llegó por teléfono dos semanas más tarde. Y lo cambió todo.

Iba a dirigir mi propia película.

No sé quién lo recibió con más entusiasmo, si Viv o yo. En cuanto se lo conté, su chillido hizo saltar a medio campus; acto seguido, se me lanzó encima para abrazarme con todas sus fuerzas.

—¡Lo has conseguido, Ross! —exclamó, separándose para mirarme. Me sacudía de los hombros para que reaccionara y saltara junto a ella—. ¡Lo sabía! ¡Lo lograste!

—Sin ti no lo habría hecho.

—¡No digas tonterías!

—No, Viv. —La detuve para que me mirara, dejó de sonreír, sorprendida—. Esta película no es solo mía, es de los dos. Sin ti no existiría. Y no se me ocurre nadie mejor como actriz principal.

Pensé que volvería a dar saltos de alegría, pero no. Continuó mirándome con perplejidad durante tanto tiempo que creí que había sido un error o que quizá me había precipitado.

Finalmente logró articular una sola palabra:

—¿Yo?

Lo preguntó con tanta incredulidad que casi me eché a reír.

—Tú —le aseguré—. Has colaborado en el guion y eres la mejor actriz que conozco. Y una de mis mejores amigas. No se me ocurre nadie mejor para acompañarme.

—P-pero… yo no tengo experiencia…

—Y yo tampoco. ¿Ves cómo formamos un equipo excelente? —Hice una pausa, sonriendo—. Con un poco de suerte, incluso podrás comprar a tus padres esa casa de la que tanto hablas.

Se le llenaron los ojos de lágrimas al instante. La atraje hacia mí con una sonrisa, y me abrazó hasta que casi me cortó la respiración.

14

Matar a un director

Si mi primer día de rodaje ya estaba nervioso, cuando descubrí que era la persona más joven de la sala me sentí todavía peor. Todo el mundo tenía, por lo menos, una década de experiencia más que yo… ¿Cómo iban a tomarme en serio?

Fui muy torpe; además, me equivoqué en varias ocasiones. De regreso a la residencia, me entró el bajón y me pregunté si había elegido bien la carrera. No dejaba de pensar que los demás no me considerarían suficientemente bueno, que estaban perdiendo el tiempo y que deberían trabajar con alguien de su rango. Las inseguridades me carcomieron toda la noche, y al presentarme en el plató al día siguiente, lo hice aún peor.

Pero esa mala racha duró, exactamente, una semana.

Mi idea había sido hacerme respetar, pero pronto me di cuenta de que no se trataba de eso, sino de mantener un respeto mutuo y profesional entre compañeros. Todo el mundo, desde su rango y experiencia, aportaba su granito de arena a la película, y a pesar de los roces que surgían, siempre priorizábamos la película ante nuestras opiniones.

Rodábamos principalmente en Francia, y nos topamos con el primer problema: encontrar a los actores. El reparto secundario fue una tarea relativamente fácil, pero el protagonista —el chico que actuaría junto a Vivian— nos supuso un verdadero reto.

La presencia de Vivian al actuar atraía toda la atención de la cámara, y eso nos dificultaba la tarea de encontrar a alguien a quien no opacara por completo. Se trataba de que los dos destacaran, la audiencia debía sentirse atraída por ambos, no olvidar al chico a los cinco minutos.

Llevábamos casi un mes de audiciones cuando se presentó un actor que acababa de graduarse, se llamaba Briant. A pesar de su acento francés —poco acorde con el personaje—, nos llamó la atención enseguida. Vivian y él tenían una química brutal, y era capaz de sobreponerse a su presencia: habíamos encontrado a nuestro actor principal.

Lo que desconocía era que también habíamos encontrado al novio de Vivian, porque lo de la química no era solo en escena, y empezaron a salir a mitad del rodaje.

Al principio, a él no le gustaba mucho nuestra amistad. Seguramente pensaba que había algo entre nosotros o que lo hubo en el pasado. Sin embargo, desde que descubrió que no era así, se apuntaba a todos nuestros planes. Todo lo que habíamos hecho entre dos ahora se hacía entre tres. Al principio pensé que lo detestaría, pero pronto me acostumbré a ello y, de hecho, acabé por disfrutarlo.

Nada como ser el sujetavelas para alegrarle el día a uno.

Por otro lado, el productor me dio libertad creativa en casi todo el rodaje y, aunque llevamos a cabo algunas modificaciones de última hora, logramos que el producto fuera casi igual que el guion original. Los diálogos, los actores, la caracterización, los escenarios, el enfoque, la iluminación… De pronto, todo me parecía perfecto. Quedó tal como me lo había imaginado al escribir el guion.

Sin embargo, una parte de mí era incapaz de sentirse bien del todo.

Era una película, sí, pero representaba una parte de mi vida. Una parte sumamente dolorosa que aún no había olvidado por completo.

Ver mi historia contada por unos actores, con una Jen mucho más manipuladora y mala…, me llevaba a cuestionarme muchas cosas. Por un lado, si había sido justo con su caracterización. Por el otro, si ella había sido realmente así y yo me había cegado durante meses.

Justo en ese momento en el plató se desarrollaba la parte de la fiesta de Halloween. Vivian iba disfrazada de angelito, y se parecía tanto al que Jen había llevado en su momento que yo lo observaba con un nudo en la garganta. Briant llevaba un mono parecido al que yo había usado; entre escena y escena, se sacó el cuchillo de plástico del bolsillo y simuló que atacaba a Vivian. Ella empezó a reírse y fingieron que se perseguían por el plató. Yo suspiré y le hice la señal al chico de la claqueta.

—Chicos, vamos a repetir la escena —los llamé.

Todavía sonriendo, ambos se detuvieron junto al balcón falso del decorado. Briant se metió por fin en el personaje y Vivian, por consiguiente, hizo lo mismo. Ella se apoyó con las manos en la barandilla de piedra falsa y su expresión entristeció. Briant se apoyó sobre una mano, sin dejar de mirarla con preocupación.

Tras asegurarme de que las cámaras y el sonido estaban listos, asentí con la cabeza.

—¡Acción!

Observé inmediatamente la pantalla de grabación. Vivian tenía la mirada clavada en sus manos, y Briant le colocó una mano en el hombro.

—¿Estás bien? —insistió.

—Sí.

Él torció el gesto, sabiendo perfectamente que no era cierto, y se le acercó por detrás. Vivian no se movió al notar que la rodeaba con los brazos. De hecho, se pegó más a él para facilitarle el abrazo.

—¿Quieres que volvamos a casa? —le preguntó Briant con la boca pegada a su pelo.

—No. Estoy bien.

—Vamos, claramente no lo estás…

—Pero no quiero arruinarte la fiesta.

—No lo haces. Te lo he ofrecido yo, ¿no?

Vivian sonrió, giró sobre sí misma y también lo rodeó con los brazos. Miré la pantalla de la cámara, fija en su expresión. Aún parecía apenada, pero ahora que Briant no veía su expresión, esta se había relajado un poco; la tristeza se había transformado en algo mucho menos expresivo.

—¿Mejor? —preguntó Briant.

—Mucho mejor, sí —replicó ella en un tono apenado que iba en desacorde con su expresión de indiferencia.

Mantuve la imagen unos segundos, y finalmente pedí el corte. Vivian y Briant salieron de sus personajes y se pusieron a bromear mientras yo repasaba la escena.

Era perfecta.

No estaba seguro de si era Jen, pero… a esas alturas prefería no saberlo.

Los momentos en los que menos pensaba en ella coincidían con los finales de rodaje. Lo cerrábamos todo y casi cada noche salíamos todos juntos a cenar en algún restaurante. Al terminar, Briant, Viv y yo nos metíamos en un bar cualquiera para emborracharnos tanto como nos apetecía.

Había echado de menos pasármelo bien sin ninguna responsabilidad de la que preocuparme.

Bueno, está la pequeña responsabilidad de dirigir una peliculita.

Eso sí, dormía solo. Siempre dormía solo. Podía besarme con otra gente, a veces en serio, a veces en un juego, pero era incapaz de meter a nadie en mi cama.

¿Detestaba a mi exnovia? Quizá. Pero la rabia que sentía ahora no anulaba el amor que había sentido durante meses, por eso no quería ni pensar en enrollarme con alguien; no lo haría porque me gustara, sino para sustituir a Jen. Nadie se merecía convertirse en la sustitución de otra persona.

Quizá habría sobrellevado mejor el asunto si el productor no nos hubiera sorprendido en el último momento con la maravillosa idea de rodar la escena final —la de la residencia— en su escenario real.

Es decir, tocaba volver a casa.

La idea de ver la residencia, la ciudad e incluso el piso… me incomodaba. En cierto modo, ya no eran los mismos escenarios que pisaba antes de marcharme. Yo había cambiado, igual que mi entorno. Ya nunca lo vería de la misma manera.

Aun así, acepté. ¿Qué remedio me quedaba, al tratarse de una orden directa?

La dura vida del director novato.

Llegué a la ciudad por la noche y, en vez de visitar a mis amigos o a mi familia, pedí una habitación en el mismo hotel que los demás.

A la mañana siguiente, tampoco fui a verlos. Había dejado bien claro a todo el equipo de producción que quería terminar la escena de la ruptura cuanto antes, así que nos pusimos manos a la obra. Montamos el set y, mientras Chrissy se aseguraba de que nadie dañara su preciado edificio, los demás logramos tenerlo todo listo en un tiempo récord.

Vivian estuvo perfecta. Tanto, que bastó una toma por escena; y si de alguna hicimos más, fue para tener elección.

Y eso que la pobre no solo estaba pendiente de su papel, sino también de mí. Pasaron los días y empezó a cuestionar que yo no visitara a mis amigos. Quizá tuviera razón, pero no quería escucharla, así que cada vez desvié rápidamente el rumbo de la conversación.

Terminamos el rodaje esa misma semana. A pesar de que la tradición consistía en salir a celebrarlo, todos estábamos demasiado agotados; el equipo fue retirándose al hotel, mientras que yo me dirigí a los camerinos antes de marcharme.

Iba a entrar en el de Vivian, pero me detuve al oír los gritos al otro lado de la puerta. Viv y su novio, Briant, estaban peleándose otra vez. Sus riñas se habían iniciado hacía unas semanas, momento en que empezaron a estar en desacuerdo sobre algunos aspectos de las escenas, y que coincidía con el millón de seguidores que Viv había alcanzado en Instagram. A pesar de que también tenían buenos momentos —como todas las parejas—, desde entonces, su relación se basaba, sobre todo, en las discusiones.

Alguna vez le había dicho a Vivian que aquello no era sano, que debería dejarlo, pero me respondía que no se trataba de lo que debía hacer, sino de que no quería hacerlo.

Briant abrió la puerta en mitad de la discusión. Viv le lanzó algo a la cabeza, y él la insultó en francés. Después, me miró a los ojos, dijo algo más en su idioma y se marchó hecho una furia.

Viv estaba sentada en su sillita frente al espejo. Se había atado el pelo y llevaba un albornoz rosa. En esos momentos, se pasaba una toallita húmeda por las mejillas para continuar desmaquillándose. No levantó la cabeza hasta que estuve justo a su lado.

Supongo que, por mi expresión, ya supo por dónde irían los tiros.

—¿Vienes a decirme que lo deje? —masculló.

—¿Para qué? No me harías caso.

Ella no respondió, pero apartó una silla para que tomara asiento a su lado. Tras acomodarme, vi que ya no lloraba pero que seguía con el maquillaje corrido por la cara. Se lo quitó con calma.

—Sabes que podría decirle que no viniera más al plató, ¿no? —murmuré.

Viv sonrió sin mucho humor.

—Es tu protagonista.

—Ya ha grabado todas sus escenas.

—Ross, no te metas en líos por esta tontería, ¿vale?

—A mí no me parece una tontería.

Vivian suspiró, dejó el desmaquillante y me miró.

—Es mi novio.

—Y tú eres mi amiga. Tengo derecho a preocuparme.

—Sí, pero no a decirme lo que debo hacer. Hay cosas tuyas con las que no estoy de acuerdo, y no por ello te obligo a cambiarlas.

—¿Cuáles? —quise saber, indignado.

—Que no vayas a ver a tus amigos, por ejemplo. ¿Cuánto hace que estamos en tu ciudad?, ¿no deberías visitarlos?

—Es mi vida, Vivian.

—Y tú eres mi amigo. Tengo derecho a preocuparme.

Sonreí y sacudí la cabeza.

—Iré a verlos —dije al final—. Esta noche, quizá.

—Si tú vas a verlos, yo hablaré con Briant.

—Trato hecho.

Sinceramente, no me apetecía en absoluto, y lo único que me impulsaba a hacerlo era que le había dado mi palabra de que sería de este manera.

Sin embargo, tenía razón... Algún día tendría que visitarlos, ¿por qué no esa noche?

Llegué al edificio pasada la hora de cenar y entré en el ascensor respirando hondo. Pese a que conocía ese trayecto de memoria, me resultó muy extraño recorrerlo de nuevo.

La tensión que sentía aumentó cuando me planté frente a la puerta. Por algún motivo, pensé en llamar al timbre. Qué tontería, ¡seguía siendo mi casa!

Finalmente opté por el camino rápido y metí la llave en la cerradura.

No sé qué me esperaba, pero me sorprendió encontrar a Will, Naya y Sue en el salón, mirando la televisión. Era una escena tan normal, tan típica hacía unos meses, que me pilló totalmente desprevenido.

En cuanto me detuve en la entrada, Naya se volvió y esbozó una gran sonrisa. La mía era más bien incómoda.

—¡Ross! —exclamó con alegría—. ¡Por fin te vemos!

—Sí... Hola.

—¿Hola? —repitió sin poder creérselo—. ¡Tienes que contarnos tooodo lo que has hecho estos meses!

—Es su manera de darte la bienvenida —comentó Will con una sonrisa.

—Es más fácil decirlo directamente —añadió Sue—, pero a ella le gusta complicarse la vida.

Asentí con algo de rigidez. ¿Por qué me sentía tan forzado al hablar con ellos, como si no fuera natural? Si lo había hecho a diario durante años…, ¿tanto había cambiado la situación?

Me metí las manos en los bolsillos, solo para hacer alguna cosa.

—¿Qué tal todo? —les pregunté.

—Tranquilo —dijo Will.

—Aburrido —dijo Sue.

—¿Por qué no te sientas de una vez? —protestó Naya, golpeando el sofá libre—. ¡Venga, que tenemos muchas ganas de hablar contigo!

Lo hice un poco a regañadientes. Ellos apartaron sus chaquetas y me hicieron un hueco para que me acomodara. Incluso silenciaron el televisor; seguro que, si se lo pedía, me cederían toda la pizza que quisiera.

Aun así, me sentía fuera de lugar.

Sue alcanzó otro trozo de pizza, Naya esperaba con impaciencia que les contara cualquier anécdota y Will me contemplaba con curiosidad, como si intentara adivinar mis pensamientos.

Y lo que pensaba era que, de pronto, me estaba ahogando. No quería estar ahí dentro, no quería estar con ellos, quería volver a la habitación del hotel y quedarme un rato a solas, tranquilo y alejado del mundo.

—En realidad, tengo que irme —murmuré—. Solo he pasado a saludar.

—¿Ya te vas? —me preguntó Will.

Obviamente, no se lo había tragado, pero no di lugar a insistencias. En todo el rato que llevaba ahí dentro, ni siquiera había soltado las llaves, así que me incorporé, sonreí y señalé la puerta.

—Sí, es que tenemos que seguir trabajando. En cuanto tenga un rato libre, volveré a pasarme.

Naya se incorporó esbozando un mohín.

—¡Te había hecho una tarta!

—No sé yo si a eso puede llamársele tarta… —opinó Sue.

—¡Huele muy bien!

—¿La has hecho para mí? —pregunté, confuso.

—¡Pues claro que sí! ¿O no vas a celebrar tu cumpleaños?

Mierda, mi cumpleaños. ¿Ya?, ¿tan pronto? Me pasé una mano por el pelo y reí con nerviosismo.

—Los directores no tenemos tiempo para cumpleaños —bromeé.

—¡Prométeme que lo celebraremos otro día! —insistió ella, un poco triste—. Te aseguro que esa tarta no estará chamuscada.

—Que sí, Naya…

—¿El sábado?

—Sí, claro.

Una vez fuera de casa, se me olvidó qué día habíamos quedado. De pronto me había puesto nervioso y no entendía qué hacía en ese sitio.

Volví al hotel con esa desagradable sensación encima y, aunque mi primera intención fue dirigirme a mi habitación, acabé subiendo un piso más hasta la de Vivian. Antes de llamar, me aseguré de que no se oyeran voces al otro lado. Parecía que estaba sola, y me lo confirmó al abrir la puerta. Tenía aspecto de cansancio y ya llevaba el pijama puesto. Imaginé que yo debía de hacer la misma cara, porque suspiró.

—¿Lo tuyo ha ido tan mal como lo mío? —me preguntó.

—No lo sé, ¿lo tuyo te ha dado ganas de vomitar?

Vivian sonrió sin ganas y me invitó a pasar. Entré en su habitación. Era igual que la mía, con la diferencia de que en esa había ropa y objetos varios de Briant tirados por todos lados. Las cosas de ella, en cambio, estaban arrinconadas en un armario.

Bonita metáfora de su dinámica de pareja.

—Ponte cómodo —murmuró tras cerrar la puerta—. Si tienes hambre, la mininevera está llena.

—Tengo más ganas de morirme que de comer, la verdad.

—Vaya, de buen humor, justo como te necesito ahora mismo.

Le dediqué una mirada de cansancio y me tiré sobre su cama sin mucho cuidado. Tras unos segundos de contemplar el techo blanco con la lámpara sueca que colgaba, Vivian se asomó. Tenía dos botellas de agua en la mano.

—¿Quieres una?

—¿Agua? —protesté.

—Es para hacerle un favor a tu pobre hígado. Hay que controlar un poco el alcohol.

—Pf…, déjalo.

Ella suspiró y fue a dejar una de las botellas. Mientras se paseaba por la habitación, aparté de un manotazo un montón de ropa de Briant. No entendía cómo podían vivir de esa manera.

Al apartar la chaqueta en la que había apoyado la cabeza, me di cuenta de que sobresalía algo de un bolsillo. Una bolsita de plástico. La pesqué con curiosidad y me quedé mirando el contenido, un polvito blanco que no había visto en unos cuantos años.

—Será mejor que sueltes eso —me recomendó Viv al instante—. Si algo le molesta es que toquen sus cosas.

—Uy, qué miedo.

—Ross… —Ahora, su tono era de preocupación.

—Es mi cumpleaños, así que no puedes regañarme.

No sé por qué se lo dije. Los pasos de Vivian se detuvieron y, tras unos instantes de silencio, los reanudó para acercárseme a toda velocidad. Se subió a la cama a mi lado, ofendidísima.

—¡¿Y me lo dices ahora?!

—¿Cuándo querías que te lo dijera?

—¡Antes! ¡Podríamos haber montado una fiesta!

—No me apetece ninguna fiesta.

Me contempló unos instantes, aún indignada, y finalmente se dejó caer sobre el costado. Tumbada a mi lado, hizo una mueca de resignación.

—¿No te gusta celebrar tus cumpleaños? —me preguntó.

Yo, que le daba vueltas a la bolsita sobre mi abdomen, me encogí de hombros.

—Nunca me ha gustado, pero este año menos.

—Ross… Entiendo que todo el mundo necesita su tiempo para sanar, pero…

—No estoy hablando de Jen —protesté—. O no es solo por ella, al menos. ¿No tienes la sensación de que todo es muy distinto?, ¿de que, desde que escribimos el guion, ha pasado mucho tiempo?

—Un poco —admitió en voz baja—. ¿Qué ha pasado, Ross? ¿A qué viene esto?

—A que he ido a mi piso, con mis amigos… y no entiendo por qué, pero no me he sentido bien. He sido incapaz de pasar más de dos minutos con ellos, era insoportable, ¿sabes? No lo he aguantado. Ellos son los mismos, y hacen las mismas cosas, pero yo…

—Tú has cambiado. —Completó la frase por mí.

Asentí sin mirarla; Vivian suspiró y me apretó ligeramente el brazo.

—Quizá es porque acabas de llegar —sugirió—. Deja que pasen unos días, vuelve a intentarlo y…

—No, no es solo por eso. Es desde… desde que Jen se fue. Antes de ir a Francia ya me sentía distinto con ellos.

—¿Y te gustaría que volviera?

Tuve que reflexionar unos instantes, pero no conseguí una respuesta muy satisfactoria.

—Creo que no quiero volver a verla.

Vivian suspiró.

—¿No será que te duele que no te haya llamado para felicitarte?

—Claro que no —repliqué, muy ofendido.

—Ross…

—No puedo esperar eternamente algo que sé que nunca sucederá, Viv.

—Pero…

—No quiero nada de ella, ¿vale? Nada —la corté, esta vez mucho más seco—. No quiero volver a hablar del asunto.

Ella levantó las manos en señal de rendición, sorprendida.

—Vale, vale…, como quieras. ¿De qué quieres hablar, entonces?

—De cómo te ha ido a ti con Briant, por ejemplo.

Por la cara que puso, ya deduje la respuesta. Suspiré y le pasé un brazo por encima de los hombros. Ella contempló el techo con una mueca de hastío.

—Debería dejarlo —admitió.

—Es lo que llevo aconsejándote yo desde que empezasteis.

—Ya, Ross, pero no resulta tan fácil. Me gusta estar con él, ¿sabes? Si le quitas los malos momentos…

—Pero es que no le puedes quitar los malos momentos, porque forman parte de la relación, ¿lo entiendes? La relación consiste tanto en lo bueno como en lo malo, Viv. La cosa es: ¿lo bueno compensa lo malo?

—Vaya, ¿ahora eres terapeuta?

—Cuando me aburro, sí.

—No resulta tan fácil —repitió, esta vez en serio—. Y, al principio, no era así.

—¿Y qué le pasa ahora, si puede saberse?

—Que está celoso.

Ciertamente, desde que habíamos anunciado la película era Vivian quien más había ganado en popularidad. La gente se volcó totalmente a apoyarla, seguirla en las redes y crearse cuentas de apoyo a su carrera. La expectación por la película se debía a que la gente no podía esperar para ver a Vivian actuando. Justo acabábamos de rodarla y ya era conocida en todos lados. Y no solo por Vivian, sino también debido al rumor de que estaba con Briant y, sobre todo, de que la trama se basaba en una historia real.

Y junto a ese último rumor, había crecido también mi popularidad. Joey, la mánager que nos buscó la productora en cuanto se dieron cuenta de mi notoriedad, me obligó a abrirme un perfil en todas las redes sociales para que la gente me sintiera más cercano. Y ahí estaban las cuentas, a pesar de que las manejaba otra persona. Lo prefería así, porque si tenía que hacerlo yo... muy bien no irían.

Aunque Briant también había recibido mucho apoyo, no era ni la mitad que el de Vivian. Incluso mis cifras eran más altas que las de él, y, claramente, eso no le hacía mucha gracia. Podía entender su frustración, pero Viv no tenía la culpa, no había motivo alguno para pagarlo con ella.

—Menudo acomplejado —murmuré.

—Todos tenemos complejos.

—No todos los pagamos con los demás.

Ella puso los ojos en blanco y, dando por zanjada la conversación, se estiró para quitarme la bolsita de cocaína de la mano. Por instinto, la cogí y la alejé tanto de ella como me fue posible.

—Vamos, devuélvemelo —protestó.

—¿Por qué?

—¡Ross, no juegues con eso!

—¿Y quién te dice que estoy jugando? —Esbocé media sonrisa—. Es mi regalo de cumpleaños.

—No puedes quedarte algo que ni siquiera es mío.

—¿Y? Que se joda el acomplejado.

Con eso estuvo más de acuerdo, y me encontré a mí mismo abriendo la bolsita para olerla. Como si no entendiera qué hacía, Vivian me miró con confusión, sobre todo cuando puse uno de sus guiones entre nosotros, sobre la cama, y esparcí la mitad del contenido de la bolsita encima.

—¿Tienes una tarjeta? —le pregunté.

—¿Para qué?

—¿La tienes o no?

Vivian continuaba mirándome con confusión cuando me prestó la tarjeta de la habitación. No obstante, en cuanto vio que empezaba a formar unas cuantas líneas, se incorporó de golpe.

—¡Ross! ¡No puedes…!

—¡Cálmate! —protesté—. No pasa nada, tampoco es la primera vez que lo hago.

No había mentido, ¿no?

Tampoco has dicho toda la verdad.

Ni siquiera yo mismo entendía por qué seguía adelante. Aquello nunca me había aportado nada positivo. La primera vez estuve a punto de perder la vida. Y con lo que me había costado dejarlo… ¿por qué volvía a caer yo solo? ¿Por qué lo preparaba?

Lo peor no era la falta de una respuesta muy clara, sino que me daba absolutamente igual. No iba a detenerme, lo supe tan pronto como abrí la dichosa bolsita. Quería parar o, más bien, sabía que debía hacerlo…, pero no me detendría.

Viv me miraba angustiada, sin saber qué hacer.

—Esto no está bien —insistió—. Es peligroso.

—Vamos, Viv, ¿no querías celebrar mi cumpleaños?

—¡Podemos hacer cualquier otra cosa! ¿Y si ponemos una película o hacemos algo divertido? —Como no le respondía, trató de tirarme del brazo—. Vamos, deja eso, por favor.

—Podemos ver películas cualquier otro día —protesté, liberando mi brazo—. Y esto ya es divertido, ¿qué más quieres?

—¡Ross…!

No terminó la frase, porque me tapé una fosa nasal y con la otra aspiré una de las rayas de cocaína.

Un latigazo de dolor me cruzó la cabeza, y me aparté del guion con una mueca de desagrado. Me froté la nariz y sorbí con fuerza, durante unos segundos me sentí incómodo… y entonces llegó. Llegó lo que había buscado con tanta ansia. De pronto, todo lo malo empezó a desvanecerse, se ocultaba en una parte de mi cerebro que solo aquello conseguía bloquear por completo.

No fui consciente de lo mucho que lo había echado de menos hasta ese momento. Suspiré, aliviado, y me froté la nariz con fuerza. Cuando abrí los ojos, empujé el guion hacia Viv, que negó repetidamente:

—No, no…, yo no…

—A ver, mírame. ¿Te parece que me haya sentado mal?

Esperemos unos meses y volveremos a hacernos esa pregunta...

Ella siguió dudando, pero al final suspiró y se acercó al guion. Cuando intentó esnifar una raya y la sopló sin querer, me reí a carcajadas. Ella enrojeció y dijo que no lo haría, pero en cuanto se lo preparé de nuevo, lo hizo bien. Se quedó sentada y frotándose la nariz con fuerza, como si notara algo extraño en ella.

Al cabo de una hora y tras dos cervezas y más de una decena de canciones, ninguno de los dos se acordaba de sus problemas.

A Vivian le afectó de un modo algo curioso. Todo le hacía gracia, se puso a bailar con cualquier canción que sonara en los altavoces de la habitación, aseguraba que no tenía problema alguno... Y yo, en cambio, simplemente me reía de ella. De ella, y del de la habitación de al lado, que golpeó la pared varias veces. No me importó en absoluto, estaba pasándomelo en grande.

De hecho, me lo estaba pasando tan bien que, por un momento, me olvidé de mi relación con Vivian. Me olvidé de que solo éramos amigos y empecé a mirarla con otros ojos. Incluso con el pijama ancho, ese tan viejo, tenía un muy buen cuerpo; y no podía dejar de mirarlo, mi mirada no dejaba de seguirla. Si ella hubiera estado menos colocada, quizá se habría dado cuenta. Si no lo hubiera estado yo, quizá no me habría atraído tanto.

Pero no percibió mis intenciones. Llegó un momento en que no pude aguantar más y, de pronto, cuando pasaba por mi lado, la cogí de la muñeca. Se detuvo y me miró divertida, como si no entendiera qué quería. Entonces tiré de ella hasta sentármela encima. Sorprendida, Vivian abrió mucho los ojos y aproveché ese instante para colocarle una mano en la nuca y atraerla hacia mí.

Pensé que besarla sería raro, pero sucedió todo lo contrario. De algún modo, sentí que nos uníamos enseguida y que ambos nos desahogábamos a la vez de cosas totalmente distintas. Tras unos segundos de duda, me rodeó el cuello con los brazos. Cuando se separó un poco, pillé la indirecta y le quité la parte de arriba del pijama. Después me apoyé en la cama para darnos la vuelta y dejar a Viv bajo mi cuerpo. Se bajó los pantalones y las bragas y, mientras buscaba desesperadamente un condón en su bolso, yo la besé por todas las partes que quedaban descubiertas. Cuando por fin lo encontró, prácticamente se lo arranqué de la mano para ponérmelo a toda prisa.

No sabría decir si me gustó o no, pero al terminar me sentía mejor de lo que había estado en muchísimo tiempo. Me tumbé en su cama, contemplé el techo y volví a frotarme la nariz con satisfacción. Ella se sentó a mi lado y me miró con una expresión un poco extraña.

—¿Qué? —pregunté.

—Esto no va a cambiar la relación que tenemos, ¿verdad? Porque yo sigo queriendo ser tu amiga.

Tras observarla unos segundos, sonreí. Estaba despeinada, desnuda y sonrojada. La atraje por un brazo y la acerqué a mi lado. Ella ya no se acomodó con tanto cariño como antes, pero ahí se quedó.

—Podemos hacer lo que tú quieras —dije finalmente.

—Vale, pues esto no se repetirá.

—¿Lo de la cocaína o lo de foll...?

—¡Ninguna de las dos cosas! —me interrumpió—. Y, ahora, vete de mi habitación. Necesito descansar. ¡Que no te vea nadie, por favor!

Solté una risita irónica y fui a ducharme sin pedirle permiso. No protestó.

Cuando salí, llevaba el pijama puesto y estaba bien tapada: ya no me permitía ver nada más. Sonreí, recogí mis cosas, me metí con disimulo la bolsita en el bolsillo y volví a mi habitación.

15

La afición indiscreta

Tal como pasaba siempre tras una noche divertida, la mañana siguiente no lo fue tanto.

Acudí al set con gafas de sol, y no me sorprendió que Vivian también las llevara. En cambio, sí que me pilló desprevenido que pasara totalmente de mí. Se pegó a Briant como una lapa y se mantuvo tan alejada de mí como le fue posible. Grabábamos escenas de promoción y, pese a que en la mayoría aparecían por separado, en cuanto terminaban volvía a buscarlo para engancharsele. Claramente, se sentía culpable. Y Briant, pese a desconocer el motivo, lo aceptaba gustosamente.

Yo, por mi parte, los contemplé sin verlos de verdad. En mi cabeza ya solo cabía una cosa. Una sola: la bolsa que había dejado a medias en mi habitación.

¿Y si repetía esa noche? No tenía por qué enterarse nadie. Además, me ayudaría a concentrarme. No había nada de malo en ello, ¿verdad?

La bolsita apenas me duró un día más. Para el siguiente, tuve que ir a por uno de los cámaras, que me consiguió más a cambio de un dinerillo extra. También se lo pedí a uno de sonido. Y así sucesivamente. Pronto empezó a correrse la voz, y llegó un punto en el que ya no se sorprendían por la petición.

Y de ese modo pasaron los días… y fui vaciando muchas más bolsitas. Tantas que, sin darme cuenta, mi necesidad crecía día a día sin cesar. Y su ausencia, de pronto, se notaba.

Si alguien le preguntara a mi yo de aquel entonces, diría que sabía disimular, que nadie se había enterado de nada…, pero, vaya si lo sabían. Cuanto más tiempo pasaba sin consumir, peor me ponía y, sobre todo, peor trataba a los demás. Mi ansiedad crecía y, con ella, también los insultos y maldiciones que soltaba.

Mis mañanas eran horribles. Despertaba de mal humor y, por mucho que consumiera, no lograba que desapareciera. Por si eso no fuera suficiente, también me concentraba en exceso; me obsesionaba con el guion y, a diferencia de las escenas grabadas hasta entonces, no soportaba que los actores improvisaran. Tampoco soportaba ver un ínfimo fallo en las imágenes finales, me frustraba tanto que, sin darme cuenta, gritaba y maldecía a todo el mundo. Cada vez eran menos los que querían trabajar en mis turnos, y en cuanto empezaba a frustrarme, se apresuraban a marcharse para no vérselas conmigo. Aun así, siempre pillaba a alguno y le echaba la bronca del siglo. Y ellos lo aguantaban, claro. Alguno estuvo a punto de llorar, pero nunca decían nada. En el fondo, sabían que se lo merecían.

O quizá no les queda más remedio que aguantarlo porque eres su jefe, ¿no?

Joey, mi agente, intentó hablar conmigo en varias ocasiones. Pero en cuanto oía de qué iba el tema, me bloqueaba y la echaba del camerino. Supuse que Vivian había hablado con ella, porque no dejaban de mirarme como si supieran exactamente lo que ocurría. La mirada de Briant también era persistente, pero se debía a sus sospechas; fuera como fuese, nunca me comentó nada sobre el robo de la bolsita. Tal como yo había dicho, era un acomplejado de mierda.

Pese a que estábamos a punto de terminar con las escenas de promoción, la producción de la película todavía avanzaba. Era la parte que menos me gustaba, y nunca me molesté en disimularlo. La gente importante, la que realmente tenía un peso en la producción, había vuelto a Francia. Ahí solo quedábamos yo, los actores y los inútiles de turno. En mi cabeza, todos los presentes en esa sala eran personas que me obligaban a levantarme más temprano de lo habitual, a trabajar en algo que odiaba y, sobre todo, que no dejaban de equivocarse. Si una escena no se reflejaba tal como yo había ideado, perdía el control y les gritaba a todos. Un día, una chica incluso salió corriendo tras cagarla con la iluminación de una escena.

Pero ¿qué culpa tenía de que fueran una panda de inútiles? Yo había cumplido con mi trabajo tal como se esperaba, y solo pedía que ellos hicieran lo mismo. Si no les gustaba, que se fueran a su puta casa, ya encontraríamos a alguien mejor que ellos. O, al menos, eso les decía cada vez que protestaban. Y todos se callaban, claro. Vaya panda de cobardes de mierda.

Al empezar la producción final de las escenas de la residencia, mi mal humor solo empeoró. Un día perdí el control y le grité tanto a una chica de producción que se marchó del set llorando. No sé por qué lo hice, no tenía sentido, pero no me arrepentí en absoluto. Incluso llegué a pensar que era una idiota por derrumbarse con tanta facilidad.

Salí del set para encenderme un cigarrillo, y Vivian se apresuró a seguirme.

—¡Ross! —gritó, furiosa—. ¡No puedes tratar así a la gente!

—Trato a la gente como quiero —murmuré, con el cigarrillo en la boca—. Por algo soy vuestro jefe.

—¿Y qué? ¿A ti no te gustaría que te trataran bien?

—A mí me gustaría que me corrigieran cuando lo necesito. Si no sabes aceptar una crítica, enciérrate en tu puta casa.

—¡Hay muchas maneras de decir las cosas! —insistió.

—¿Quieres que vaya a decirle a tu novio lo mucho que te gustó que te follara?, ¿se lo digo en un tono suave, a ver si así se lo toma mejor?

Pasmada, retrocedió. Nunca le había hablado así. De hecho, no le había hablado así a nadie en mucho mucho tiempo.

Pero esa vez tampoco me arrepentí. De hecho, hubo algo satisfactorio en la forma en que se calló, como si yo hubiera ganado la batalla. Incluso esbocé una media sonrisa engreída.

Vivian continuó mirándome como si no me conociera, y yo decidí que no la aguantaría más tiempo. Me quité la identificación, se la lancé a los pies y me fui del set sin terminar la escena.

Joey se pasó la noche llamándome para que volviera, pero yo había cogido el coche para volver a casa. No al hotel, sino al piso. A mi verdadera casa. Tuve la suerte de encontrar un bar a medio camino; me detuve ahí y dejé el móvil en el coche para que no me mareara más. Antes de salir, saqué la última bolsita que me quedaba y me hice una raya sobre el dorso de la mano.

Después de eso, no recuerdo nada.

Excepto, claro, los gritos a la mañana siguiente.

—¡Ross! ¡Levántate de una vez!

Abrí los ojos y me incorporé con torpeza. Me dolía todo, desde la cabeza hasta los pies. Desorientado, miré alrededor y fui incapaz de adivinar dónde estaba antes de que siguieran riñéndome:

—¿Se puede saber qué coño te pasa?

Espera, ¿ese era Will? Sí, era Will, y decía palabrotas. Parpadeé sorprendido y por fin conseguí enfocarlo. Estaba de pie junto a mí, con los puños apretados y una expresión furiosa.

En algún momento de la noche anterior había conseguido llegar al piso y me había quedado dormido sobre la alfombra del salón. El problema era que me había dejado la puerta principal y la nevera abiertas, y había derramado una lata de cerveza por todas partes, incluso encima de mí. Apestaba a alcohol y tenía la ropa pegajosa.

—¿Qué…? —empecé con voz atropellada.

—Pero ¿en qué pensabas? —espetó Will, todavía furioso. Se había dedicado a arreglar el desastre que yo había dejado tras de mí, y no se lo tomó con mucho humor—. ¿Te crees que puedes venir aquí de esa forma?

—Oye, te recuerdo que es mi casa.

Se detuvo antes de lograr levantarme, y su expresión me hizo sentir mucho peor de lo que ya estaba.

Tras lo que pareció una eternidad, por fin murmuró:

—¿Has recaído?

Como respuesta, empecé a reírme, y no con ironía, sino a reírme de verdad. En su cara.

Will se apartó de mí. Su pecho subía y bajaba rápidamente debido a la rabia.

—¿Otra vez? —musitó—. ¿Cuándo empezaste, Ross?, ¿en Francia?

Suspiré y negué con la cabeza. Permanecía sentado en el suelo como un idiota. Y me dolía la cabeza.

—No —murmuré al final.

—¿Entonces?

—¿Y yo qué sé?

—¿Cuándo? —insistió en un tono furioso.

—No sé. En mi cumpleaños, quizá.

Odiaba que Will se enfadara. Era difícil conseguirlo, y pocas veces me había mirado de ese modo; cuando lo hacía, sabía que había cruzado el límite. No me gustaba esa sensación.

—Es decir, que hace varios meses —me dijo en voz baja, y se pasó las manos por la cara.

—¿Y qué?, ¿te habrías alegrado más si te hubiera avisado antes?

—¡No, Ross, pero sería más fácil dejarlo!

—¿Qué te hace pensar que quiero dejarlo?

Al verle la cara, supe que le había dado la respuesta incorrecta. Una parte de mí se arrepintió, pero no fue tan grande como la que se puso a la defensiva.

Will se me acercó y se puso en cuclillas. En ningún momento dejó de mirarme fijamente.

—¿Se te ha olvidado lo que pasó la última vez? —me preguntó en voz baja—. ¿Se te ha olvidado lo difícil que fue dejarlo?

—Qué pesado…

—¿Se te ha olvidado lo que te dije? —insistió, ignorándome.

—Me da igual.

—No se te ha olvidado, Ross. Te dije que no me quedaría sentado viendo cómo te arruinas la vida, y sigo pensando lo mismo. No me quedaré mirando, tío. Ya pasé por esto una vez, y no lo haré una segunda. Necesitas ayuda, y muy urgente.

—No eres mi padre, Will. No te comportes como si lo fueras.

—No, soy tu amigo. Y ya va siendo hora de que alguien te diga la verdad.

—¡Todo el mundo me la dice!

—¡No lo hacen, Ross! ¡La gente te tiene miedo! Pero a mí no me puedes amenazar con despedirme, así que te jodes y escuchas la verdad: estás cayendo en lo más hondo del pozo. Necesitas salir de él, ¿lo entiendes? Lo necesitas ya mismo.

Lo aparté y, de nuevo, me puse en pie torpemente. La cabeza me seguía dando vueltas y, aún peor, un dolor muy característico ya se me había instalado en las sienes; me atacaba cuando necesitaba otra raya, y cada vez era más punzante.

Traté de disimularlo cuando Will se me acercó, aunque no funcionó demasiado bien.

—¿Por qué te haces esto? —preguntó en un tono más suave, intentaba mostrarse comprensivo—. ¿Todavía es por Jenna?

Me tensé de golpe.

—No me hables de…

—Hablaré de lo que me apetezca, y quiero hablar de Jenna, así que jódete y aguántalo.

El pequeño Willy Wonka se nos ha descontrolado.

—Sé que la querías —dijo cuando dejé de responderle—. Sé que ella, a su manera, también te quería. Y sé que la echas de menos.

—No echo de menos a nadie, así que déjate de chorradas.

—Entonces ¿puedes asegurarme que todo esto no es a raíz de lo que te pasó con ella?

—Pero ¿qué te crees? —salté, enfadado—. ¿Que solo puedo pensar en ella?, ¿que no tengo otras preocupaciones en la vida?

—¿Y por qué es?, ¿por la película? ¿Te estás agobiando?, ¿es eso? Mira, si no quieres hablar de ello... lo entiendo. Pero esta no es la solución, Ross. Y lo sabes perfectamente.

Entonces me enseñó la bolsita que me había robado del bolsillo. La cogí rápidamente y, tras asegurarme de que la tenía bien protegida, me volví hacia él con extrañeza.

—¿No te desharás de ella?

—¿Para qué? Podrías conseguir otra cuando quisieras.

—Pero...

—Mira, tienes razón, yo no puedo exigirte nada, pero... lo que estás haciendo no te aportará nada bueno, tío. Solo te perjudicará. Cada uno elige cómo se hace daño a sí mismo, pero soy tu amigo y te conozco, y te aseguro que algún día te arrepentirás de haber malgastado tanto tiempo en esto.

No me dio opción a responder, sino que volvió directamente a su habitación. En cuanto cerró la puerta, busqué mi móvil por todos lados. Luego me acordé de que lo había dejado en el coche para olvidarme de todo el mundo.

El paseíto por el sol me produjo jaqueca, y cuando por fin me encontré frente al bar, donde había aparcado, me apresuré a meterme en el asiento del conductor y a ponerme las gafas de sol. Joder, qué dolor de cabeza. Miré el móvil, tenía muchas llamadas perdidas, pero no revisé ninguna. Estaba más centrado en mi calendario; me tocaba hacer todo un día de rodaje para compensar la ausencia del día anterior, y sospeché que no lo aguantaría con tan solo media bolsita.

Mierda, no llevaba dinero encima. Al buscar la cartera, recordé que me la había olvidado en el set. Qué puto desastre.

Barajé la idea de volver a casa y pedirle dinero a Will, pero existían pocas formas más efectivas de invocar mi muerte, así que arranqué el coche y tomé un rumbo bastante distinto.

Aparqué el coche frente al garaje de mis padres y rebusqué en el manojo de llaves la adecuada de la puerta de su casa. Esperaba que no hubiera nadie, pues no había hablado con nadie de la familia desde mi regreso.

Me aseguré de que no me viera ningún vecino, entré por la puerta trasera y cerré con sigilo. La casa parecía vacía; envalentonado, crucé el salón al tiempo que me frotaba el brazo para quitarme la sensación de calambre de encima. Había luz y música en el estudio de mamá por lo que debía estar muy concentrada en sus cosas; dudaba mucho que me oyera, sin embargo, decidí empezar la búsqueda en el piso de arriba. Subí las escaleras sin hacer ruido y, por fin, llegué a la antigua habitación de mi hermano mayor.

Bueno, lo de antigua era relativo, porque por su aspecto diría que había dormido ahí no hacía mucho tiempo. La cama estaba deshecha, había calcetines y ropa interior por todos lados..., y mejor no entrar en más detalles, porque vaya horror.

Para que luego Sue se queje del piso.

Fui directamente a su cómoda, abrí el segundo cajón y metí la mano entre los montones de camisetas y pantalones que tenía ahí apiñados. Tras rebuscar un poco, toqué un pequeño tarro de cristal. Con una sonrisa, tiré de él y descubrí dos bolsitas llenas de cocaína. Mike las conservaba desde la última vez que había consumido.

Bueno, ya no las necesitaba, ¿no?

Me las metí en el bolsillo y lo recoloqué todo tal como estaba. Después, cerré el cajón de nuevo.

—Justo cuando pensaba que no podías caer más bajo...

Levanté la mirada al instante.

Papá estaba apoyado tranquilamente en el marco de la puerta. En una mano llevaba una taza de café y en la otra el periódico, como cada mañana desde que tenía memoria.

Pero su expresión no era la de un padre preocupado por su hijo. Sonreía. Cualquiera diría que incluso se alegraba de verme en ese estado.

Y enseguida supe que era mejor no entrar en una discusión. Podía estar muy ido, pero conocía mi límite. Mezclar el consumo con una conversación con mi padre no podía terminar bien.

—Déjame en paz —musité.

—Veo que has vuelto a caer en tus... tonterías.

—¿Mis tonterías? —repetí, y me salió una risa muy amarga—. ¿Así es como calificas que tu hijo se esté drogando?

—Mi hijo ya tiene veintidós años —recalcó sin inmutarse—. Dejaste de ser parte de mi responsabilidad hace mucho tiempo. Lo único que me alegra es que hayas hecho la película antes de caer en esto. Si te induces una sobredosis, por lo menos podrán recordarte por algo positivo.

Más allá del palpitante dolor en las sienes —que iba en aumento—, no sé qué sentí en ese momento. Necesitaba irme de ahí y retomar la calma. Y con urgencia.

Pasé por su lado sin mirarlo. Por algún motivo, el pecho me subía y bajaba a toda velocidad, pero no saqué la ira contra él. Me sentía demasiado mareado como para meterme en una pelea y, sobre todo, no me atrevía a hacerlo. Nunca lo había hecho.

Ya a medio pasillo, lo oí murmurar:

—Siempre has sido el más débil de esta casa.

Quería irme de ahí. *Necesitaba* salir. Lo detestaba. Odiaba cualquier cosa que tuviera que ver con él. Y, encima, el dolor de cabeza se me agravaba por momentos. Estaba estrujando las bolsitas en un puño sin darme cuenta, y mi cuerpo me parecía mucho más pesado de lo habitual, como si no pudiera moverlo con soltura.

Casi me hice ilusiones de salir de ahí cuando bajé las escaleras, pero justo entonces mamá abrió la puerta del estudio.

Mierda.

Estaba limpiándose las manos con un trapo, pero al verme se asomó al estudio para bajar el volumen de la música. Volvió a salir con una sonrisa y las manos cubiertas de manchas de pintura. Cuando dibujaba, siempre acababa embadurnada de colores.

—¡Jackie! —exclamó con alegría—. ¡Por fin vienes a vernos! ¿Cómo…?

En cuanto su sonrisa empezó a desaparecer, me di cuenta de que aún tenía las bolsitas en la mano. Intenté esconder el puño detrás de mí, pero ya era muy tarde. Me contemplaba con los labios entreabiertos, y todo el brillo de su alegría se había apagado.

Me sentí mal. Mucho peor que cuando Will o mi padre habían visto lo que sucedía. Por poco apegado que estuviera a ella… era mi madre. A nadie le gusta decepcionar a su madre.

—¿Qué es eso? —me preguntó a media voz, a pesar de saber perfectamente de qué se trataba.

Mamá dio un paso hacia mí e intentó quitármelo, pero yo me aparté enseguida.

—Jack, enséñamelo —intentó exigir, aunque su voz sonó temblorosa—. Por favor, enséñamelo.

—¿Para qué? —murmuré—. Ya sabes qué es.

En cuanto se le llenaron los ojos de lágrimas, aparté la mirada y suspiré de cansancio.

—¿Ya vas a empezar?

—¿Me lo preguntas en serio? —mascullló, acercándoseme de nuevo—. Jack, por favor, otra vez no…

—¿Otra vez? —salté, y al oír mi tono se detuvo a una distancia prudente—. ¿Y qué coño sabes tú de la *otra vez*?

—Soy tu madre, y aunque no te lo creas…

—¡Mi madre! —Se me escapó la risa más amarga que había expresado en mi vida—. ¿Dónde estaba mi madre la *otra vez*?

Apartó la mirada.

—No es tan fácil…

—Nunca es tan fácil, ¿verdad, mamá? Con papá lo es, con Mike lo es, pero conmigo siempre resulta complicado. Qué curioso que siempre se repita el mismo esquema, ¿no crees?

—Jackie, por favor…

—¡No me llames así! —espeté de pronto, sobresaltándola—. ¡Si no hubiera sido por Will y Naya, ahora estaría exactamente igual! ¡O no estaría!

—¡Jack! —saltó, enfadada—. ¡No digas eso ni en broma!

—¿Por qué? ¿No te gusta que te diga la verdad? Pues te diré otra: me diste por perdido y te olvidaste de mí.

—¡Intentamos dejarte tu espacio!

—¡No quería mi espacio! ¡Quería una madre!

—Jack…

—¡Ni Jack, ni nada! ¿Cuándo fue la última vez que me defendiste, eh? ¿Alguna vez has tenido una línea de pensamiento propio?

No supe muy bien por qué sacaba eso en ese preciso momento, pero no podía parar. Necesitaba pagar mis frustraciones con alguien, y era más fácil hacerlo con ella que con papá.

A mamá se le llenaron los ojos de lágrimas otra vez, como siempre que le sacaba el tema, pero no dijo nada. Nunca decía nada.

Era insoportable.

—¿Ahora no tienes nada que decir? —espeté, cada vez más

furioso—. Te pasas el día diciendo que me quieres, que estás orgullosa de mí… ¿Dónde cojones queda todo eso cuando te necesito?, ¿o es que solo sabes estar conmigo en los buenos momentos?

—Yo no…

—«Yo no, yo no» —imité su voz del modo más despectivo posible, y ella apartó la mirada para limpiarse las lágrimas—. ¿Qué hiciste la otra vez? ¿Me ayudaste en algo?

—¡Intenté que entraras en una clínica de desintoxicación!

—¡No quería una puta clínica! —grité, ya perdiendo los papeles—. ¡Quería que no permitieras que *él* me tratara como una mierda! ¡Quería que me defendieras!

—¡Si me hubiera metido, habría sido peor!

—¿Y qué podría haber sido peor? ¿Qué más podía hacerme? ¿Sabes lo que le pasa a un niño al que le repites continuamente que no vale nada? ¡Que termina creyéndoselo! ¡Y lo sigue creyendo por el resto de su vida!

Hice una pausa y le enseñé las bolsitas de cocaína. Ella no las quiso mirar, pero no me importó en absoluto.

—¿Qué? ¿No querías verlo? Pues mira, aquí tienes.

—Jack, estás siendo muy injusto.

—¿Injusto? —repetí, riéndome en su cara.

No esperé una respuesta, sino que fui directo a la puerta principal.

—Jack —escuché que me llamaba—, por favor, no te vayas así.

—Ya nos veremos cuando todo vuelva a estar bien, mamá. No te preocupes.

—Mira a quién tenemos aquí… ¡El mejor director de la ciudad! ¿Podemos hacernos una foto? ¿Me firmas una teta?

No me volví para mirar a Sue, que se sentó en la sillita plegable, a mi lado.

Había subido a la azotea para despejarme la cabeza al finalizar el último día de rodaje, pero no había servido de mucho. En la mente me retumbaban las palabras de mi padre, la expresión de mi madre y las ganas que tenía todo el set de dejar de trabajar conmigo.

Di otra calada al cigarrillo sin prestar demasiada atención a Sue, que se había subido una bandeja de sushi e iba comiéndoselo.

—¿Has subido para comer con espectáculo? —quise saber, de muy mal humor.

—Más o menos. La verdad es que me picaba la curiosidad por ver qué hacías tanto rato.

—Acabo de llegar.

—Llevas aquí una hora.

Me pellizqué el puente de la nariz, me sentía algo mareado. Últimamente me pasaba a menudo. Me costaba recordar las cosas que habían sucedido el día anterior, además, perdía la noción del tiempo y de la realidad sistemáticamente. En ciertos momentos, ya ni siquiera discernía entre lo sucedido en la realidad y lo que cocía mi imaginación.

—¿Qué quieres? —le pregunté al final.

—Merendar.

Por supuesto, era el tipo de persona que merienda sushi.

—¿Y tienes que hacerlo aquí arriba? Si nunca habías subido.

—Lo hago en ocasiones especiales. Es decir, cuando vosotros no estáis para molestarme. Además —añadió, cruzando las piernas sobre la silla—, te recuerdo que fui yo quien inauguró esta azotea.

—¡Pero yo subí las sillas!

—Pero yo la inauguré nada más llegar, guapito de cara. Jaque mate.

—Aún me acuerdo del día que nos conocimos —le aseguré en voz baja—. Ya me parecías rarita, pero nunca me hice una idea de hasta qué punto lo eras. Además, estabas menos amargada.

—Es que el motivo de mi amargura sois vosotros. Ya va siendo hora de que lo asumas.

—Si tanto te amargáramos, ya te habrías ido.

—No hay ningún piso que quede más cerca de la universidad. Y te recuerdo, querido Ross, que cuando nos conocimos tú tampoco fuiste un modelo que seguir.

—¿Y eso por qué?

—«Ah, está bien» —repitió mis palabras—. «Eres guapa, pero rarita, así que no creo que seas mi tipo. Puedes quedarte.»

—¡No lo dije así!

Lo dijo exactamente así.

—Fuiste horrible y lo sabes —murmuró mientras pescaba otro rollito de sushi.

—¿Y qué? ¿Te pusiste a llorar por mi culpa? ¿Compusiste una canción triste en mi honor?

—No. Necesitarás mucho más que eso para acabar con mi autoestima.

—Tu autoestima me da igual.

—¿Ah, sí? Qué raro, si pareces empeñadísimo en hundírsela a todo el mundo.

Me detuve antes de colocarme el cigarrillo entre los labios y, por supuesto, la miré. ¿Quién se creía que era para hablarme de esa manera tan burlona? Cualquiera diría que se estaba riendo de mí.

—¿Perdona? —musité.

—Mira, Ross. —Recalcó mi nombre como si fuera un insulto—. Yo no soy Will, así que déjate de gilipolleces.

—¿Se puede saber qué quieres?

—Que te centres de una vez. Estoy harta de verte pululando por el piso cada vez que algo te sale mal, de oír tus gritos, tus insultos y comentarios hirientes y, sobre todo, de ver a todo el mundo hundido por tu culpa.

—Pero ¿desde cuándo te importa lo que sientan los demás?

—Desde que me toca aguantar el drama que dejas cuando te largas. Yo vivo con ellos, ¿sabes?

—Yo también vivo con vosotros —recalqué.

—No, no lo haces. Vienes solo cuando no te queda más remedio, dormitas un poco en el sofá, robas dinero y luego te marchas otra vez. Eso no es vivir aquí. Me apuesto lo que sea a que ni siquiera sabías que Naya se ha mudado con nosotros, ¿verdad?

Abrí la boca, pero volví a cerrarla. Efectivamente, lo desconocía. Sue sacudió la cabeza.

—Lo hizo hace dos meses, y te avisamos. De hecho, Will te pidió permiso varias veces, y todas ellas le dijiste que te importaba una mierda lo que hiciera.

—Yo no…

—¿Qué? ¿No hablas así? —me preguntó al ver que no terminaba la frase—. Sí, querido, lo haces. Lo haces continuamente desde que volviste, y por eso he subido, para hablar de lo que sea que te tiene de tan mal humor, a ver si lo resuelves de una puñetera vez y nos dejas vivir en paz. ¿Es por la película?

Sinceramente, no supe cómo tomarme tanta agresividad. Todos esos meses, igual que siempre que atravesaba una fase complicada, la gente se dirigía a mí con muchísima precaución, todos. Nadie me hablaba como si yo tuviera un mínimo grado de responsabilidad en mi modo de expresarme.

Creo que por eso mi respuesta, en lugar de ser agresiva, fue sincera:

—No lo sé —admití.

—¿No te gusta cómo ha quedado?

Había visto ya el producto final y, aunque le faltaban los últimos retoques de producción, no estaba mal.

—La película está bien —murmuré.

—¿Entonces?

Miré al frente, pensativo. No tenía una respuesta muy clara.

—Es que... siempre he querido esto. Quería grabar una película, hacerme famoso y que la gente me dijera con sinceridad que les había gustado.

—Bueno, cuando la estrenen ya te lo dirán.

—Sí, pero...

Negué con la cabeza. Tenía las palabras en la boca pero era incapaz de encontrarlas.

—He soñado tanto tiempo con esto que, ahora que lo tengo, es como si hubiera perdido todo su valor. Creía que me sentiría de otra manera.

—Las cosas casi nunca son como esperamos —me dijo ella con suavidad.

—Ya lo sé, pero... ¿de qué me sirve todo esto? La productora es muy importante, sí, pero ¿y si solo aceptaron el guion por el morbo de que pudiera ser una historia real? ¿Has visto la prensa? Todo el mundo habla de eso, no de la película en sí. Bueno, y de que Viv y Briant están juntos. Les gusta el morbo barato, no el resultado de mi trabajo. Me hace pensar que la productora apostó por eso, no porque confiara en mí.

»Y ahora tengo un poco de fama y me reconocen por la calle, sí, qué ilusión. Todo el mundo me trata como si tuviera que montar una fiesta cada vez que mis cifras suben, pero nadie me sigue por mi trabajo, sino porque les da curiosidad lo que rodea la película y porque creen que soy atractivo. ¿Te crees de verdad que me valoran como director?

—Algunos lo harán, Ross.

—No es solo eso. También me siento tan... vacío.

Sue no dijo nada. Había dejado de comer y me miraba en silencio, dejándome continuar.

—Es como si nada hubiera valido la pena —admití—. ¿Qué tengo ahora que no tuviera antes? ¿Sabes qué significa triunfar en algo y no tener a nadie a quien llamar para contárselo?, ¿que nadie se alegre por ti? ¿De qué coño me sirven la fama y el dinero cuando me paso el día metiéndome cocaína y sintiéndome solo? ¿Te crees que a alguno de ellos le importo como persona?, porque yo estoy seguro de que no. ¿Te enteraste de los rumores sobre mi consumo de drogas durante el set?, ¿te digo cuánto tardaron en bromear al respecto? No me ven como a un puto ser humano, sino como a un mono de feria con el que entretenerse. Así que, dime, ¿de qué me sirve todo esto? ¿Qué he ganado que valga la pena?

Cuando terminé de hablar, fui consciente de lo patético que había sonado todo. Sue seguía observándome, pero yo no la miraba. Ni siquiera entendí por qué me desahogaba precisamente con ella, si seguramente no le importaba.

Tras lo que me pareció una eternidad, por fin respondió:

—Creo que ahora mismo solo ves la parte negativa porque estás atravesando un mal momento, pero no todo es tan malo como crees.

—¿Y tú qué sabes?

—Sé, por ejemplo, que todos los que vivimos aquí estamos muy orgullosos de ti. Y que, si quisieras, estaríamos ahí para celebrar todos tus logros contigo.

—Will está harto de mí.

—Es tu mejor amigo y sabe que no estás pasando por un buen momento. Cosa que no justifica que lo trates como a una mierda, por cierto, pero supongo que ya reflexionarás sobre eso cuando estés a solas.

Asentí sin mirarla, sus palabras me tocaron.

—Soy un amigo horrible.

—No, Ross. Mira que no eres mi persona favorita en el mundo, pero tampoco eres un amigo horrible. Tu único problema es que, cuando lo pasas mal, intentas alejar a todo el mundo de ti, y no te das cuenta de que eso solo empeora la situación.

—Madre mía, con la psicóloga…

—Ojalá esto contara en mi lista de prácticas —bromeó—. Pero, en serio: eres idiota, pero no eres tonto. Sabes lo que estás haciendo y lo malo que es. ¿Por qué no pides perdón a los demás de una vez e intentas ser menos capullo con ellos?

Menuda retahíla de golpes sin manos te está dando, ¿eh?

—No sé cómo hacerlo —admití.

—Sí que lo sabes. Ya te he dicho que eres listo. Sabes que todo esto empezó cuando Jenna decidió marcharse.

En cuanto oí ese nombre, se me tensaron los hombros.

—Ella no tiene nada que ver con esto.

—Ya lo creo que tiene que ver. Quizá no en todo, pero en una pequeña parte sí. Estabas enamorado de ella, tío. Es normal que te afectara que se fuera.

—No estaba enamorado de Jenna, sino de la imagen que tenía de ella —protesté—. Está claro que no era su yo real, sino un montaje.

—Bueno, siempre voy a tener mis teorías sobre lo que pasó, pero ahora no estamos hablando de eso, sino de que deberías disculparte con Will.

Dicho esto, recogió su bandeja de comida y se incorporó. No quería que se marchara sin darle las gracias, así que intenté hacerlo. Me interrumpió enseguida:

—Que tengas una mala racha no significa que tengas una mala vida —dijo—. Lo pone en una de las tazas de Naya. A mí me parece vomitivo, pero si te sirve de algo…

Me hizo sonreír.

—Gracias.

—Pues eso. Si me disculpas, me voy a merendar.

En cuanto se marchó, mi sonrisa también empezó a desaparecer. El móvil vibraba; las llamadas de Joey siempre traían malas noticias.

—¿Qué? —mascullé al descolgar.

—Hola a ti también —ironizó—. ¿Dónde te has metido?

—¿Ahora?

—No, ayer. ¡Pues claro que ahora! ¿Dónde estás?

—En mi casa. ¡Ya ha terminado el rodaje!

—Te dije que te quedaras un poco más para hacer una entrevista rápida con los de la radio, ¿o ya se te ha olvidado otra vez?

Mientras parloteaba, me pellizqué el puente de la nariz por enésima vez. Entre una cosa y otra, hacía horas que no me metía nada. Me dolía todo.

—Tampoco era algo muy importante —murmuré.

—Aquí todo es importante, así que ya estás viniendo a plató.

Saqué una bolsita de la chaqueta y, sujetando el móvil entre el hombro y la oreja, me puse un poco de polvo blanco sobre el dorso de la mano.

—¿Tiene que ser ahora? —pregunté—. Podemos hacerlo mañana por la mañana.

—Sí, claro. Para que vuelvas a dejarme plantada, como siempre. Ahora te tengo localizado, así que, sí, tiene que ser ya mismo.

Aspiré con fuerza, contuve la respiración unos segundos, y al abrir los ojos fui capaz de concentrarme en la conversación.

—Ya voy —accedí.

—Así me gusta. ¡Date prisa!

Al colgar, volvía a estar de muy mal humor. Detestaba hablar con ella, y más cuanto tenía tantas cosas en la cabeza. Bajé las escaleras frotándome la nariz; cuando abrí la puerta del piso, todo el mundo guardó silencio. Desde que había vuelto, aquello se había convertido en algo habitual.

—¡Ross! —chilló Naya mientras yo lanzaba las llaves a la encimera.

La miré como preguntándole qué quería. Normalmente, aguantar su voz aguda con el dolor de cabeza ya era complicado, pero ese día alcanzó otro nivel, sentí que me martilleaba el cerebro.

—¿Qué? —espeté en voz baja.

Como me observaban fijamente, supuse que Will les había contado lo de mi recaída. Si armaban una intervención, iba a salir corriendo de ese piso.

Pero no lo hicieron; simplemente continuaron con las miradas clavadas en mí. Cómo lo odiaba.

—Hay una cosa que… —empezó Lana, y me di cuenta de que se encontraba entre ellos.

—¿Qué haces tú aquí? —corté.

—Naya me ha invitado. Por si se te había olvidado, ella también vive aquí.

—Hablando de invitaciones… —Naya soltó una risita nerviosa—. Em…, hay algo que deberías saber.

Me froté la nariz, frustrado, y esperé con impaciencia.

—Más te vale que no sea una de tus tonterías.

Will tardó una milésima de segundo en saltar.

—Relájate —me advirtió.

—¿Que me…? —Estuve a punto de reírme. Sin embargo, la situación era algo más tensa de lo habitual y me detuve enseguida—. ¿Qué pasa? ¿Qué habéis hecho ahora?

Sue sacó el móvil y se preparó para grabarme, la muy disimulada.

—Yo no quiero saber nada de esto —murmuró, enfocándome mejor.

—¿Qué pasa? —insistí de nuevo.

Will, al ver que empezaba a alterarme, se incorporó.

—Tío, relájate…

—No me digas que me relaje y dime ya qué pasa.

—Cuando te relajes…

—¡No quiero relajarme! ¡¿Qué pasa?!

—Hola.

En cuanto la oí, me quedé paralizado de pies a cabeza.

Oh, venga ya.

Tenía que ser una puta broma.

No reaccioné al instante. De hecho, tardé varios segundos en lograrlo. Se me había tensado cada músculo del cuerpo y era incapaz de moverme. Tan solo me di la vuelta cuando Will se acercó, precavido.

Y ahí estaba ella.

La chica de quien estaba… Bueno, ya no estaba muy seguro de si la odiaba, la amaba… o de todo un poco.

Me había imaginado muchas veces ese momento y cómo sería. En mi cabeza, yo siempre acababa enfadado y ella encerrándose en la habitación, o quizá discutiendo. En todos los escenarios de mi imaginación, las cosas transcurrían muy deprisa.

No obstante, los pocos segundos que estuve mirándola me parecieron eternos.

Los ojos castaños de Jen ya no brillaban tanto como la primera vez. No parecía tan inocente, ni tan honesta. No parecía ella, sino una versión que ya no conocía y que cuanto más observaba, más rechazo me trasmitía.

Y, aun así, me pareció igual de perfecta que la primera vez.

En un acto inconsciente, clavé la mirada en sus manos, se estaba retorciendo los dedos. Solo hacía eso cuando estaba nerviosa. Me pregunté si yo también lo estaba, y fui incapaz de encontrar una respuesta. ¿No debería sentir algo?, ¿no debería reaccionar? ¿Por qué no lo hacía?

Entonces dio un paso hacia mí, y la realidad me recordó que no podía quedarme mirándola como un pasmarote.

Pero… ¿qué coño hacía ahí? ¿Había vuelto? ¿Se quedaba? ¿Estaba de visita?

Y, lo más importante, ¿por qué me importaba en lo más mínimo?

Ay, querido, eso lo sabemos todos.

—¿Sor… presa? —murmuró Naya.

Cerré los ojos un momento, y al abrirlos me encontré con la mirada de Jen. Era precavida, como si dudara si acercárseme. De pronto, me percaté de que yo no quería, la necesitaba muy lejos de mí. No quería verla. No quería estar en la misma habitación que ella.

Necesitaba irme de allí.

Pero no por despecho, por odio o porque no soportara verla…, sino por todo lo contrario; porque, nada más verla, entendí que nada había cambiado, que mis sentimientos eran los mismos y que, aunque debería odiarla, seguía siendo el idiota que se había enamorado de ella un año atrás.

Ni siquiera la propia Jen había sido capaz de romper ese vínculo.

—Mierda —me oí decir en voz baja.

No podía mirarla. Me di la vuelta bruscamente y, pese a que todo mi cuerpo me gritaba que volviera atrás, me obligué a no hacerlo.

Y lo conseguí. Simplemente me marché dando un portazo.

16

La exnovia mecánica

Así que… Jen había vuelto.

Es decir, Jennifer. Ya no era Jen. Era Jennifer. Como primer paso para afrontar esa nueva realidad la llamaría por su nombre.

Eso es. Hazte el duro.

Al verla por primera vez, había entrado en pánico y había salido corriendo, pero no volvería a suceder. Se trataba de mi casa, mis amigos y mi vida, así que era yo quien mandaba. Si alguien sobraba era otra persona. Y se lo haría saber tantas veces como hiciera falta, para que volviera con su estúpido novio a su estúpida casa en su estúpido pueblo.

Ahí, sin rencores.

Sí, ese era el objetivo del día. Si es que la veía, claro, porque no pisaría el piso hasta que se marchara.

Me incorporé y consulté la hora en el móvil. Estratégicamente, obvié los cuarenta mensajes de Joey; la pobre tenía que estar harta de mí, pero me daba igual, porque yo también estaba hasta las narices de ella.

Esa noche tampoco había aparecido en el hotel. Tras haber ahogado las penas en el bar de las otras noches —el que quedaba a cinco minutos de casa y tenía dos palmeritas en el cartel—, había conducido hacia la residencia. Ni siquiera sabía el motivo, pero Chris dejó que pasara la noche en su habitación. Podía ser un pesado con las normas, pero no era mala persona.

No era cuestión de quedarme ahí eternamente, así que me levanté del sofá y fui al cuarto de baño. Llevaba la misma ropa que el día anterior y tenía un aspecto lamentable; además, volvía a estar sin material.

Me miré en el espejo, suspiré y me eché agua en la cara, lo necesitaría para afrontar el día.

Chrissy estaba en el mostrador de la entrada, como siempre. Bajé las escaleras con cierta pereza y me apoyé en él con ambos brazos. Sonrió con malicia.

—Buenos días, principito. ¿Has pasado una buena noche?

—Mejor que la mañana, seguro —murmuré—. Oye, gracias por todo, pero tengo que irme.

—¿No quieres comer algo? Tienes mala cara.

Tan pronto como mencionó la comida, me entraron arcadas. Las contuve como pude y negué con la cabeza.

Iba a responder, pero Chris levantó la cabeza y esbozó una gran sonrisa.

—¡Hola, Jenna!

Bueno, nunca era demasiado temprano para que el día se convirtiera en una verdadera basura.

No me volví al momento para mirarla, pero mi cuerpo notó enseguida su presencia; por mucho que la detestara, y sin poderlo evitar, reaccionaba siempre de ese modo, algo que solo aumentaba mi rabia.

Como seguía ahí pasmada, miré a Jen por encima del hombro. Llevaba puesto un jersey viejo y unos pantalones ajustados. Un bolso le colgaba del hombro, y jugueteaba con él con evidente ansiedad. Evitaba mi mirada de forma tan obvia que casi me reí.

—Hola —dijo finalmente—, mmm…, puedo volver en otro momento o…

—Puedes acercarte —aseguró Chris, sorprendido—. ¿Por qué no ibas a hacerlo?

He ahí la cuestión.

Oí que Jen se acercaba, pero yo estaba demasiado ocupado dándole vueltas a un bolígrafo sobre el mostrador. Se detuvo a mi lado y, como yo, se apoyó con los brazos, aunque mucho más alejada de lo estrictamente necesario.

—Solo quería pasarme a verte —le dijo a Chris.

A él lo visitaba, pero a mí no me respondía a una sola llamada. Qué simpática.

La miré de soslayo, con rencor, y la repasé de arriba abajo sin apenas tratar de disimular. Un año antes había hecho eso mismo sin imaginar que algún día llegaríamos a esa situación. Las cosas habían cambiado, pero ella, no demasiado. Seguía llevando el pelo castaño y largo, vestía del mismo modo y se movía igual. La única diferencia era que había hecho ejercicio, se notaba, y había tomado mucho el sol. Su piel bronceada la delataba.

Si no la hubiera detestado tanto, quizá me habría parecido atractiva.

Ajá.

—Qué bien que vuelvas a estar por aquí —comentó Chris—. Seguro que a mi hermana le encanta.

—Vino a buscarme al aeropuerto. Incluso saltó el cordón de seguridad.

—Sí, suena a algo que haría…

Tanto eso como el hecho de traerla sin avisarme. ¿Cómo no lo había pensado antes? Todo aquello llevaba escrito el nombre de Naya. Ya hablaría con ella.

—¿Has venido por lo de tu habitación? —preguntó entonces Chris, y me distrajo de cualquier pensamiento coherente—. Todavía no he encontrado ninguna.

¿Habitación? ¿Quería una habitación?

No sé por qué me molestó, mucho más que el hecho de haberme ignorado al entrar, que, por supuesto, también me había jodido. Lo cierto era que, si le encontraban una, para mí sería mucho mejor. Aquello significaría que no solo se iría de mi casa, sino que, con suerte, no volvería a cruzarme con ella.

Y, sin embargo, hablé en un tono áspero.

—¿Quieres volver a la residencia?

Jen me dirigió una rápida mirada antes de volverse de nuevo hacia delante.

—Sí… —admitió, aunque no sonaba muy segura—. Naya me dijo que no estabas aquí e iba a dormir en un sofá cama que creía que compraríamos, pero… será más sencillo si vivo en la residencia.

Oh, pobre Jen, que se sacrificaba en nombre de todos.

—Supongo que sí —accedí con media sonrisa irónica.

Me miró de nuevo, extrañada, como si esperara otra reacción, probablemente un cabreo; sinceramente, yo también.

Si no me salía era porque molestarla me apetecía más que molestarme.

—Oye, Chris —dije sin apartar la mirada de ella—, ¿queda alguna habitación compartida?

Confusa, Jen frunció un poco el ceño; Chris lo comprobó de todos modos.

—No, ya lo revisé cuando me lo pidió Naya. A estas alturas del curso, es más normal que haya alguna individual. Pero… claro, es más cara.

—No creo que sea un problema, seguro que ya ha encontrado a alguien que lo pague todo.

Chris parpadeó, sorprendido, pero toda mi atención estaba puesta en ella. Se había quedado muy quieta, como si tratara de asimilar el golpe. Incluso me miraba como si no pudiera creerse que acabara de decir algo así.

Pero ¿qué se creía?, ¿que no iba a detestarla?, ¿que no recibiría ningún golpe bajo?

—Eh…, puedo avisarte si queda alguna libre —le dijo Chris. Yo apenas le prestaba atención.

Miraba a Jen, claro. Y me sentí algo satisfecho cuando se le curvaron los labios hacia abajo y se le tensaron los hombros. Su incomodidad, por algún motivo, me produjo mucha paz. Tan solo deseaba devolverle la mitad del daño que me había ocasionado, y si ese era el camino… seguiría por ahí.

Entonces, ella apartó la mirada. Hizo lo posible para simular que no le había dolido, especialmente cuando sonrió a Chris.

—Sí, avísame, por favor.

Pero yo no había tenido suficiente.

—Mira cómo desea irse corriendo —comenté—. Otra vez… Qué sorpresa.

—Lo haré —le aseguró Chris, pasando de mí.

—Gracias… Siento molestarte —añadió ella—. Si no fuera importante, no te lo pediría.

—Hay una chica que posiblemente se traslade dentro de un mes. Es una habitación individual. Si se marcha, serás la primera en enterarte.

—Genial.

Me molestó que utilizara esa expresión tan alegre. De hecho, me molestó más que el resto de las cosas que había dicho. Sin quererlo, apreté los dientes con fuerza.

—Qué prisa tienes por marcharte… —musité—. Cualquiera diría que te has cansado de dormir en mi cama.

Y por fin me miró, aunque fuera con indignación.

—No he tocado tu habitación, he dormido en el sofá.

—Qué considerada —ironicé con una gran sonrisa que transmitía de todo menos alegría—. Cualquiera diría que te preocupas por mí. Ay, no…, casi se me olvidaba que eso no es verdad…

—Jack…

—… porque hace un año me dejaste tirado como a un gilipollas.

Fue el remate perfecto, y Jen apartó la mirada, tenía la expresión cruzada. Chris nos observaba sin saber qué hacer y yo seguía sonriendo.

La escena perfecta.

—Siento lo que pasó hace un año —dijo Jen entonces—. No fueron las formas apropiadas, lo sé, pero…

No. Ni de coña. No se disculparía y se haría la víctima como si tuviera derecho alguno a decirme nada. No pensaba permitírselo.

—Oh, por favor. —Puse los ojos en blanco, y ya no pude ocultar la rabia de mi voz—. Ni se te ocurra fingir que te importa.

—Estoy diciéndote que…

—Que lo sientes, ¿no? ¿Te crees que no te conozco? Esto no es por mí, es por ti. Como todo. Solo quieres sentirte mejor contigo misma porque sabes que fuiste una…

Oye, frena un poco.

Apreté los labios para contenerme antes de soltar nada de lo que me arrepintiera, y eso que no debería arrepentirme de nada relacionado con ella. Después de todo, ella no lo había hecho en ningún momento.

Aun así, volví a forzar una sonrisa burlona.

—¿Por qué has vuelto? ¿Quieres recuperar a los amiguitos a los que abandonaste hace un año?

—Quiero terminar el semestre que dejé pendiente, Jack. Ni siquiera sabía que estabas por aquí. Si lo hubiera sabido…

—… no te habrías atrevido a volver. Sí, lo sé.

Nos quedamos en silencio unos instantes, y yo me sentí peor que cuando había empezado a hablar. Que me llamara «Jack» escocía, pero que no hubiera vuelto por mí dolía todavía más.

Sí, estaba enfadado, pero ¡eso no borraba todo lo que había sentido por ella! Y lo seguía sintiendo, aunque me resultara complicado pensar en ello. El hecho de que ella hubiera pasado página con tanta facilidad me hacía sentir como un verdadero idiota. Y, sobre todo, me hacía sentir solo.

Jen aún me miraba, pero no como el año pasado. Casi parecía… sentir lástima. Apreté los labios.

—No… —murmuró por fin—. No es cuestión de que me atreva o no, es cuestión de que esto es incómodo para los dos. Lo entiendo. Puedes tener tu habitación, y yo dormiré en el sofá mientras tanto para que…

Se me escapó una risa muy impropia de mí, y sacudí la cabeza.

—¿Mi habitación? ¿Me estás dando permiso para usar mi propia habitación? ¿En serio?

—Vale, no quería que sonara así…

—Quédate con la jodida habitación, si tanta ilusión te hace —espeté de malas maneras—. Después de todo, es más tuya que mía. Siempre lo ha sido, ¿no?

Vale, quizá ya no estaba hablando de la habitación, pero me daba igual.

Ella me miró con extrañeza y reaccionó al cabo de unos instantes:

—Jack, sé que esto es…

—¿«Jack»? —repetí, ya incapaz de aguantarlo—. ¿Quién coño te crees que eres para llamarme así?

—Te llamo así…, ¿no?

—Mi novia me llamaba así. Tú… ¿quién eres para llamarme de un modo distinto que los demás?

—Oh, vamos, no seas infantil.

Cabreado, me separé del mostrador y di un paso hacia ella. Mi intención no era más que acortar la distancia entre nosotros, aunque no sabía muy bien el motivo.

Jen reaccionó con más rapidez de lo que me esperaba. Retrocedió un paso y, alarmada, se sujetó con fuerza en el mostrador.

Me quedé mirándola, sorprendido por su reacción. ¿Tan agresivo me había mostrado? Me separé un poco de ella, y pareció calmarse. Como no supe si enfadarme o preocuparme, tomé la decisión más rápida: marcharme.

Al llegar al coche, por primera vez me alegró que Joey me llamara. Querían fotografiarme para no sé qué, y accedí sin preguntar muchos detalles. Conduje con la música a todo volumen, aparqué el coche frente al hotel donde se alojaba el equipo y fui a la sala de prensa, donde me esperaban. En esos momentos, tomaban fotos de una Vivian vestida del personaje de la película.

Joey, que esperaba al otro lado para no molestar, gesticuló indicándome que me acercara. Era bastante más baja que yo y siempre llevaba las uñas pintadas y el pelo perfecto. También tenía dos móviles que usaba continuamente, para trabajar. En alguna ocasión, incluso la había visto mantener una conversación por teléfono a la vez que redactaba un correo.

—Así me gusta —me felicitó con una sonrisita—. Ya era hora de que te presentaras con puntualidad.

—Solo ha sido para huir de otra cosa.

—Por lo que sea, pero al menos estás aquí. Ahora tomarán algunas de Briant y Vivian, luego vas tú.

Efectivamente, Briant esperaba al lado del fotógrafo e, incansable, le preguntaba por qué no lo fotografiaban a él en primer lugar. Nadie sabía cómo decirle que era porque, simplemente, el personaje de Vivian tenía muchísimo más tirón.

—¿Estaré mucho rato? —pregunté con desgana.

—El justo y necesario —replicó Joey, tecleando a toda velocidad en uno de sus móviles—. Menos quejas y más trabajo, señorito.

Sonreí de medio lado, sin ganas. En esos momentos, Vivian estaba sentada en un sofá pretendiendo que leía un libro azul. Pasó una página y el fotógrafo le dio más instrucciones.

—No voy a fingir que leo libros —protesté.

—Ni falta que hace, lo que quieren son fotos con las cámaras del rodaje, como si dieras instrucciones. Lo típico —añadió—. Creo que dentro de cinco minutos estaremos list… Oye, ¿estás bien?

La pregunta me pilló por sorpresa. Especialmente cuando vi que me miraba con preocupación. Me llevé la mano a la nariz, que parecía ser lo que le llamaba la atención, y me sorprendió encontrar un rastro húmedo. Al mirarme los dedos, descubrí manchas de sangre. Mierda.

—¿Te encuentras bien? —insistió Joey.

No respondí, simplemente giré en redondo hacia el cuarto de baño. Como no era la primera vez que trabajábamos en esa parte del hotel, conocía el camino; me encerré rápidamente, me apoyé en el lavabo y me miré en el espejo.

Mi aspecto había empeorado desde mi cumpleaños, varios meses atrás. Había adelgazado, tenía ojeras y los rasgos marcados, además, mi piel había adquirido un tono más pálido y enfermizo de lo habitual.

Pero nunca me había sangrado la nariz de ese modo. Las gotas del principio se habían convertido en un hilo que me llegaba a la barbilla. Maldije en voz baja, corté un poco de papel higiénico y me lo apreté en la fosa que no dejaba de sangrar.

—¡Ross! —oí la voz de Joey al otro lado de la puerta—. ¿Necesitas ayuda?, ¿va todo bien?

—Estoy bien —le aseguré con calma, aunque sonaba un poco nasal—. Dame un momento.

—¿Seguro que no necesitas nada?

No respondí, y pilló la indirecta. Cuando se fue, cerré los ojos y suspiré con cansancio. Mantuve el papel apretado contra la nariz unos segundos más, luego me observé otra vez. El sangrado se detuvo y me limpié la sangre de la cara y el cuello. Casi me fui sin limpiarme la de los dedos.

Al salir, Joey estaba controlando que las fotos de Briant salieran bien. Lo tenían apoyado en una columna con las manos en los bolsillos. Vivian, que ya había terminado, permanecía a un lado tomando sorbitos de zumo de melocotón.

—Hola —murmuré, deteniéndome a su lado.

Ella me echó una ojeada y luego se volvió de nuevo hacia su novio.

—¿Hoy sí que me hablas? —murmuró—. Qué bien…

—Si vas a estar así, no te hablo más.

—Pues no lo hagas —replicó con el mismo tono que yo—. Para decir burradas, mejor te quedas callado.

Estuve tentado de soltarle una respuesta mordaz, pero, sinceramente, no me apetecía. En su lugar, bajé la voz.

—Jen ha vuelto —murmuré.

Viv perdió el enfado al instante y me miró, pasmada.

—¿Tu ex?

—La única Jen de la que te he hablado, sí.

—¿Cuándo? ¿Cómo? ¿Por qué?

La puse al día en voz baja, y ella me escuchó intrigada. Estábamos tan centrados que la sesión de fotos de Briant finalizó sin que nos diéramos cuenta.

—Entonces ¿se ha metido en tu casa? —me preguntó Viv, indignada—. Vaya caradura…

—Lo sé.

—¿Se ha disculpado, al menos?

—Lo ha intentado, pero yo no he querido.

—¿Por qué no?

—Porque no me da la gana que se quede satisfecha. Quiero que siga sintiéndose culpable.

—Ross… —me advirtió en tono de regañina.

—¿Qué? ¿No se lo merece?

—No sé qué decirte. Si sigues por ese camino…

Se interrumpió a sí misma. Briant se había detenido justo frente a ella. La observó cuidadosamente, forzó una sonrisa y, finalmente, me miró a mí.

—¿De qué habláis? —preguntó con su marcado acento francés. Cada vez lo exageraba más para parecer más exótico, aunque no le funcionaba demasiado bien.

Su tono dejó bastante claro que no le hacía ninguna gracia que hablara con Vivian a solas. Después de todo, ahora el rumor principal era que ella y yo teníamos un lío detrás de las cámaras. Joey había insinuado que era una buena manera de promocionar la película, así que ninguno de los dos lo negó; sin embargo, la realidad era que nuestro único acercamiento se había dado en la noche de mi cumpleaños, y dudaba que se repitiera.

Pero, claro, imaginaba que a su novio no le hacían mucha gracia todas esas noticias.

—De las fotos —aseguró Viv.

Briant no se lo creyó; aun así, no dijo nada. Simplemente se situó estratégicamente entre ambos y le cogió la mano. Suspiré y esperé que Joey nos llamara.

En serio, no salía de una chica con novio y ya encontraba a otra.

La sesión de fotos me resultó eterna, igual que el resto del día. Dejé que Joey me paseara de un lado a otro sin prestarle demasiada atención y, pese a que hice cosas útiles para la película, apenas me enteré de ninguna. Estaba ocupado con el dolor de cabeza y las continuas náuseas. Deseaba volver a casa, pero ya no estaba seguro de dónde era; en el piso estaba Jen, en casa de mis padres estaban…, bueno, mis padres. ¿Dónde se suponía que debía ir? ¿Otra vez a la residencia?

No estaba muy seguro, así que por la noche daba vueltas en el coche. Me planteé varias veces si pillarme una habitación del hotel en el que se alojaban Vivian y los demás, pero lo cierto era que estaba empezando a quedarme sin dinero. El adelanto de la película tenía su límite, y hasta el estreno no recibiría nada más. Si quería comprarme lo que necesitaba, tocaba ahorrar un poco.

Vista la situación, acabé en el bar que quedaba cerca del piso, el del cartel con las dos palmeras.

Junto a la entrada siempre se encontraba el mismo hombre fumándose un cigarrillo, un porro, o haciendo algo peor. Cada vez que alguien pasaba por su lado, le ofrecía algo ilegal. A no ser que pareciera un policía o un chivato, claro; en esas ocasiones, se callaba.

Yo entraba en la primera categoría.

Como bien sabemos.

—¡Ross! —exclamó con alegría al verme.

—¿Qué tal?

—Aquí, viendo lo bonita que es la ciudad. ¿No te lo parece?

Me ofreció una mano y se la choqué. Al unirse le di el dinero y él me pasó la bolsita. Y todo sin dejar de mirarnos a la cara.

—Preciosa —murmuré, metiéndome la mano en el bolsillo.

—Entra, entra. Hoy hay mucho ambiente.

En realidad lo había todas las noches, por eso iba.

Crucé el local con la bolsita firmemente apretada en la mano, y al llegar a la zona del fondo, la saqué y me acerqué a la mesa en la que estaban los demás. Los había ido conociendo en ese tipo de bares, gracias a los intercambios o porque me susurraban dónde conseguir más material. Apenas sabía el nombre de uno o dos, pero me daba igual. Al final, lo que nos unía no tenía nada que ver con entablar una relación. A veces eran muy intensos, pero por lo menos me entendían. No insistían en que lo dejara o en lo malo que era lo que hacía. Ellos dejaban que hiciera lo que me pareciera más conveniente y punto. Necesitaba a alguien así en mi vida.

—¿Otra vez por aquí? —preguntó uno de ellos con una risotada—. ¿Tan enamorado te tenemos?

—Será eso —bromeé en voz baja.

Esparcí parte del polvo sobre la mesa mientras mis conocidos hacían exactamente lo mismo. Acto seguido, incliné la cabeza e inspiré con fuerza por la fosa nasal que no había sangrado. Para cuando volví a ubicarme, me habían invitado a una cerveza.

Lo bueno de ese tipo de lugares era que, cuando el alcohol empezaba a atontarte, te volvías a espabilar con una raya; la noche jamás terminaba, porque tus energías nunca disminuían. Además, la gente era muy divertida. ¿Qué más podía pedir?

Bailé un poco con un amigo del bar, pedí unas cuantas cervezas más y luego me senté a charlar con un grupo de colegas. Me encantaba ese sitio. Podía ser yo mismo, sin temor alguno a que me juzgaran.

Hablaba con dos de ellos cuando noté que me tocaban el brazo. El de la puerta, cuyo nombre ni siquiera conocía, gesticulaba indicando que acercara la oreja. A causa del volumen de la música, no había otro modo de entenderse.

—¿Qué? —grité.

—¡Que hay una chiquilla que te busca!

—¿A mí? —quise asegurarme, extrañado—. ¿No tendrá el pelo corto, cara de mala leche…?

—¡No, no! ¡Es la del pelo castaño y la cara de cervatillo asustado!

Espera…, esa descripción…

Quizá lo ocasionara el alcohol o quizá las drogas, pero esa parte de mí que mantenía el muro entre Jen y yo se desvaneció. Levanté la cabeza, sobresaltado, y la busqué con urgencia.

Y ahí estaba, entre la gente. Me pareció inusualmente quieta, en contraste con la actitud de los demás. Me observaba con los ojos muy abiertos y, efectivamente, asustada. Pero lo que más me llamó la atención fue el modo en que los colores de los focos se mezclaban sobre su pelo y su piel, creando patrones de colores que nunca antes había visto. Me quedé mirándola con fascinación, hasta que el de la puerta me empujó para hacerme reaccionar.

Me acerqué a ella de forma muy bruta, apartando a medio mundo sin cuidado alguno, aunque nadie me prestó mucha atención. Cuando la alcancé, no pude disimular la alegría.

—¡Jen!

Ella parpadeó, confusa, y yo le pasé un brazo por encima de los hombros. Quería presentarle a mis amigos, que los conociera y se lo pasara bien con nosotros. Y, sobre todo, quería mostrarle que la parte de mí que había conocido esa mañana tampoco era tan mala. No tenía por qué asustarse.

Tambaleándome, la planté frente al grupo.

—¡Chicos, esta es Jen!

Algunos sonrieron, otros se preguntaron de qué coño hablaba y alguien le trajo una cerveza. Se la abrí con una mano, tal como me había enseñado Mike, y luego me volví para buscarla. Se había pegado a una columna del bar y miraba asustada alrededor. Aceptó la cerveza por inercia.

—¿Estás aquí por mí? —le pregunté sin poder contenerme.

Por fin, Jen me miró con sus ojitos castaños, que bajo las luces del local brillaban mucho más de lo habitual. De pronto, me gustó que estuviera tan cerca, y su expresión perdida, me gustó que fuera más bajita que yo, que llevara puesta una sudadera vieja y que apretara la cerveza con ambas manos. De pronto me gustaba todo de ella. Habría podido hacer cualquier cosa, cualquiera, y me habría gustado.

Como no me había entendido, aproveché para inclinarme sobre ella. Jen se tensó, pero no se movió. Al acercar la boca a su oreja, aspiré con fuerza. Todavía usaba el mismo perfume floral.

—¿Has venido a verme? —pregunté—. ¡Bébete la cerveza, hoy invita la casa!

En realidad, quien la invitaba era yo, pero estaba seguro de que se fiaría más si le decía eso.

Volví a aspirar su aroma y me separé un poco para mirarla a la cara. Estaba igual de perdida que antes, pero, ahora, un mechón —el de siempre— le caía sobre la frente. Estuve tentado de apartárselo, pero en ese momento un amigo me puso una mano en el hombro y me preguntó con quién estaba.

Tuve que explicárselo muy por encima, porque no quería descuidarla mucho rato. Cuando estuvo satisfecho con la respuesta, se marchó con los demás y yo me volví hacia mi invitada de honor, que continuaba sin beber.

—¿Has venido a verme? —repetí.

—¿Estás borracho?

Fueron sus primeras palabras, y me decepcioné un poco. ¡No estaba borracho, sino feliz, eufórico, animado! Me sentía capaz de cargármela al hombro y volver corriendo al piso. De hecho, deseaba hacerlo. Me daba igual lo que hubiera pasado, porque era Jen y estaba conmigo, no con el otro ni con nadie más. Estaba conmigo porque, a pesar de no quererme, seguía eligiéndome. Y yo era lo suficientemente idiota como para conformarme con eso, si era lo que había que pagar con tal de estar juntos.

De hecho, agradecí su silencio. Estaba tan subido que habría hecho cualquier cosa que me pidiera. Cualquiera. De pronto, Jen era la única persona que veía en esa sala; no me lancé encima de ella por temor a asustarla, pero, joder..., cómo me cosquilleaban los dedos por las ganas de tocarla. Y las manos. Y las piernas. Y el puto cuerpo entero. De haberme pedido que me arrodillara y se lo suplicara, probablemente lo habría hecho.

Pero no, solo me miraba fijamente. Señalé la cerveza que sostenía.

—¿No tienes sed? —Se la quité de un tirón y la dejé sobre una mesa cualquiera, cada vez me sentía más nervioso—. ¿Qué pasa? ¿No te encuentras bien? ¿Estás mal?

—Eh... No, pero...

—Tienes frío, ¿verdad? Claro que sí. Es que siempre sales sin chaqueta, Jen. Eres un desastre. Solo te lo perdono porque eres mi desastre favorito.

Solté una carcajada y me quité la chaqueta que llevaba puesta. Se la coloqué como a una muñequita de trapo, y ella se quedó tan pasmada que no ofreció resistencia. Después la llevé a los sofás donde estaban los demás, en parejas. Aproveché que había poco sitio y tiré de ella para que se me sentara encima. Fue agradable notar su cuerpo contra el mío, y no tardé en rodearla con los brazos para acercármela un poco más.

Me incliné, embriagado de ella, y traté de besarle el cuello. Para mi suerte o desgracia, se movió lo justo para evitarlo, y al final tuve que conformarme con apoyar la frente en él. Jen no me apartó, pero tampoco me devolvió el gesto. ¿Por qué no lo hacía? ¿Qué le pasaba?

—Me alegro tanto de que hayas vuelto... —admití.

—Esta mañana no parecías muy contento —repuso.

—Oh, Jen... Las cosas se han vuelto un poco complicadas, pero da igual. Ahora estás aquí.

—Y tú estás borracho un lunes por la noche. Ross, ¿no tienes trabajo?, ¿una película o algo así?

Resoplé de mala gana. Ya empezaba como los demás.

—Que le den a la película.

—Es tu trabajo —insistió, para mi más absoluto rechazo—, no...

—¿Podemos divertirnos por una noche? Joder, solo quiero divertirme contigo. Te he echado de menos.

Quise que dijera que sí, pero no llegó a responderme. Una de las chicas del grupo se acercó, le tiró del brazo y acabó metiéndola en su corrillo de baile. Intenté seguirla con la mirada, pero desapareció entre las demás. Bueno, al menos se lo pasaría bien.

Yo empezaba a marearme, así que me levanté y me apoyé torpemente en una mesa para sostenerme en pie. Las luces parpadeantes me desorientaron un poco, pero finalmente alcancé mi objetivo; una vez allí, saqué la bolsita y me hice otra raya. Estaba tan mareado que necesité varios intentos, y aun así fui incapaz de preparar nada decente. Un colega vino a arreglármelo entre risas, y al final logré aspirar una.

Como siempre, cerré los ojos, dejé que la agradable sensación me bajara el colocón y los abrí de nuevo. Pero ya no me bajaba. De hecho, un hormigueo extraño se me instaló en la sien, me la froté con desagrado. Las luces, antes hipnotizantes, de pronto me parecieron borrosas. La música, antes ruidosa, me pareció muy lejana. Traté de dar un paso, y no encontré ningún punto de apoyo. Caí de lado, una mano me sujetó y me devolvió a mi lugar; me apoyé tan torpemente en la mesa que empujé a alguien. Oí protestas, pero apenas pude reaccionar, me reía e intentaba incorporarme, pero mi cuerpo doblado no obedecía a ninguna orden.

Finalmente, logré incorporarme apoyándome con ambas manos en la mesa. Con una sonrisa busqué a Jen. Era hora de volver a bailar con ella. Hora de estar con ella, haciendo lo que fuera.

Pero entonces la encontré… Me miraba, y supe que había visto lo que acababa de hacer.

Jen era una persona muy expresiva. Si había alguna emoción en su cuerpo, su cara siempre la delataba. Esa noche no fue la excepción.

Había soportado que me miraran con decepción muchas veces en la vida. De hecho, en cierto momento incluso me acostumbré a ello. La gente solo te aprecia cuando todo te va bien, pero desaparece en cuanto te hundes. Aprendí a lidiar con ello muchos años atrás.

Sin embargo, decepcionar a alguien a quien quieres… Nadie te prepara para eso.

De no haber sido por el mareo, quizá habría tenido algo que decir; pero no lo tenía, solo veía la cara pálida y horrorizada de Jen contemplándome. Esa expresión me impactó no solo por la sorpresa, sino porque era su reacción a mi verdadero yo. El chico encantador del año pasado la había encandilado, pero mi verdadero yo… ese la asustaba.

Aun así, avancé hasta alcanzarla. Jen continuaba mirándome, inmóvil, como si hubiera visto un fantasma.

—Jen —empecé, sin saber cómo continuar. La observaba sin tocarla, temeroso—, n-no… no es…

—Me encuentro muy mal —dijo tan bajito que apenas la entendí—. C-creo… creo que necesito aire fresco.

Ni siquiera lo pensé. Pese al mareo, al cosquilleo del puente nasal y a que apenas me sostuviera en pie, la saqué del bar de inmediato.

Una vez fuera, Jen se alejó varios pasos de mí; saludé al de la entrada, que hizo un gesto burlón al ver la escena.

Me volví de nuevo hacia Jen, y agradecí que me diera la espalda para no ver que había perdido el equilibrio y, tras unos segundos de mantener las manos en el suelo, había conseguido incorporarme de nuevo.

—¿Jen? —conseguí articular.

Apenas la veía. En mi cabeza, ella daba vueltas y su pelo cambiaba de color en función de las luces que la iluminaban desde el interior del local. No parecía real, estaba casi convencido de que, si alargara la mano, la atravesaría como a un fantasma.

—Por favor, dime algo —le supliqué—. Lo que sea.

En cuanto la cogí del brazo, se dio la vuelta y me encaró. No supe si parecía cabreada o decepcionada. O ambas cosas.

—No quería que te enteraras así… —empecé a decirle.

—¿Y cómo querías que me enterara? ¡Ross, estás…!

—¡No es tan grave como parece!

¿Era una respuesta típica? Sí. Pero era la única que se me ocurría.

Intentó apartarse, y yo me aferré con cierta desesperación a la manga de su sudadera.

—¡No pasa nada! —aseguré, insistente—. Puedo dejarlo cuando quiera. Solo lo hago en las fiestas cuando los demás lo traen, ¡nunca más! No es habitual, Jen. Tienes que confiar en mí.

—Entonces ¿podrías jurarme aquí y ahora que no volverás a hacerlo jamás?

No respondí, claro. Ya le había mentido diciéndole que yo no compraba, y no quería volver a engañarla. Además, el mareo iba en aumento y temía que la nariz me sangrara de nuevo.

Por si todo aquello no fuera suficiente, el coche de Will se detuvo a mi lado.

Miré a Jen con sorpresa, y ella se limitó a fruncir el ceño.

—¿Lo has llamado tú? —la acusé.

—Estaba preocupada.

—¡Podrías habérmelo dicho a mí!

—¡No estás en condiciones de hacer nada! ¡Necesitas ayuda!

Will ya había bajado del coche y se me acercaba. Intentó cogerme del brazo, pero me aparté de un tirón. Fue tan brusco que casi me caí de bruces al suelo. Más que nada, porque no tenía claro por dónde se me acercaba. La cabeza me daba vueltas y lo veía borroso.

—¡Os podéis ir a la mierda! —vociferé, cabreado—. No necesito niñera, ¿os queda claro? ¡Tomo mis propias decisiones y...!

—Tío —me interrumpió Will, claramente agotado—, súbete al coche y déjate de gilipolleces.

Cuando volvió a cogerme del brazo, fui incapaz de apartarme, me sentía demasiado mareado como para hacerlo. Y quizá me estaba entrando el bajón con su culpabilidad correspondiente.

—Me lo estaba pasando bien —murmuré con voz arrastrada.

—Pues ya va siendo hora de volver a casa —repuso él, tirando de mí.

—Menuda panda de amargados...

—¿Te subes al coche o tendré que subirte yo de la manita, Ross?

Le puse mala cara y me liberé de su agarre para apoyarme torpemente en el coche. Noté que me miraban, así que entré y, tras dar un portazo, me encerré en la parte trasera. Jen se sentó a mi lado, pero apenas la veía. Me estaban entrando las náuseas y no quería vomitar delante de ella. Lo que me faltaba ya para dejar de gustarle.

—¿Puedes ponerle el cinturón? —le pidió Will entonces.

Ofendido, abrí los ojos.

—¡Sé ponérmelo yo solo!

Ella se acercó de todos modos; tampoco me molestó tanto que se estirara encima de mí para ponérmelo, y noté que me miraba fijamente. Quizá incluso dijo algo, pero dejé de escucharla. Ya un poco más calmado y con los ojos cerrados, mi mente empezaba a relajarse.

Cuando los abrí de nuevo, no sabía ni dónde me encontraba.

Me incorporé sobre los codos demasiado rápido y el latigazo de dolor me obligó a tumbarme. Aquello no era una cama, era… un sofá. El sofá del salón. Alguien me había tapado con una manta, pero la pateé a un lado y, asqueado, traté de incorporarme. No lo conseguí. En su lugar, me caí de bruces al suelo y solté un gruñido de dolor.

—Joder…

Apoyé las manos en la alfombra y, tras respirar hondo, logré arrastrarme hasta la entrada del pasillo. La cabeza me daba vueltas y sentía los músculos flojos. Vaya resaca; mierda, era horrible. Peor que todas las anteriores.

Me agarré al marco del pasillo e intenté ponerme en pie, pero apenas había incorporado el torso cuando me sorprendió un mareo muy fuerte y vomité sobre las losas del suelo. Y, por consiguiente, sobre uno de mis brazos.

Para que luego digan que moverse es bueno.

Miré por unos segundos el desastre. Al menos, el olor me había desperezado un poco y pude arrodillarme. Estuve a punto de caerme otra vez, pero noté que una mano me sujetaba del hombro.

—Tranquilo, Ross —señaló Naya con suavidad—. Ya me encargo yo.

—Lo… lo siento, no pensé que… Ha sido sin…

—No pasa nada —me aseguró—. Venga, apóyate en mí.

Había salido de su habitación sin que yo me diera cuenta; sinceramente, tenía la visión tan borrosa que apenas podía enfocarla. Aun así, acepté su agarre con el brazo limpio y por fin conseguí ponerme de pie. Ella me dedicó una pequeña sonrisa, pero apenas la miré a la cara. Qué vergüenza. Por lo menos, era la única que se había enterado del desastre.

—Deberías darte una ducha —comentó—. Sin ofender.

Al menos, consiguió sacarme una sonrisa.

—No limpies nada —pedí—. Ya lo haré yo.

—Ross, por favor, déjate ayudar de una vez.

Creo que añadió algo más, pero ahí ya tenía la mente en otro lado. Me metí en la ducha, abrí el grifo del agua fría y dejé que me calara los huesos para despejarme de una santa vez.

Tardé una eternidad. Para cuando salí del cuarto de baño, vestido con todo menos con la camiseta que había ensuciado, Naya ya no estaba; olía a productos de limpieza. Como su habitación tenía la puerta cerrada, no quise molestarlos y fui a por otra camiseta.

Tras ponérmela, me di cuenta de un dato importante: faltaba mi chaqueta.

No recordaba dónde la había dejado. De hecho, no recordaba absolutamente nada de la noche anterior. Sin embargo, sabía que todas mis cosas estaban ahí, incluso la cocaína. Y el dinero, por supuesto. Sin esas dos cosas, no sabía dónde coño meterme.

Y me puse a buscarlo, claro. Tras remover cajones y montones de ropa, llegué a dudar de si buscaba mis cosas o algo que me ayudara a conseguirlas —por ejemplo, algo que pudiera vender—. Incluso barajé la idea de que Mike hubiera escondido por ahí material de su peor época, pero no hubo suerte.

Ya llevaba un buen rato cuando, de pronto, noté que alguien me observaba. Me volví, alarmado, esperando encontrar a Will... pero no. Era Jen.

Por un momento, no supe si soñaba o si me encontraba en la escena más surrealista de mi vida. Ella no solo iba en pijama, sino que acababa de salir de nuestra habitación, parecía haber dormido ahí. Tenía tantas preguntas que no supe por dónde empezar. Si no hubiera estado tan resacoso, puede que incluso me hubiera enfadado.

—¿Qué haces aquí? —le pregunté finalmente.

—He oído que removías todo eso. ¿Estás bie...?

—No, me refiero a qué haces tú aquí, conmigo. ¿No ibas a quedarte en la residencia?

Lo dije en tono de acusación, pero ella parecía bastante confusa. No tanto como yo, claro. La última vez que la vi, me dijo que quería quedarse en la residencia. ¿Por qué seguía en mi casa? ¿Qué coño quería?

Jen aún me miraba, con precaución. Cuando se me acercó, me tensé de pies a cabeza.

—Chris no tenía habitaciones, Ross —repuso con calma—. Y anoche te encontré en un bar. Estabas borracho.

¿Qué? Alarmado, me eché un poco atrás; era totalmente incapaz de recordarlo. ¿En un bar?, ¿qué bar? Solo me acordaba de haber hablado con Vivian en la sesión de fotos. Y quizá había conducido, pero poco más. Después, todo negro. Pero si me había encontrado, significaba que no me había ido muy lejos, y el único sitio que se me ocurría era el puto bar de las palmeras.

Me tensé de pies a cabeza. Si había ido ahí, sabía perfectamente para qué. ¿Lo habría adivinado ella también?

—¿Y he...? —empecé a preguntar, sin saber cómo terminar—. ¿Has visto algo que...?

—¿Que si he visto lo que hacías con ese billete enrollado? Sí, Ross, lo he visto.

Sus palabras me sentaron mucho peor que cualquier insulto y regresaron las ganas de vomitar, aunque por otros motivos.

Podía vivir con el hecho de que mis amigos, que me conocían bien, supieran lo que hacía. Pero que lo hiciera Jen..., que lo hiciera la única persona que alguna vez me había dicho que veía algo positivo en mí..., eso era muy distinto. De pronto, ya me veía por lo que era, no por lo que había tratado de ser con ella.

Adiós a su chico de los recados; a partir de ahora, volvía a ser el Ross de siempre.

—Estoy ocupado y quiero estar solo —murmuré sin mirarla. Si ya sabía la verdad, no me apetecía seguir hablando con ella. Y tampoco ser simpático. Solo quería que me dejara a solas para no afrontar la realidad—. Adiós.

Jen no se movió, claro. Al contrario: se acercó a mí con pasos furiosos.

—¿No te acuerdas de nada de lo que pasó anoche? ¿No te acuerdas ni siquiera de lo del bar? ¿Eso es... es por lo que te metes?

Apreté los dientes, irritado.

—Déjame en paz.

—¿Es que no te das cuenta de que te hace daño? ¡Hace un momento no sabías ni que yo estaba en esta misma casa!

Desde que volvía a consumir, era habitual que tuviera pérdidas puntuales de memoria. Me despertaba en un sitio al que no recordaba haber llegado, me saludaban personas que no reconocía, veía reportajes sobre mí y entrevistas cuya existencia desconocía, me encontraba cosas en los bolsillos que ignoraba haber adquirido... Y así con todo.

Y ni siquiera así admites que tienes un problema, ¿eh?

—Pero ¿tú quién te crees que eres? ¿Mi madre? —protesté—. Métete en tus problemas y déjame tranquilo.

—No me creo tu madre, pero me preocupa ver... todo esto.

A mí me preocupó cuánto me gustó que se preocupara.

Válgame la redundancia.

—¿Esto? —repetí cuando me señaló de arriba abajo—. ¿Ya no te gusto, Jenny? Me vas a romper el corazón... Otra vez.

Por algún motivo, buscaba una reacción que me invitara a tener esperanzas; quizá deseara ver su arrepentimiento, no estoy muy seguro. Pero no lo conseguí. Jen tan solo suspiró con cansancio.

—Me refiero a tu aspecto —repuso en voz baja—. Estás... Ross, necesitas ayuda.

—Y tú necesitas aprender a diferenciar cuándo sobras y cuándo haces falta —respondí, burlón y cruel a partes iguales.

—No caeré en esas provocaciones infantiles, Ross. Me he criado con ellas. Sé cómo ignorarlas.

—¿Ahora soy un niño pequeño?

—No, pero estás intentando desviar el tema constantemente para no hablar de lo que no te interesa. Y solo buscas que discuta contigo para conseguirlo.

Pero ¿desde cuándo me conocía tanto, la asquerosa?

¿Desde vuestra relación?

—La psicóloga... —ironicé en voz baja.

—Pues sí, he ido a terapia durante este año. —Estuve tentado de preguntarle si le habían recomendado que dejara a su noviecito... si es que seguían juntos. Pero incluso a mí me pareció bajuno—. Y ¿sabes qué? —prosiguió—. He aprendido varias cosas. ¿Lo has probado tú alguna vez? Quizá no sería tan mala idea, Ross...

Su tono suave me hizo bajar la guardia; ella aprovechó para acuclillarse y ponerme una mano en el hombro. Su contacto, antes bienvenido, logró que todo mi cuerpo la rechazara. Di un traspié hacia atrás y me quedé sentado con cara de rechazo.

—No me toques —siseé.

En realidad, no estaba seguro de si quería que dejara de hacerlo. A una parte de mí le encantaba, mientras que la otra lo detestaba.

—Vale —dijo en voz baja, y me sorprendió que sonara dolida—, no lo haré, pero...

—¡Vete de una vez! Joder, ¿no tienes nada mejor que hacer que molestarme? ¿No tienes a otra persona a quien arruinarle la vida?

—Quiero ayudarte —murmuró tras quedarse unos segundos en silencio—. Si me dejas...

—¡No quiero tu ayuda! —salté, perdiendo los nervios—. ¡No quiero la ayuda de nadie! Estoy harto de que me tratéis como si fuera un crío que no sabe cuidar de sí mismo. Sé lo que hago, ¿vale? Lo sé perfectamente. Solo… solo necesito encontrar mi puta chaqueta. ¡No la encuentro! —Mi voz se tiñó de desesperación. La sentía desde que había descubierto que la chaqueta no estaba y, por lo tanto, no tenía nada que meterme ni modo alguno de conseguirlo—. ¡No sé dónde está, joder! ¡No la encuentro! ¡No la…!

Cerré los ojos con fuerza. Un latigazo de dolor me cruzó la espalda y me encorvé sobre mí mismo abrazándome las rodillas. Me dolía todo, estaba mareado y necesitaba hacer cualquier cosa menos quedarme quieto; de lo contrario, enloquecería. Me resultaba insoportable, necesitaba algo, lo que fuera.

Jen se agachó a mi lado y no me aparté. No me sentía con fuerzas y, además, casi agradecí que hubiera alguien conmigo.

—Jack… —murmuró, y mi nombre sonó mucho más bonito que de costumbre—, ¿qué pasa?

—Cállate —siseé como pude, con los dientes apretados—. Déjame tranquilo. Vete de aquí.

Sacudí la cabeza y, al darme cuenta de que tenía el pelo atrapado en un puño, aflojé un poco el agarre. Era desesperante. Me balanceé, irritado y tratando de respirar, aun así, me ahogaba.

—No quiero dejarte solo, quiero ayudarte —dijo en voz baja, apenada. Noté su brazo en la espalda, pero no me moví para apartarla—. Dime cómo puedo ayudarte, por favor. ¿Qué hay en esa chaqueta? ¿Qué necesitas?

—Lo he jodido todo, Jen —le aseguré entre lamentos.

—Seguro que las cosas no son tan graves como parecen.

—Sí, sí que lo son… Tú no lo entiendes.

—Explícamelo y déjame ayudarte, entonces. Por favor.

No quería admitirlo, no quería decirle que toda mi desesperación era porque había perdido el control de mí mismo y de lo que necesitaba; era incapaz de hacerlo. Además, estaba demasiado preocupada como para tomarse bien la noticia.

Supongo que por eso la mentira me salió con tanta facilidad.

—Le… le debo dinero a alguien.

Mi tono había cambiado, y metí la cabeza en mis rodillas para que no me viera la cara. O para no vérsela a ella, no estaba muy seguro. En algún momento me arrepentiría de haberle mentido, pero en ese instante necesitaba dinero y sabía que le daba la suficiente pena como para que me lo diera ella.

—Bueno… —intentó razonar, algo temblorosa—, vas a sacar una película dentro de nada. Seguro que entonces podrás permitirte…

—No, no podré. Ya me he gastado todo el adelanto que me dieron. No ganaré nada más antes de que se estrene. ¡Y puede ser un puto fracaso! ¡Puede que nadie quiera verla!

—¿Y qué hay de los cortos?

—Dejé de cobrar por ellos hace un año. —Por lo menos, eso no era mentira.

—¿Es muy urgente? —insistió con desesperación, y yo asentí—. ¿Y… qué pasa si no pagas?

La miré de manera significativa, y por su cara de horror supe que había colado.

—¿Crees que doscientos dólares bastarían para ganar tiempo?

Una extraña y agridulce sensación de triunfo se me instaló en el pecho, y tuve que contenerme para no exteriorizarla.

—No quiero tu dinero —mentí—. No necesito tu lástima.

—Solo quiero echarte una mano.

—Pues no la acepto.

—¿No puedes aceptarlo y ya está? Tómatelo como si… como si te estuviera devolviendo lo del año pasado, ¿vale? Te debo mucho más que eso, seguro. Esto es solo un adelanto.

Dejé que entrara en la habitación y aproveché para ponerme en pie. Por las ansias que sentía pareció que los segundos se eternizaban. Por fin volvió. No solo tenía el dinero, sino también mi chaqueta. Otro misterio resuelto.

Además, ya tenía una bolsita y dinero para comprarme más. Perfecto.

—¿Por qué tienes doscientos dólares? —quise saber.

—Porque he estado pluriempleada todo un año. No me quedaré en bancarrota por esto, te lo aseguro.

Cogí ambas cosas con precaución, mirándola. Jen sonrió un poco.

—Te lo voy a devolver —aseguré.

Pero, en cuanto toqué el dinero y la chaqueta, ella dejó de existir. Todo dejó de hacerlo, incluso yo mismo. De pronto, solo existía lo que tenía en la mano y las ganas que tenía de metérmelo.

Jen dijo algo más, pero ya no la oí. Fui directo a la salida.

17

El caballero inesperado

Me daba igual que me hubiera visto consumiendo. Me daba absolutamente igual. ¿Su cara de decepción?, ni me acordaba de ella, no me importaba en absoluto.

Ajá.

Solo me molestaba que me hubiera prestado dinero, quería dejarle bien claro que no necesitaba su estúpida caridad, que yo solito me las apañaba a la perfección.

¿Y no será que te sientes culpable por haberla engañado?

No era eso, en absoluto.

Ya que pasaríamos una temporada en la ciudad, Vivian había decidido dejar el hotel y alojarse en un piso. Esa misma noche tenía la fiesta de inauguración, a la que estaba invitado; pero ya habría tiempo para eso, primero quería devolverle su estúpida limosna a Jen. Después ya iría a divertirme.

Iba con las ideas muy claras, así que abrí la puerta del piso con toda la confianza del mundo.

—Oye, Will —lo llamé al entrar al salón—. ¿Dónde está Jen? Tengo que…

Me detuve de golpe. La aludida, sentadita en el sofá, me miraba con los ojos muy abiertos; un chico no identificado estaba sentado a su lado.

Además, este le pasaba un brazo por encima de los hombros.

Vaya, vaya.

Tan solo me jodió que me oyera llamándola «Jen»; le estaba aplicando la ley del hielo, que implicaba llamarla «Jennifer» en tono despectivo y mirada indiferente, y lo último que quería era que se pensara que había empezado a perdonarla.

Sí, eso fue lo único que me jodió.

¿Y lo del tipo ese que tenía pegadito a ella?, un dato insignificante.

Me daba completamente igual. Ni me había fijado.

Bueno..., vale, me jodió un poco. ¿Contentos?

Mucho, gracias.

Indignado, saqué la mano del bolsillo de la sudadera. Ahí se quedaba su estúpido dinero. Que viniera a reclamarlo, si es que lo quería.

—Ah, hola —dijo Will, en un intento de romper el silencio incómodo que nos engullía. Naya, Sue y la nueva parejita no decían nada—. Este es Curtis, un amigo de Jenna.

Supe que lo había denominado «amigo» para calmarme, pero solo logró que me pusiera más a la defensiva. ¿Qué me importaba a mí que fuera su amigo o no? Por mí, como si tenía veinte más como ese, que además no me llegaba ni a la suela del zapato. ¿Qué era?, seguro que nada importante. Yo era director de cine, fíjate si sonaba bien. Seguro que con él se aburría, y seguro que no la conocía tan bien como yo, que había...

Calma, vaquero.

Sí, calma. Tuve que recordarle a mi cara que se suponía que me daba igual.

—Pues muy bien —musité con retintín.

Fui a buscar una cerveza y, aprovechando que el nuevo me estaba mirando, la abrí usando el truco de Mike. Tras asegurarme de que lo había visto, me sentí más orgulloso de mí mismo.

¿A que él no podía hacer eso?, ¿eh?

Qué malote, seguro que esta noche llorará hasta quedarse dormido.

Podría haber tomado asiento en el otro sillón para mantener un poco de paz, pero no me dio la gana. En su lugar, me senté al otro lado de Jen, asegurándome de dejarla bien apretada e incómoda entre ambos.

Qué maduro todo.

De nuevo, estábamos rodeados de un incómodo silencio. Vi de soslayo que Will le hacía señas a Naya, y ella se apresuró a intervenir:

—Nuestro querido amigo es director —le dijo a Curtis—. De hecho, estrenará una película.

—¿En serio? —se interesó el *pringao*—. ¿Cuándo se estrena?

Cuando me diera la real gana, ¿por qué tenía que hablar de mí?

—Dentro de dos semanas —mascullé.

Jen —mierda, Jennifer, volvía a ser Jennifer porque me había enfadado— me miró de reojo, pero no dijo nada.

—Se te ve muy ilusionado —comentó Sue.

Para dejar bien claro lo contento que estaba, pasé de responder y seguí mirando la televisión.

—¿Vivian estará en la premier? —preguntó Will entonces.

Lo miré con el rabillo del ojo. Tenía puesta aquella sonrisita traviesa y, aunque en ese momento quería hacerme el duro porque una nueva plaga invasora había irrumpido en mi salón, se lo agradecí. Especialmente cuando Jen se tensó de un modo muy evidente.

Así que los celitos no le gustaban, ¿eh? Pues a mí tampoco.

Que no es que estuviera celoso, ¿eh? No lo estaba en absoluto.

Claro.

—Obviamente —murmuré.

—Estoy deseando conocerla —saltó Naya con ilusión.

Y se caerían bien, estaba seguro. Vivian era de esas personas capaces de llevarse bien con todo el mundo, si le interesaba. Quizá le pondría pegas a Jen —más que nada, por lo que le había contado sobre ella—, pero de los demás no tendría tantas quejas.

Transcurrieron unos segundos terriblemente incómodos, y cuando miré de soslayo al amiguito de Jen —Jennifer, joder, Jennifer—, él captó la indirecta y se levantó.

—Tengo que irme —le dijo a ella—. Pero ya hablaremos, ¿eh?

¿De qué iban a hablar tanto? ¿Y por qué lo expresaba con tanta confianza? Fruncí el ceño, enfurruñado, mientras ella lo acompañaba a la puerta. Por lo menos, se marchaba, que ya era una pequeña victoria. Apenas había abierto la boca dos veces y ya me caía como una patada en el culo.

Pero se demoraban mucho con la despedida de las narices. O al menos esa fue mi impresión. Probablemente solo habían transcurrido treinta segundos, pero no pude aguantar las ganas de ir a asomarme.

Solo quería ver si se besaban o algo así, ¡solo eso! ¡No tenía nada de malo!

Pero no. Simplemente se abrazaron, y Jen —maldita sea, JENNIFER— se despidió de él. Yo me apoyé con el hombro en el marco de la puerta, tan casual como pude, y fue en esa postura como me encontró. Por algún motivo, no pareció muy sorprendida.

—¿Querías decirme algo? —inquirió.

Desde su regreso, ya no me hablaba cariñosamente o con ese tono de bromita que tanto me gustaba hacía un año, sino en un tono frío, casi de indiferencia, que me ponía de los nervios. Mucho más que cualquier otra cosa —buena o mala— que pudiera hacerme.

Ese día vestía unos pantalones verdes y un jersey color mostaza que me recordó al que había arruinado el año anterior. También se había atado el pelo y, además, llevaba un poco de maquillaje. Entrecerré los ojos. ¿Todo eso, para el *pringao*? ¡A mí me recibía siempre en pijama!

Como no respondía, ella insistió:

—Antes has dicho que me buscabas. ¿Era por algo en particular?

—¿Te crees que quiero hablar contigo? Es un poco egocéntrico por tu parte.

—Es lo que has dicho —remarcó.

Y tenía toda la razón del mundo, pero claro que no se la daría. Antes prefería la muerte.

—No creo que vaya a gustarte mucho la conversación, *Jenna*.

Remarqué su nombre en el mismo tono que ella había usado esos días, y funcionó a la perfección. Ofendida, echó la cabeza un poco atrás y se cruzó de brazos.

—Voy a ducharme —me aclaró—. Cuando quieras hablar las cosas, ya me buscarás.

La seguí con la mirada hacia el cuarto de baño; en cuanto se encerró, me di cuenta de que los demás me observaban.

—¿Algo que comentar? —espeté.

—Nada en absoluto —me aseguró Naya.

Inquieto, miré de nuevo la puerta del cuarto de baño. No quería darle la satisfacción de ir a buscarla, pero a la vez me moría de ganas de echarle en cara todo lo que tenía dentro. No estaba muy seguro de si podía aguantarme, y, de pronto, me encontré a mí mismo avanzando rápidamente hacia el cuarto de baño.

Quizá debería haberlo planificado mejor, porque cuando abrí la puerta, casi me la cargué. Jen dio un saltito atrás, se arrancó los pantalones sin querer y me miró con los ojos muy abiertos.

—Vale —dije, muy digno—, quiero hablar.

Ella parecía perpleja.

—¡¿Ahora?!

—Sí. Ahora.

—¡¿Es que no tienes sentido de la privacidad?! ¡¡¡Vete ahora mismo!!!

Hizo ademán de acercarse a la puerta, pero la bloqueé con mi cuerpo. No. Escucharía lo que tenía que decirle.

—Te has instalado en mi casa, en mi sofá, después de dejarme tirado como si no fuera nada —remarqué, y a cada palabra mi tono fue volviéndose más alto y furioso—. ¡Y lo primero que veo al volver es que te has traído a otro tío con el que te das abracitos en mi salón!

—¡Ross, sal de...!

—¿Se puede saber de qué coño vas? —la interrumpí—. ¿Siempre has sido así? Porque no te recordaba tan mala persona.

El ataque tuvo el efecto que buscaba: Jen dio un respingo y enrojeció del enfado.

—¿«Mala persona»? —repitió—. ¿Y por qué iba a serlo? ¿Por tener un amigo? ¿Ahora tengo que pedirte permiso para tener amigos?

—¡Para traértelos a mi casa, sí!

—Entonces no te preocupes, que a partir de ahora iré a la suya.

Los dientes me empezaron a rechinar. Vale, eso no iba por el camino que yo había pensado, aunque también era cierto que, como siempre, tampoco había pensado mucho.

—Que te den —mascullé.

—¡Que te den a ti! ¿Me meto yo en si tienes amigas o no? ¿O interrumpo tus duchas para preguntártelo?

La miré de arriba abajo, me sentía confuso. Se había quitado los pantalones, pero aún llevaba el resto de la ropa.

—¿«Tus duchas»? ¡Ni siquiera habías empezado!

—¡Ross, estoy semidesnuda! ¡Vete de aquí!

Volví a mirarla sin entender nada.

—Ni que tuvieras algo que no haya visto antes.

Eso la ofendió mucho más que cualquier palabra hiriente que se me ocurriera. No me esperaba que me lanzara los pantalones a la cabeza. Los esquivé por unos centímetros, pasmado.

—¡Eso no te da derecho a invadir mi privacidad! —chilló—. ¡Ni a verme de ninguna forma sin mi consentimiento!

Y, cómo no, apareció el que faltaba.

—¡Ross! —me llamó Will al otro lado de la puerta—. ¡Estoy seguro de que habrá mejores momentos para…!

—¡Pues a mí este me parece ideal! —intervine.

Jen, no obstante, tenía otra opinión.

—¡No lo es! —espetó, furiosa—. ¡Sal de aquí ahora mismo! ¡Y, para tu información, estoy en mi derecho a tener tantas citas como me dé la gana sin necesidad de darte explicaciones!

Ahí era donde no estábamos de acuerdo, porque a mí me encantaría recibir todo tipo de explicaciones.

El tiempo que tardé en pensar eso coincidió con el que necesitó mi cerebro para entender lo que había oído. Jen —Jennifer, joder— había pronunciado una palabrita mágica que no había surgido hasta ese preciso momento.

—¿Qué quieres decir con eso? —Me habría gustado sonar menos afectado—. ¿Tienes una cita?

—¡QUE TE VAYAS!

No sé cómo se las apañó, pero consiguió sacarme de ahí sin darme ninguna otra respuesta. En cuanto me cerró la puerta en la cara, me di cuenta de que no me había respondido. Indignado, intenté volver a abrirla.

Y como no esperaba que ella la cerrara de nuevo, la puerta me dio en toda la frente. Casi pude oír mi cerebro rebotando por el cráneo con Linkin Park sonando de fondo.

—¡Ay, no! —exclamó Jen… nifer—. ¡Lo siento muchísimo! ¿Estás bien?

Quise decirle que sí, que solo había sido un golpe, pero luego me di cuenta de que le estaba dando pena y, quizá, era un buen momento para sonsacárselo.

—No lo sé, ¿me vas a responder de una vez?

—No si me hablas así —espetó—. Y mucho menos cuando me estoy duchando.

—¡No me…!

—¡Si tantas ganas tienes de hablar, espera aquí a que termine!

Y vaya si lo hice. Esperé todo el tiempo necesario. ¿Se pensaba que tendría más fuerza de voluntad que yo? Pues lo llevaba claro, porque no me iría de ahí sin terminar la conversación pendiente. Garantizado.

La cabrona hizo varios viajes para provocarme todavía más.

Cuando finalmente pasó por mi lado hacia la cocina, ya no aguanté y me dispuse a seguirla.

Justo antes de que se abriera una cerveza junto a la nevera, se la quité de la mano.

—¡Oye! —protestó.

—Me he esperado —protesté yo, a la vez—. Ahora, cumple con tu parte y habla conmigo.

—¿Has pensado que quizá no quiera hacerlo?

Pues la verdad es que no, no era una posibilidad que se me hubiera pasado por la cabeza.

—No. —Cuando intentó recuperar la cerveza, la alejé para impedírselo—. ¿Con quién tienes una cita? ¿Con ese de antes?

—¿Y tú me acusas de haberme vuelto mala persona? —saltó, irritada—. ¡Por lo menos no me he vuelto una controladora!

—¡Dímelo y ya está! ¿Tan difícil es?

No se tomó con mucho humor que volviera a apartar la cerveza.

—¡No tiene gracia!

—¿Tengo cara de estar bromeando? —pregunté.

—¡No te debo ninguna explicación!

Quizá no, quizá sí. En ese momento, me daba igual.

—¡Dime con quién has quedado! —me impacienté.

—¡NO!

—¡SÍ!

Will hizo una mueca.

—Chicos…

—¡¿QUÉ?!

En cuanto oí que ella lo decía a la vez que yo, la fulminé con la mirada.

—Los vecinos… —intentó decir Will.

—¡Que les den a los vecinos! —protesté, y me volví hacia Jen… ¡Jennifer, joder!—. Dímelo.

—¡No!

—Ross —intervino Naya entonces—. Es solo un chico de su clase. Relájate un poco.

—Solo un chico de su clase…

En realidad, me daba igual. Bueno, no todo. La parte de que ese tío fuera de su clase o no me importaba un bledo. Lo que me molestaba era que ella tuviera tanta facilidad por salir con todo el mundo cuando yo, en realidad, solo había podido hacerlo borracho o colocado. Eso sí que me jodía de verdad.

—Sí —dijo Jen, levantando el mentón—, ¿algún problema? Es lo que te he dicho hasta ahora.

—Ya veo.

—¿Ya ves, qué?

—¿Te gusta?

¿Por qué había preguntado eso?

¿Porque te importa, quizá?

¡¡¡No me importaba!!!

El hecho de que no lo negara directamente me puso nervioso. Jen me contempló unos instantes, en silencio, y al final apartó la mirada.

—¿Sí o no? —insistí, ya sin molestarme en disimular mis ansias.

No las has disimulado en toda la conversación, tú tranquilo.

Su silencio, su mirada clavada en el suelo… Empecé a perder los estribos. Y, por si eso fuera poco, el dolor en las sienes empezaba a molestarme. Era demasiado. Y perdí el control de lo que hacía.

—¿A él también le dirás que le quieres y luego te irás por un año?

Para mi sorpresa, no saltó a la defensiva, sino que enrojeció un poco y mantuvo la mirada apartada de mí. Esa reacción me llamó la atención, y me envalentoné lo suficiente como para acercarme un paso más.

—¿O solo lo quieres para vivir gratis a cambio de echar cuatro polvos? —rematé.

Por supuesto, Naya saltó enseguida:

—¡Ross! ¡Retira eso ahora mismo!

—Venga, respóndeme. —La ignoré por completo.

Finalmente, Jen me miró. Pese a todo, no parecía tan furiosa como lo había estado un momento atrás. Ya no estaba a la defensiva. De hecho, cualquiera diría que se le habían bajado todas las defensas. Di otro paso hacia ella, y su cadera chocó con la encimera, pero no me apartó. Volví a probarlo. Me miraba con resentimiento, pero, de nuevo, no me apartó. ¿Por qué no lo hacía?

Mi curiosidad se mezcló con las repentinas ganas que tuve de pegarme a su cuerpo, y todo aquello combinado logró que a mí también se me bajaran un poco las defensas. Al menos, lo suficiente para admitirme a mí mismo que me moría de ganas de acortar cualquier tipo de distancia entre nosotros.

—Eres un cerdo —musitó de pronto.

Bueno, me esperaba una respuesta peor.

Sonreí y apoyé una mano junto a su cadera. Cuando no me apartó, empecé a ponerme nervioso, pero me aseguré de que no lo notara.

—¿«Un cerdo»? Por lo menos yo no soy un mentiroso.

—¿Y yo sí?

Probé suerte y, al inclinarme sobre ella, apoyó las manos en la encimera. La estaba apretando tanto que tenía los nudillos blancos.

Interesante reacción. *Muy* interesante.

—Sabes que no te gustará esa respuesta —murmuré.

—Si tan mala soy, no entiendo por qué te pones tan celoso.

Vale, estaba muy cerca. Más de lo que debería. Centrarse empezó a convertirse en una tarea muy complicada.

—Me importa una mierda tu cita —logré decir, pero ni yo me lo creía.

—Pues lo demuestras de una forma muy extraña... —repuso.

—Solo quiero avisar al pobre chico.

De todas las burradas que solté, esa fue la que hizo que Jen reaccionara y, de pronto, me frunciera el ceño.

—¿«Avisarlo»? —repitió, y me apartó con un brazo—. ¿De qué, exactamente?

Se puso a la defensiva, y, como consecuencia, yo también.

—¡De cómo eres en realidad! —salté.

—Oh, ¿en serio? —espetó, apartándome aún más—. ¿Quieres que haga yo una lista con todo lo que has hecho este año? ¿Y que avise a cada persona con la que te hayas acostado? ¡Porque seguro que tendría trabajo hasta el siglo que viene!

—¡Hola, familia! —dijo alguien por ahí atrás, seguramente mi hermano, pero no pudo importarme menos.

—¡No es lo mismo! —espeté.

—¡Es lo mismo!

—¡¡¡No lo es!!!

—¿Es la marihuana que me ha jodido el cerebro o esa es...? —intentó intervenir Mike.

—¡ES LO MISMO, JACK!

—¡NO, NO LO ES!

—¡¿Y cuál es la diferencia?! ¡¿Que tú solo te follas a la gente y yo necesito más que eso?!

—¡No hables así de mal!

—¡Espera, que ahora me va a dar clases de protocolo el que ha asaltado el cuarto de baño!

Intentó quitarme la cerveza, y esa vez la aparté con aún más ganas de molestar.

—¡Dame mi cerveza de una vez, Jack! —protestó.

Que me llamara por mi nombre me enervó más de lo estrictamente necesario.

—¡Ross! —corregí.

—¡Deja de ser tan infantil!

—¡¿Yo, infantil?! ¡¿Y tú qué?!

—¿Quieres que me ponga infantil? —me amenazó, ya fuera de sí—. ¡¡¡Pues te llamaré Jack hasta que me la devuelvas!!!

—¡Es Ross!

—¡Es Jack!

—¡Ross!

—¡JACK!

—¡ROSS!

—¡JACK, JACK, JACK, JACK! —gritó, y me sacó la lengua—. Jódete.

Cuando volvió al salón, indignada, tuve que aguantarme las ganas de reír. Si lo hacía, no me tomaría muy en serio.

El cabreo me volvió en cuanto vi que se había sentado al lado de Mike. A quien, por cierto, no había visto desde que había vuelto a la ciudad. No pareció importarnos demasiado a ninguno de ambos; no teníamos el tipo de relación que necesitara cuidarse continuamente para no morir. Si es que teníamos algún tipo de relación, claro.

—Fuera —le dije a mi hermano.

—Oye, no sé qué sucede —intentó razonar con dos personas en fase irracional—, pero seguro que si abrimos unas cervecitas y lo hablamos, todo será más…

—¡Fuera, Mike!

No llegó a levantarse, porque, en cuanto lo intentó, Jen —¡¡¡NIFER!!!— volvió a tirar de él para sentarlo.

—¡No tiene por qué cambiarse de sitio! —me espetó—. ¡Y menos por ti!

Decidí centrarme en mi hermano.

—¡Te he dicho que te muevas!

—¡No lo hagas! —insistió ella.

—Eh… —murmuró Mike.

—¡Quiero sentarme aquí! —insistí.

—¡Pues yo no quiero sentarme contigo!

—¡No te he pedido tu opinión!

—¡Ni yo la tuya!

—¡Vete al sillón!

—¡NO!

—Chicos —intentó hablar Mike de nuevo—, no me importa ir a…

—¡CÁLLATE! —saltamos al unísono.

—¡Estás comportándote como una cría! —añadí, mirando a mi exnovia, que parecía tan quemada como yo—. ¡Primero te presentas aquí con ese, después me das con una puerta…!

—¡Ha sido sin querer!

—¡¿Lo del otro tío también?!

—¡Le tengo mucho cariño, aprende a respetarlo!

Esa afirmación hizo que me hirviera la sangre.

—¡Se supone que a mí también me tenías mucho cariño, y después de lo de anoche pensé que…! —Mierda, mierda, hora de volver al redil—: ¡Eres una cría!

—¿Yo, una cría? ¡¡Y tú un cerdo!!

—¡PESADA!

—¡IMBÉCIL!

—¡CABEZO…!

—¡Se acabó! —saltó Will entonces—. ¡Ya me he hartado de esta tontería! ¡Los dos sois igual de pesados, dejad de pelear para ver quién lo es más! Tú, a tu habitación a gritarle a una almohada —le ordenó a ella, y luego se volvió hacia mí—. Y tú, vete a fumar o lo que sea, hasta que te calmes.

Salí de casa sin mirarla y dando un buen portazo.

Los gritos habían sido tan escandalosos que incluso mi abuela estaba asomada al pasillo, y en cuanto me vio entrecerró los ojos.

—Vaya nieto estás hecho, que vuelves a casa y no te molestas en visitarme.

—Ahora no, abuela —protesté.

—¡Ya vendrás a pedirme comida, ya!

Solté una palabrota entre dientes, salté por la ventana del descansillo y subí a la azotea.

Al llegar me di cuenta de que no había traído la chaqueta ni el tabaco. Otra palabrota. Di una patada a una silla, pero luego me sentí mal y la recoloqué. Otra palabrota más.

Así me encontró Will cuando me subió el tabaco. Me robó un cigarrillo, se lo encendió y me lanzó el paquete. Lo pillé al aire y me puse a dar vueltas como un desquiciado. Él, mientras tanto, se limitó a sentarse en la sillita que no había golpeado. Ah, y me contempló.

—¿Algo que decir? —protesté al ver que no hablaba.

—Creo que entre los dos ya lo habéis dicho todo.

—¡Es insoportable!

—Ambos lo sois, no te engañes.

—¡Yo no tanto! —protesté, deteniéndome frente a él—. ¡Su reacción ha sido… desquiciada!

—Ah, ¿y la tuya no?

Me quedé mirándolo un momento, ofendido.

—¿Perdona?

—No sé, después de tu ataque a lo Chernóbil, ¿nada que decir?

—¿«Chernóbil»? ¿Y eso qué tiene que ver?

—Tóxico —recalcó la palabra, e incluso me dejó unos segundos para que la degustara, el capullo—. Te estoy llamando «tóxico» de forma disimulada. Reflexiona sobre ello, ¿quieres?

—¡No, no quiero! ¡Y deja de mirarme como si me llamaras «cerdo»!

—Eso te lo ha dicho Jenna, no yo.

—Bueno, pero a ella le gusta Pumba, quizá ha sido un cumplido y no nos hemos enterado.

Will soltó una carcajada ruidosa.

—No sonaba a cumplido, pero si quieres creerlo… —Sacudió la cabeza—. Mira, di lo que quieras, pero creo que en el fondo te gusta que esté aquí.

—¿Que me gusta? ¡Si la odio!

—Sí, claro. Y yo soy blanco.

—¡Esa broma dejó de tener gracia hace dos libros!

—¿Qué dices ahora de libros?

—¿Y yo qué sé? —me lamenté—. Queréis desquiciarme para quedaros con mi casa, ¿verdad?

—Ross, no te ofendas, pero hace bastante tiempo que estás desquiciado.

Me estaba frotando la cara, pero dejé de hacerlo solo para echarle una mirada de advertencia. Él simplemente sonrió.

—¿Qué? —me preguntó.

—No sé. ¿Se te ha escapado hoy un *oompa loompa* de la fábrica y por eso estás tan agresivo?

—Yo no soy quien se ha metido en el baño con su exnovia y luego ha despertado a medio vecindario a base de chillidos.

—Vete a tu fábrica de chocolate y déjame en paz.

—Creo que, si tuviera una fábrica de chocolate, Naya y yo discutiríamos menos —reflexionó—. Solo necesitaríamos distanciarnos un día o dos.

—Gracias por informarme. No sé cómo he vivido hasta ahora sin saberlo.

Para mi sorpresa, dio un respingo y sonrió con mucha alegría.

—¡Por fin un poco de sarcasmo! Imagínate si has estado tiempo sin usarlo que lo echaba de menos…

—Perdona, pero te encanta mi tono sarcástico.

—Es lamentable. Y, volviendo al asunto, deberías disculparte por la escenita de celos que has montado.

Ofendido, me llevé una mano al corazón, y él enarcó una ceja.

—No estoy celoso —protesté—. ¡Y es culpa suya, por hacerme esto!

—¿El qué? ¿Pasar página después de un año?

—Pues… ¡sí! ¡Exactamente!

—¿No decías que lo habías superado?

—¡Y lo he superado! ¡Mírame, soy la viva imagen de la felicidad!

A modo de respuesta, me miró unos instantes de forma significativa. Después, me enseñó las llaves que había subido.

—¿Vamos a dar una vuelta en coche? A ver si así te despejas un poco.

Lo pensé un momento.

—No sé, ¿conduzco yo?

—No. Tú pagas la comida y conduzco yo.

—¡No, pagas tú! —protesté cuando se levantó.

—Pero ¡si el rico eres tú!

—¡Si empiezo a pagarlo todo, no lo seré por mucho tiempo!

Cuando pasé por su lado, sonrió y me pasó un brazo encima de los hombros. Intenté apartarme, estaba malhumorado, pero empezó a frotarme la cabeza con la mano. Cómo detestaba que hiciera eso.

—¡Para!

—¡Ay, Ross! —exclamó, divertido y sin soltarme—. Te había echado de menos.

18

Cine salvaje

Bueno…, era el día de la premier.

Qué asco.

Exclamó el aclamado director.

Estaba en nuestra habitación, la que compartimos durante tres meses, y me resultaba un poco raro. En principio, solo había entrado para coger mi camisa —me la estaba abrochando frente al espejo—, pero acabé por quedarme ahí. ¿En qué momento había dejado de entrar en mi dormitorio? ¿Por qué no lo había pisado desde que me había marchado a Francia?

Mientras intentaba ajustarme la dichosa pajarita que Jen —mira, a la mierda, la llamaría así— me había obligado a comprarme esa mañana, la maldita apareció justo detrás de mí. Si no hubiera estado de tan mal humor, probablemente habría dado un respingo del susto.

Desde nuestra pelea, habíamos adquirido una dinámica un poco… rara. En algunas ocasiones podíamos hablar de cualquier cosa, y en otras no nos aguantábamos en absoluto. Broncas monumentales y momentos de cogernos de la mano y fingir que no había transcurrido un año entero desde que me había dejado.

Los segundos eran mis favoritos… aunque no lo admitiera. Después de todo, aún le guardaba rencor, y dudaba que desapareciera.

Al menos, en un futuro cercano.

O nunca.

Procedo a reírme.

La sonrisita divertida de Jen me devolvió a la realidad.

—A mí no me hace gracia —protesté.

Jen sonrió todavía más.

—¿Alguien no sabe domar su pajarita?

—Cállate. Sé hacerlo.

—¿Quieres que te ayude?

—¿Podrías ayudarme? —cuestioné, dubitativo.

Ella sonrió con ironía y me rodeó para colocarse frente a mí.

—Aunque no lo parezca, sí. Sé atar pajaritas —aclaró—. Déjame a mí.

Dejé que se acercara y deshiciera el desastre que había armado, y mientras me ataba el nudo, no pude evitar mirarla.

No hacía mucho que había vuelto, pero habían pasado tantas cosas que me parecía una eternidad. Nos habíamos peleado, habíamos dormido juntos, ambos habíamos admitido parte de lo que sentíamos… y ahora habíamos recuperado la dinámica del año anterior.

Solo que ya no era lo mismo.

Yo no era el mismo, y ella se daba cuenta. Podía fingir que no lo veía, pero en el fondo lo sabía. Aparté la mirada.

—Listo —dijo en ese momento, y me dio una palmadita en el pecho—. Mira qué señorito tan bonito.

Todo el tema de la premier había hecho que estuviera pensando en la película. O en su trama, más bien. Me había arrepentido de muchas cosas, pero, sobre todo, de esa. ¿En qué momento me había permitido a mí mismo crear esa imagen distorsionada de Jen, por mucho rencor que le guardara? ¿Cómo la miraría a la cara cuando se enterara? ¿Me perdonaría alguna vez? Quienes nos conocieran sabrían la verdad: que se trataba de ella. ¿Cómo me perdonaría algo así?

Debía evitar que la viera, ese era mi objetivo. Pero lo cierto es que, mirándola desde tan cerca, solo se me ocurrió decir una cosa:

—¿Por qué no vienes conmigo?

La había cortado en mitad de una frase, pero de pronto estaba tan nervioso que no sabía ni de qué me hablaba.

Jen parpadeó, sorprendida. No se esperaba esa propuesta. Y yo tampoco.

—No sé… —empezó.

—Puedes venir. Necesito una pareja. No se me ocurre nadie mejor.

A mí no se me ocurre nadie peor.

Vale, quizá era una idea horrible. Puede que verse a sí misma como la villana más villana de todas las villanas no fuera el mejor plan de la historia. Si hubiera pensado más en ello —igual que todas las veces que me lo habían preguntado— y no tanto en lo mucho que me apetecía estar con ella, quizá no habría dicho nada.

Pero ahora me importaba un bledo. Solo quería que me acompañara.

Jen, sin embargo, no estuvo de acuerdo. Sonrió con cierto pesar y, finalmente, apartó la mirada.

—¿Y dejar que el prestigioso director que tengo delante se presente a su propio estreno con una chica vestida… así? Ya lo veré en la televisión. O me la descargaré ilegalmente por Internet. Ya me conoces, siempre viviendo al límite.

Eso último era para que sonriera, pero no me salió. De pronto, mi cargo de conciencia no me dejaba disfrutar de ese rato a solas con Jen.

Ella debió darse cuenta de que algo iba mal, porque señaló la puerta.

—Venga, deberíamos ir con los demás.

Le hice caso y la seguí, y sé que hablaron, pero desconecté bastante. No estaba de humor para escuchar a Naya hablar de su vestido; a Will, sobre lo bien que lucían todos; a Sue con sus quejas ni a Mike, de sus tonterías. No estaba de humor para nadie. Así que mantuve la mirada clavada en el suelo mientras todo el mundo parloteaba sin cesar.

Quería quedarme en casa. Quería quedarme con Jen, celebrar su cumpleaños y estar los dos solos y tranquilos, no disfrazarme para fingir que era otra persona. ¿Por qué había aceptado esa fecha? Joey me había dicho cuarenta veces que podíamos cambiarla, joder. ¿Por qué no lo había hecho?

De pronto, Jen se tensó. Seguí su mirada con curiosidad, y ahí encontré a mi madre y a mi abuela. Mi padre fue el último en entrar, e intercambiamos una mirada poco amigable.

Si tan solo me hubieran permitido no invitarlo…

—¡Jenna! —chilló mamá, sorprendida.

Ah, sí, quizá se me había pasado por alto decirles que había vuelto.

La verdad es que no hablaba mucho con ninguno de ellos. Con mamá no hablaba desde la última discusión, y con la abuela, desde el día que nos encontramos en el pasillo. Con papá había perdido la cuenta, pero me importaba un bledo.

Por suerte, mi familia era experta en fingir con tal de ahorrarse una escenita ante la otra gente, así que mamá recuperó la compostura enseguida.

—¡Jenna! No sabía que… Oh, vaya. —Me dirigió una sonrisa fugaz, y casi puse los ojos en blanco—. ¡Me alegro mucho de volver a verte!

—Y yo de veros a vosotras —dijo Jen, mirándolas a ella y a mi abuela. Después abrazó a mamá.

El hecho de que no incluyera a mi padre de forma tan palpable hizo que yo sonriera al afectado. Él me dedicó una mirada de indiferencia, pero sabía que no le había gustado en absoluto; de hecho, estaba tenso desde que había entrado.

—¿Has vuelto para enderezar a este cenutrio? —espetó la abuela, señalándome—. Ya era hora de que alguien le hiciera comportarse.

Bueno, si alguien no tenía vergüenza, esa era ella.

Lástima que yo sí que la tuviera.

Miré con el rabillo del ojo a Jen, y cuando vi que ella se aguantaba la risa enrojecí un poco. ¿Tenían que ser tan directas?

—¡Abuela! —musité.

—Las viejas tenemos derecho a soltar verdades. Una regañina a tiempo soluciona muchos problemas.

—Y puede crear muchos otros —saltó Will en mi defensa.

Ella le apretó el brazo con cariño. Siempre lo habíamos tratado como si formara parte de la familia.

—Ay, tú siempre tan listillo —bromeó ella.

Mientras ellos seguían a lo suyo, volví a centrarme en mi padre. Le había puesto una mano en el hombro a mamá y se la había acercado, un gesto que conocía de sobra. Ella también, porque agachó la cabeza automáticamente. Aparté la mirada y contuve la mueca de rechazo.

—Me alegra volver a verte, Jennifer —replicó papá sin una sola emoción en la voz—. ¿Te quedarás hasta el final del estreno?

Teniendo en cuenta lo sumisa que fue Jen con él durante nuestra relación, pensé que me miraría para que respondiera en su lugar.

Pero no. Levantó aún más la cabeza y soltó:

—No. En realidad, vivo aquí.

Habría dado todo mi dinero para enmarcar la cara que se le quedó a papá. Sonreí de medio lado, orgulloso, y él se dio cuenta.

Mamá apenas dejó que él se tensara. Ya estaba en alerta.

—Deberíamos marcharnos o llegaremos tarde —replicó rápidamente.

—¡No podemos irnos! —saltó la abuela, nerviosa—. Ni siquiera está vestida.

Tardé unos segundos en darme cuenta de que se refería a Jen. Le dirigí una miradita de pánico, pero ella se lo tomó con toda la naturalidad del mundo.

—Oh, yo no voy. No os preocupéis.

La abuela, por supuesto, me miró precavida.

—¿Qué? —intervino mamá—. ¿Por qué no?

Me sorprendió la tristeza en su voz. Lo que no me asombró tanto fue el tono enrabietado de Naya al responder:

—Ross no la ha invitado.

Gracias, amiga.

Mamá y la abuela se volvieron hacia mí automáticamente, y estaba casi seguro de que estaban a punto de sacar las dagas, pero Jen intervino antes de que lo lograran.

—¡Mañana tengo un examen importante! —aseguró—. Así que no habría podido aunque quisiera. Tengo que estudiar.

Al menos, eso las calmó un poco.

Mencionaron que llegaríamos tarde, comentaron los atuendos de los demás y, finalmente, se encaminaron hacia la puerta. Menos mal, porque me sobraban completamente. Había esperado un buen rato que se fueran para poder hablar con Jen.

Tras una excusa mala y una vez a solas, me volví hacia ella.

—¿Por qué les has mentido? —me preguntó con curiosidad.

—Quería que nos dejaran un momento en paz.

—¿Por qu…?

—Volveré temprano.

Decidí no dejar que terminara y, sobre todo, ser rápido. Si me extendía mucho, acabaría por no asistir a la estúpida premier.

Me adelanté, la sujeté del mentón y le di un beso corto y seco en la comisura de los labios. Cuando me separé, ella me miraba con los labios entreabiertos. Sonreí y, finalmente, salí de casa.

Por favor, que al volver estuviéramos en uno de los buenos

momentos y no de los malos, porque ya le volvía a coger el gustillo a eso de besuquearla.

Mucho corres tú, vaquero.

Joey había mandado dos coches, y no dudé en subirme al que ocupaban la abuela, Will y Naya. No quería ir con mis padres y mi hermano, Sue ya se ocuparía de que no se mataran.

El trayecto silencioso contrastó bastante con el griterío que oímos nada más llegar. Briant acababa de hacer acto de presencia, y los fans gritaban para que se les acercara. Vivian también había accedido al recinto, se encontraba en la parte trasera del edificio, donde daban los últimos retoques a su maquillaje.

—¡Ross! —chilló Joey, mi agente, nada más verme—. ¡Ven, que ya llegas tarde!

Dirigí una mirada a mis amigos mientras los conducían a la sala en la que veríamos la película. Ojalá pudiera ir con ellos.

Joey me tiró del brazo para conducirme junto a Vivian. La miré y ella me sonrió para animarme.

—Los reporteros quieren hacerte unas cuantas preguntas —remarcó Joey, devolviéndome a la realidad—. Les he dicho que lo harás.

—¿Es necesario?

—Sí. —Con el tono, no daba opción a otra respuesta—. Vivian, cariño, te toca.

Ella asintió y salió a la alfombra roja con una gran sonrisa. Mientras la gente chillaba con todas sus fuerzas, miré a Joey, que me ajustaba la chaqueta para que estuviera tan perfecto como ella quería.

—Supongo que no tengo que posar —murmuré, asustado.

—No, tranquilo. Imaginaba que no querrías y he alegado que no había mucho tiempo. —En cuanto se estuvo conforme con mi atuendo, asintió—. Vamos, hay que hablar con los buitres. Esperaremos tu turno ahí atrás.

Un buen rato después, los reporteros estaban reunidos en un rincón junto a las vallas, y todos apuntaban a papá con los micrófonos. No sé qué les contaba, pero parecían bastante satisfechos. Conmigo no lo estarían tanto. Joey me tiró nuevamente del brazo para colocarme donde quería, y todos los reporteros se materializaron frente a mí. Papá y mamá, mientras tanto, entraron en el edificio.

Había hecho alguna que otra entrevista, y salvo algún momento puntual, nunca había tenido ningún problema. Sospeché que ese día se rompería la norma, porque hablaban todos tan alto y rápido que apenas entendía a alguno de ellos.

—¡De uno en uno! —les exigió Joey, que se dio cuenta enseguida.

No le hicieron caso, pero al menos relajaron un poco el tono. Algo cegado por el flash de una cámara, parpadeé y traté de encontrar la cara de quien me hablaba. Como no lo logré, me puse a hablar para todas.

—¿Te sientes nervioso al saber que la película se proyectará en tu ciudad natal? —me preguntó una reportera.

De nuevo, intenté buscarla, pero eran tantas caras que acabé rindiéndome al momento.

—No —musité.

¿No podía entrar de una vez? Hicieron otra foto con flash, y la cabeza empezó a darme vueltas.

—¿Cómo te sientes? —insistió otro, y traté de centrarme—. ¿Orgulloso?, ¿preocupado?

—Indiferente.

Pese a no dirigir la vista hacia ella, sentí la mirada punzante de Joey.

—¿Cómo se siente tu familia con tu éxito? —preguntó otra reportera.

—Pregúntaselo a ellos.

Joey me pellizcó disimuladamente. Pero ¡si tenía razón! ¿Por qué no se lo preguntaban a ellos? ¡Habían estado ahí hacía un minuto!

—¿Has venido sin acompañante?

—Sí.

—¿No te acompaña Vivian Strauss?

Otra vez con el tema. Suspiré.

—No.

—Dicen que mantienes una relación con ella, ¿es eso…?

—No.

—¿Hay alguien importante en tu vida?

Joey apareció como un ángel vengador.

—Preguntas sobre la película, por favor.

—¿Cómo te inspiraste para la película? —quiso saber uno de ellos.

—No lo sé —mentí.

—¿Son ciertos los rumores de que es una historia real?

De pronto, me di cuenta de que una de las cámaras que me enfocaba era de televisión. Recordé que todo aquello se estaba emitiendo en directo. Había muchas posibilidades de que Jen estuviera viéndome. Una oleada de nervios me impulsó a hablar sin pensar:

—¿La has visto? —quise saber.

No sabía cuál de los periodistas lo había preguntado, pero me daba igual. Ninguno la había visto.

—¿Eh? —dijo uno; el que había hecho la pregunta, supuse.

—¿Has visto la película?

—No… —dudó—. Bueno, iba a verla ahora y…

—¿Te crees los rumores de una película que ni siquiera has visto?

De nuevo, Joey se encargó de cortar la conversación en seco. Se disculpó con ellos, me cogió del brazo y tiró con fuerza hacia la entrada del cine. Por el camino, le dijo algo en voz baja a Vivian y esta se apresuró en atenderlos.

Sin embargo, a mí no me dirigió la palabra hasta que estuvimos dentro del edificio. Entonces me soltó y me señaló, furiosa.

—¡Ya hemos hablado de esto, Jack Ross!

—¡Se estaban pasando! —protesté, indignado.

—¿Y qué? ¡Es su trabajo! ¡Y el tuyo es hablar de la película! ¡Te dije que pasaras de esa clase de preguntas, por el amor de Dios!

—Bueno, pues perdona por ser un puto humano con impulsos irracionales.

—¿«Impulsos irracionales»? —repitió, y por un momento pensé que me tiraría de la oreja—. Tienes suerte de que todavía no hubieran entrevistado a Vivian, por lo menos los calmará un poco…

Aprovechó el momento para sacar el móvil y ver qué decían en las redes sobre nosotros. Debió quedar satisfecha, porque suspiró aliviada.

—Vale. Bien —murmuró para sí misma—. Todo bien, menos mal.

—¿Y qué hago ahora? —quise saber.

De forma automática, levantó la cabeza y me miró con mala cara.

—¡Ve a sentarte y no la líes más!

Eso podía hacerlo sin ningún problema.

Una vez en la sala, las cosas eran más fáciles. Solo tenía que subirme al escenario con los actores, presentar el proyecto y tomar asiento. Recité el discurso que Joey me había escrito, y suspiré con alivio cuando pudimos ir a sentarnos; de fondo se oía el aplauso de los invitados.

Mi sitio estaba en la primera fila, entre el productor y Vivian —mi actriz principal y la verdadera estrella de la película—. Sus padres estaban ahí con ella, pero nadie quiso entrevistarlos. Aun así, supe que no les importaba; no estaban ahí para hablar frente a una cámara, sino para apoyar a su hija.

Ojalá mis padres fueran así.

Mi familia y amigos se encontraban justo detrás de nosotros y me felicitaron varias veces, aunque yo estaba un poco distraído. Me dolía de nuevo la cabeza y, sin darme cuenta, movía la rodilla de arriba abajo sin cesar.

Finalmente, los aplausos fueron disminuyendo y las luces se apagaron paulatinamente. Con la sala ya a oscuras, vimos la primera escena: un primer plano de Vivian mirando un punto fijo, pero no se desvelaba qué era lo que observaba. Me resultó extraño verla caracterizada de nuevo.

Poco a poco, el plano se alejaba para mostrar al espectador que ella se encontraba sentada a una mesa, celebrando una comida familiar, y que todo el mundo hablaba y reía sin prestarle atención, a pesar de que ella estaba en uno de los asientos centrales. De hecho, Vivian ni siquiera los oía, sus voces sonaban muy lejanas, como un zumbido.

Miré de soslayo a la Vivian real, y descubrí que también me observaba, aunque de un modo algo extraño.

—¿Qué? —le pregunté.

—¿Qué pasa? ¿No deberías estar contento?

—Quiero volver a casa.

—¿Quieres volver a casa… o volver con ella?

Lo dijo en un tono de cansancio, y yo me removí con incomodidad. A Viv no le gustaba Jen, eso era un hecho. Temía que me hiriera otra vez. No obstante, sabía que, si se lo pedía, me ayudaría a escabullirme para ir con ella.

—Ambas cosas —admití.

—Ross…, deberías disfrutar de este momento, es tu primer estreno; ojalá sea el primero de muchos más, pero si no lo vives, te arrepentirás.

—Creo que me arrepentiría más de no recuperarla, Viv.

Ella quiso replicar, pero al ver mi rostro cambió de opinión. Apretó los labios, suspiró y asintió con la cabeza.

—Yo distraigo a Briant, pero date prisa.

—¡Eres la mejor!

Traté de besarla en la mejilla, pero me apartó y repitió que me apresurara. Y vaya si lo hice.

Me puse en pie y salí disimuladamente de la sala. Joey, que no había entrado para poder organizar la fiesta de después, me vio cuando cruzaba la sala principal del cine.

—¿Qué…? —Dejó de dar órdenes al instante—. Pero ¿se puede saber qué haces aquí? ¡Vuelve ahora mismo a la sala!

—Tengo que irme —le expliqué con calma.

—¡No puedes…!

—Joey, he atendido a la prensa, he presentado la película y ahora todo el mundo la está viendo. ¿Puedes dejar que me marche de una vez?

Ella se mostró un poco sorprendida. Pensé que me mandaría a la mierda, pero al final suspiró y señaló un pasillo.

—Ve por ahí. Está el chófer que os suelo mandar. Pregunta por Daniel.

—¡Gracias, Joey!

Ella puso los ojos en blanco, y yo salí prácticamente corriendo para que no pudiera pensárselo mucho más.

Efectivamente, en la parte trasera del cine encontré a un tipo apoyado en uno de los coches que nos habían traído.

—¡Dimitri!

El chófer dio un respingo, miró alrededor, y finalmente entendió que le hablaba a él.

—¿Puedo ayudarle en algo?

—¡La verdad es que sí! Necesito que me lleves a casa, Deacon.

—Es Daniel, señor.

—Pues eso. ¿Nos vamos o estás muy ocupado?

Una vez en el coche, me entró la euforia de estar de regreso, y se notaba. No podía quedarme quieto, cada cinco minutos me asomaba por la ventanilla para comprobar si faltaba mucho. Cuando no pude aguantarme más, metí la cabeza entre los asientos delanteros. Dorian dio un respingo al verme.

—¿Por qué no has entrado a ver la película? —pregunté con sospecha.

Mi tono acusatorio lo puso nervioso.

—P-porque… porque no me dejan, señor Ross.

—¿No será porque no te llama la atención?

—¡Me llama muchísimo la atención! ¡Lo prometo!

—Así me gusta, Damien. ¿Quieres que te cuente adónde voy?

—Como quiera…

—Pues voy a ver a alguien, pero para que lo entiendas tengo que explicarte toda la historia que hay detrás.

—No creo que sea neces…

—Todo empezó una buena mañana en la que desperté con Terry…

Cuando nos encontrábamos a una calle de mi casa, ya iba por la parte en la que Jen había regresado. Darío había desconectado hacía un rato y parecía que fuera a darse con la cabeza contra el volante; aun así, no dijo nada hasta que aparcó frente al edificio. Ahí sí que no pudo evitar el suspiro de alivio.

—Qué pena, señor Ross —comentó—. Tendré que quedarme con la historia a medias, una verdadera lástima.

—No te preocupes, ¡le pediré a Joey que siempre me lleves tú!

Cuando bajé del coche, se le había borrado la sonrisa.

Al final, volver a casa había sido una buena decisión. Me lo pasé mucho mejor en diez minutos con Jen que durante las dos horas de la premier. Trasladé mis cosas a la habitación —¿en qué momento las había cambiado de sitio?—, la felicité por su cumpleaños, reímos, bromeamos, comimos un poco…

¿Cómo era posible que me hubiera perdido todo eso durante un año entero? Que le dieran a la película, ahí estaba de maravilla.

Pero todo lo bueno tiene su parte negativa, y con Jen era que, constantemente, tenía la sensación de estar arruinándolo todo. No por ella, sino por el peso que cada vez sentía más incómodo dentro de mi bolsillo, por mi dolor de cabeza, porque, aunque estaba de maravilla, deseaba sistemáticamente que se durmiera para salir corriendo a por otra bolsita.

¿Por qué tenía que ser así?, ¿por qué no podía disfrutar de las cosas y ya está?

Esa noche, ya tumbados en la cama, en vez de pensar en lo bonito que era estar ahí tras un año de separación, me rondaba una idea que se me hacía insoportable.

—Tú crees que si fuera a una clínica de esas… ¿serviría de algo? —se me escapó.

Jen giró sobre su espalda para mirarme. Incluso en la penumbra de la habitación vislumbré la ilusión en su rostro. En otras ocasiones me había hablado de la posibilidad de acudir a una, pero era la primera vez que yo lo consideraba una buena idea.

—Sí —afirmó enseguida—. Claro que lo creo.

—¿Y si no sirviera de nada?

—Buscaríamos otra solución. Pero por lo menos sabrías que lo has intentado.

Sonreí en la oscuridad y, cuando se pegó a mí, la rodeé con un brazo. Tenía una forma tan sencilla de enfocar la vida… Ojalá también yo lo viera así, pero recordaba el esfuerzo que me había supuesto la última vez y no estaba muy seguro de si me sentía capaz de volver a enfrentarme a ello.

—No quiero quedarme solo —confesé sin darme cuenta.

Jen tardó unos instantes en responder:

—Y no lo estarás, Jack.

—Sí que lo estaré. Ahí dentro, lo estaré.

—No, Jack —insistió, esa vez mirándome—. Aunque no estemos ahí físicamente, contigo, no estarás solo. No lo estarás en ningún momento, ¿vale?

Sonreí otra vez.

—Vale.

19

Regreso al pasado

—¿En qué piensas tanto? —pregunté a Jen.

Entendía su silencio. Después de todo, íbamos de camino a casa de mis padres. Se me ocurrían pocos sitios más deprimentes que ese. Mike, en el asiento trasero, parecía pensar lo mismo; estaba recostado con la cabeza en la ventanilla, y ni siquiera hizo ninguna broma.

Mamá y yo habíamos vuelto a hablar… más o menos. Le había pedido consejos para comprarle un regalo de cumpleaños a Jen, porque quería que estuviera relacionado con la pintura y ella era la única persona que podía aconsejarme bien sobre ello. A raíz de eso, me pidió que la visitara y lo hice sin poner muchas pegas. Fue incómodo de narices, pero al final sugirió que, ya que Jen cumplía años, fuera a cenar con ella y con la abuela un día de esos.

De haber sido por mí, habría dicho que no, pero como a Jen le apetecía, acepté la invitación.

La dura vida del enamorado.

De todos modos, no lo celebramos en una fecha cercana a su cumpleaños. Más que nada porque esa misma noche falleció la abuela de Jen y tuvo que volver a casa y ocuparse de su familia; a pesar de que fuimos a verla y regresamos a casa con ella, estuvo bastante tiempo desanimada y no le apetecía ir a cenar a ningún sitio.

Así que esa noche, varias semanas después, fuimos a cenar a casa de mi madre.

Ella seguía sin responderme, la miré de reojo.

—En que deberías estar agradecido por esa sudadera tan bonita y nueva que llevas puesta —murmuró, medio en broma.

Suspiré y volví a mirar la carretera. Algo que nunca le agradecería eran las compras. Cómo las detestaba…, qué aburrimiento.

Aun así, la sudadera no estaba mal. No lo admitiría en voz alta, pero era la verdad. Eso me animó un poco. Aparcamos, entramos en casa de mis padres y pasamos al salón. Mamá salió de la cocina justo a tiempo para saludarnos con una gran sonrisa.

—¡Hola, chicos! ¿Cómo estás, Jenna? Me alegra mucho que hayas podido venir.

Jen aceptó su abrazo con una sonrisa.

—Estoy bien, gracias por invitarme.

—Faltaría más —aseguró, separándose para mirarla. Luego fue el turno de mi hermano, y dio un brinco—. ¡Mike! ¿Se puede saber qué te has hecho en la cara?

Él frunció el ceño y, con orgullo, se acarició el bigotillo.

—Todo el mundo recibe abrazos o cariñitos… ¿y yo recibo una crítica? Muchas gracias, mamá.

—Ay, cariño…, es que es para reflexionar.

Finalmente, llegó mi turno. Mamá me miró, y al ver mi expresión supo que no era una buena idea acercarse mucho. De todos modos, sonrió e hizo un gesto a Jen para que la siguiera.

Nada más quedarnos a solas, Mike se lanzó sobre el sofá y encendió la televisión, que era su actividad favorita. Yo fui al cuarto de baño.

Cerré la puerta, puse el pestillo y apoyé las manos en el lavabo. Me había aguantado todo el camino, pero estando sereno era incapaz de enfrentarme a una cena con mi familia. Respiré hondo, dudé unos instantes y recordé que le había dicho a Jen que intentaría dejarlo. Sin embargo, no tenía por qué ser esa noche.

Al final, me coloqué un poco de cocaína en el dorso de la mano, la aspiré con fuerza, y tras unos instantes me lavé las manos. Una vez que tuve el ánimo suficiente para salir, volví al salón.

La abuela acababa de llegar y jugaba con Mike a la consola. Ya mucho más animado, me senté a su lado y contemplé la partida. Así nos encontró Jen al cabo de un rato; de no haber sido porque papá nos interrumpió con esa aura de amargura que paseaba por todos lados, nos lo habríamos pasado mejor.

La cena, como cabía esperar, resultó incómoda de narices. Tan solo hablaban mamá y Jen, y era dolorosamente evidente que solo pretendían fingir que no estaban tensas como los demás.

—Esto está buenísimo —dijo Jen, muy convencida.

Mike dio un respingo y asintió rápidamente. Se metió tanto puré en la boca que, por un momento, pensé que se atragantaría.

—Parte del mérito es de Agnes —aseguró mamá—. La idea de la cena fue suya.

—Teníamos que celebrar el cumpleaños de nuestra chica favorita —comentó la aludida, e hizo sonreír a Jen—. ¿Cuántos cumpliste, querida?

—Veinte.

—Ay, si yo tuviera veinte años…

—Los tienes —comenté—. Solo que multiplicados varias veces.

Aunque me lanzó una servilleta a la cara, le había hecho gracia. De hecho, todo el mundo se rio menos una persona.

Sorpresa, sorpresa… ¿Quién será?

—¿Es que no podéis comportaros como personas normales durante una cena? —protestó mi padre en voz baja.

La abuela lo contempló unos instantes antes de volverse de nuevo hacia mí.

—¿Qué era ese regalo que ibas a darle? Parecía grande.

—Una caja de pintura —respondió Jen por mí, y me gustó notar la alegría en su tono de voz—. Ha sido todo un detalle. Estoy deseando estrenarla.

—¿Qué encanto tiene pintar? —protestó Mike—. Parece un aburrimiento.

Puse los ojos en blanco.

—Es que destrozar un micrófono a gritos es mucho más entretenido.

—Pues tiene su arte. ¡Y no solo grito, también jadeo!

Mamá dejó de beber, trataba de no reírse.

—No sé si eso juega a tu favor, hijo.

—¡Claro que juega a mi favor! —protestó, indignado—. ¡Ross, diles cuántos fans tenía en el bar!

—Tres o cuatro.

—¡Eran cientos!

—En ese bar no caben cientos —lo contradije.

Mientras Mike continuaba protestando, Jen se inclinó hacia mí para hablarme en voz baja:

—Hazme el favor de no matar a tu hermano en mi ausencia.

—Lo intentaré, pero no será fácil.

Ella sonrió y se puso en pie. Nada más irse, Mike recalcó que él era mucho mejor y más famoso de lo que pretendíamos. Era cierto que había ido a un curso de canto y no se le daba mal, pero eso no significaba que tuviera la razón en todo lo que decía. Mamá, como siempre, se la dio para que se callara, y la abuela suspiró y se rellenó la copa por enésima vez.

Fue exactamente en ese momento, justo cuando me volví para comprobar qué hacía mi padre, cuando me di cuenta de que no estaba. Y Jen seguía en el cuarto de baño.

Normalmente, cuando intuía peligro en el ambiente, me quedaba completamente bloqueado. No fue el caso de esa noche. En cuanto vi que Jen tampoco estaba, me puse de pie de forma precipitada.

—¿Jack? —me llamó mamá, alarmada.

La ignoré y, por supuesto, subí las escaleras de dos en dos. Solo quería comprobar que Jen estuviera bien. Nada más.

Y entonces, justo cuando iba a abrir la única puerta del cuarto de baño que estaba entreabierta, los oí.

—Si no lo recuerdo mal, eso no te impidió aceptar el cheque.

Me quedé paralizado de pies a cabeza. La voz de mi padre sonaba amenazadora, pero no peligrosa. Había algo en el tono que me hacía pensar que no le estaba haciendo daño. Y, además, lo que dijo me dejó paralizado.

¿Qué cheque?

—Y le encantaría saber lo que haré con ese dinero, ¿verdad? —murmuró Jen.

Al oír esas palabras, fui incapaz de moverme y revelar mi presencia. Ya no podía pensar, solo escuchar.

—Te crees muy lista, ¿verdad? —mascculló mi padre tras una risa amarga—. Me he cruzado con muchas listillas como tú a lo largo de mi vida, Jennifer. Sois como polillas a la luz. Solo buscáis dinero, y a alguien lo suficientemente idiota como para dároslo.

—Quizá el idiota eres tú al pensar que Jack no podría darse cuenta de eso por sí solo. ¿Te crees que yo soy como una polilla a la luz? ¿Y qué eres tú, entonces? Todavía peor.

No sé qué me sorprendió más, que Jen hablara así a alguien o que mi padre permaneciera callado unos instantes. No en muchas ocasiones se había quedado sin palabras.

—Yo solo quiero lo mejor para el futuro de mi hijo —replicó al final.

—¡No es verdad! ¡Lo único que te importa es presumir de sus logros!

—Menuda bobada.

—La única bobada de toda esta historia fue escucharte cuando me dijiste todas esas tonterías en Navidad.

Estaba muy tenso, pero entonces sí que me moví, solo para acercarme y escuchar mejor lo que viniera a continuación. ¿Qué le había dicho en Navidad? ¿Qué coño le había dicho justo antes de que ella, de repente, decidiera dejarme?

—¿Y qué te dije, Jennifer? —replicó él, con su tono bajo e insoportable—. ¿Que lo dejaras tirado? Porque no lo recuerdo así.

—Sabías perfectamente lo que hacías.

—En ningún momento te dije que lo dejaras.

—Pero ¡me estabas manipulando!

—Te daré la razón con que eres muy fácil de manipular, pero nunca te dije que lo dejaras. Si mi hijo ha sufrido este último año ha sido por tu culpa.

—Nunca te ha importado su felicidad —dijo ella en voz baja.

—Más de lo que tú crees.

—Sí, se nota. Por eso toda tu familia te quiere tanto.

—Algún día, Jennifer, cuando te deje y se dé cuenta de cómo es el mundo real…, me lo agradecerá.

—¿Igual que te agradeció lo que le hiciste en el instituto?

Creo que mi padre y yo contuvimos la respiración al mismo tiempo, pero por motivos muy distintos. Sin darme cuenta, encogí un poco los hombros; de pronto me molestaba la cicatriz de la espalda, como si también ella estuviera protestando.

—¿Te lo ha contado? —le preguntó papá en voz baja.

—Les jodiste la adolescencia a tus dos hijos. Dices que quieres lo mejor para ellos. ¿Es eso?

—Que mi hijo sea un desagradecido…

—¿«Desagradecido»?

—¿Sabes cuántos ingresos *desinteresados* tuve que hacer a su instituto para que no le expulsaran cada vez que hacía alguna de sus tonterías? ¿Eres consciente de la cantidad de fianzas que tuve que pagar porque se metía en peleas como un criminal? ¿Quieres que te haga una factura de lo que me debe?

—Eso es lo único que te importa, ¿verdad? ¡El dinero y la opinión de los demás!

—¡Está donde está gracias a esas dos cosas! —Oír a mi padre levantando la voz me dejó pasmado. Hacía tantos años que mantenía la calma que, por un instante, se me olvidó lo aterrador que podía llegar a ser—. ¡Debería estar de rodillas agradeciéndome todo lo que he invertido en él, y dejarse de tonterías! ¡Sin mí, no sería nada más que otro fracasado tirado en algún rincón de la ciudad!

—¡Sin ti, sería un chico normal y corriente! ¡No necesita tu dinero para cumplir sus sueños!

—¿Qué sabrás tú de lo que necesita?

—¡Pues quizá sepa pocas cosas, pero sé que lo que necesita un niño pequeño no es dinero, sino un padre que lo quiera! ¡Lo que necesitaba no era que le pagaras las fianzas o el colegio, sino que te sentaras con él e intentaras entender qué sucedía en su vida para que llegara a ese extremo! ¡Intentar ayudarlo! ¡Mostrarle que no estaba solo! ¡Eso es lo que hace un padre que quiere a su hijo, no darle dinero para echárselo después en cara como si le debiera algo!

Ambos permanecieron unos segundos en silencio, y entonces papá murmuró:

—¿Me estás acusando de no querer a mi hijo, Jennifer?

—No, no lo quieres. ¡Solo te quieres a ti mismo! Ni Jack ni Mike han recibido la mitad del amor que se merecían, ¡y todo por tu culpa!

—¿Y tú qué sabrás? ¡Eres una niña!

—¡Una niña que quiere más a Jack que su propio padre!

—Y la misma que le ha hecho recaer en las drogas.

Fue un golpe bajo incluso para él, pero no pude reaccionar a tiempo porque Jen se acercó a la puerta justo en ese momento. Me aparté un paso, alarmado, y Jen levantó la cabeza. Se quedó parada en mitad del pasillo y, en cuanto asumió que yo me encontraba ahí, perdió el color de las facciones.

Jen no supo qué decirme, me dio igual que papá se plantara detrás de ella, claramente satisfecho de verme. Él dejó de existir, solo tuve ojos para ella.

—¿Aceptaste tu cheque? —conseguí articular.

Ella tragó saliva con dificultad, especialmente cuando mamá apareció detrás de mí. Claramente, no sabía qué decirme; aun así, asintió.

—Sí.

—De veinte mil dólares —añadió papá enseguida—. Ese es el valor que te pone.

Lo ignoré de nuevo. Solo podía verla a ella, que, con la expresión apenada, me sostenía la mirada.

—Iba a pagarte la clínica de desintoxicación de la que hablamos.

Parpadeé, sorprendido. ¿Se creía que yo pensaba que me había vendido? ¿No entendía que solo estaba pasmado por el resto de las cosas que se habían dicho?

Ignoré por completo lo del cheque, y mi mente viajó automáticamente a un punto anterior a todo aquello, al día en que Jen me dejó. Lo hizo después de Navidad, justo tras estar en compañía de mi padre, justo al regresar a casa.

¿Qué acababa de decir Jen? ¿Por qué ella le había echado en cara que la había engañado? O, mejor dicho, ¿por qué nunca relacioné el hecho de que me dejara con el encuentro que tuvieron en Navidades? ¿Cuándo me había vuelto tan estúpido?

Casi me entraron ganas de reírme con histeria; de hecho, no pude contenerlas. Al oír mi risa, todos me contemplaron pasmados, pero no me importó lo más mínimo.

Dios mío, ¡qué idiota era!

Con la sonrisa aún en los labios, coloqué una mano en el hombro de Jen, que estaba muy pasmada. No sabía ni por dónde empezar, ¿debía mencionar primero lo de dejarme o lo del cheque? Al final, opté por el camino más sencillo:

—¿Has estafado veinte mil dólares a mi padre? —le pregunté, casi sin voz—. Joder, Jen… Justo cuando pensé que no podía enamorarme más de ti…

Aproveché la mano que tenía en su hombro para apartarla suavemente de mi camino, y Jen lo permitió, todavía sin saber qué hacer. De ese modo, me dejó el camino libre para acercarme a mi padre.

O eso intenté, porque mamá se plantó entre ambos al instante.

—Jack, cariño —empezó, como siempre—, ¿por qué no volvéis a casa? No quiero que hagas algo de lo que puedas arrepentirte y…

—Mírate, mamá. La primera vez que intervienes en toda mi vida… y es para defenderlo a él.

Esperé que mi tono de voz transmitiera una milésima de lo que sentía, y supuse que lo había logrado, puesto que dio un paso atrás.

—¿Quieres que te recite la cantidad de veces que esperé a que hicieras esto cuando era pequeño? —le dije en voz baja—. Siempre me pregunté qué había hecho tan mal como para que mi madre viera lo que sucedía y no hiciera nada para impedirlo.

—Jack, cariño, yo no...

—Tú no has hecho nada en toda mi vida, y no vas a empezar esta noche. Apártate de mi camino, mamá.

Eso hizo, claro. Ni siquiera me atreví a ver la expresión que le había dejado.

Y por fin estaba cara a cara con mi padre.

Me acerqué a él con lentitud, como si me preparara para plantarme a su lado, pero mi cuerpo no reaccionó como las otras veces. En lugar de sentir miedo, tensión o ganas de evadirme... solo sentí rechazo. Lo miré desde mi altura, y él me devolvió la mirada. De pronto ya no me parecía temible, sino... pequeño. En todos los aspectos de la palabra.

—Algún día, la vida te pondrá en tu lugar, pero no seré yo —murmuré. Era lo único que tenía clarísimo dentro de aquella nube de irracionalidad en la que vivía—. No voy a ensuciarme las manos. No quiero ser como tú. Si alguna vez tengo hijos, nunca los trataré como tú nos has tratado a nosotros. Y pensar que te he tenido miedo durante toda mi vida...

Pensé en dejarlo ahí, pero no me pareció suficiente. Una parte de mí ya sabía que nunca volveríamos a hablarnos, que aquella sería la última oportunidad que tendría de dirigirle la palabra, y finalmente terminé de decirle todo lo que pensaba:

—Solo eres un hombrecito triste, papá. Es lo único que vas a ser.

No volví a mirarlo. ¿Para qué? Ya no me importaba. Ya no era relevante.

Me volví hacia Jen, que contemplaba la escena con estupefacción, y avancé hacia ella.

—Vamos a casa —pedí en voz baja.

Ni siquiera dudó. Me cogió de la mano y ambos fuimos a mi coche.

El trayecto fue mucho más lento de lo habitual. No quería llegar a casa y enfrentarme a lo que hasta ese momento trataba de evitar a toda costa. No podía dejar pasar una situación como aquella y no contarle la verdad, y más después de las peleas que habíamos tenido un año antes por motivos parecidos. Jen merecía saber la verdad.

Aparqué el coche en el garaje y, pese a que apagué el motor, no nos movimos. Yo notaba los hombros tensos y agarrotados, y por primera vez en meses no era por el mono de las drogas, sino porque me empezaba a dar cuenta de lo que había ocurrido. Me había enfrentado a él. Por primera vez en mi vida, le había dicho la verdad.

Jen permanecía en silencio a mi lado, aunque noté que me observaba. Sus palabras rebotaban dentro de mi cabeza. Sus dulces palabras. La miré por el rabillo del ojo.

—Ahora ya sabes que…

—No hace falta que lo digas, Jack —replicó en tono pausado.

La miré, esta vez totalmente pasmado.

—¿Qué quieres decir?

—Os golpeaba, ¿no?

Su facilidad para decir algo tan complicado me dejó momentáneamente sin palabras. Jen no lo expresó como algo irrelevante, pero sí que sonó como algo mucho más fácil de admitir de lo que me había parecido a mí en su momento.

—¿Cómo lo sabes? —le pregunté en voz baja.

—Porque conozco esa mirada de verdugo. Y conozco todavía mejor la mirada de una víctima.

Casi me entraron ganas de reírme. Tanto tiempo ocultándolo… y ella solo había necesitado ver una de nuestras discusiones para saberlo.

Así que se lo conté todo, claro. ¿Qué más podía hacer?

Hay cosas que todo el mundo cree saber, pero en el fondo solo las conocen quienes las han vivido. Una de ellas es cómo te sientes cuando alguien que debería quererte no lo hace. Y no solo no te quiere, sino que te detesta. No es un dolor normal, es mucho más profundo y visceral, y si tienes la mala suerte de que te toque siendo pequeño, también incomprensible.

Yo recordaba eso, precisamente. Recordaba ver a mis amigos del colegio, ver cómo estaban con sus padres, y preguntarme por qué yo no podía tener lo mismo. Y me culpaba, claro. Me preguntaba qué había hecho tan mal como para que mis propios padres —las personas que, se suponía, tenían que quererme más en el mundo— no quisieran saber nada de mí.

Lo curioso era que, de pequeño, no recordaba los insultos y los malos tratos de mi padre como algo negativo. De hecho, lo que más presente tenía era la forma en que él ignoraba a Mike; daba igual lo buenas que fueran sus notas, lo bien que se hubiera portado según sus profesores, daba igual los amigos que tuviera… Por mucho que hiciera, nunca bastaría para impresionarle, para ganarse su cariño. Y mi mayor temor —mucho más allá de que me golpeara— era que mi existencia pasara a un segundo plano como la de Mike.

Tenía grabadas en la memoria las noches especialmente malas, cuando me encerraba en mi habitación, lloraba bajo las sábanas y, en bucle, pensaba que yo tenía la culpa de todo aquello, que debí haber hecho más, que debí haber hecho menos, que no debí enfadarlo. Y siempre, todas y cada una de esas veces, la puerta se abría a media noche. La primera vez me asusté, pero en la segunda ya supe que era Mike. Él se metía en mi cama, me pasaba un brazo por encima y no decía nada. Simplemente dormíamos juntos.

No identificaba en qué momento cambió aquello, en qué momento Mike había dejado de ser un aliado para convertirse en un enemigo, en qué momento empecé a pensar que papá lo hacía todo por mi bien. Pero consideraba a Mike un inútil, y creía que muy mal debía de hacerlo todo si papá lo odiaba tanto.

Recordaba que odiaba a mamá. Mucho más que a Mike o a papá. Odiaba que siempre lo mirara todo con cara de pena pero que nunca interviniera; que luego se me acercara para comprobar que estuviera bien pero que nunca me defendiera. Detestaba que al día siguiente me hablara como si no hubiera pasado nada malo. Que las pocas veces que le pedí ayuda fingiera no haber oído nada y cambiara de tema. Era la menos implicada en el asunto y, aun así, era donde se centraba todo mi rencor.

Le conté a Jen qué me había ocurrido en la espalda. Durante años, lo había llamado «incidente», ya no lo haría nunca más. Los accidentes suceden sin querer, pero él me empujó sabiendo perfectamente lo que hacía.

Al fin y al cabo, solo podía agradecerle que, gracias a esa lesión, dejé el baloncesto y descubrí mi verdadera pasión. Era la única cosa buena que había hecho en toda su vida.

Y ahora que por fin había conseguido vivir de lo que me gustaba, me lo estaba arruinando yo solo.

—Nunca me había defendido nadie —finalicé aquel triste cuento—. Nunca. Hasta esta noche. Hasta que has llegado tú.

Jen me miraba con sus grandes ojos anegados en lágrimas. Al principio había tratado de contenerlas, pero ya no se molestaba en ocultar su tristeza.

En cuanto oyó mis últimas palabras, sacudió la cabeza y se me acercó un poco más.

—Siempre te voy a defender, Jack. Aunque a veces seas un idiota.

Sonreí. Sabía que era verdad. Por primera vez en mi vida, sabía que alguien me decía eso y lo pensaba de verdad. Casi me entraron ganas de llorar a mí también.

—Lo sé —le contesté en voz baja—. Nunca había tenido la seguridad de que alguien estaría siempre de mi lado. No sé qué se hace en estos casos.

Lo decía totalmente en serio, pero a ella le hizo mucha gracia. Sonrió, divertida, y subió una mano para acunarme la mejilla.

—Bueno, pues estamos empatados, porque yo tampoco había tenido a alguien en mi vida que me apoyara tanto como tú.

—Vaya pareja de mierda que hacemos —murmuré, burlón.

—¿Parej...?

—Yo no te cuento nada, tú me dejas para que me vaya a estudiar a la otra punta del mundo..., esto no se sostiene por ningún lado. —Dejó de sonreír al instante y empecé a reírme. Sí, no se me había olvidado esa parte—. Si no te quisiera tanto, ahora mismo te echaría en cara que escucharas a mi padre: te advertí que no lo hicieras.

—Ya... Puedes echármelo en cara, pero solo una vez. Así estamos en paz.

—Vale, pues te lo dije.

—Lo sé. Fui una idiota.

Negué enseguida. No quería que se culpara a sí misma. Yo había pasado por esa fase demasiadas veces como para saber lo inútil que resultaba al final.

—No una idiota, sino una chica que ha sido manipulada la mitad de su vida. Pero ya no eres así. Has... cambiado.

Y vaya si lo había hecho.

—¿A peor? —quiso saber.

—No, Jen. A mejor. No pareces la misma. No te da miedo

decir lo que piensas o incluso plantarte delante de alguien como mi padre para dejarle perfectamente claro que no te dejarás manipular otra vez. La Jen del año pasado habría sido incapaz de hacer algo así. El otro día me dijiste que yo podía ser Jack o Ross —añadí al ver su sonrisa avergonzada—. Pues tú solías ser Jenny, pero ahora eres Jen.

—¿Y cuál te gusta más? Sé sincero.

—A ver, Jenny estaba bien —empecé, fingiendo que necesitaba pensármelo—. Era simpática y me gustaba mucho. Pero Jen me pone más cachon…

—¡Jack!

—¡Me has dicho que sea sincero!

—¡No tanto!

Sonreí y, finalmente, recuperé un tono menos burlón:

—Jen me gusta mucho más. Muchísimo más, diría.

—Bien —aprobó con una sonrisita engreída.

—Pareces muy orgullosa de ti misma, ¿eh?

—Lo estoy.

Me encantaba volver a bromear con ella, y adoraba que hubiera buen rollo entre nosotros. Sin embargo, no podía quitarme de la cabeza lo que había oído en casa de mis padres. Un poco menos sonriente, alargué la mano para alcanzar la suya.

—He escuchado casi toda la conversación —le planteé—. Ese dinero que aceptaste… ¿de verdad es para ayudarme?

Jen asintió al instante.

—Cuando estés listo…

—Estoy listo. Joder, más que listo. Hace un tiempo que lo pienso, y… no quiero empezar el tour de mi película colocado. Cuando sea viejo, no quiero ver las fotos de mi mayor logro y que mi recuerdo sea ese. Tienes razón, Jen. Necesito ayuda.

Era la primera vez que daba voz a esos pensamientos, y sentí que me había quitado un peso enorme de los hombros.

—Y todos estaremos contigo —aseguró ella con una sonrisa.

—Tú también, ¿no?

—Yo la primera, tonto. ¿Cómo no voy a estar?

Era una respuesta más que obvia, pero aun así necesitaba que me lo confirmara en voz alta. Para empezar a creerme que era real y no lo estaba soñando, más que nada.

—He escuchado la parte en la que le decías a mi padre que me querías. —Lo mencioné en voz baja, y su expresión cambió un poco; no a peor, simplemente parecía más nerviosa—. ¿Es cierto? Si es verdad, dime que me quieres.

—Vamos, ya lo sabes…

—Pero creo que si no me lo dices me dará un infarto.

Esa era otra de esas cosas que decía totalmente en serio, pero que hacían que ella empezara a reírse.

—Te quiero —murmuró, mirándome con cariño.

Suspiré aliviado. Por fin lo decía. Por fin me sacaba de dudas. Asentí con la cabeza, confirmándomelo a mí mismo, y le acuné la cara como una mano, tal como solía hacer ella.

—No más secretos —le supliqué—. Prométemelo, Jen. Nunca más. Quiero que hables conmigo, no que te vayas corriendo porque crees que es lo mejor para mí.

—Lo sien…

—No me digas que lo sientes, dime que no volverás a hacerlo.

—No más secretos —me aseguró—. Lo prometo.

El alivio me llevó a actuar por impulso, y me incliné para besarla. Jen, como siempre, me encontró a medio camino y me correspondió. Pero no dejé que se alargara demasiado, necesitaba aclararlo todo:

—Yo también te quiero, Jen.

Volví a besarla; aunque me contuve, fue con muchas ganas. Ella sonrió sobre mis labios y me cubrió las manos, reposadas en sus mejillas, con las suyas. Permanecimos así unos segundos, oyendo solo nuestras respiraciones acompasadas, hasta que ella separó los labios en busca de un beso más intenso.

Si cruzábamos ese límite, perdería el norte respecto a lo que estaba pensando.

—No —le dije al tiempo que me separaba de ella—. Sé cuáles son tus intenciones cuando me besas así, y no quiero hacerlo contigo hasta que esté limpio.

—Oh…, vale. Como quieras.

Y… silencio otra vez. Nos quedamos mirando cualquier cosa que no fuera el otro, y puedo afirmar que, a pesar de que no resultó incómodo, se me hizo eterno.

—¿Jack? —murmuró ella entonces.

—¿Sí?

Soné más ansioso de lo que me habría gustado admitir.

—Eso de esperar me parece muy bonito.

—Sí.

—Dice mucho de ti.

—Sí…

—Pero no creo que yo tenga tanta paciencia.

Con un suspiro de alivio, me acerqué a ella a tanta velocidad como pude.

—Joder, menos mal —murmuré—, porque yo tampoco.

Y esa vez la besé de verdad. Sin contenciones y sin reservas.

—La última vez que nos quedamos hablando hasta tan tarde, Sue casi nos pilló en el cuarto de baño —murmuré.

Jen soltó una risita. Estábamos cubiertos hasta la barbilla con la manta, cada uno en el lado opuesto al habitual y, aunque llevábamos un buen rato sin hacer nada, no queríamos dormirnos. Yo la rodeaba de la cintura con un brazo, y nuestras piernas estaban enredadas. Con la otra mano, le aparté el mechón de pelo de la frente.

Ella seguía mirándome con tranquilidad, como siempre que nos quedábamos charlando después de hacerlo. Con un suspiro de calma, se acercó un poco más y se quedó con la frente apoyada en mi pecho.

Por un momento, pensé que aquella era su manera de decirme que quería dormirse, pero no tardó en hablar de nuevo:

—Me gusta que ya no tengamos nada que ocultarnos —admitió en voz baja.

—A mí también. Y me gustará más cuando esté limpio.

—Tienes que tomártelo con calma, Jack —me recordó—. Will me contó lo de la primera vez y… recuerda que no lo vas a conseguir en dos días, ¿vale?

—Vaaale.

Al oír mi tono de cansancio, me pellizcó en el abdomen. Fingí que me había dolido.

—¿Recurriendo a la violencia, Jennifer? Y yo pensando que eras una chica decente…

—A dormir —me cortó—. Que ya empiezas a decir tonterías.

—Tú sí que dices tonterías. Me has dicho que me quieres.

—No.

Su negativa me dejó momentáneamente paralizado. Bajé la mirada. Ella la subió. Estaba muy seria.

Oh, oh.

—¿No? —repetí.

—No te quiero, Jack. —Hizo una pausa en la que creí que se detenía mi vida entera, y luego sonrió—. Te amo.

Durante unos instantes, nos miramos el uno al otro. Su sonrisa se borraba a medida que pasaban los segundos y, en vez de oír una respuesta, veía mi expresión pasmada.

—¿Hola? —dijo al final, alarmada—. ¿Jack? ¿Estás...?

—¡¿Cómo se te ocurre hacer esa pausa entre las dos frases?! ¡¿Quieres que me dé un infarto o qué?!

Ante mi pequeño arrebato, contuvo una sonrisa.

—Bueno..., no pensé que...

—No me hables. Estoy enfadado.

—¡Jack! —protestó, divertida—. ¡Acabo de decirte que te amo!

—Y ahora tengo la obligación moral de decírtelo a ti. Te parecerá bonito.

Ahora era ella quien dudaba. Me miró, ya sin sonrisa alguna, y se incorporó sobre un brazo.

—¿Tú no? —me preguntó.

Hice una pausa mientras lo consideraba. Una pausa eterna en la que fue tensándose cada vez más.

Y cuando consideré que había pasado el tiempo suficiente, esbocé una sonrisita divertida.

—Cómo jode que te hagan esperar, ¿eh? Pues toma, ya te la he devuelto.

—¡JACK!

—¡Te la debía!

Hizo ademán de salir de la cama, pero no se lo permití. Divertido, la rodeé con los brazos y tiré de ella hasta que tuve su espalda pegada al pecho. Jen no se resistió mucho, pero cuando me asomé por encima de su hombro fingió que no me veía.

—Ya estamos en paz —declaré.

—¡Suéltame!

—¡Ha sido una bromita!

—Sí, pero ¡no me has contestado!

—Claro que te amo, Jen. Joder, ¿es que no me ves? ¿Es que no ves todo lo que ha pasado? ¿De verdad necesitas que te lo diga?

Esa vez, ella sonrió y, finalmente, me miró a la cara.

—No lo necesito, pero me encanta oírlo.

—Pues te lo diré las veces que quieras —le aseguré, guiñándole un ojo.

Ella sonrió ampliamente y, finalmente, me cogió de la cara para besarme otra vez.

20

Salvar al soldado Jackie

Quizá lo de la clínica no había sido tan mala idea.

No llevaba ahí muchos días, pero ya me había acostumbrado a la rutina. Compartía habitación con alguien de una edad similar a la mía, nos despertaban a las ocho, desayunábamos, nos duchábamos, nos tocaba actividad, terapia o lo que fuera, nos llevaban a comer, y, de nuevo, actividad o terapia.

Yo aún no había participado en ninguna actividad, más que nada porque había pasado de ir. No me encontraba con ganas de hacer nada, y menos si debía moverme. Estaba de mal humor, tenía náuseas constantes y, sinceramente, salir de la cama ya era una puta agonía, porque me dolía todo el cuerpo. Si no me hubieran obligado, probablemente no me habría levantado ni para ir a comer.

Alguna gente llevaba en la clínica mucho más tiempo que yo, y se notaba. Parecían personas totalmente recuperadas que, pese a estar ahí dentro, hacían vidas totalmente normales. Por otro lado, también había mucha otra gente incapaz de avanzar: o era la cuarta vez que pasaban por una clínica o provocaban algún tipo de altercado. Era bastante habitual presenciar una discusión entre pacientes, al menos, una vez al día.

Pese a todo, una vez que empecé a encontrarme mejor, me di cuenta de que aquel sitio no me desagradaba. Quizá se debía a su ubicación en medio de la naturaleza. Me gustaba salir al jardín trasero, ver la naturaleza, oler las flores plantadas en el jardín… y apreciaba que no se oyera el ruido del tráfico.

Quizá no fuera mi lugar favorito en el mundo, pero no me importaba quedarme unos meses más.

Una de las pocas actividades a las que no había podido negarme era la de la psicóloga. Y mira que había intentado evadirlo, ¿eh?

Ni que lo digas.

En esos momentos, me encontraba en su oficina, una de las salas más sencillas de la clínica, y por ella pasábamos casi todos los que estábamos ingresados. Al encontrarse en la planta baja, por la ventana podía ver de cerca a los demás huéspedes —así nos llamaban ahí— desempeñando sus actividades matutinas. Algunos se dedicaban a la jardinería, otros aprovechaban el sol para practicar un poco de deporte, otros aprovechaban el tiempo libre para tumbarse y disfrutar del ambiente…

Y yo estaba ahí metido con la psicóloga que me habían asignado.

Derrochando endorfinas, como de costumbre.

No era que me desagradara estar con ella. En cierto modo prefería pasar el rato ahí charlando que verme obligado a salir al jardín para hacer el gilipollas en una esterilla de yoga.

Supongo que si me hubiera pillado en otro momento de mi vida, le habría dicho que no creía en la terapia y que estaba perdiendo el tiempo, pero durante el proceso de desintoxicación me sentía muy bajo de fuerzas. No podía ni protestar. Dejaba que me hiciera preguntas, y de vez en cuando le respondía alguna. Poco más.

Habíamos hablado de mis padres, de mi infancia, de mis amigos, de mi relación con Jen, de mi carrera… Todo le interesaba, mientras que yo contemplaba la ventana y respondía con lentitud y aburrimiento.

—Bienvenido otra vez —dijo con una sonrisa.

—Sí, hola —mascullé.

—¿Qué tal has pasado estos días?

Era martes y me había visto el viernes. No había trascurrido tanto tiempo como para que me sucediera algo interesante; aun así, me encogí de hombros y respondí:

—Bien.

—¿Hay algo que quieras comentar?

—No.

Siempre le daba esas respuestas escuetas para ver si desistía y me mandaba a la mierda, pero nunca lo hacía. Tenía paciencia, la maldita.

—Me alegro —dijo sin borrar la sonrisa—, porque así podemos hablar de otros asuntos que me interesan mucho.

—Qué bien…

Como siempre, pasó completamente de mis comentarios mordaces y abrió la libreta en la que lo apuntaba todo.

Algún día se la robaremos, a ver qué pone.

—He pensado que hoy podríamos hablar de tus relaciones actuales —comentó.

—No es un tema muy interesante.

—Entonces, mejor para ti. Así nos lo quitaremos rápidamente de encima. A ver, empecemos…

Y me hizo preguntas, como siempre. Yo se las respondía en mi tono monótono, apalancado en el sillón y con expresión de aburrimiento.

—Háblame de tu día a día fuera de la clínica —dijo entonces—. ¿Cómo es?, ¿qué sueles hacer?

Suspiré, me acomodé en el sillón y repiqueteé los dedos en los reposabrazos. Ella esperaba pacientemente. Nada en el mundo podía alterar a esa señora.

—Intento no levantarme temprano porque no me gusta, así que solo lo hago si hay trabajo de por medio —empecé—. Ya despierto, miro el móvil para ver los cuarenta mensajes que me deja mi mánager cada noche. También miro el calendario, a ver si tengo algo programado. Si no hay nada, me voy a comer, miro un rato la tele, ceno, voy a la cama… y vuelta a empezar.

No me di cuenta de lo deprimente que sonaba hasta que lo dije en voz alta. Ella, sin embargo, no expresó ninguna reacción, más allá de asentir con comprensión.

—No suenas muy emocionado —observó.

—Es un aburrimiento.

—¿Qué parte?

—La de tener tiempo libre.

—Mucha gente daría lo que fuera por tenerlo.

—Bueno, pues no es mi caso.

Esa vez sí que anotó algo, y luego me miró de nuevo.

—¿Qué te gustaría hacer para lidiar con todo ese tiempo libre?

—No sé…, ¿alguna película? Es lo único que sé hacer.

—Estoy segura de que sabes hacer muchas más cosas, pero es una muy buena propuesta.

—No sé. Acabo de sacar una.

—Me refiero al futuro, Ross. ¿Nunca has considerado la posibilidad de hacer otra?

Era una buena pregunta. Fruncí los labios, pensativo.

—Supongo que me gustaría hacer algo, sí.

—Entonces, cuando te sientas preparado, quizá sería una buena idea empezar a trabajar en ese nuevo proyecto.

Bueno, vale, había dicho algo útil... pero ¡eso no significaba que necesitara una psicóloga! Me hundí aún más en el sillón.

—¿Qué haces en esas horas en las que, según dices, no hay nada? —me preguntó entonces—. ¿Pasas el tiempo con tu familia, con tus amigos...?

—Estoy con mis amigos y mi novia.

—¿Y qué tal con ellos? —quiso saber.

—Bien. Normal. Como siempre. —Como ella no decía nada, me obligué a seguir hablando—: Están preocupados por mí. Por todo esto de las..., de..., mmm..., bueno, por todo *esto*.

—¿Has hablado con ellos estas semanas?

He ahí la pregunta del millón. Me rasqué la nuca, un poco incómodo.

—No —admití finalmente.

—¿No te apetece?

—No mucho. —Antes de que me lo preguntara, decidí adelantarme—: No quiero que me vean así. No les gustaría.

—¿Por qué no?

—Porque no soy yo.

Igual lo dije de un modo un poco brusco, porque parpadeó con cierta sorpresa.

—¿No eres tú? —repitió.

—Soy la peor versión de mí mismo.

—Nuestra peor versión también forma parte de nosotros mismos —replicó con suavidad—. Lo importante no es ocultarla, sino trabajar en ella.

Ahí iba otra frase para apuntarla en una tacita.

Seguro que Naya la compraría.

Fingí que estaba aburrido, pero lo cierto era que esa sesión me estaba dejando muy reflexivo. Y no, no me gustaba.

—Es muy fácil decirlo —repliqué—, pero no quiero que mi novia me vea así. No quiero que me deje otra vez.

—¿Ya te dejó una vez por ese motivo?

—No fue por eso. —Permanecí unos segundos en silencio—. Pero no quiero estropearlo ahora que lo hemos arreglado.

Por supuestísimo, se puso a apuntar. Intenté ver qué formas dibujaba para adivinar lo que estaba escribiendo, pero iba demasiado deprisa como para identificarlas. Encima de pesada, rápida.

Todo mal.

—Presiento que aprecias mucho a tu novia —comentó.

—Pues sí. Se llama Jennifer. Ella y Will, mi mejor amigo, son las personas más importantes de mi vida.

Para mi propia sorpresa, lo dije sin siquiera dudar.

—¿Qué te hace afirmar eso? —quiso saber la doctora Jenkins.

—Que son las dos únicas personas que sé que echaría de menos si no estuvieran en mi vida. —Guardé silencio al darme cuenta de lo que había dicho y, en cuanto hizo ademán de hablar, la corté en seco—: Mira, ya fui a un psicólogo la última vez que estuve en una clínica, y ya me habló de mi relación con Will, con mi familia y con todo el mundo. No necesito que vuelvan a hacerme la revisión.

—Ya veo, ¿y qué te dijo de Will y tu familia?

—Que Will representaba la estabilidad que me faltaba en casa. Y que por eso me transmitía esa calma cuando estaba con él.

—¿Crees que Jennifer representa lo mismo?

Abrí la boca para responder, pero acabé cerrándola durante varios segundos. No sabía qué decirle.

—No —murmuré al final.

—Entonces ¿qué crees que te gustó de ella? Por lo que me dijiste en otras sesiones, tu vida sentimental ha estado más marcada por las relaciones esporádicas que por la estabilidad.

De nuevo, no supe qué contestar. Nunca me había planteado esas cosas y nunca pensé que me las plantearía; mucho menos en voz alta.

—No sé lo que me gustó —murmuré, aunque pensé que quizá podía encontrar una respuesta si lo pensaba el tiempo suficiente—. Creo que... me recordaba a mí.

—¿A ti? —repitió con curiosidad.

—Sí. Era... —Suspiré y me pasé las manos por la cara. Ya me volvía a doler la cabeza—. Sé que no tiene sentido, ¿vale? Lo sé. Pero... me recordaba a mí mismo cuando era más pequeño. No tenía opinión propia, ni gustos, ni decía nada que pudiera ofender a los demás… Cuando has pasado por algo así, aprendes a reconocer los mismos rasgos en otra persona, ¿sabes? No hacía falta ser un genio para ver que había algo en su vida que, si no era lo mismo que había en la mía, se parecía bastante.

—¿Y por qué crees que eso te atrajo en lugar de causarte rechazo?

—No me atrajo —musité—. Sentí que…, em… —Hice otra pausa, esta vez mucho más larga—. Sentí que podía… salvarla.

Mira que no me gustaba esa palabra. Mira que odiaba el concepto de salvar a la gente. Y, aun así, no se me ocurrió otra expresión que lo definiera mejor. Era lo que había querido o, al menos, lo que había intentado. No podía darle otra explicación.

—«Salvarla» —repitió el concepto con curiosidad—. ¿Crees que necesitaba que alguien la salvara?

—Desesperadamente.

—¿Y tú? ¿Lo necesitabas cuando eras pequeño?

—Sí. Y nadie lo hizo.

En cuanto tomó nota, aparté la mirada. De pronto me sentía un poco culpable. Quizá no debería decir esas cosas sobre Jen.

—No solo me gusta por eso —murmuré—. Me gusta su compañía, y su forma de ser…, y me gusta la sensación que tengo cuando estoy con ella. Saca una parte de mí que permanece dormida cuando no está. Me siento… mejor persona. Cuando estoy junto a ella, me gusta cómo soy. ¿Tiene algún tipo de sentido?

La doctora me contempló unos instantes y finalmente asintió con una sonrisa. Había apuntado algo más en su libreta.

—Tiene mucho sentido —dijo—. Por si te sirve de consuelo.

—Me sirve, gracias.

—Tu novia parece una buena persona —comentó entonces.

—Lo es.

—¿Crees que aún necesita que la salven?

Lo consideré, pensativo, pero en realidad conocía la respuesta. Desde aquella noche después de la cena en casa de mis padres, la tenía clarísima.

—No —admití en voz baja.

—Me alegro por ella —dijo con una sonrisa—. Volviendo a algo que me dijiste en otras sesiones, si no me equivoco…, lo que le sucedía es que estaba metida en una relación abusiva. ¿Es así?

—Sí.

—¿Es eso lo que la hizo vulnerable? —preguntó—. ¿Lo que te hizo pensar que había pasado por lo mismo que tú y que, por tanto, debía ser salvada?

—Sí, era eso.

—Y entiendo que lo calificas como algo que escapaba a su responsabilidad. Cuando hablamos de la misma situación con tu madre, sin embargo…, lo calificaste como «debilidad». ¿Me equivoco?

Lo mencionó en un tono muy suave, pero sus palabras me tensaron de pies a cabeza. Parpadeé, me sentía confuso.

—¿A qué viene la comparación?

—Ambas son personas sumisas y sometidas a una relación abusiva —observó, de nuevo con suavidad.

—No es lo mismo. Jen estaba en una relación con ese idiota porque se sentía insegura.

—Y mencionaste que tu madre se comprometió con tu padre en un momento muy delicado de su vida, ¿no es así? Cuando perdió a sus padres, específicamente. Según recuerdo, a una edad similar a la de Jennifer, sino más joven, y creo que tu padre era mucho mayor que ella.

Abrí la boca y volví a cerrarla, no supe qué decirle.

—Pues sí —admití tras otro silencio—. Pero ¡no es lo mismo!

—¿Qué diferencia hay?

—¡Que Jen no dejó que hiciera daño a nadie más! ¡Ella no tenía hijos a los que proteger!

—¿Eso es lo que querrías recibir de tu madre?, ¿protección?

—¡Pues claro que sí! —me enervé—. ¡Obviamente!

—¿Crees que ahora mismo te la brindaría?

—Ahora ya no sirve de nada. Cuando la necesitaba, no me la dio.

—Yo diría que la ayuda siempre es bien recibida, Ross. ¿Crees que ahora sí que te protegería?

Apreté los labios. Me había puesto muy nervioso sin darme cuenta.

—No lo sé —admití.

—¿Crees que estaría dispuesta a arreglar el daño que te ocasionó?

—Lo está intentando…, creo. Dice que se divorciará de papá, pero nunca llega a hacerlo.

—¿Por qué no?

—Porque le da miedo, obviamente.

—¿Y a ti? ¿Te da miedo?

—No lo sé —dije automáticamente—. Antes me lo daba, ahora… no lo sé.

—¿Y tu madre?

—No, ella no me da miedo. No le daría miedo a nadie… Es incapaz de hacerle daño a una mosca. Por eso siempre fue más fácil decirle las cosas a ella, tanto las buenas como las malas. ¿Puedo irme ya?

Eso último lo pregunté rápidamente. No quería seguir ahí sentado para hablar de aquellos temas y replanteándome tantas cosas. Solo deseaba encerrarme en mi habitación.

La doctora Jenkins asintió.

—Sí, Ross. Gracias por haber colaborado en la sesión.

—¿Puedo ver la libreta?

Había intentado aprovechar su momento de simpatía, pero no coló. En cuanto advirtió mis intenciones, la cerró y sacudió la cabeza.

—¿Quieres que hablemos un poco más sobre tu infancia? —me preguntó.

—Joder, no.

—Entonces, no hay libreta.

—Oye, ¡eso es chantaje!

—Efectivamente. —Sonrió sin arrepentimiento—. Que pases un buen día.

Como no había finalizado la hora de terapia, aproveché para salir al jardín casi vacío. No me gustaba pasear cuando estaba lleno de gente, así que aprovechaba los ratillos en los que podía estar un poco a solas conmigo mismo.

Pasar el día era bastante más aburrido, y como no me gustaban las actividades iba a una pequeña biblioteca para leer un poco, salía a pasear solo o me dirigía a la cocina a ver si me daban algo más de comer, aunque no solía darse el caso. Las enfermeras me recomendaban que me relacionara más con los otros pacientes, pero no me interesaba en lo más mínimo. No me sentía lo suficientemente paciente como para entablar conversaciones con otras personas, y menos si tenían el mismo problema que yo.

Quizá por eso permitieron que entrara una visita fuera de los horarios establecidos.

Estaba tirado en uno de los sofás de la sala de lecturas hojeando un ejemplar de un libro cualquiera, cuando uno de los celadores se asomó para buscarme. No conocía su nombre, pero tenía cara de Greg, así que mentalmente lo llamaba así. Era el más simpático de todos, y el único que a veces me dejaba repetir alguna comida.

Me hizo un gesto para que me acercara, y dejé el libro a un lado para ir hacia él. Una vez en el pasillo, cerró la puerta y me dijo:

—Tienes una visita.

Confuso, miré la hora en el reloj del pasillo.

—¿Ahora?

—Sí, ahora.

—¿Es… mi novia?

—No lo parece, la verdad. Es un chico rarito que ha preguntado diez veces si aquí atamos a los pacientes a las camas.

—Mierda, es mi hermano.

Efectivamente, Mike estaba sentado en una silla del vestíbulo. Pese a que las temperaturas aún eran bajas, ya llevaba puesta una camiseta finísima con unos tirantes tan largos que mostraba el pecho. Para él, cualquier excusa para lucirse un poco era buena.

No se levantó al verme, sino que me miró de arriba abajo y soltó una risita divertida.

—Vaaale, ya entiendo por qué no quieres que te visiten. Qué visión más lamentable.

No le faltaba razón. Había engordado, tenía unas ojeras terribles y, por si fuera poco, la piel se me había puesto de un color pálido muy desagradable.

—¿Has venido solo a burlarte? —le pregunté, irritado.

—Nah, vengo de mensajero. ¿Qué es eso de que nadie ha hablado contigo desde que entraste?

Suspiré y, tras pensarlo unos segundos, me senté a su lado. Yo estaba tenso y con los brazos cruzados, mientras que él se había estirado y despatarrado tanto como pudo.

—¿Quién te ha dicho eso? —quise saber.

—Todos, pero, principalmente, tu novia. Como siga preocupándose, le ofreceré un poquito de consuelo.

—Vete a la mierda, Mike.

—¡Encima que me ofrezco! —protestó, divertido, y luego me miró sin borrar la sonrisa—. No pretenderás estar aquí incomunicado del mundo durante meses, ¿verdad?

—No lo sé.

—Si este plan te parece mejor que hablar con los demás… allá tú.

Permanecí unos instantes en silencio, pensativo, y descrucé los brazos para repiquetear los dedos sobre las rodillas.

—¿Están muy preocupados? —quise saber.

—Will no mucho porque ya te conoce; Naya, un poco; Sue, en absoluto y Jenna, bastante.

—Quizá debería llamarlos.

—Quizá sí —opinó—. Y que no se enteren de que tu amiguita sí que ha venido a visitarte cuando a ellos no les dejabas.

Tragué saliva al pensar en Vivian. Ella sí que había estado presente en la mayor parte del proceso; de hecho, hablaba con ella por teléfono cada vez que me sentía mal. Se había convertido en un apoyo que nunca había pensado que necesitaría tanto, y era la única que no me importaba que me viera en mi peor momento, porque yo también la había visto en el suyo. De algún modo, hacía que la situación me pareciera más sencilla.

—¿Cómo lo sabes? —murmuré.

—Coincidimos en una fiesta hace unos días. Intenté ligar con ella —admitió con una mueca— y no funcionó muy bien, pero ya lo intentaré otra vez.

—¿Se lo has dicho a los demás?

—¿Que pasó de mí?

—No, idiota, lo de que ella sí que ha hablado conmigo.

—Ah, claro que no. ¿Por quién me has tomado?

—Por alguien que se lo está guardando únicamente para poder utilizarlo en mi contra cuando le convenga.

—Y efectivamente es lo que estoy haciendo —dijo con una gran sonrisa, y luego se puso en pie de un brinco—. Bueno, ya te he trasmitido el mensaje, así que mi trabajo aquí ha concluido.

—¿Te vas? —le pregunté, sorprendido—. ¿No quieres ver todo esto o…?

—Oye, he quedado y estoy muy ocupado. ¿Te crees que el mundo gira a tu alrededor o qué?

Lo miré fijamente unos segundos, entonces él se rio y tiró de mi brazo.

—Que es broma, hermanito. A ver, enséñame el loquero.

—No es un loquero —protesté.

Aun así, le di un tour bastante completo.

Esa misma noche, cuando los enfermeros nos dejaron un rato libre tras la cena, me acerqué por primera vez a los teléfonos con la intención de llamar a casa. No podíamos usar nuestros móviles, nos los quitaban al ingresar en la clínica; sin embargo, cinco teléfonos fijos estaban a nuestra disposición en las horas libres.

Me acerqué al único que quedaba libre y marqué el número de Jen; me lo sabía de memoria. Admito que estaba un poco nervioso, jugueteaba con el cable del teléfono sin parar. Una parte de mí incluso deseaba que no contestara, mientras que la otra deseaba oír su voz.

Al final, sí que contestó, y lo hizo bastante rápido.

—¿Sí?

—Hola, Jen… —murmuré.

Por supuesto, ella permaneció unos instantes en silencio. No estaba seguro de qué tono me esperaba después de aquello, si enfado o alegría.

—Hola —dijo en voz baja.

—Mike ha estado conmigo esta mañana.

Vale, quizá no era la mejor manera de romper el hielo, pero no se me ocurrió ninguna otra. Cuando se alargó su silencio, me froté el puente de la nariz con impaciencia.

—¿Y qué tal? —preguntó entonces; el tono que usó me indicaba que no estaba contenta del todo.

—Bien. Yo…, verás…, no sé cómo empezar. —Mierda, debería haber practicado antes de coger el teléfono—. ¿Estás… enfadada conmigo?

—¿Por no haber llamado hasta ahora?

Y ahí estaba el tonito irritado.

Vaya.

—Sí, por eso.

Jen suspiró.

—Si necesitas estar un poco alejado durante un tiempo, lo entiendo. Lo que estás pasando no es fácil y…

—No, Jen —interrumpí, algo más nervioso—. No es que…, verás… No es que no quiera hablar contigo. Joder, no pienso en otra cosa que no seáis vosotros, especialmente en ti, pero… Pero no quiero que me veáis así.

Bien, esa estrategia era mejor. La de la sinceridad. ¿A quién se le habría ocurrido?

—Jack, somos tus amigos —me dijo con suavidad—. Si necesitas apoyo, estaremos ahí. Da igual en qué situación te encuentres.

Pensé en los mareos, los vómitos, los insultos, en esa vez que había lanzado una silla por encima de una mesa y Greg había tenido que inmovilizarme…

—Sí, bueno… —Me rasqué la nuca con incomodidad—. Es muy fácil decir eso a ciegas.

—¿Te has sentido incómodo con Mike?

—No —reflexioné—. Pero él sabe cómo funciona todo esto.

—Will también lo sabe. ¿Y si fuera él?

—¿Will? —repetí con incredulidad. Me sorprendió que no se ofreciera ella directamente—. Sí…, me gustaría ver a Will.

Y era cierto. Joder, echaba de menos a mi amigo. Sabía que él no me hablaría todo el tiempo del motivo por el que me encontraba ahí, que me distraería un poco y lo pasaríamos bien.

—Si quieres, le digo que vaya a verte mañana, cuando termine las clases —me propuso.

—Vale. Gracias, Jen.

—De nada. Ya te pasaré mis tarifas de mensajera.

Me reí, algo insólito desde que había entrado en ese sitio. Que bromeara era una buena señal, ¿no? Significaba que no estaba tan enfadada conmigo como cuando había descolgado.

—¿Cómo estás? —le pregunté—. ¿Qué tal las clases?

La conversación duró mucho menos de lo que me hubiera gustado, pero era tarde y estaba seguro de que ella tenía mil cosas por hacer, así que no quise molestarla durante mucho rato. Me despedí, le deseé las buenas noches y, finalmente, colgué el teléfono.

Al volverme, vi a Greg de brazos cruzados y con una sonrisa.

—¿A que no era tan complicado?

Las semanas pasaron volando y pronto se convirtieron en meses. Poco a poco me acostumbré a la rutina, los horarios, incluso a las actividades, a pesar de que algunas me gustaran poco. Incluso accedí a hacer ejercicio, algo totalmente histórico.

Hay que apuntar este día en nuestros calendarios.

Empezaron a considerar mi salida a principios de junio, y al cabo de pocos días se materializó. Tuve que asistir a una última sesión de terapia en grupo, a otra individual —en la que me despedí de la doctora Jenkins, aunque esperé no tener que volver a verla— y a la clase de natación. Pasé la última noche con mis compañeros de pasillo, que me prepararon una cena de despedida, al igual que a todos quienes se marchaban, y a la mañana siguiente hice las maletas.

En realidad, no tenía muchas cosas, me cupo todo en una bolsa de gimnasio. Estaba tan entusiasmado por salir y ver a Jen y a Will que casi me olvidé la mitad de lo que había traído. Greg tuvo que detenerme varias veces para que no me marchara sin todo lo que tenía por ahí.

—Bueno, Ross —me dijo algo más tarde, mientras abría la puerta principal—, espero que, al menos, te hayamos hecho estos meses un poco más llevaderos.

—Qué va, os odio a todos.

Me detuve un momento frente a la salida para mirarlo. Él sonrió.

—Pásatelo bien —me deseó—. Y no vuelvas por aquí, ¿eh?

—Lo intentaré, te lo aseguro.

Le di una palmadita en la espalda, él se despidió y bajé los escalones con una gran sonrisa.

Ahí estaba Jen, tal como había prometido, con su camiseta suelta, esos pantalones cortos —el retorno de los pantaloncitos que me habían alegrado la existencia un año atrás, ¡bien!— y el pelo atado en una coleta. Jugueteaba ansiosa con las manos, y casi pensé que era por la impaciencia de verme... hasta que reconocí el coche que había justo detrás de ella.

Mamá estaba a su lado, con las llaves en la mano y una expresión de culpa. No la había visto desde la cena desastrosa, y no me apetecía encontrarme con ella tan pronto.

—¿Qué haces aquí? —espeté.

—Hola, Jackie...

—Ni Jackie ni nada. ¿Se puede saber qué haces aquí? —Como no decía nada, miré a Jen. Su expresión era todavía más culpable—. ¿Has venido con ella?

A modo de respuesta, se encogió de hombros.

—Se ha ofrecido, y no me ha parecido una mala idea, no sé...

Mira que la quería con locura, pero esas cosas... De verdad, las detestaba.

—Pues lo es —mascullé, y luego me dirigí a mamá—. Puedes irte, gracias. Pillaremos un taxi.

—¿No puedes escuchar lo que tengo que decirte? —me preguntó, cansada.

¡Encima se hacía la agotada! ¡Agotado estaba yo, no ella!

Agotados estamos todos.

—¿Ahora?, ¿ahora quieres hablar? —mascullé—. ¿No has aprendido nada en veintidós años?

—Jack... —intentó decir Jen, pero ni la escuché. Estaba centrado en mi madre.

—No. Puedes volver a casa, no tengo nada que hablar contigo.

—No voy a volver a casa —dijo ella, para mi sorpresa. Normalmente, aquello bastaba para acobardarla y que me dejara tranquilo—. De hecho, no me moveré de aquí hasta que hables conmigo.

—¿Me estás amenazando?

—Sí, fíjate. Al final sí que he aprendido algo en veintidós años.

Me quedé sin palabras. Pero ¿qué había ocurrido en mi ausencia? Will y Naya esperaban un bebé, Jen se había vuelto una pervertida, Mike decidía visitarme, ahora mi madre se envalentonaba... ¿Es que había atravesado un portal a una realidad paralela y no me había dado cuenta?

¿Por qué Jen se ha vuelto una pervertida? ¿Qué me he perdido?

Bueno, eso no era un hecho, era un deseo lanzado al aire.

Pero ¿quién te crees que soy ahora?, ¿el pozo de los deseos?

—Solo quiero invitaros a comer —insistió mamá. Al ver que no reaccionaba, se dirigió a mi novia—. ¿Por qué no buscas en Internet algún sitio que te guste, Jenna? Seguro que tenéis hambre.

En el trayecto en coche, intentaron entablar algunas conversaciones, también se hicieron silencios incómodos de varios minutos. Creo que nadie lo disfrutó; yo, el que menos. No había planeado un reingreso tan desastroso al mundo real, solo quería disfrutarlo en compañía de mis amigos.

Acabamos en un restaurante sesentero que olía a carne a la brasa. A Jen le rugió el estómago al entrar, y de camino a la mesa le dirigí una sonrisita burlona.

Mientras miraban el menú, contemplé el parque de bolas situado al otro lado del aparcamiento. Los niños se lanzaban sin preocupaciones, se deslizaban por el tobogán, se hundían en la piscinita... ¿Era muy raro que prefiriera ir con ellos que estar sentado en esa mesa?

Nah.

—¿Hay algo que os apetezca especialmente? —preguntó mamá.

—La hamburguesa con salsa barbacoa —dijo Jen—. Seguro que a Jack le encanta.

La bromita me arrancó un resoplido.

—Las drogas no me han jodido el gusto, lo siento.

—Eres la única persona capaz de hacer bromas sobre drogas justo al salir de una clínica de desintoxicación.

—También soy la única persona capaz de hacerlas y que tengan gracia.

Jen sonrió y sacudió la cabeza, y finalmente me animé a coger el menú. Puesto que pagaba mamá, me encargaría de que le dieran un buen sablazo a la tarjeta. Pedí de todo, y así que lo trajeron a la mesa me puse a zampar con ganas. Ellas me contemplaban con cierto asco, pero no me importó. Estaba harto de la comida insípida y aburrida, necesitaba mi dosis de carne grasienta.

—¿Está rico? —preguntó mamá. Dejé de mordisquear la alita de pollo para encogerme de hombros—. Si quieres pedir algo más, solo tienes que…

—¿Por qué no sueltas de una vez lo que quieres decirme? Así terminamos con esto.

Era obvio que había algo. Mi madre casi nunca me invitaba a cosas que no estuvieran relacionadas con su trabajo, al menos sin que papá estuviera presente. Si esa vez lo había hecho, era porque quería decirme algo que no podía soltar delante de él.

Y ya era hora de que lo hiciera, joder. Me estaba poniendo de los nervios.

Sinceramente, pensé que no se atrevería de inmediato, pero me miró fijamente y, sin parpadear siquiera, soltó la bomba:

—Tu padre y yo nos vamos a divorciar.

Dejé de masticar y me quedé mirándola pasmado. Jen, a mi lado, dio un respingo.

—¡Uy! ¡Me llaman de… la residencia! Voy a ver qué quiere Chrissy.

Estaba tan sorprendido que dejé que se marchara sin más y, una vez a solas, me centré de nuevo en mi madre. Ella estaba muy atenta a mi reacción.

—No te lo crees ni tú —dije finalmente.

—Es verdad, cariño.

—No me llames «cariño» —protesté, aunque ya dudaba de si estaba enfadado o no—. ¿Es oficial? ¿Se lo has dicho?, ¿o simplemente me informas a mí?

—Cuando te fuiste a la clínica, tuvimos una larga conversación sobre este asunto —empezó a explicar, y esa vez su expresión se marchitó un poco—. Le hablé de los motivos por los que habías caído la primera vez. No quiso responsabilizarse de ello, ya lo conoces... Y me enfadé. La discusión escaló y terminó cuando me fui de casa.

Sentí que se ahorraba muchos detalles y entrecerré los ojos.

—¿Te hizo daño?

—No físicamente —me aseguró con media sonrisa—. Pero... tienes razón, cari... Jack —se corrigió—. No puedo seguir así. Ahora ya sois mayores, puedo separarme de él sin que os afecte en nada.

—¿Y cuando éramos pequeños no podías? —le pregunté, mordaz.

—No es tan fácil —aseguró en voz baja—. Estoy haciendo lo que considero correcto, ¿vale? Por ahora, ya he llamado a nuestro abogado para que me defienda a mí y no a él, y estamos preparando los papeles del divorcio, aunque no creo que tu padre los firme por las buenas.

—Hasta que no los vea firmados, no me creeré que te separas de él.

No era la primera vez que lo insinuaba, y en todas las ocasiones acabó por volver a casa. Ya no confiaba en ella. Y, aunque la veía mucho más segura que las otras veces, prefería tomármelo con cautela.

—Serás el primero en verlos. —Le temblaba la voz—. Estoy intentando hacer lo correcto, esta vez de verdad.

No respondí, pero tampoco la miré con aspereza. Jen llegó justo en ese momento y, tras intercambiar una mirada conmigo, se sentó a mi lado.

—Mmm..., qué bueno —murmuró mamá en un triste intento de retomar una conversación neutral.

—Sí —aseguró Jen—, muchísimo.

Mordió tan fuerte que casi se le desencajó la mandíbula. La miré de reojo, divertido.

—¿Quién te «llamaba»? —quise saber.

—La clínica. Dicen que te has olvidado el humor allí y que por eso no haces gracia.

Me entró la risa y, ante la mueca de mi madre al ver la comida dentro de mi boca, solté una carcajada aún más ruidosa.

21

Solo ante la familia

Contemplé el plato que tenía delante sin demasiado apetito. A mi alrededor, mi familia continuaba hablando con Jen. La abuela miraba a mamá indicándole que dejara de beber, esta se llenaba copas una tras otra, Mike comía sin interrupción y mi novia fingía no darse cuenta de nada.

Menuda Nochebuena de mierda.

Por si todo aquello no bastara, Jen y yo apenas nos hablábamos. Al salir de la clínica, nuestra relación no había hecho más que mejorar, pero a partir de una de mis primeras entrevistas todo cambió. El presentador me presionó hasta sonsacarme que Vivian me había visitado en la clínica, y decidí contarle a Jen que nos habíamos acostado. No se lo tomó muy bien, igual que yo no me tomé muy bien que ella se escapara con mi coche para ir a rescatar a su amiga de su exnovio.

Según como lo mires, es un empate a uno.

¿A quién coño le parecía una buena idea? No solo había ido a por su amiga, sino que había escogido a Mike y Sue como acompañantes. ¿En qué mundo podía acabar bien? Menos mal que sus padres habían aparecido y los habían ayudado. Si no, vete a saber cómo habría terminado. Tenía mis motivos para estar enfadado.

Ella también tiene los suyos.

Bueno… Pero ¡yo tenía un poco más!

Y no solo me molestaba lo de la aventura, también las pullitas. No recordaba un solo momento de nuestra relación en el que hubiéramos tenido tantos frentes abiertos. Ella se tomaba fatal que yo opinara de su carrera, y yo no soportaba que ella opinara de la mía. Sentía que ella no se tomaba en serio que yo fuera director, y yo era incapaz de encontrarle utilidad a su carrera. Era una mala combinación.

Al final, todo aquello formaba una pequeña pirámide de problemas que no dejaban de aumentar. Y, con ello, se intensificaban mis ganas de lanzar uno de los platos a la pared de la casa del lago, que era donde nos encontrábamos en ese momento. Me contuve porque sabía que solo empeoraría las cosas.

Aun así, no dejaba de mirar a mi madre, más borracha a cada minuto que pasaba. Jen y yo habíamos ido a pasar la Navidad con ella, Mike y la abuela. La cosa estaba… tensa, la verdad. Bastante tensa.

Yo apenas miraba a mi madre; entre la forma en que se comportaba por el alcohol y que no había procedido con el divorcio, no soportaba estar en su presencia. De nuevo, me había mentido. De nuevo, me tomaba por idiota. Y encima lo hacía en un momento de mi vida en el que no me encontraba precisamente de humor para soportar esas cosas.

—¡Vamos a abrir los regalos! —exclamó ella de repente. Alzó la copa tan rápido que derramó el vino sobre el mantel.

Por fin, Mike dejó de comer para mirarla.

—¿No se supone que eso se hace a las doce?

—¿Y qué más da? ¡Nadie lo verá!

Contemplé el intercambio de regalos sin comentar mucha cosa. Solo gané una camiseta de niñero que me dio Jen; por lo demás, no presté mucha atención. Estaba ocupado observando a mi madre en medio de una escena cada vez más lamentable. No dejaba de beber, bailar, gritar, arrastrar las palabras en un triste intento de mantener una conversación con el primero con quien se cruzara… Y esa persona solía ser Jen, la única que no se apartaba a su paso.

Creo que llegué a mi punto límite cuando cogió a Jen del brazo, tropezó y ambas cayeron al sofá. Ella se reía, pero mi novia me miraba con precaución, como si supiera que aquello podía terminar muy mal.

—¿Puedes dejar de hacer el ridículo?

Tardé unos segundos en darme cuenta de que se me había escapado en voz alta. Alcé la mirada y me encontré con la de mamá.

—Solo estoy pasándomelo bien.

—No —espeté, ya cabreado—. Estás borracha, y todo el mundo se siente incómodo. ¿Tienes pensado parar en algún momento?

Mamá se separó de Jen, pero no despegó la vista de mí. Ni siquiera cuando esbozó una pequeña sonrisa.

—A veces, te pareces mucho a tu padre.

Igual que ella, tardé unos instantes en reaccionar. La fiesta había muerto, pero no le presté atención. En ese momento solo veía a mi madre. Y no me gustaba el panorama. Por algún motivo, sentía mucha rabia por todo lo que hacía, desde beber hasta sonreírme. No lo soportaba.

—¿Me vas a comparar con él? —le pregunté en voz baja.

—¿Y tú?, ¿me vas a tratar como él?

Varios comentarios crueles me cruzaron la mente, pero terminé por descartarlos todos.

—¡Te estoy diciendo que dejes de emborracharte, mamá! —espeté.

—¡No! ¡Me estás diciendo que hago el ridículo!

—¡Porque lo haces! Nunca reaccionas, nunca haces nada, ¿y ahora saltas conmigo? ¿La charlita del restaurante no sirvió de nada o qué?

Ella levantó un poco el mentón, haciéndose la dura, aunque estaba claro que le había dolido.

—La charla del restaurante fue sincera.

—Pero ¡no has hecho nada!, ¡todo sigue exactamente igual!

—¡Ya no vivo con tu padre, Jack!

Pero ¿realmente creía que vivir en otro sitio cambiaría algo?, ¿que eso arreglaba el hecho de haberme mentido en la cara?

—¿Y qué? —salté—. Sigues comportándote exactamente igual que antes. No ha cambiado nada. Lo único que por fin te ha hecho reaccionar es la copa de vino. ¡Si hubiera sabido que el alcohol era lo único que necesitabas para decir algo, te lo habría dado hace mucho tiempo!

Me había puesto de pie sin darme cuenta, y ella hizo lo mismo. No había borrado la pequeña sonrisa de amargura, aunque iba empequeñeciéndose. Mamá dejó la copa sobre la mesa con torpeza y, aunque derramó un poco más de vino —ahora, sobre la alfombra—, no pareció darse cuenta de ello.

—¿Te crees que eres el único que ha sufrido con esta situación? —me preguntó en voz baja.

Aquello me pilló por sorpresa. Como respuesta, mamá solía huir o zanjar la discusión, pero nunca la había visto defendiéndose y, mucho menos, echando leña al fuego. Me dejó tan asombrado que no le respondí de inmediato.

—¿Cómo dices? —murmuré.

—Me has entendido perfectamente. ¡Todos hemos pasado por lo mismo! Tu hermano, yo, tu abuela…

—¡No es lo mismo! —salté, una vez que empecé a entenderla y, por consiguiente, a tensarme.

—Es lo mism…

—¡No, no lo es! —grité, había perdido los estribos de la situación—. ¿Alguna vez te ha hecho lo que me hacía a mí?, ¿alguna vez te ha pegado?

—No toda la violencia es física, Jack.

Me cabreó muchísimo, y no estaba muy seguro de qué parte era exactamente la que me molestaba tanto, si la crítica o la insinuación de que podía comprender lo sucedido. O quizá era otro motivo que todavía no estaba preparado para asumir.

Había pasado tantos años considerándolos personas que no me habían defendido que nunca pensé que ellos también pudieran necesitar ayuda.

Pero no podía asumirlo, me resultaba imposible. Ellos eran los malos, ¿verdad? Yo no podía estar equivocado, no en eso.

—¿Qué quieres decir con eso? —espeté—, ¿que vosotros lo habéis pasado peor que yo?

—Quiero decir que tu sufrimiento no anula el nuestro.

—¿Y me lo dices ahora que he empezado a hablar del asunto? —solté, ya con la voz temblorosa. De hecho, me temblaba el cuerpo entero—. Durante años no he dicho absolutamente nada. Me he comido tus depresiones, que Mike cayera en las drogas, que papá siempre tuviera esa fijación por mí, que la abuela no quisiera hacer absolutamente nada para ayudarnos… Y nunca he abierto la boca para quejarme. Nunca. Ahora que por fin lo hago, ¿me quieres echar en cara que intento *anular* vuestro dolor? ¿Te has parado a pensar alguna vez en lo que he tenido que pasar yo?

Mamá suspiró y se pasó las manos por la cara, pero no agachó la cabeza, que era lo que solía hacer en situaciones similares; mantuvo la mirada fija en mí.

—Siento mucho que hayas tenido que pasarlo solo, Jack —murmuró—. Lo siento de corazón. Pero…

—¡No hay peros! —salté, furioso—. ¿Es que no lo entiendes?

Siempre he estado ahí para ti, para Mike y para todo el mundo. ¿Quién ha estado ahí para mí, eh?, ¿quién? No tienes derecho a echarme nada en cara cuando nunca te has preocupado por los demás.

—¡No hago otra cosa que preocuparme por vosotros, Jack! —me aseguró con desesperación.

—¡Pues demuéstralo!

—¡Lo estoy haciendo! ¡O lo intento hacer! —estalló de una vez por todas, y yo tragué saliva con fuerza—. No sé cuántas veces tengo que pedirte perdón por no haber estado ahí cuando me necesitabas, pero ahora intento arreglarlo. ¿Te crees que a mí no me trataba mal, Jack?, ¿te crees que para mí fue un camino de rosas? Estaba aterrada, ¿vale? Y no por mí, sino por vosotros. Tú mismo te aterrabas cada vez que él perdía el control de la situación. ¿De verdad crees que habría sido fácil escapar cuando yo no tenía dinero, ni trabajo ni nada? Si te hubiera sacado de casa en ese momento, también me lo habrías echado en cara. Por lo menos, ahora tenéis vuestra propia vida hecha y solo debo preocuparme por mí misma. Porque no creas, ni por un segundo, que podré volver a trabajar. Esto también me afecta, Jack. Nadie querrá comprar mis cuadros, ni visitar mis galerías. Nadie. Se encargará personalmente de ello. ¿Es que no lo ves?, no solo me estoy separando, me estoy despidiendo de mi carrera entera. Y, antes de que me eches en cara que intento victimizarme, lo hago porque lo necesito para pasar página. —Hizo una pausa para respirar hondo, y yo seguí mirándola con un nudo en la garganta y el ceño fruncido—. No estuve contigo cuando eras pequeño, y no sé qué tengo que hacer para que me perdones. O para que yo me perdone a mí misma. Este me parecía un buen comienzo. ¿No lo es, Jack?

Se quedó en silencio, esta vez para mirar alrededor, y me sorprendió mirando a Jen.

—No es tan fácil salir de ahí —añadió en voz baja.

Y, para mi sorpresa, Jen le dio la razón:

—No lo es.

Su voz, normalmente tan agradable, me sonó como una puñalada.

—¿Perdona? —musité, ya apenas sin voz.

—Que no es tan fácil salir de una relación así —insistió Jen—. Y más cuando es lo único que tienes.

—¿Te pones de su parte?

—No, Jack, no me pongo de parte de nadie. No hay partes. ¿No lo entiendes?, esto es lo que él querría, que os pelearais entre vosotros. Lo único que habéis hecho todos es escapar de él, y lo único que ha hecho él es aprovecharse de vuestra vulnerabilidad. Él es el malo de este cuento; en ningún caso vosotros.

Llevaba tanta carga emocional encima en aquellos meses de mierda que no estuve en condiciones de reaccionar tal como habría querido. Me habría gustado gritarles que se callaran, que no tenían razón. Pero, en realidad, no tenía ganas ni fuerzas de contradecirlas. No podía hacerlo.

Lo único que pude hacer fue mirar a mamá, agotado.

—Solo quería una madre —dije en voz baja.

Ella cerró los ojos unos instantes. Cuando los abrió, por primera vez vi a alguien capaz de contener sus emociones, de mantener el control.

—Lo siento muchísimo, Jack —susurró.

—Quería que alguien me dijera que no estaba solo.

—Sé que ahora mismo no me crees, pero… Solo quiero hacer todo lo posible para que no vuelvas a sentirte así, Jack. Ni tú, ni Mike, ni nadie de la familia. Te lo juro. Solo necesito otra oportunidad. Solo una más.

No estaba preparado para continuar con esa conversación. Respiré hondo, tratando de calmarme, pero pronto comprendí que no lo lograría. Sacudí la cabeza para rechazar su acercamiento, pero mamá se me aproximó de todos modos, me rodeó con los brazos y yo me quedé mirando el suelo, era incapaz de moverme. La abuela dijo algo y Mike se rio con nerviosismo. No les presté atención; tan solo podía sentir los brazos de mamá alrededor de mi cuerpo.

—Lo siento mucho —repitió por enésima vez—. Haré que te sientas orgulloso de mí, ya lo verás.

Me aparté, negando con la cabeza, y fui hacia la cristalera. Salí al jardín trasero y me apresuré a cerrar detrás de mí. Necesitaba aire frío. Y, sobre todo, un rato a solas.

Recorrí unos metros a pasos torpes e inseguros y, cuando decidí que no podía más, tomé una respiración muy profunda. No sirvió de nada. El nudo en la garganta no desaparecía, y me empezaban a escocer los ojos. No quería llorar. Ni siquiera recordaba la última vez que había llorado. No quería que la primera vez en tanto tiempo fuera por esa chorrada.

Si te afecta, deja de ser una chorrada.

Oí que la puerta de cristal se abría y cerraba de nuevo. No quería mantener ninguna conversación, y menos con Jen, la abuela o mamá.

Para mi suerte o desgracia, era Mike.

Lo miré de reojo y, al reconocerlo, me volví para quedar frente a él y solté una risotada que, más que divertida, parecía histérica.

—Déjame tranquilo —le supliqué en voz baja.

—Bueno —dijo, tan tranquilo—, en algún momento tenías que estallar. Mucho has aguantado.

—Mike, déjame tranquilo —advertí por segunda vez, ya más tenso.

—No pasa nada, tío. Tú sácalo todo.

Hizo un ademán de acercarse a mí, pero yo di un paso atrás antes de que me tocara.

—¡Te estoy diciendo que me dejes en paz!

—No pasa nada —repitió—. No puedes guardarte todo eso dentro, Jack.

—¡No me llames...!

—No pasa nada —insistió por enésima vez, mirándome sin sonreír—. No pasa nada, Jack. De verdad que no.

Esta vez ya no le pedí que se fuera. Me quedé mirándolo unos segundos y, de pronto, se me humedecieron los ojos. Mike no hizo ademán de reírse, sino que apretó los labios y me puso una mano en el hombro.

—No pasa nada —dijo en voz baja.

Y ahí perdí el control. Me cubrí la cara con las manos justo antes de que brotaran las lágrimas, y sin darme cuenta me acuclillé sobre la nieve. Agaché la cabeza, hundí los hombros y me dejé llevar.

Ni siquiera sabía que tuviera tantas ganas de llorar, pero no podía parar. Noté que Mike se sentaba a mi lado sin importarle el contacto frío de la nieve y me colocó la mano en el hombro para apretármelo con fuerza. No dijimos nada durante lo que pareció una eternidad, tan solo nos acompañaron los sonidos que me desgarraban la garganta.

En algún momento no lo aguanté más y, sin pensar en lo que hacía, busqué el apoyo de Mike. Me descubrí la cara, lo cogí del hombro y me acerqué para abrazarlo por el cuello. Para mi sorpresa, no se apartó, sino que me rodeó también con los brazos y me dio una palmadita en la espalda.

—Suéltalo todo —murmuró sobre mi hombro—. Desahogarse nunca viene mal, ¿eh?

No sé por qué, pero me salió una risa un poco histérica. Tanto, que agradecí que no me viera la cara. El único testigo de mi expresión era el lago congelado.

—No me puedo creer que te esté abrazando —murmuré.

—Y yo no me puedo creer que te deje hacerlo —aseguró—. Si no fuera porque ya estás limpio, pensaría que pretendes robarme la cartera.

Se me escapó una risotada muy sonora. Mike, al reírse, se sacudió un poco y me apretó más con los brazos.

Tras eso, nos quedamos en silencio un rato más. Mis lágrimas fueron cesando hasta desaparecer por completo.

Para cuando me separé con la intención de mirarlo a la cara, me daba igual que me viera con los ojos rojos o las mejillas húmedas. Mike no cambió de expresión, no le dio la más mínima importancia.

—¿Ves como funciona? —dijo—. De vez en cuando, deberías escuchar a tu sabio hermano mayor.

—Que te follen.

—Mira que lo intento, ¿eh? Pero no hay manera.

Puse los ojos en blanco, y por un momento me olvidé del problema que me había traído al jardín. Después, me quedé sentado a su lado y agaché la cabeza. Mike apoyó el brazo en su rodilla doblada y me sonrió.

—¿A que no está mal llorar de vez en cuando?

—Cállate —musité, aunque ya sin muchos ánimos.

—Es normal que necesitaras desahogarte. Entre lo de las drogas, la poca comunicación con Jenna, Will y Naya peleándose todo el día por el embarazo, lo de papá y mamá… Todos tenemos nuestro límite, hermanito.

—¿Y el tuyo cuál es?

Mike fingió que se lo pensaba un poco.

—Tener que poner el culo en la nieve para consolar a mi hermano pequeño.

Sonreí sin muchas ganas y sacudí la cabeza.

—Puedes entrar en casa.

—Nah, estoy bien aquí.

—Y entonces ¿por qué te quejas?

—Pero ¿es que no me conoces? ¡Es la única forma de comunicarme que tengo!

Esa vez, mi sonrisa fue real.

Respiré hondo, me pasé la manga de la sudadera por la cara para secarme las lágrimas y me abracé las rodillas. Y así permanecimos. Mike se encendió un cigarrillo tranquilamente.

Para cuando hablé, ya había consumido la mitad.

—Contigo también hemos sido muy injustos —le comenté.

Mike me miró de soslayo, sin sonreír.

—¿Conmigo?

—A ti también te trataba mal, y ninguno de nosotros…

—Ross, para.

Me volví hacia él, sorprendido. Su expresión seria me dio a entender que, en esa ocasión, no habría una sola broma.

—Hice las paces conmigo mismo hace mucho tiempo, reflexioné sobre lo que tenía que reflexionar y tomé mis propias decisiones al respecto —añadió sin mirarme—. Sé que lo dices sin mala intención, pero no volveré a abrir ese cajón. Para mí, se acabó.

Tanta lucidez por parte de mi hermano me dejó de piedra, y, al darse cuenta, se echó a reír. Acto seguido, se incorporó, se sacudió la nieve del culo y me ofreció una mano para que me pusiera en pie.

—Vamos adentro, que solo nos falta pillar una pulmonía.

Acepté su mano y, finalmente juntos, volvimos a entrar en casa.

22

El rey del *souvenir*

Revisé el discurso que tenía apuntado por décima vez. Vivian, sentada a mi lado, contuvo una sonrisa.

—Por mucho que lo leas, no cambiará —comentó.

—¡Déjame! Lo estoy perfeccionando.

Ella suspiró y volvió a abrir el guion que le había traído.

Estábamos los dos solos en la casa nueva que se había comprado hacía unos meses en las afueras de la ciudad. Durante la reforma —ya finalizada—, había priorizado el tener un buen porche trasero y, sobre todo, un buen jardín. Y en él nos encontrábamos, sentados en unas sillitas de madera y rodeados de pajaritos cantando. Vivian llevaba un moño deshecho y una bata azul. Revisaba el guion de mi nueva película, la de terror.

Me alegraba de que formara parte de mi nuevo elenco. Y, sobre todo, me gustaba que pudiera volver a ser mi protagonista. Por mucho que buscara, sabía que no encontraría a otra actriz como ella, que me gustara tanto y que entendiera tan bien lo que trataba de transmitir en cada escena.

Concentrada, Vivian pasó a la siguiente página mientras yo pulsaba compulsivamente el botoncito de mi boli.

—No está perfecto —me lamenté.

—Ross —dijo, cansada—, ¡está genial!

—¡«Genial» no es «perfecto»!

—Por favor, ¿cuántos años habéis estado juntos? ¡La conoces de sobra! Sabes que no necesita algo perfecto, tan solo algo sincero.

Suspiré y me dejé caer contra el respaldo de la silla. Frente a mí tenía el discurso con el que me quería declarar a Jen para, al final, de manera épica, romántica y todas esas chorradas, pedirle que se casara conmigo.

Verás tú como salga mal.

¿Cuál era el problema? Bueno, nunca me había declarado a nadie. Ni yo ni ninguno de mis amigos, así que no tenía puntos de referencia. Además, todo el mundo estaba tan harto de que les preguntara que ya solo me hacía caso Jane, la hija de Will y Naya, y tampoco daba los mejores consejos románticos del mundo. Solían ir más enfocados a hacerme callar para que jugara un poco con ella.

Hice un puchero, disgustado.

—Me va a rechazar —mascullé en tono lastimero.

—Que noooooo —insistió Vivian.

—¡Que sí! ¡Me dirá que no!

—Bueno, ¿y tan malo sería?

—¡Pues bastante, sí!

—No, Ross. Quizá no quiere casarse tan joven o no cree en el matrimonio o tiene cualquier otra razón para rechazarlo. No todas las relaciones terminan en matrimonio. Mira a Will y Naya, por ejemplo.

Si de algo me alegraba ese año era de que Viv empezaba a llevarse bien con mi grupo de amigos. Al principio había resultado complicado, especialmente porque se formaron la primera impresión de ella —en la vida real— cuando se presentó en casa acusando a Jen de haberme hecho recaer en las drogas.

Para bien o para mal, pilló a Jen en el momento perfecto para que todos temiéramos por nuestras vidas. Aún recordaba la bronca que nos echó a todos. Sí, a todos. No dejó títere con cabeza. Y cuando finalizó, cada uno de nosotros —para que no se enfadara más— nos apresuramos a recoger los apuntes desparramados por el suelo que le habíamos tirado sin querer.

Cuando Jen se encerró en su habitación, todos miramos a Vivian como echándole la culpa, y ella enrojeció de pies a cabeza.

—Bueno, perdón, ¿vale? —murmuró.

Y a partir de ese día, su relación con Jen cambió.

No se llevaron bien de la noche a la mañana, pero Viv no volvió a hablar mal de ella —a pesar de que a veces me preguntara si iba todo bien—, y Jen nunca más se cuestionó nuestra amistad. No sería la relación del año, pero, por lo menos, no se odiaban.

—Supongo que es verdad —accedí, volviendo a la realidad en la que Vivian me aconsejaba sobre la pedida de mano. Abrí y cerré la cajita del anillo—. ¿Crees que es una mala idea hacerlo hoy?

—¿Por qué iba a serlo?

—Es su graduación.

—Pues mejor, ¿no? Doble alegría.

—O doble desgracia, si dice que no.

—¡Ross! —protestó, harta de oírme. Habíamos dado tantas vueltas a lo mismo que ya empezaba a perder la paciencia.

—Vaaale, volvamos al guion. ¿Qué tal está?

—Bien… para un novato.

Puse mala cara a la vez que ella empezó a reírse.

Lo había finalizado unas semanas atrás, pero entre un arreglo y otro sentía que no estaba perfecto. Había empezado con la idea de que sería una película de terror, y a partir de ahí había surgido todo lo demás. Finalmente narraba la típica historia de un grupo de amigos que entraban en una casa encantada y, uno a uno, iban muriendo. Vivian era la protagonista, la chica acoplada del grupo que, incansable, repetía que todo aquello era una mala idea y que, sin embargo, desarrollaba una extraña relación con el villano.

—Está genial —admitió con una sonrisa—. Me gusta mucho el papel. Y también la dualidad del malo.

—¿Quieres que contrate a Briant para que lo interprete?

—No seas capullo —protestó—. Está ocupado con sus cosas, así que no lo molestes.

Seguían juntos, por cierto. Desde el estreno de *Tres meses*, unos años atrás, Briant había ido asumiendo la fama de su novia. Lo que al principio se había convertido en envidia, poco a poco se transformó en una admiración de colega. Dejaron de discutir tanto y, aunque tenían los mismos problemas que cualquier otra pareja, su relación era ahora muchísimo más estable. De todo aquello sacaron en claro que nunca jamás volverían a trabajar en el mismo proyecto. Y así seguían.

—Pues habrá que buscar a alguien —zanjé—. Siempre y cuando tú aceptes hacer la película conmigo, claro.

—¿Y qué pasa si digo que no?

—Que no la grabo. Sin presiones, ¿eh?

Vivian sonrió divertida y me ofreció una mano para zanjar el trato.

—Está bien. No quiero ser la responsable de que cientos de personas se queden sin tu maravilloso, increíble y espectacular talento.

—Gracias. Ahora, dilo sin sarcasmo.

—No creo que pueda.

De todos modos, le estreché la mano. Ya tenía actriz principal.

Pasé el resto de la mañana en su compañía, incluso me quedé a almorzar con ella y Briant. No estaba muy seguro de si era porque me apetecía o simplemente porque necesitaba algún tipo de distracción para olvidar el peso del anillo en mi bolsillo.

Jen se graduó esa misma tarde. Me hizo mucha gracia verla con su atuendo de capa y sombrerito, y con esa sonrisa de nervios al recoger el diploma. Estaba muy orgullosa de sí misma, me lo dijo cuarenta veces. Quizá había sido un poco pesado diciéndole que no tenía sentido estudiar una carrera a la que no quería dedicarse, pero al final Jen me había callado la boca.

También lo recalcó varias veces delante de su familia, que no añadió gran cosa. Cuando algo le iba mal, siempre eran los primeros en intervenir. En cambio, cuando las cosas marchaban bien, no tenían nada que aportar.

Yo no hablaba mucho con ellos. Quizá el padre de Jen me trataba igual que a los demás, pero con su madre y sus hermanos gemelos no tenía relación de ningún tipo. Tampoco me interesaba demasiado, no me gustaban. En cambio, Shanon, su hijo y Spencer me encantaban. Por eso, en las reuniones familiares, me aseguraba de estar cerca de ellos y lejos de los otros.

La fiesta de graduación fue agradable, aunque Jen estaba tan embriagada por la emoción del diploma que se sentía agotada, así que no tardamos en regresar a casa.

—¿Te apetece beber una cerveza mala conmigo? —preguntó al volver a nuestra habitación.

—Suena tan tentador que no puedo negarme.

Jen sonrió y se encaminó hacia la escalera que daba a la azotea. Como subía delante de mí, simulé que iba a morderle el culo y me puso un dedo en la frente para empujarme la cabeza hacia atrás.

La dinámica habitual.

Nos sentamos en las sillitas, abrimos unas cervezas y nos quedamos mirando la ciudad, como de costumbre tras una noche de ese estilo. Me gustaba pasar el rato así, con ella, sin otra preocupación que charlar y echarnos unas risas. Después de tanto viaje y trabajo por ambos lados, echaba de menos esos ratos en su compañía.

Sin embargo, esa noche me costaba un poquito sentirme completamente en paz. Solo pensaba en lo que tenía que decirle y en la estúpida cajita dentro de mi bolsillo. Carraspeé y me desabroché los botones superiores de la camisa. Los nervios me acaloraban.

—Qué asco —musité—. ¿Por qué tienes que invitarme a eventos a los que no puedo ir en sudadera?

Jen sonrió. Estaba preciosa, con ese vestido rosa, esos tacones y el pelo recogido. No había querido decírselo en toda la noche porque, sinceramente, ella no llevaba bien los cumplidos y no quería ponerla aún más nerviosa, pero no había dejado de pensarlo.

—Pobrecito —ironizó con una sonrisa—, seguro que has sufrido mucho.

—¡Muchísimo!

—¡Cuando vaya a tu estreno y tenga que ponerme ropa incómoda, no me quejaré tanto!

—Así que al final te he convencido para que vengas, ¿eh?

—No sé yo…

—¡Yo sí que lo sé! —me indigné—. Irás al estreno y te arrastraré conmigo a la primera fila.

—¡Jack!

—Fin de la discusión. —Fingió que me iba a lanzar la cerveza, pero no me arrepentía de nada. Ya había eludido un estreno, no permitiría que se saltara otro—. Y seremos ricos —añadí—. Porque con la dichosa casa del lago, solo me quedan veinte dólares en la cuenta.

Aun así, valía la pena tener un sitio al que llamar «casa». Y, sobre todo, que se tratara de uno que de pequeño había significado tanto para mí, para bien o para mal. Además, ahora que, con el divorcio, mamá se había quedado con ambas casas, al comprarle una le había hecho un favor.

—Bienvenido a mi cotidianeidad —murmuró Jen, divertida.

—Podrás comprarte pinturitas —añadí, imaginándonos en nuestra nueva vida colmada de riquezas.

—Igual podrías hacer una inversión mejor.

—¿Mejor que tú?

Como siempre que la halagaba, enrojeció e hizo como si le pareciera ridículo.

En el fondo, le ha encantado.

—Podrías comprarte el coche más caro del mundo —propuso.

—Me gusta mi coche, ¿por qué te metes con él?

—O toda la ropa de *Kill Bill* que haya en venta.

—¿Yo comprando ropa?, ¿se te ha ido la pinza?

—También podrías comprarte otra casa. Es lo que hacen los ricos, ¿no?

—No tengo espíritu de rico —tuve que admitir.

—O ir en uno de esos globos gigantes…

—Suena bien.

—O en un crucero.

—O comprarme un yate.

—O pagar unas vacaciones.

—O una luna de miel.

Vale, ¿eso lo había dicho en voz alta o lo había pensado?

Por su cara, deduje que se me había escapado.

Ups.

Bueno, mejor, así ya me lo quitaba de encima, porque si mis nervios aumentaban, me empezaría a marear.

Jen me miraba con los ojos muy abiertos y los labios separados, como si estuviera en medio de un debate mental sobre si pasarlo por alto o no.

—Lo he estado pensando mucho tiempo —le planteé con la voz temblorosa por los putos nervios—, pero no quería precipitarme. Y cada vez que lo considero, tiene más sentido.

—Jack, como esto sea otra bromita…

—No es una broma —le aseguré rápidamente, y la tomé de la mano. Esta vez, Jen ya no tenía un rastro de duda en las facciones, solo de perplejidad—. Hablé con tu hermana para pedirle consejo y se emocionó mucho con la idea. Tus padres también parecían muy entusiasmados, tu madre incluso me dio ideas sobre cómo pedírtelo. Y mejor que no te diga cómo se lo tomaron mi abuela y mi madre… Ni siquiera tuve que mencionar nada en especial, ambas lo estaban esperando *muy* impacientemente.

Hice una pausa llena de temor. Debido a la impresión, ella continuaba sumida en el silencio, y estuve a punto de sacarme el discurso del bolsillo. A punto.

Entonces me di cuenta de que no necesitaba ningún discurso, sabía perfectamente lo que le quería decir:

—Mira, Jen... Sé que somos un poco jóvenes y que solo llevamos unos años juntos. Tengo presente que no todo ha sido bonito, que hemos tenido muchas discusiones y que vendrán muchas más. Pero... de eso se trata, ¿no?, de que, aunque no todo ha sido bonito, queramos seguir juntos, y de que juntos superemos los baches; nunca había sido capaz de hacerlo con nadie. Eres la única persona del mundo con quien podría imaginarme una vida entera. Así que... ahí va.

Vale, era fácil. Sacar el anillo, enseñárselo y no morir de un infarto en el proceso. Incluso yo podía hacerlo.

Respiré hondo y cumplí la misión con éxito. Cuando Jen bajó la mirada al anillo, tomó una profunda y temblorosa respiración.

Y, finalmente, terminé mi discurso:

—La primera vez que estuvimos juntos solo duró tres meses, pero fui incapaz de imaginarme un solo año sin estar contigo. Ahora, después de todo lo que hemos pasado..., soy incapaz de imaginarme una vida sin ti. Y sé que esto suena muy precipitado y cursi... porque, joder, está quedando más cursi que cuando ensayaba..., pero me da igual. Quiero estar contigo. Y, aunque sé que no necesitamos un papel en el que ponga que nos queremos, sé que para ti es importante, por eso también lo es para mí. Así pues, lo dejo en tus manos. Jen..., ¿quieres casarte conmigo?

Había deseado que me dijera que sí muchas veces. Primero, para prestarme su ayuda con la llave de la residencia; después, para que viniera a vivir con nosotros y, alguna que otra vez, para que hiciéramos las paces tras una cagada. En todas ellas había deseado que me dijera que sí, pero jamás con tanto ímpetu. Jamás con esas ganas que, de pronto, me entraron de ponerle el anillo en el dedo.

Pero ella seguía en silencio. En un terrible y duradero silencio.

—Es un buen momento para decir algo —medio bromeé, medio me morí—. Preferiblemente un sí, pero, eso, mejor que lo decidas tú misma.

Jen reaccionó al instante. Se adelantó, cogió mi mano libre con fuerza y me miró a los ojos. Pese a ser una persona tan expresiva, pocas veces se dejaba llevar por sus sentimientos. Normalmente trataba de ocultarlos por inseguridad o vergüenza. Ese día, por primera vez, me dio la sensación de que conmigo había dejado de hacerlo.

—Sí —susurró.

Parpadeé varias veces.

—¿Sí?

—¡Sí!

—¿En serio?

—¡Jack, que sí!

—Pero… ¿en serio?, ¿de verdad?

—¡Jack, te estoy diciendo que sí! —protestó, riéndose y a punto de llorar—. ¡Ponme el anillo de una vez!

No tuvo que pedírmelo más, porque me apresuré en hacerlo. Se lo coloqué y, una vez puesto, contemplé lo bonita que quedaba su mano con aquel adorno. Luego, volví a mirarla a ella. Parecía sorprendida, eufórica y emocionada a partes iguales; y ninguna de esas emociones era negativa.

Había dicho que sí. Una vez más, lo había hecho.

—¿Significa esto que tendremos que organizar una boda? —le pregunté con una nota de pánico en la voz.

Ella se rio y se puso en pie para sentarse encima de mí. Estaba tan feliz en mi mundo que ni siquiera me paré a pensar que una sillita de plástico no era lo más adecuado para aguantar el peso de dos personas.

Jen me enseñó el anillo entusiasmada.

—¿Significa esto que empezarás a llamarme Jennifer Michelle Ross, Jack?

Gracias por confirmar que eres el amor de su vida.

Con una gran sonrisa, la tomé de la nuca y me la acerqué para besarla.

O al menos lo intenté, porque un gigantesco *CRACK* hizo que ambos cayéramos al suelo y rodáramos sobre la grava. Me incorporé, alarmado, para comprobar que Jen seguía tumbada sobre mí. No dejaba de reírse a carcajadas, y no parecía preocuparle demasiado que el mechón de siempre se le hubiera salido del peinado perfecto.

Y entonces vi el desastre. Efectivamente, la sillita no había aguantado el peso de dos personas, y menos después de tantos años de servicio.

—Pobre sillita —me lamenté—. Después de tantos años de servicio…, qué trágico final.

—No llores por ella, Jack. Piensa en todo lo bueno que ha vivido. Además, ¡lo último que ha visto ha sido una pedida de mano!

Visto así, no me parecía tan lamentable.

—Bueno —concluyó ella, y fue a ponerse de pie—, ¿volvemos a…?

La detuve al instante de los brazos.

—Oye, que teníamos algo muy interesante entre manos.

—¿Y quieres terminarlo aquí? —Más que sorprendida, parecía divertida—. ¿Qué es lo que más te tienta, el aire frío o la grava bajo el culo?

—Las dos cosas.

Fui a incorporarme para rodearla con los brazos, pero enseguida volví a tener la espalda en el suelo. Jen se acomodó a horcajadas sobre mí y, con una mano, me dejó clavadito donde estaba.

—Tú te quedas en el suelo, si tantas ganas tienes —aclaró—. Yo me encargo del resto.

—Cuando dices esas cosas, me pones muy…

—¡No lo digas en voz alta!

En cuanto enrojeció, solté una risita. Acto seguido, Jen se apartó el pelo de la cara y se inclinó sobre mí.

Después del primer beso, a ambos se nos olvidaron las ganas de charlar.

Dicen que de las grandes noches te llevas recuerdos imborrables…, y la verdad es que nuestro *souvenir* fue más que inolvidable.

En nuestra defensa, diré que ninguno de los dos estaba lo suficientemente cuerdo como para pensar en ponerse protección. Jen protestaba por las piedras que se le clavaban en el culo, y yo protestaba porque el mío se estaba helando. Al final, entre risitas y bromitas, ocurrió una cosita.

El milagrito de la vida.

La casa del lago, que había sido nuestro hogar durante los últimos meses, tenía una habitación extra, aparte de todas las que habíamos planeado. Contaba con nuestro dormitorio, el cuarto de baño, el salón, la cocina, mi sala de cine, la sala de pintura de Jen —finalmente había decidido que se dedicaría a ello—… y la habitación del futuro bebé.

La idea me entusiasmaba. Quizá al principio sí que me había asustado, pero mamá y la abuela me habían asegurado que ahí las tendríamos cuando las necesitáramos. Mike también lo había asegurado, aunque estaba ahí incluso si no lo necesitábamos. Además, no confiaba tanto en él como para dejarle un bebé a cargo. O desaparecería o tendríamos que invertir un dineral en terapeutas infantiles.

Will y Naya nos dieron muchos consejos, además de muchas cosas que habían pertenecido a Jane cuando era más pequeña y que ya no necesitaba. Ella, por cierto, era la más entusiasmada ante la llegada del bebé. Se pasaba el día pidiendo a Jen que le dejara poner la oreja en la barriga hinchada, y si oía alguna cosa se emocionaba y empezaba a enumerar todas las actividades que harían en cuanto naciera.

Siendo completamente sincero, la única que me había preocupado era Jen. Pese a que estaba feliz y se le notaba, no sentía mucho entusiasmo de su parte. De vez en cuando se ponía a llorar y me preguntaba si había sido una buena idea tener un bebé siendo tan jóvenes, y otros días se ilusionaba y me decía que era lo mejor que le había ocurrido en la vida. Al principio, tantas señales contradictorias me mareaban un poco, pero luego me acostumbré a consolarla o apoyarla cuando fuera necesario.

Ese día, por ejemplo, me había mandado al supermercado a hacer la compra. Ella tenía hora con su profesora de yoga, que la ayudaba con los dolores de espalda. Aproveché para hacer otra paradita en el camino y entré en casa con una gran sonrisa. Además de la compra, llevaba unos papeles bajo el brazo.

—¡Jen! —exclamé, entusiasta.

Entré al salón, donde no había rastro de ella.

—Miiiiiicheeeeeeleeeeee —sonreí maliciosamente—. Cariiiiiiñoooooo…

—¿Qué? —me preguntó Mike desde el sofá.

Desde que nos hacía de jardinero y vivía en la casa de invitados, resultaba habitual encontrarlo por casa. Especialmente si era para robar comida.

—¿Te parece que a ti te llamaría «cariño»? —musité.

—No sé, a lo mejor te has levantado de buen humor.

—¿Qué haces aquí, Mike? Tienes tu propia casa aquí al lado.

—Pero ¡me he quedado sin chocolate!

—¡¿Has tocado mi chocol…?!

—¿Qué pasa? —preguntó Jen.

Se había asomado desde la cristalera del jardín trasero. Todavía llevaba puesta su ropa ancha de deporte; aun así, parecía que esa camiseta, con la barriga tan hinchada, no bastaba para contenerla.

Dejé de fulminar a mi hermano con la mirada y me centré en lo importante, que era ella.

—¿A que no adivinas qué he hecho? —sugerí, acercándome.

—Algo malo —dedujo Mike.

—Pues no. ¡Y vete a tu casa, que es un momento familiar muy bonito!

—¡Soy tu hermano, también formo parte de la familia!

—Bueno —intervino Jen—, ¿qué has hecho?

Agité el papelito que tenía en la mano y lo dejé en la mesa del salón para que Jen se acercara y, llena de curiosidad, lo mirara.

—¿Debería estar asustada? —preguntó mientras lo cogía.

—No lo creo, no.

—¿Qué…? —empezó Jen, a medida que fue comprendiendo lo que decía—. ¡Será una broma!

—¡Claro que no lo es!

—P-pero… ¡¡¡Jack!!!

—¡Ahora podremos ir!

—¿Adónde? —preguntó Mike, tan cotilla como de costumbre.

—¡Ha comprado una sala de cine! —chilló Jen, señalándome.

Sonreí ampliamente a la espera de mis aclamados vítores, pero tan solo me miraron fijamente.

—¿Qué? —mascullé, ofendido.

—¿Eso es legal? —quiso saber Jen—. ¿Se puede hacer?

—Bueno, mi intención era comprar el cine entero, pero el dueño me ha mandado a la mierda. Lo de la sala me ha parecido más fácil. ¡Así podremos ir a ver películas sin que nadie nos moleste!

No olvidaba el mal trago que suponía ir al cine desde que la película había dado el estallido, así que no quería ni imaginarme lo que sucedería tras el estreno de la segunda.

Hasta ese momento, habíamos decidido que una de las salas de la casa fuera un cine improvisado. Jen se había hecho un estudio de pintura en la planta baja y se pasaba ahí muchas horas, así que yo las aprovechaba para ver películas. Algunas veces, decidía acompañarme y nos turnábamos para ver quién elegía. Lo más habitual, para mí, era ir a la sección de thriller; para Jen, la sección de comedias románticas. El único punto en común que encontrábamos eran las películas de Disney.

Y en esa cotidianeidad funcionábamos. Al menos, hasta que un día ella se quedó mirando la pantalla. En lugar de continuar con el catálogo, había abierto la ficha de una película y la estaba leyendo.

En cuanto vi a Viv y Briant en portada, casi me dio un infarto.

—¿Por qué paras en esa? —pregunté en tono nervioso.

—Oye, Jack...

—Vamos a buscar otra.

Le quité el mando de forma apresurada y cambié de ficha. Pese a que no la estaba mirando, Jen no me quitaba el ojo de encima.

—Algún día tendremos que hablar de esta película —dijo entonces con suavidad.

Y tenía toda la razón. Cerré los ojos, suspiré y me atreví a mirarla.

—Prefiero que no lo hagamos —concluí—. No te va a gustar.

—Déjame decidir lo que me gusta y lo que no, ¿vale? —sugirió con media sonrisa—. Ni siquiera lo has intentado.

—Ya, pero... no quiero que te enfades.

—¿No superamos ya la fase de no querer que el otro se enfade?

—Quizá.

Seguía mirándome con una tranquilidad que contrastaba mucho con mis nervios.

Sabía que el Ross del pasado seguiría insistiendo para que no la viera, y Jen era lo suficientemente buena como para no volver a mencionarlo jamás. Sin embargo, el Jack del presente...

Sí, ella tenía razón: había que enfrentarse a ello.

No quise dar ninguna otra explicación, sino que puse directamente la película. Jen se acomodó en el sofá, tocándose el vientre hinchado, y la vio en completo silencio.

Creo que nunca he sentido que dos horas fueran tan largas. Las escenas iban sucediéndose una tras otra, y pronto me di cuenta de que yo no había vuelto a ver la película desde sus fases de producción. El producto final era impecable, pero lo que transmitía..., bueno, eso era otra cosa.

Para el final, yo ya estaba mordiéndome las uñas. Observé la expresión de Jen, que era totalmente imperturbable. No había reaccionado en toda la película, ni para bien ni para mal. No sabía si eso me calmaba o me hacía sentir peor.

Y entonces llegó a su fin. Yo ni siquiera había sido capaz de ver las últimas escenas. Jen no despegó los ojos de la pantalla hasta que llegamos a la mitad de los créditos.

—Es una película bonita —concluyó en voz baja.

—Oh, no me hagas eso —musité, a punto de combustionar—. Sabes por qué no quería enseñártela. Y sabes lo que representa.

—Representa lo que sentiste después de nuestra ruptura.

—¡Jen, necesito que reacciones! Dime si estás enfadada conmigo.

Por fin, ella se volvió y me miró. Sus ojos castaños permanecían serenos. Tragué saliva.

—¿Es lo que piensas de mí? —preguntó.

—¿Eh?

—¿Lo que enseñas en esa película es lo que piensas de mí?

—¡No! —salté al instante—. ¡Claro que no! Lo hice porque... ¡porque estaba enfadado... y rencoroso... y resentido! Pero no me siento así, Jen. Si es que alguna vez llegué a hacerlo.

—Entonces, no estoy enfadada.

Parpadeé varias veces, pasmado.

—¿Así de fácil?

Mi tono debió de ser muy gracioso, porque Jen sonrió y se acercó a mí. No era una sonrisa tierna, sino de burla. Se estaba burlando de mí.

—Ay, Jackie... —murmuró—. Deberías haberte visto la cara de pánico.

—Yo nunca siento pánico —señalé.

—Claaaro, lo que tú digas. En fin, ¿eso es todo?

La pregunta me dejó un poco descolocado.

—¿Qué quieres decir con eso?

—¿Esa es toda la peli? ¿Ya está?

No sé qué fue peor, si el silencio que habíamos mantenido durante la película o el que estaba prolongando yo ahora.

—¿Perdona? —marqué cada sílaba.

—¿Tanta cosa para esto? A ver, es una película bonita, pero no sé...

—Jennifer Michelle —pronuncié lentamente—, lo que digas a partir de ahora puede marcar un antes y un después de esta relación.

—Como diciembre.

—¿Eh?

—Que voy a añadirla a mi lista de películas sobrevaloradas.

—Pero ¿cómo te atreves a decir eso en *mi* sala de cine?

—Oye, que es de los dos.

—¡Ahora no porque estás desterrada!

A pesar de mi enfado momentáneo, ella se estaba riendo. Incluso me pellizcó la mejilla.

—¡No te piques, Jackie!

—¡No me pico!

Vaya si lo hizo.

A partir de ese día, Jen empezó a hacerme bromitas constantes con la película. Llegó un punto en el que me arrepentí de habérsela enseñado, pero no porque me creyera que no le había gustado, sino porque había creado una diana perfecta para burlas.

Eso sí, en cuanto alguien intentaba criticar cualquier aspecto de mi trabajo delante de ella, era la primera en saltar a defenderme con garras y dientes.

Pero todo aquello había pasado hacía varios meses. Volví a la realidad, donde acababa de anunciar lo de la sala del cine. Jen y Mike seguían mirándome fijamente.

—¿Ahora solo puedes entrar tú? —preguntó mi hermano, alucinando.

—Bueno, no. Seguirán usándola, pero puedo reservarla cuando quiera para ver películas nosotros solos. Además, le he puesto nombre.

Jen levantó la cabeza, desconfiada.

—¿Qué nombre?

—Uno muy bonito.

—Jack Ross —dijo lentamente, en tono de advertencia—, como le hayas puesto Mushu…

Dejé que la frase flotara entre nosotros, entusiasmado; cuando vio que no lo negaba, dio un brinco.

—¡JACK!

Divertido, levanté las manos en señal de rendición.

—¡Es un buen nombre!

—¡No lo es!

—¡Es mi sala y le pongo el nombre que quiero!

—¿Y no podía ser otro? ¡Habría preferido Michelle!

—Aún estoy a tiempo de ir a camb…

—¡NO! —me detuvo enseguida—. Déjalo. Maldito apodo… ¿En qué momento pensé que sería una buena idea contarte que me llamaban así?

—El mundo quiso que yo también lo hiciera, Michelle. No podemos luchar contra nuestro destino.

Con un suspiro, Jen se apoyó en mi hombro y se dejó caer en uno de los sillones. Esas últimas semanas se sentaba continuamente porque decía que se cansaba y le dolían los tobillos. En algunas ocasiones me pedía masajes en los pies, y en otras, se los daba sin necesidad de que me dijera nada. Así me sentía un poquito más útil, porque a veces tenía la impresión de que no aportaba nada a aquel embarazo.

Aportaste la semillita, que era bastante indispensable.

Me acuclillé frente a ella y apoyé el mentón sobre sus rodillas. Con mi carita de niño bueno, esbocé una sonrisa.

—¿Te has enfadado?

—Debería.

—Y no lo has hecho.

—Claro que no —suspiró—. Te detesto.

—Lo dudo mucho.

Hice una pausa tras cada palabra para darle cortos besos en las rodillas. Después me apoyé en los reposabrazos del sillón para depositarle otro en la barriga. Cuando me acerqué a su cuello, aprovechando que tenía el pelo recogido, ella soltó una risita divertida y permitió que le recorriera la clavícula con los labios.

—¿Ves como no dejas que me enfade? —protestó en voz más bajita y melosa.

—Pues espérate un poco más…

—Vaaale —intervino Mike al tiempo que se levantaba—. Creo que ha llegado el momento de que os deje solitos y felices.

Jen sonrió y me apartó del hombro. No me quedó otra que hacerlo con un mohín.

—Te odio —le dije a Mike.

—¡Yo ya me marchaba!

—Bueno —suspiró Jen—, por lo menos, tenemos la seguridad de que el bebé no se aburrirá. Le ha tocado una familia curiosa.

—Eso seguro —dijo Mike—. A ver si tiene más sentido del humor que su padre.

—¿Qué insinúas? —me ofendí.

—Que ojalá sea más gracioso que tú —me provocó Jen.

—Yo soy gracioso —protesté—. Y además tengo estilo. Llevo sudaderas de Tarantino. ¿Tú qué llevas, eh?

—A un bebé en el vientre, ¿te parece poco?

Jaque mate, colega.

—Oye —dijo Mike entonces—, ¿cómo vais a llamarlo?

No sabemos qué será —le recordé.

—Bueno…, yo solo digo que, si necesitáis sugerencias… ¡«Mike» es un gran nombre!

—No. —Jen me dio un empujoncito en el hombro, divertida—. ¡No! —repetí, enfurruñado.

—¡Podría ser el pequeño Mickey!

—¿Como Mickey Mouse? —Ella esbozó una mueca.

—Y luego tenéis otro y le ponéis «Minnie». ¡Serían una parejita perfecta!

—Ya tenemos nombres, Mike —le dijo ella—. Jay o Ellie. Son los que más nos gustan a los dos.

—Bueno, pues mi nombre seguirá siendo el mejor de la familia.

Después de aquello y como ya había comido todo lo que quería, Mike se puso los guantes y salió al jardín a cuidar de las macetas. Había descubierto que aquella actividad lo calmaba bastante; además, lo distraía del hecho de que, por muchos castings que hiciera, ninguna banda quisiera contratarle como músico. Yo siempre le decía que ya llegaría su momento, pero continuaba desanimándose.

Jen estiró las manos con una mueca, y la ayudé a levantarse; solo quería tumbarse en el sofá que Mike había dejado libre y taparse con la mantita. En cuanto estuvo cómoda, me senté con ella y reposó los pies encima de mi regazo.

—Sue me ha mandado una foto —comentó al cabo de un rato.

Me había distraído mirando la televisión, así que volví a centrarme en su móvil.

—¿De qué? —quise saber.

Me dedicó una miradita de «¿en serio?», e intenté hacer memoria a toda velocidad.

—¡Jack, nunca me escuchas! —protestó, airada.

—¡Es que me dices muchas cosas, no puedo acordarme de todas!

—¡Yo me acuerdo de todo lo que me dices tú!

—¿En serio? ¿Qué te dije que tenía que hacer Will mañana?

—Llevar a Naya y Jane a ver a su madre.

Mierda, sí que se acordaba.

—¿Y qué te dije que mi madre…?

—Tiene una reunión con tu productor para ver si puede encargarse de la fotografía de la película.

¿Por qué demonios se acordaba tan bien de todo? ¡Si no me acordaba ni yo!

—Bueno —concluí—, ¿y de qué es la foto de Sue?

—Está de viaje por Tailandia. —Me enseñó el móvil y la vi posando con una chica a su lado—. Dice que se lo está pasando muy bien, que solo le quedan unos días y que nos visitará en cuanto pueda.

—Es decir, que os visitará a ti y a Mike.

—No te ofendas, Jackie. Es que tú no formas parte del equipo de la droga.

—Pues me ofendo —declaré mientras me levantaba—. Voy a por una cerveza, ¿te traigo algo?

—Mientras no sea alcohol…

Sonreí y fui a la cocina. Jen se acomodó todavía más en el sofá.

Estaba abriéndome la cerveza cuando oí unos pasos apresurados detrás de mí. Me volví sorprendido y me encontré a Mike con manchas de tierra en la frente y la camiseta; la expresión de pánico que le recorría el rostro me puso en alerta.

—¡Jenna no se encuentra bien! —exclamó—. Dice que es la barriga, ¡podría ser el bebé!

Parpadeé varias veces.

—¿Eh?

—¡Que dice que se encuentra mal!

—¿Eh? —repetí como un idiota.

—¡Reacciooonaaa! —Mi hermano me sacudió, parecía que me hubiera quedado en otro planeta.

Para despertarme por completo, tiró de mi brazo y me arrastró hacia el salón. Ensimismado, dejé la cerveza en cualquier lado y me acerqué corriendo a Jen. Efectivamente, tenía una mano en el abdomen y los ojos cerrados con fuerza.

—¿Qué pasa? —le pregunté, alarmado.

—Me duele —me dijo con tal mueca que casi me dolió a mí—. No creo que sea grave, pero… empieza a resultar molesto.

—Deberíamos ir al hospital —intervino Mike, ansioso.

—No hace falta —aseguró Jen.

—Mejor comprobar que todo va bien —dije yo, ofreciéndole una mano—. Venga, vamos.

Sinceramente, pensé que sería una falsa alarma de esas que se tienen un mes antes del parto. Mamá me contó que ella había tenido varias, y que cada vez le habían asegurado que no pasaba nada. No obstante, ya en el hospital, nos hicieron pasar enseguida a una sala de espera. Luego nos dijeron a Mike y a mí que esperáramos. Al cabo de un rato, vimos que Jen estaba en una camilla con una bata puesta.

En cuanto nos la acercaron, fui corriendo hacia ella.

—¿Qué pasa? —quise saber, cada vez más asustado—. ¿Algo va mal? ¿Te han dicho…?

—Solamente me piden que me calme —gimoteó en voz baja.

Iba a protestar, pero entonces ella ahogó un grito y se llevó una mano entre las piernas. Bajé la mirada, pasmado, y me quedé mirando la mancha de humedad que se había formado en la manta.

Oh, oh.

P-pero… ¡habían pasado ocho meses! Y eso no ocurría muy a menudo, ¿no? Mamá me explicó que ella no había llegado a romper aguas y que a ambos nos tuvo a los nueve meses. La abuela, igual. ¿Por qué a Jen no le sucedía lo mismo?

Apenas tuve tiempo de pensar, porque de pronto aparecieron dos enfermeras que empujaron la camilla. Ni siquiera pedí permiso, porque no pensaba separarme de su lado. Al darme la vuelta, vi que Mike sacaba el móvil para llamar a todo el mundo.

Los siguientes minutos —o puede que fueran horas—, los viví como una verdadera tortura, como si lo viera todo desde el exterior. A Jen le hacían unas preguntas, a mí me hacían otras… Nos decían cosas que apenas entendía. Tenía el cerebro entumecido, solo sentía la mano de Jen apretando la mía con fuerza.

No sé cuánto tiempo había transcurrido cuando el médico, por fin, esbozó una sonrisa.

—Parece que el bebé tiene mucha prisa por salir —bromeó, y no hubo ni un conato de risa en la sala. Ni siquiera Jen esbozó una sonrisa en señal de educación.

Nos contó algo sobre un parto prematuro, que no nos preocupáramos, que todo saldría bien, que era más común de lo que parecía, que mantuviéramos la calma…, muchas cosas, pero ninguna de ellas logró tranquilizarnos.

Miré a Jen, que escuchaba muy atenta y pálida a ese hombre mientras me apretaba la mano con fuerza. Seguro que ella se había enterado de todo. Seguro que ella sabría mantener la calma. ¡Y la que estaba de parto era ella, no yo!

Pronto nos llevaron a una habitación y, tras hacerle varias pruebas rápidas, por fin nos dejaron a solas.

—Nadie me informó de que esto dolería tanto —apuntó Jen en voz baja.

—Ojalá pudiera hacer algo —murmuré, impotente.

—Dime que todo saldrá bien, aunque sea mentira, por favor.

Tragué saliva y asentí fervientemente en un intento de convencerme a mí mismo tanto como a ella.

—Todo va a salir bien, Jen. Ya lo verás. Y si algo sale mal le daremos un puñetazo al doctor, no pasa nada.

Y ella, en medio del caos, me dedicó una pequeña sonrisa.

Las siguientes horas se hicieron… eternas. Los enfermeros aparecían cada cinco minutos; en algunos momentos, las contracciones le dolían tanto que no podía ni respirar, mientras que en otros asentía con la cabeza y me aseguraba que no pasaba nada. Eso sí, los minutos de dolor aparecían cada vez con más frecuencia. Y mi mano era muy consciente de ello, porque entonces me la apretaba como si la vida dependiera de ello.

También noté que estaba preocupada, como yo. Y eso que ni ella ni yo comentamos nada sobre lo que nos habían dicho; no nos atrevíamos a tocar aquel tema, como si, de esa manera, pasara a ser menos real.

Tras lo que pareció una eternidad, nos acompañaron a la sala de partos y me obligaron a ponerme un traje quirúrgico, a lavarme las manos… Me sentía como si flotara y solo quería estar con Jen. Y me dejaron volver a su lado casi al instante.

Así que, aunque probablemente estaba tan aterrado como ella, empecé a asegurarle que todo iría bien, que pronto estrenaríamos la habitación del bebé, que seguro que Mike, Will, Naya y Jane nos maldecían en la sala de espera porque no se habrían movido de ahí en todo el día.

Logré distraerla por un rato. Al menos, hasta que tuvo que empezar a empujar.

Fueron los minutos más confusos y aterradores de mi vida.

Observaba las caras de los médicos y, sobre todo, notaba la tensión del ambiente; su preocupación no hacía más que multiplicar la mía, a pesar de que sistemáticamente le repitiera a Jen que todo iría bien y lo maravillosa que estaba siendo.

Y, cuando por fin nació el niño…, hubo silencio.

Había leído en todas partes que era importante que el bebé llorara. Y el nuestro no lo hacía. Jen me miró, aterrada, con el pelo pegado a la frente por el sudor, y yo traté de estirar el cuello para ver qué sucedía, pero había tantos médicos en medio que resultaba difícil averiguarlo.

Entonces, se oyó un llanto agudo y estridente que indujo a casi todos los presentes en la sala a suspirar aliviados.

Bueno, todos menos Jen, que lloraba en una mezcla de alivio, agotamiento y ansiedad. Le dieron al niño tras decirle algo que ni siquiera entendí. Yo solo podía mirar al bebé pequeñito, de piel enrojecida, que lloraba con la cara un poco hinchada y una mata de pelo oscuro ligeramente aplastado.

Jen me dijo algo que tampoco entendí; me zumbaban los oídos. Y también le dijo algo al niño en voz baja. Como si estuviera en otra galaxia, me lo tendió, y en ese preciso momento tomé conciencia de que nunca había sujetado a un bebé tan pequeño. Ni siquiera a Jane.

¡Mierda! ¿Cómo demonios se sostenía un bebé recién…?

La verdad es que no tuve tiempo para pensarlo. Jen me lo puso encima, me colocó los brazos para sujetarle bien la cabecita y yo me quedé muy quieto, como si cualquier movimiento fuera a causar la caída del niño. Perplejo, miré a nuestro hijo sin llegar a creerme que existiera de verdad, y noté la mano de Jen acariciándome la mejilla. Supongo que me dijo algo, pero no me enteré.

Creo que todavía no había reaccionado cuando nos dijeron que el niño debía pasar un tiempo en la incubadora. Estaba bien, pero necesitaban asegurarse de que continuaría estándolo. Creí que se referirían a unas horas, pero estuvo dos días ahí.

Pareció que había trascurrido otra eternidad cuando, por fin, nos dejaron volver con Jay a casa.

En el coche, mientras yo conducía, Jen lo sujetaba; estaba cansada, pero tenía una sonrisa en los labios. Él no hacía gran cosa, como los otros días. Dormitaba, se despertaba, comía, cagaba y se dormía de nuevo. De vez en cuando, también parpadeaba con desorientación.

Una vez le pregunté a Jen si era posible que nos odiara y por eso no sonreía, pero ella se echó a reír. Después, me explicó que era demasiado pequeñito para eso.

Aun así, Jay la miraba continuamente medio embobado. No podía echárselo en cara, porque yo también solía hacerlo.

—Bueno..., pues aquí estamos —concluyó Jen, ya de vuelta a la realidad.

—Sí, parecía que nunca nos dejarían marchar. ¡Nos tenían retenidos!

—Me han dicho que hay que darle de comer cada tres horas, prácticamente —murmuró Jen con una mueca—. Me quedaré sin pezones.

—Solo tú puedes hacer que la palabra «pezones» no suene a algo sexual.

Sonrió, y me pareció que iba a decir algo, pero se interrumpió cuando ambos vimos de reojo que Mike y Sue nos esperaban en la puerta de casa.

Por supuesto, Sue había vuelto nada más enterarse de las noticias, pero todavía no lo había conocido. Quizá por eso estaba tan entusiasmada al entrar en casa. En cuanto Jen se sentó y apartó la mantita para que lo vieran, ella y Mike ahogaron un grito de sorpresa.

—Dios mío, qué pequeñito es —murmuró fascinada.

—Es lo que tienen los bebés, que son pequeños. —Mike enarcó una ceja.

Él, por cierto, estaba entusiasmado con la idea de ser tío. No había dejado de hablar de ello un puto segundo. Entendía la emoción, pero, madre mía...

—Gracias por el dato, idiota. —Sue puso los ojos en blanco.

—Nada de palabrotas delante del niño —advirtió Jen.

—Idiota no entra en la categoría de palabrota —protestó Mike—. Es como caca, culo, pedo, pis...

—Parece que tenemos un nuevo integrante para el equipo de la droga —dijo Sue alegremente.

Mike aplaudió entusiasmado, pero Jen esbozó una mueca de horror.

—¡De eso nada!

—¿Cómo que no? —protestó Mike—. ¿No quieres que se una a nuestro selecto grupo?

—¡Es un bebé, claro que no!

—Pues qué aburrida —protestó Sue.

Ella y Mike intercambiaron una miradita maliciosa.

—Podemos esperar a que tenga dieciocho años —sugirió Sue.

—¡Y haremos una ceremonia de admisión fumando un porro! —dijo Mike alegremente.

—¡Que no! —chilló Jen.

Sacudí la cabeza y sonreí.

Esa noche, cuando por fin conseguimos que Jay se durmiera en la cuna, hice un ademán de ir a la habitación, pero me detuve para observarlo unos segundos. Al darse cuenta, Jen se colocó a mi lado y me miró con curiosidad.

—¿Qué? —preguntó.

—Mierda, ¡hemos tenido un hijo!

Ella se rio a carcajadas.

—Gracias por destacarlo, Jackie. Si no llegas a hacerlo, creo que ni me habría dado cuenta.

23

Ross Fiction

16 de abril

Salí del agua sonriendo y me eché el pelo hacia atrás con una mano; lo cierto es que me daba miedo darme la vuelta. Mi recién estrenada esposa probablemente estaba amenazando de muerte a todo el mundo.

—¡Maldita sea! —la oí mascullar cuando salió del agua, chapoteando con el vestido largo, blanco y empapado—. ¡Jack, ayúdame! ¡No sabía que un vestido mojado pesara tanto!

—Si quieres, te lo quito.

Su mirada me borró la sonrisa de golpe. Me apresuré a entrar de nuevo en el agua para ayudarla con el vestido.

Sentí la tentación de hacérselo arrastrar a ella sola. Sobre todo, porque antes de la ceremonia casi me había provocado un infarto. No solo había tardado una eternidad en bajar, sino que todos los invitados ya intercambiaban miradas y comenzaban a circular los rumores sobre la vez que me dejó.

¡Lo admito! Por un momento, incluso yo dudé. Pero entonces apareció. En cuanto nos miramos, toda duda se disipó.

La pobre fotógrafa que habíamos contratado estaba agachada junto a la orilla. Hacía fotos a los invitados que se habían lanzado al agua, pero en cuanto empezaron a chapotear y la salpicaron, no le quedó otra que retroceder.

No sé qué fue peor, porque ahí la esperaba Mike, que se secaba el pelo con una toalla.

—Es que soy un músico muy famoso —le decía con su sonrisita de engreído—. Igual no te sueno porque no suelo enseñar mi cara, pero todo el mundo me adora.

Ella forzó una sonrisa educada.

—Entonces ¿eres muy melómano?

—¿Eh? —Mike parpadeó varias veces—. ¿Qué tiene que ver la fruta con esto?

—No… Verás, la melomanía es…

—Oye, ¿me has dicho ya si tienes novio o no? Porque ya he pasado por malas experiencias respecto a este asunto.

—Mike —intervine al pasar por su lado—, deja a la pobre chica en paz. Está haciendo su trabajo.

—¡Solo le hago compañía! ¡Parecía que estaba aburrida!

—Pues ahora parece que se quiera morir —masculló Jen, malhumorada por el vestido.

—¿Por qué no vas a la zona del banquete? —le sugerí a la pobre chica—. Seguramente aún quede alguien que quiera hacerse fotos.

Ella me dedicó una sonrisa agradecida y se alejó rápidamente de Mike, que puso los brazos en jarras, intrigado.

—Qué chica más rara… ¿Te puedes creer que se ha puesto a hablarme de melones?

Negué con la cabeza y tiré de Jen hacia la zona del banquete, donde todos los invitados que no se habían lanzado al agua seguían comiendo y bebiendo. Jane y Jay estaban al final de una de las mesas con mi madre y la de Jen. Charlaban entre ellas mientras Jay miraba a Jane con atención y ella agarraba cosas de la mesa y las agitaba como si fueran a explotar de un momento a otro.

El padre de Jen se había quedado dormido en la silla con la cabeza hacia atrás. Mi abuela, en cambio, había enganchado a dos invitados que habían acudido con la fotógrafa y les contaba toda su vida mientras les rellenaba las copas una y otra vez, reteniéndolos para que no pudieran escapar.

Jen, detrás de mí, suspiró con amargura.

—Me han arruinado el vestido, con lo difícil que fue elegirlo…

—Bueno, siendo positivos, no tendrás que volver a usarlo.

—¿Quién sabe? La vida da muchas vueltas…

—¡Michelle! —me alarmé—. ¡Retira eso ahora mismo!

—¡Acabas de prometer que no me llamarías Michelle!

—¡Y tú le has dicho a tu hermano, frente a un altar, que me respetarías!

—Bueeeno, pues empate.

—Me parece correcto.

El sol se había puesto y empezaba a anochecer cuando decidimos que los niños deberían estar de vuelta en casa. Los mandamos con los padres de Jen, que decían que habían tenido suficiente fiesta por una noche, y los demás nos quedamos dando saltos y vueltas alrededor del banquete. La música ya sonaba, y el alcohol había llegado con ella. Incluso Jen se olvidó de su vestido y se lo pasó en grande.

Yo también aproveché mi tiempo al máximo. Me quité la chaqueta, me desabroché varios botones y cuando estuve lo bastante borracho, abrí una botella de champán para rociar a los invitados. Mientras que todo el mundo evitaba el chorro entre risas, mi abuela fue la primera en adelantarse y, lista como era, aprovechó para rellenarse la copa.

Pasé tanto tiempo con Will y Spencer —el hermano mayor de Jen— que tardé una eternidad en volver a ver a mi señora esposa. Ella también se lo estaba pasando en grande. Bailaba con Naya, Sue, Mike y Vivian. Esta última iba a su bola, pero Mike intentaba arrimársele en cuanto podía, y Jen se metía entremedio cada vez para mandarlo de vuelta a su lugar.

Supongo que hay cosas que nunca evolucionan.

Fue en una de esas ocasiones cuando Mike, de pronto, se acercó al DJ y le robó el micrófono. Alarmado, busqué la mirada de Jen. Ella parecía tan confusa como yo; más lo estuvimos cuando Mike se subió a la mesa principal y golpeó el micrófono.

Le dio tan fuerte que el pitido hizo que todo el mundo protestara. Él enrojeció un poco.

—Ups, perdón —dijo a través de los altavoces.

—¡Mike! —gritó Naya entre el público—. ¡Deja de hacer el tonto!

—¡Será solo un momento, quiero dedicarles un discurso a los recién casados! ¡Soy su padrino de bodas!

Oh, no.

Me llevé una mano a la frente, y Jen, que se me había acercado, soltó una risita y entrelazó nuestros brazos.

—Te recuerdo que convertirlo en padrino fue idea tuya —murmuró.

—¿Por qué tienes que hacerme caso cuando digo tonterías?

—Damas y caballeros —empezó Mike, para mi desgracia—, cuando le dije a mi madre que iba a dar este discurso, me pidió que, por favor, no eructara ni soltara palabrotas. Por lo tanto, hoy seré un hombre correcto. ¡Va por ti, mamá!

Ella, que se encontraba entre el público, se hundió un poco en la silla.

—Volviendo al tema... —prosiguió Mike, paseándose por encima de la mesa—. Gracias a todos por asistir hoy a esta ceremonia del amor, de la familia, de la paz entre hermanos, novios, amigos, cuñados, primos, compañeros, tíos, abuel...

—Mike —siseó Will, muy cerca de él pero con los pies en el suelo—. ¡Resume!

—Ah, sí. Bueno, ¡gracias a todos por venir! Creo que hablo en nombre de nuestra querida parejita cuando os digo que ha sido una ceremonia maravillosa y que no habría sido posible sin que todos vosotros aparecierais en las fotos con vuestras caritas preciosas. Aprovecho para decir que, si alguien me ha hecho una foto guay, me la pase por privado. Uno nunca tiene material suficiente para sus redes, ¿verdad?

Hubo alguna que otra risa de incomodidad, pero Mike estuvo muy orgulloso de ello. Finalmente, nos buscó entre la multitud. La primera a quien encontró fue a Jen, a la que señaló con la mano libre.

—¡Cuñada! —exclamó con una gran sonrisa—. Oh, cuñadita, no te daré la bienvenida a la familia, porque creo que llevas en ella unos cuantos años, pero sí que te daré la enhorabuena. Jackie siempre ha sido un espíritu inquieto, y nunca lo vi centrado hasta que apareciste en su vida. No has podido enganchar al hermano más guapo, pero al menos te llevas al más alto. No es exactamente una victoria, pero, oye, si te conformas, pues mejor para todos. Te prometo que no volveré a besarte, ¿eh? Sin rencores, cuñada.

Miré a Jen, que se pellizcaba el puente de la nariz mientras todos nuestros invitados se reían.

Finalmente, Mike giró sobre sí mismo antes de señalarme. Suspiré, pronosticando que aquello no me gustaría demasiado.

—Y, mi querido hermano..., mi pequeño saltamontes... ¿Qué puedo decirte a ti?

—Nada bueno —dijo alguien, y todo el mundo estalló en carcajadas.

—Calma, calma —les pidió Mike al tiempo que gesticulaba con la mano libre—. La verdad es que me había preparado un discurso para ridiculizarlo, porque..., seamos sinceros, de eso se trata, ¿no? Busqué en YouTube, y todos los padrinos de boda se reían de sus hermanos. Pero voy a ser bueno y me lo ahorraré. No comentaré esa vez que lo pillé en la sección porno de una tienda de revistas, ni aquella ocasión en la que, en una fiesta, se emborrachó tanto que saltó desde la ventana a la piscina y se rompió una muñeca, ni cuando casi nos cargamos a Limón, ni esa vez en que vomitó porque Terry le metió la lengua demasiado hondo en la garganta…

Para cuando dejó de hablar, todo el mundo se reía a carcajadas. Jen me miraba, intentando aguantárselas. Puto Mike. Enrojecí de pies a cabeza, irritado.

—No voy a hablar de todo eso —siguió mi hermano, paseándose otra vez—; hoy quiero contar cosas más bonitas. Y sé que nadie se lo espera, porque no hemos tenido la relación más fácil del mundo y solemos meternos el uno con el otro, pero, precisamente por eso, siento que hoy debo mencionar lo positivo. Si tenemos todos los días del año para criticarnos, vamos a aprovechar un día tan especial para dejar de hacerlo.

Ya nadie se reía. De hecho, todo el mundo le prestaba atención. Mike había dejado de sonreír y de pasearse; tan solo me miraba, con el micrófono en una mano y la otra en el bolsillo.

—Jack —dijo lentamente—, sé que no hemos tenido la mejor relación fraternal de la historia. Nos hemos mentido, engañado, robado, golpeado… y muchas otras cosas que probablemente sea mejor no mencionar. Pero, a pesar de todo, no cambiaría nada de lo que hemos vivido juntos. Creo que puedo decir que ninguno de los dos tuvo una infancia fácil. De hecho, fue mucho más dura de lo que se merecen dos niños pequeños. Si miro atrás, mi único recuerdo bueno son las noches que pasábamos juntos, en tu cama, después de una discusión. Cuando dormíamos toda la noche abrazados y yo encendía la lamparita porque a ti te daba miedo la oscuridad; y luego, en la penumbra, me contabas todo lo que había ocurrido y yo te aseguraba que todo estaría mejor. Y, aunque casi nunca era así, ambos elegíamos creerlo y nos íbamos a dormir mucho más tranquilos.

»No sé si te acuerdas del peluche ese que paseabas por todos lados. Ricitos, creo que se llamaba. Era un conejo sin un puñetero rizo, pero tú decidiste ponerle ese nombre. Estabas tan aferrado a él que ni siquiera dejabas que mamá lo lavara, y estoy seguro de que tenía más roña que una rueda de coche, pero te daba igual. Lo adorabas. No recuerdo verte nunca tan triste como el día en que papá te lo quitó y lo tiró a la basura. Lloraste toda la noche; fue insoportable. Y luego, a la mañana siguiente, lo tenías de vuelta junto a tu cama. Me dijiste que había sido Papá Noel, que se había adelantado con tus regalos. —Puso los ojos en blanco—. La verdad es que me pasé la noche en el vertedero, buscando entre montones de basura hasta que encontré el puto peluche, lo limpié con mamá y, entre los dos, te lo devolvimos.

»Sé que no he sido el mejor hermano mayor que podrías haber pedido —añadió en voz más baja—. Me habría gustado ser más generoso, menos interesado, más abierto con lo que sucedía…, y me habría gustado que ambos hubiéramos tenido la oportunidad de llevarnos bien. He hecho muchas cosas cuestionables contigo; a decir verdad, han sido mucho más numerosas que las bonitas. Y, aunque ya es un poco tarde para remediarlas, espero que, a partir de ahora, pueda empezar a sustituirlas por cosas mejores.

»No sé si te acuerdas, pero de pequeños siempre decíamos que algún día, de mayores, tendríamos una familia feliz, no como la que habíamos tenido. Que no nos pelearíamos, que no habría gritos ni insultos, ni golpes, ni lágrimas. Pues… ¡felicidades, hermanito! Tienes el trabajo que querías, a la gente que más te aprecia, una esposa que está loca por ti, un hijo que te adora… Has conseguido lo que todo el mundo se pasa la vida entera buscando: ser feliz.

»Así que quiero proponer un brindis por mi hermano pequeño —exclamó, agachándose para recoger su copa—. Quizá no hayamos sido los mejores hermanos del mundo, pero tengo la certeza de que sí serás el mejor padre. Estoy orgulloso de ti, hermanito. ¡Por la parejita!

Todo el mundo levantó la copa a la vez. Yo sonreí a Mike, con los ojos llenos de lágrimas, y también la levanté. En cuanto me vio, me guiñó un ojo con alegría.

Al darse cuenta de que me había emocionado, Jen entrelazó los dedos con los míos. Yo parpadeé varias veces, recuperé la compostura y, de pronto, su mano desapareció. La busqué con la mirada, pasmado.

Se la habían llevado al otro lado del banquete, y un montón de invitadas se reunían a su alrededor.

—¿Qué hacen? —pregunté, alarmado, a Will. Se había detenido a mi lado—. ¿Debería ir a rescatarla?

—Si lo haces, creo que te atraparán a ti también.

Sonreí perplejo cuando Shanon, Sue y Spencer unieron fuerzas para acudir a su rescate. La dejaron un poco apartada del grupo, y entonces ella les dio la espalda. No tardé mucho más en darme cuenta de que estaba a punto de lanzarles el ramo.

—Como lo recoja Naya, voy a reírme —bromeé.

Will se rio y chocó el hombro con el mío. Yo también sonreí mientras observaba la situación.

—¿Listas? —preguntó Jen, mirando por encima del hombro.

Casi todas se encontraban ahí, y aseguraron que lo estaban. Sin embargo, en cuanto se preparó, se oyó un estruendo en la mesa principal.

—¡NO! —chilló Mike, corriendo para colocarse junto a ellas—. ¡Esperadme, cabronas!

Mamá, al otro lado del banquete, cerraba los ojos para invocar paciencia. Adiós a las no palabrotas.

Tras esa interrupción, todas las invitadas se prepararon para atrapar el ramo. Naya, Lana, Sue, Vivian, Shanon, Joey y algunas otras estaban entre ellas; incluso mi abuela se les había unido, junto con Mike, la fotógrafa y la amiga que se había traído esta última. Concentradísimas, flexionaron las rodillas mientras Jen empezaba a balancear el ramo con entusiasmo.

—Esta vez sí —dijo ella, divertida—. ¡¿Estáis listas?!

Sinceramente, se prepararon como si recoger el ramo o no conllevara la decisión más intensa de su vida.

—¡Sí, capitana! —chilló Naya.

Y Jen lanzó el ramo sin esperar un segundo más.

Prepárate para la batalla espartana.

Lo vimos caer como a cámara lenta, y pronto chocó contra las manos abiertas de sus espectadores. Las flores rebotaron de un lado a otro, destrozándose un poco más a cada bote, hasta que por fin terminaron en un par de manos que lo aferraron como si temieran por su vida. Todos los gritos cesaron de golpe.

Oh, la pobre fotógrafa.

Ella se quedó con el ramo en la mano, lo miraba con perplejidad, y todo el mundo se puso a aplaudir. Especialmente su amiga, que parecía entusiasmada.

—¡Brookie, tenemos que contárselo a tu rarito favorito, verás qué cara pone! —chilló con ilusión.

Y, poco después de la escena del ramo, la boda tocó su fin. A Jen y a mí nos esperaba el viaje que novios, y estaba impaciente por subirme al avión hacia nuestro destino. Mi productor, como regalo de bodas, me había prestado su avión privado para la ida y la vuelta. Sería la única vez en nuestras vidas que usaríamos uno; deseaba subirme y ver la cara que pondría Jen.

A ella le había supuesto un quebradero de cabeza dejar a Jay a cargo de mi madre y mi abuela en la semana que duraría el viaje, pero acabó cediendo. Más que nada, porque le apetecía descansar un poco, igual que a mí. Tener un hijo era bonito, sí, pero también agotador. Todo el mundo necesitaba una pausa.

Mi madre y yo, por cierto, no habíamos vuelto a discutir desde aquella noche de Navidad, hacía mucho. Nunca habíamos hablado sobre el asunto ni habíamos comentado todas aquellas cosas que nos habíamos dicho a gritos. Sin embargo, me sentía mucho más unido a ella que nunca.

Tras el divorcio, tal y como había predicho, papá se encargó de que su carrera desapareciera. Nadie quiso comprarle más cuadros, y las galerías empezaron a cubrir las horas en las que tenían previstas sus exposiciones. Al principio le resultó duro. Nunca me lo dijo, pero se sentía como si le hubieran arrancado una de las partes más cruciales de su vida. Con el tiempo, sin embargo, encontró alternativas; ahora no solo era la mánager de Jen, con quien trabajaba de maravilla, sino también mi directora de fotografía.

Lo único que nos causó conflicto fueron sus últimos cuadros, los que había pintado en las últimas instancias de su matrimonio. Y, sobre todo, los que había pintado a escondidas de mi padre durante años: esos fueron los últimos que sacó, y solo nos los enseñó a Mike y a mí.

Recordaba el paseo que di ante aquellas obras. Podían dividirse en dos grupos: las oscuras y las claras. Las primeras estaban compuestas de azules, negros, grises y verdes, y en todas ellas aparecía una figura oscura que se cernía sobre otras, que iban perdiendo el color a medida que se les acercaba. Transmitían terror, inquietud y… tristeza. Mucha tristeza.

La otra mitad, sin embargo, era muy distinta.

Los colores que predominaban eran el dorado, el rojo, el naranja, el rosa... La mayoría mostraban figuras distorsionadas, pero tras observar unos cuantos, me percaté de que presentaban un patrón común: dos personas iban creciendo con el transcurrir de los años, pero siempre tenían una actitud protectora, como de superhéroes que se alzan después de una batalla. Y, mientras que de pequeños parecían inseguros y separados, a medida que se hacían mayores se iban juntando y volviendo más fuertes.

Cuando llegué al último, tragué saliva con dificultad.

—¿Qué representan estos, mamá? —le pregunté.

Precavida, se detuvo a mi lado. Contempló el cuadro unos instantes, y luego se volvió hacia mí.

—Esperanza.

Fue todo lo que necesitó decir. Me di la vuelta, la rodeé con los brazos y ella enseguida me devolvió el abrazo. Permanecimos así unos segundos, y hundí la cara en su cuello. Ella suspiró con alivio y me puso una mano en la cabeza.

—Lo siento mucho —murmuré como pude—. Mamá, lo sien...

Ella me chistó enseguida.

—No hace falta, cariño —me aseguró en voz baja—. Quédate con los cuadros, ¿vale? Son tanto tuyos como de Mike. Siempre lo han sido.

Sonreí contra su hombro y, con una risa temblorosa, accedí.

No regresé al presente hasta que Jen me cogió de la mano. Acabábamos de despedirnos de todos los invitados de la boda y, entusiasmados, corríamos hacia el coche, donde una cara conocida nos esperaba.

—Te presento a nuestro nuevo conductor a tiempo completo. —Lo señalé alegremente—. Se llama Dimitri.

Él enrojeció, sujetando aún la puerta para nosotros.

—Daniel —mascculló—. Da-ni-el.

—Encantada, Daniel —le sonrió Jen, casi con piedad.

Entramos en la parte trasera del coche y Dorian cerró la puerta para nosotros. En cuanto empezó a conducir y subió la pantalla negra para dividir las dos mitades del coche, miré a Jen, sonriendo maliciosamente.

Ella llevaba todavía el maquillaje corrido y el moño medio deshecho por el baño en el lago, pero me daba igual. Nunca me había parecido tan guapa, con sus ojitos castaños y esos labios fruncidos con ganas de bromear.

—¿Qué miras tanto? —protestó, divertida.

—Lo preciosa que es mi querida esposa.

—Sí, empapada, sucia y malhumorada... Preciosa.

—Incluso así me gustas, así que imagínate si te quiero.

En cuanto me acerqué para besarla, simuló que se había enfadado, pero me lo permitió de todos modos. Pegué mis labios a los suyos, y la rodeé con los brazos. Jen se dejó, sonriendo.

—Jack, estamos casados —murmuró—. ¿Te lo puedes crees? Por un momento, he pensado que vomitaría en medio de la ceremonia.

—Por un momento, he pensado que no aparecerías y te marcarías un *Novia a la fuga*.

—¿Y adónde vamos de luna de miel? —quiso saber—. ¡Aún no me lo has dicho!

—Bueno, dijiste que Grecia te había encantado y nos quedaban muchas cosas por ver... —Le guiñé un ojo—. Ese sitio ya es nuestro, Michelle. Tenemos el resto de nuestras vidas para visitar todos los demás.

No vio adónde nos dirigíamos exactamente hasta que apareció en la pantallita auxiliar del avión. Jen abrió mucho los ojos, entusiasmada.

—¡¿Santorini?!

Esperaba que esa cara fuera de alegría y no de horror, porque ya estábamos aterrizando, y volver atrás sería un poco ridículo.

—¿No te gusta?

—¿Bromeas? ¡¡¡Me encanta!!!

No borró su sonrisa de entusiasmo en lo que duró el aterrizaje.

Como nos habían advertido para que nos pusiéramos ropa de verano, al llegar no nos extrañó demasiado la oleada de calor que nos invadió. Un conductor nos esperaba con nuestras maletas ya en el coche, y Jen se pasó todo el trayecto con la nariz pegada a la ventanilla para no perder detalle, aunque ahí fuera de madrugada.

—¡No me puedo creer que estemos otra vez en Grecia! —repetía sin cesar, completamente feliz.

Vale, había acertado.

Hoy abriré una botellita de champán en tu honor.

El hotel quedaba cerca de la playa y nos habían dado la suite que solían reservar para los recién casados. Nos recibió una estancia amplia, blanca y azul, decorada a la perfección con una botella de champán en una cubitera, una fuente de chocolate con fresas, y pétalos de rosa esparcidos encima de la cama.

Madre mía. Tanto esfuerzo y lo destrozaríamos en cinco minutos.

Pero en cuanto estuvimos a solas, Jen corrió hacia el balcón de nuestra habitación, abrió la puerta de par en par y se asomó para apreciar las vistas. Daban directamente a la playa.

—¡Mañana tenemos que ir! —chilló, cruzando rápidamente la suite para asomarse al otro balcón. Oí sus chillidos amortiguados por las paredes—. ¡Ooooooh! ¡JACK! ¡Desde aquí se ve la ciudad, mira! ¡¡¡ME ENCANTA!!!

Pero yo estaba ocupado apartando los pétalos de rosa para poder tirarme sobre la cama, agotado.

Cuando Jen vio que había destrozado la obra de arte de los empleados del hotel, puso los puños en las caderas, indignada.

—¡Seguro que les ha llevado mucho trabajo, desagradecido!

—Íbamos a destrozarlo igualmente —le aseguré.

—Oh, vamos, Jack. —Me tiró de la mano con una gran sonrisa para levantarme—. ¿Por qué no estás entusiasmado?

—¡Porque tú lo estás de sobra por los dos!

Me ignoró completamente y, curiosa, se metió en el gigantesco cuarto de baño. Ahogó un grito de emoción y asomó la cabeza por la puerta.

—¡Mira esto!

Me asomé y sonreí un poco cuando vi que nos habían dejado preparada una bañera de agua caliente, más pétalos de rosa —qué pesados— y sales de baño que olían a dulzón. Yo esbocé una mueca, pero Jen estaba entusiasmada.

—¡Esto es tan romántico! —murmuró, suspirando—. Si Naya lo viera, se moriría de envidia.

—Oh, sí. Una bañera. Madre mía. Nunca había visto una.

—¡Jack, admite que es romántico!

—No lo es. Es solo agua. Y flores muertas.

Me puso mala cara y, divertida, se acercó para meter un dedo en el agua.

—La temperatura es perfecta. —Casi suspiró de gusto.

Y entonces, para alegría de mi cuerpo, vi que se quitaba los zapatos y se deshacía la coleta.

Oooh, esa conversación sí que me parecía interesante.

—Deja de mirarme así —protestó.

Yo me acerqué con una sonrisita, pero me detuvo apoyándome un dedo en el pecho.

—Admite que esto es romántico —exigió.

—Lo admito —dije al instante—. Romantiquísimo. Lo mejor que he visto en mi vida.

Ella empezó a reírse y yo aproveché el momento de distracción para rodearla con un brazo y pegarla a mí. Todavía sonreía cuando me incliné para besarla con ímpetu.

Y a partir de ahí ya no hubo risitas, o al menos no así de divertidas. Eran de otro tipo, muy distinto.

¡De mi favorito!

Sin embargo, Jen se separó de mí para quitarse el vestido, ella sola. Lo dejó caer en el suelo, se desprendió de la ropa interior y, sin dudarlo, se metió en la bañera. Contemplé, medio embobado, su cuerpo sumergido en el agua.

—¿Acabas de desnudarte, Jennifer Michelle? —la provoqué.

—Pues sí, Jack Ross. ¿A qué esperas para hacer lo mismo?

No tuvo que decirlo dos veces. Mientras yo me desnudaba a toda prisa, oí su risita divertida.

—¿Estás impaciente? —me provocó, apoyada en el borde de la bañera.

—Pues sí. Y más si te paseas desnuda delante de mí.

—Si no te gusta, no mires.

—Como cierre los ojos ahora, no me lo perdonaré en la vida.

Me froté las manos entusiasmado cuando por fin me deshice de toda la ropa. Ella me gesticuló con un dedo para que me acercara, y accedí sin dudar.

Pareces un perro esperando un filete, pesado.

—¿Has dejado sitio para mí? —bromeé.

—Creo que tendrás que hacértelo tú solo, Jackie.

Aun así, me ofreció una mano. Pensé que tiraría suavemente de mí para ponerme encima de ella, pero me tumbó en el lado opuesto de la bañera. Después, con un suspiro, apoyó la espalda en una de las paredes de esta y cerró los ojos. Y nos quedamos en silencio por unos segundos que me resultaron eternos.

Debió de percibir mi mirada de indignación, porque se rio sin siquiera abrir los ojos.

—Ven aquí, vaquero, y cumple con tu misión.

Mi sonrisita volvió al mismo tiempo que el agua de la bañera, —gracias a mis movimientos apresurados— se desparramaba por el suelo del cuarto de baño.

Epílogo

Seis años más tarde

—¡Que sí lo he hecho! —protesté por el móvil antes de apartarme y mirar a los dos diablillos que correteaban por el salón—. ¡SILENCIO!

Jay se detuvo de golpe, divertido, y Ellie se chocó inmediatamente con su espalda. El impacto la mandó al suelo y, acto seguido, empezó a enrojecer por la rabia.

¡Alerta Ellie!

—Jack. —La voz de Jen, al otro lado de la línea, sonaba a advertencia—. Como vuelva a casa y me encuentre a un niño subido al tejado...

—¡Eso solo pasó una vez!, ¡y fue culpa de la niña!

—¡Es tu responsabilidad!

—Jen, ¿quién soy yo para coartar su naturaleza salvaje?

Ellie me miró, todavía roja de rabia —y ahora también ofendida—, mientras que Jay le ofrecía una mano para ayudarla a levantarse.

Pero mi niña tenía tanto de pequeña como de rencorosa, así que solo aceptó su mano para lanzarlo al suelo mediante el agarre. Casi al instante, se convirtieron en una confusa masa de tirones que rodaba por el salón.

Suspiré, me sentía agotado.

—Oye, Jen. No es que esté sucediendo ahora mismo, ¿eh? Porque, no está sucediendo..., pero..., ejem..., ¿qué se suele hacer cuando empiezan a morderse?

—¡¿Mordiscos?! ¡Sepáralos ahora mismo!

—¡Te he dicho que no está suce...!

—¡Jack, sepáralos! ¡No me hagas enfadar!

—Te enfadas por cualquier cosa —protesté.

Alguien le habló de fondo, pero se lo quitó rápidamente de encima para volver a atenderme.

—Tienes razón, cariño, lo siento —murmuró—. Es que os echo muchísimo de menos. Por suerte, mañana os veré. Acuéstalos temprano, dale un baño a Jay y acuérdate de levantarte antes que Ellie o te encontrarás la cocina y el salón hechos un desastre.

—Que sí, mamá oso. Nos vemos mañana.

—Hasta mañana. Te quiero.

—Y yo a ti, Mushu.

—¡Jack…!

Colgué antes de que pudiera regañarme. Era temerario, no suicida.

En cuanto lancé el móvil a un lado, me quedé mirando a mis hijos. Jay tenía seis años, el pelo castaño, revuelto y hecho un desastre —no podíamos peinarlo por mucho que lo intentáramos, era como si tuviera vida propia—, y una peca en la punta de la nariz, en la que Ellie siempre lo pinchaba.

Eso sí, Jay era muy ordenado. Le gustaba tener sus cosas siempre colocaditas a la perfección, casi nunca se ensuciaba la ropa, recogía las cosas en cuanto se lo pedías…

Y luego estaba Ellie.

Digamos que ella era un poquito más…, ejem…, fiera.

Acababa de cumplir los cuatro años, pero ya tenía más mala leche que toda la familia junta.

Me pregunto a quién habrá salido.

Básicamente, su entretenimiento favorito era molestar a su hermano. Y cuando no se ocupaba en esa actividad, se dedicaba a ir por el mundo sembrando el caos.

Ya había tenido que acudir a rescatarla del tejado unas cuantas veces —aunque Jen solo se había enterado de una— y nos pasábamos el día comprándole ropa porque siempre se la agujereaba o se la rompía. Y su pelo…, bueno, era parecido al de Jay: indomable, castaño y espeso. Sin embargo, Jen siempre se las apañaba para arreglárselo cuando estaba en casa. A la niña le gustaba mucho que le hiciera una trenza.

Yo lo había intentado una vez, pero Ellie me había lanzado el peine a la frente y, tras gritar algo de «tirones», había huido despavorida.

Sí, Jen se las arreglaba mejor con ella que yo, la verdad.

Pero en una cosa no me podía superar, en baloncesto. O, al menos, según el concepto que tenía Ellie del deporte, que era levantar la pelota por encima de su cabeza sin caerse al suelo. Cuando Will pasaba por casa, le encantaba vernos jugar.

Por otra parte, Jane —su hija— y Jay se llevaban de maravilla. Supongo que se debía a sus edades —más bien próximas—, y a que prácticamente se habían criado juntos. Eran inseparables.

Ellie era distinta. No se relacionaba tan bien con los otros niños. Prefería jugar sola y despeluchar pobres muñecas inocentes que ponerse a chapotear en el agua del lago con Jay y Jane. Al principio nos habíamos preocupado, pero pronto aprendimos que, simplemente, formaba parte de su carácter.

Will y Naya seguían viviendo en el piso que les había dejado y, por lo que había visto, Jane ahora ocupaba la habitación que había usado yo años atrás. Cuando la vi con la decoración infantil me resultó muy extraño. Esas paredes habían cambiado los pósteres sangrientos por estrellitas brillantes.

Quien más había cambiado era Mike que, pese a continuar viviendo en nuestra casa de invitados, ya no pasaba tantos ratos en la nuestra como antes. Aún era nuestro jardinero, pero más por gusto que por necesidad. Unos años antes, le habían aceptado en una audición para un grupo de música que acababa de quedarse sin cantante. Brainstorm, se llamaba. Yo los conocía bastante, y me alegré mucho de que mi hermano sustituyera la figura principal. Admito que, con ese cambio, me preocupó un poco que todo se fuera a pique; pero no, en realidad continuó como siempre, si no es que había mejorado.

Era el tío perfecto, porque le encantaba llevarse a los niños a jugar, traerles regalos y pasar el rato con ellos. Él y Sue eran las visitas más esperadas, aunque las de esta última escaseaban más. Viajaba continuamente de un lado a otro del mundo y, aunque siempre que volvía se pasaba a vernos, los niños la echaban muchísimo de menos.

Volví a la realidad en la que Jen me había dado instrucciones. Mis dos hijos, que ya habían parado de pelearse, me miraron como si esperaran mis indicaciones.

—Tú, a la bañera —le dije a Jay. Luego miré a Ellie—. Y tú…, em…, no incordies.

—¡Yo no incodio!

Sí, tenía problemas pronunciando ciertas letras. Iba a un logopeda con el que había mejorado bastante.

—No quiero bañarme —protestó Jay a su vez—. ¡Estoy limpio!

—Te has pasado el día correteando de un lado a otro.

—¿Dónde ta ma-a? —protestó Ellie, enfurruñada.

—Mañana volverá. —Me crucé de brazos—. Y espero que no tenga que quejarse de que no os he cuidado bien yo solo, porque eso significaría que os quedaríais sin noches de películas y pizza. Y eso no os gustaría, ¿verdad?

Intercambiaron una mirada, como si estuvieran pensando en la negociación.

—Va-e —asintió Ellie, decidida—. Yo me po-to bien, peo tienes que copanos choco-ate.

—¿«Copanos»?

—«Comprarnos» —me tradujo Jay.

—Oye, enana, aquí soy yo quien da las órdenes.

Al final, tras una ardua negociación de dos minutos, todo el mundo quedó satisfecho.

La verdad es que, cuando a Jen le tocaba marcharse de viaje, por corto que fuera, notaba mucho su ausencia. Los últimos años había vendido cada vez más cuadros, y eso equivalía a que la parte del tiempo dedicado a su carrera iba en aumento. Y la verdad es que me gustaba verla feliz, pero me desesperaba un poco quedarme solo al cargo de los críos en sus ausencias. Era como si ella tuviera un don natural para cuidarlos y yo fuera un verdadero desastre.

Al día siguiente, metí a los dos diablillos en el coche, me senté en el asiento del conductor y puse la canción que les gustaba a ambos, sobre un cerdito que hacía no sé qué con un amiguito suyo que era un pescado…, en fin. Una estúpida canción. Seguro que después se me quedaría grabada en el cerebro.

—¿Adónde vamos? —preguntó Jay, curioso, mirando por la ventanilla.

—He pensado que podríamos cocinarle algo a mamá —murmuré mientras recorría el camino de entrada—, para cuando vuelva esta noche.

La idea les encantó.

—¿Podemos hacer macarrones? —exclamó Jay.

—¡CHOCOATE! —chilló Ellie a todo pulmón.

—En realidad… —Les di un momento de pausa dramática para que las reacciones fueran todavía mejores—. ¡He pensado que podríamos hacer chili!

Hubo unos segundos de silencio. Les eché una ojeada por el retrovisor y vi que ambos me miraban con cara de asco.

—¿Qué? —protesté.

—Nadie quie-e chi, pa-á —me aseguró Ellie.

—¡A tu madre le encanta!

—Mamá dice que le gusta, pero no es verdad —me corrigió Jay.

—Pues de eso se trata el amor, de fingir que te gusta algo que hace el otro para que no llore. Tomad nota, queridos niños, porque algún día os servirá mucho.

—Eso no es… —empezó Jay.

—Bueno —hice una mueca—. ¿Macarrones, entonces?

—¡Sí! —exclamó Jay felizmente.

—¡Y CHOCOATE!

—Macarrones y chocolate, qué gran combinación.

Cuando llegamos al supermercado, no me quedó más remedio que sentarme a Ellie en los hombros —si no la tenía controlada, correteaba de un lado a otro y temía que incendiara el local—. Ofrecí a Jay ponerse en el asiento del carrito, pero él se negó enseguida:

—¡Ya soy un niño grande! —chilló con el ceño fruncido.

—¡Si tienes seis años! ¡Tengo sudaderas más viejas que tú!

Finalmente accedió a sentarse en el carrito, aunque sospeché que era solo para ahorrarse caminar.

Ir con ellos dos a algún lado se convertía en una verdadera aventura, porque nunca sabías cuántas desgracias te podían pasar. Como ese día que Ellie dio un tirón a una bolsa de una estantería y se cayeron la mitad de los productos al suelo. Tuvimos que recogerlo todo entre los tres antes de que alguien nos viera.

—Pa-á. —Cuando pasamos junto a su pasillo favorito, Ellie me dio un golpecito con un dedo en la frente—. ¿Puedo id a pod el chocoate?

—¿Por qué no puedo hacerlo yo?

—Poque tú no sa-es el que tá bueno de vedá.

—¿Y tú sí?, ¿ahora eres una maestra chocolatera?

De todos modos, me sorprendió ver cómo recorría las estanterías con los ojos entrecerrados, con la máxima concentración; apareció al cabo de unos segundos con doce barras de chocolate. Tuve que devolver más de la mitad a la estantería.

Cuando por fin estuvimos en casa, Ellie soltó un chillido y fue corriendo hacia la cocina, emocionada por empezar a cocinar —aunque a ella solíamos reservarle la parte de remover o golpear—. Jay y yo llegamos unos instantes después.

—Bueno. —Miré a Jay con una mueca—. Tú te acuerdas de la receta, ¿no?

—Ajá. —Se puso a sacar cosas de las bolsas con mucha eficiencia.

Menos mal que él era un pequeño genio, porque si dependiéramos de mí…

No sé cómo, pero logramos preparar la dichosa pasta, aunque los resultados fueron: Jay, con su delantal impecable; yo, con una mancha de tomate gigante en la camiseta, y Ellie, con la boca llena de chocolate porque había ido comiéndolo mientras nosotros hacíamos todo lo demás.

Por no hablar de la pobre cocina, que había quedado hecha un desastre.

—Bueno… —murmuré—, la intención es lo que cuenta, ¿no? Además, vuestra madre no llegará hasta dentro de una ho…

—¡Hooolaaa!

Di un respingo cuando Ellie chilló, dejó el chocolate a un lado como si ya no le importara y salió corriendo hacia la entrada.

—¡MAAA-ÁÁÁ!

Intercambié una mirada de pánico con Jay, y casi automáticamente nos pusimos a recoger a toda velocidad para otorgarle un aspecto mínimamente decente a la cocina. Él me lanzó un delantal a la cabeza para que me cubriera la mancha.

Justo cuando acabé de ponérmelo, Jen entró en la cocina sujetando a Ellie con un brazo.

—Oh, no. —Hizo una mueca de terror—. ¿Habéis estado cocinando?

—¡No pongas esa cara! —protesté—. Mira qué limpia está.

—Pues sí. —Parecía tan sorprendida que resultó incluso ofensivo.

—Hola, mamá. —Jay se le acercó para abrazarla.

—Hola, cielo. —Tras el abrazo, Jen se me acercó para besarme en los labios—. Y hola a ti también. ¿Qué tal estos días? Veo que habéis sobrevivido sin problemas.

—Papá se ha portado bien —le informó Jay.

—¿Eso no debería decirlo yo? —Entrecerré los ojos.

Jen se rio y dejó a Ellie en el suelo para asomarse a la olla que había en los fogones y que todavía no estaba lista.

—Mmm…, esto huele de maravilla. —Me miró de reojo, divertida—. Admito que una parte de mí esperaba que hicieras chili.

—¿Cómo se te ha ocurrido semejante tontería?

Cenamos los cuatro en el comedor mientras Jen nos contaba cómo había ido el viaje y Ellie enrojecía al tener que admitir que me habían llamado de la escuela porque, en un recreo, se había dedicado a robar las muñecas de unas niñas que no le caían bien… para enterrarlas en el patio trasero de la escuela.

Al parecer, cuando las niñas le habían preguntado el motivo, ella había soltado: «Poque tan muertas, como vuesta gacia».

Sí, al contármelo la profesora, había estallado en carcajadas.

Y, sí, ella me había juzgado muy duramente con la mirada.

En cuanto lo conté, Jen suspiró.

—Ellie…

—¡A pa-á le hizo gacia!

Esta vez, la mirada fue para mí. Jay se lo pasaba en grande.

—A papá no le hizo gracia —replicó Jen, enarcándome una ceja—. ¿Verdad?

—Claro que no. Qué desastre, qué desastre…

—¿Lo ves? —Jen volvió a mirarla con la ceja aún enarcada—. Espero que te disculparas con esas niñas.

—No —se enfurruñó Ellie.

—¿Por qué no?

—¡Poque siem-pe se meten co-migo poque soy da-da!

—¿«Dada»? —repetí con una mueca.

—«Rara» —me tradujo Jay.

—¿Y qué? —Jen no estaba nada contenta—. Eso no te da derecho a hacer esas cosas. Ignora a esas niñas. ¿No tienes a tus amigos? ¿Qué hay de Rebeca? ¿Y Víctor?

Eran los hijos del vecino. Dos mellizos bastante simpáticos, pelirrojos y revoltosos que, al parecer, formaban parte de la selecta lista de seres vivos que Ellie era capaz de tolerar sin que le entraran ganas de asesinarlos.

—Ellos no taban conmigo —murmuró, cabizbaja.

—¿Y qué hay de Livvie? Con ella también te llevas bien.

Era otra amiga que entraba en la categoría de personas que toleraba. Según recordaba de las veces que había venido, era lo contrario a Ellie; tímida, callada e indecisa. Aun así, eran inseparables.

—¡Tapoco taba!

—Pero ¿no te lo pasas mejor con ellos que molestando a esas otras niñas?

—Supo-go…

—Entonces, céntrate en ellos. Y discúlpate con esas niñas, Ellie. Que ellas se porten mal no significa que tú también debas hacerlo.

—Vale, ma-á…, pe-dón.

Cuando los dos estuvieron en sus respectivas habitaciones y yo subí la maleta de Jen a la nuestra, ella se dejó caer en la cama con un suspiro lastimero.

—He echado de menos esta camita —murmuró.

—¿Solo la cama? —Enarqué una ceja, ofendido—. Porque viene con un regalo. Un regalito muy bonito que tienes justo delante, hablándote y esperando que te animes.

Jen sonrió divertida.

—¿Es una indirecta, Jackie? Estoy muy cansada para pensar.

—Bueno, no es necesario que pienses. Me conformo con que empieces a desenvolver el regalo.

Ella se rio a carcajadas antes de acercárseme, cogerme de la mano y tirarme a la cama, a su lado.

Cuatro años más tarde

—Oye, Ty. —Miré otra vez por la ventana—. ¿Sabes qué le pasa a tu hermana?

Mi tercer hijo, Tyler —Ty Ty, para sus colegas—, solo tenía tres años, pero hablaba como si tuviera cincuenta; además, había querido raparse el pelo. Cuando abría la boca y decía algo sabio, parecía un pequeño y extraño buda.

Ni un solo hijo normal.

—Está enfadada —me dijo, mirando también por la ventana.

—Eso ya lo veo.

Ellie se encontraba en el patio trasero con una pelota de baloncesto en el brazo. Pateaba el árbol como si su vida dependiera de ello.

Entonces, furiosa, lanzó la pelota contra el árbol. Le rebotó en la frente con tanta fuerza que la lanzó de culo al suelo.

Cuando se levantó, todavía más furiosa, empezó a patear la pelota.

—¿Sabes por qué está enfadada? —quise saber, con una mueca.

—¿Y si se lo preguntas a ella? —me sugirió Ty Ty—. Es la que está chillando. Sé un buen padre y consuela a tu prole.

—Niño, tienes tres años, habla de piruletas.

—Yo sé qué le pasa —intervino Jay.

Se había acercado a la cocina en busca de algo de comer. Ya se había vestido con su atuendo para ir a jugar al fútbol con el equipo local; era su portero. Y la verdad es que, vestido así, parecía tener más de diez años.

—¿Tú? —Lo miré con cierta desconfianza y dejé a Ty en el suelo para que fuera a jugar al salón.

—Es que en el colegio solo hay un equipo de baloncesto —me explicó Jay mientras mordía una manzana y se me acercaba—. No la han aceptado.

—Madre mía, ¿es que no valoran sus vidas?

—Es un equipo masculino. Dicen que no quieren a una chica.

—Pero ¡si tienen ocho años! ¡Qué demonios sabrán lo que es una chica!

—Eso díselo a su entrenador. —Jay se encogió de hombros.

—Ya lo creo que lo haré.

Justo en ese momento, Jen bajó las escaleras a toda prisa, abrochándose los últimos botones de la camisa azul.

—¿Ya estás listo? —le preguntó a Jay.

Él asintió con la boca llena de manzana e intentó apartarse cuando Jen se le acercó e hizo un inútil intento de ordenarle la mata de pelo castaño.

—Deberías dejar que te lo cortara —murmuró.

—¡Mamá, todos los demás lo llevan así! Es lo que está de moda.

—¿Y si estuviera de moda tirarte por un puente, también lo harías? —Nada más decirlo, esbozó una mueca—. Dios mío, me he convertido en mi madre... En fin, cariño, me voy con Naya, Lana, Vivian y Sue. Dejaré a Jay en el campo de fútbol y lo recogeré al volver, ¿vale?

—Yo me encargaré de cierta señorita. —Señalé la ventana con una mueca.

Jen sonrió para darme ánimos.

—Buena suerte. ¡Adiós, Ty!

Ty la ignoró; nos ignoraba a todos constantemente. Estaba muy ocupado meditando con los ojos cerrados en la postura de flor de loto.

Era un niño muy extraño, sí.

A mí me da miedo.

En cuanto nos dejaron solos, salí al jardín trasero con las manos en los bolsillos. Ellie seguía maldiciendo mientras pateaba el árbol con furia. Se dio cuenta de que me acercaba, pero continuó haciéndolo.

—¡Los odio a todos! —espetó, marcando cada palabra con una patada.

—¿A quiénes?

—¡A los hombres! ¡Los odio! ¡Son todos insoportables!

—Bueno, gracias.

—A ti no te odio. —Se separó del árbol y cruzó los brazos, enfadada—. ¡No me dejan entrar en el equipo porque soy una chica!

—¿Has hablado con el entrenador?

—¡Él ha sido quien me lo ha dicho! —Ellie se sentó, enfurruñada, en una de las sillas que teníamos en el patio trasero. Seguía de brazos cruzados—. Es injusto. ¡No hay equipo femenino! Cuando se lo he dicho, me ha soltado que, entonces, a lo mejor debería pensar en hacer «otras actividades más acordes con mi condición».

—¿Tu condición? ¿Qué condición?

—¡Ser una chica, papá!

Suspiré.

—Vale, lo pillo, el tipo es un idiota.

—El único que me ha defendido ha sido Víctor —protestó Ellie, mirándose las zapatillas—. Él también está en el equipo. Queríamos entrar juntos, pero…

—¿Y Livvie y Rebeca? ¿Ellas no están?

—A ellas dos no les gusta el baloncesto, papá. A Rebeca le gusta bailar y Livvie se pasa el día tocando el piano, o el violín, o la guitarra…, o cualquier otro instrumento. Víctor y yo somos los únicos que nos lo pasamos bien con el baloncesto.

No supe qué decirle, así que le pasé un brazo por encima de los hombros.

—Mañana hablaré con ese entrenador tuyo —le aseguré.

Ellie levantó la cabeza y me miró con los ojos muy abiertos y llena de esperanza.

—¿En serio?

—Pues claro que sí. ¿Qué norma impide que una chica no pueda estar en el equipo de un colegio? Ni que fuera la NBA.

—¡Eres el mejor, papá!

—¿Alguien me explica quién ha torturado a mi árbol favorito?

Los dos nos volvimos hacia Mike, que se había acercado con su cajita de herramientas de jardinería. La depositó en el suelo, junto a las macetas, y nos miró con curiosidad.

—Papá va a hablar con el entrenador del colegio para que me deje entrar en el equipo de baloncesto —le explicó Ellie.

—¿No te dejan? Pero ¡si eres buenísima!

—Dicen que, como soy una chica, no puedo entrar.

—Qué mal. —Mike lo consideró unos instantes, y luego me miró—. ¿Cuál es el plan? ¿Una emboscada que termine en paliza?

—¡Sí! —chilló Ellie, entusiasmada.

—¡No! —intervine yo, mirando a mi hermano—. ¿Solo has venido a proponer tonterías?

—No, también a cuidar de vuestro maravilloso jardín. Y a robaros una cerveza, ya de paso.

—Ve a buscarla. Y cuidado con pisar a Ty, que está meditando.

Una vez casi lo había pisado y Ty le había mordido en un tobillo, así que supuse que pondría atención.

En cuanto desapareció, me volví de nuevo hacia Ellie, que ahora parecía mucho más determinada.

—De todas formas —murmuré—, aunque consiga convencerlo… sabes que tendrás que pasar las pruebas para entrar, ¿no?

—Llevo practicando todo el verano —me aseguró.

Sí, la había llevado unas cuantas veces al campo de baloncesto que solíamos usar Will y yo a su edad. Realmente era muy buena, pero también muy impulsiva; lo que necesitaba no era practicar sola, sino trabajar en equipo. Y, para ello, las pruebas serían perfectas.

—Entonces, no se hable más. —Me puse en pie y le ofrecí una mano—. Venga, deja de torturar al pobre árbol, él no tiene la culpa de nada.

—Era patearlo a él o patear a Jay. Me ha parecido mejor el árbol.

—Sabia decisión.

Tres años más tarde

—¿Dónde está Jay? —me preguntó Naya, confusa.

Aparté la vista del guion que revisaba en el portátil.

Habían venido a pasar la tarde con nosotros, aprovechando el calor veraniego para nadar un poco en el lago. Eché una ojeada a Jen, que nadaba con Will, Jane y Ty. Sue estaba dormida en la tumbona que había junto a Naya, y Mike todavía no había llegado porque tenía ensayo.

—Ha subido a su habitación. —Torcí el gesto—. A *escuchar música.*

—¿Eh?

—Está entrando en esa edad preadolescente de querer *escuchar música* todo el día. Ya me entiendes.

—Oh. —Naya procuró no reírse—. ¿Y Ellie?

—Pues... se suponía que ella iba a ponerse el bikini y bajaba. —Confuso, fruncí el ceño—. Está tardando mucho.

—A lo mejor ha colado a alguien en su habitación.

—Naya, tiene once años.

—¿A qué edad te crees que di yo mi primer beso?

La miré con gesto de horror. Sus carcajadas me acompañaron mientras cerraba el portátil y entraba en casa a toda velocidad.

En la habitación de Jay, la del fondo, se oía música a todo volumen. Mejor no molestar. Prefería imaginarme que mi hijo no hacía ciertas cosas —aunque lo disimulara tan mal—. La habitación de Ellie, en cambio, estaba frente a la nuestra. Me detuve delante de la puerta y llamé con los nudillos, intrigado.

—¿Ellie? —pregunté.

—Vete, papá —me soltó ella desde el otro lado de la puerta.

—¿Estás llorando? —quise saber, alarmado.

—¡No!

—Ellie…

—¡No estoy llorando! —insistió.

—¿Me puedes decir qué sucede, entonces?

Hubo un momento de silencio antes de que la oyera suspirar.

—Puedes pasar…, está abierto.

Dubitativo, abrí la puerta y ojeé la habitación. La encontré sentada en el suelo, se abrazaba las rodillas. Es cierto que no lloraba —Ellie rara vez lo hacía—, pero esbozaba una mueca de disgusto.

—¿Qué pasa? —le pregunté, confuso.

—Nada.

Suspiré y me dejé caer delante de ella para sentarme con la espalda apoyada en cama. Ellie, avergonzada, me echó un vistazo antes de volver a mirarse fijamente las rodillas.

—Está claro que pasa algo. ¿No te encuentras bien?

—Pues… más o menos…

—¿Quieres que llame a…?

—¡No! —gritó—. Quédate, pero no avises a mamá.

Oh, eso sí que captó mi atención. Me moví y me senté a su lado, la observé de reojo.

—¿Vas a decirme qué pasa o nos quedamos aquí sumidos en un silencio incómodo hasta que explote el universo?

—¿Por qué va a explotar…?

—Ellie, no desvíes el tema.

—Vale —suspiró—. Es que… me ha pasado…, ejem…, *eso*.

Me miró de un modo muy significativo, pero no lo entendí.

—¿El qué? ¿Te duele la cabeza?

—No, papá, es más bien…

—¿El estómago?

—¡No, no es dolor!

—¿Y qué es?

—¡Eso que les sucede a algunas personas… cuando crecen!

Durante unos instantes, nos contemplamos el uno al otro, ella con esa mirada significativa y yo con una mueca que fue cambiando poco a poco… hacia el entendimiento.

—¿La regla? —casi chillé.

—Sí, papá. ¡No lo digas como si fuera algo horrible!

—Bueno, bonito, precisamente…, tampoco es.

—¡Papá!

—¿Quieres que vaya a buscar a tu madre? Ella sabrá…

—¡No! —Me sujetó del brazo para impedir que me moviera—. Si bajas y le dices que venga, ¡todo el mundo sabrá que me ocurre algo!

—¿Y qué quieres que haga?

Ellie dudó unos instantes, bajó la mirada.

—¿Tú… sabes de qué va esto? —me preguntó—. Mamá me lo explicó una vez. Entendí lo de las compresas y todo eso, así que me he puesto una, pero por lo demás… ¿tú sabes algo del tema?

Oh, no.

Oh, no, por favor.

Dime que no tendría que darle *la charla.*

Oh, ya lo creo que sí.

Mierda.

Más nervioso de lo que debería, me pasé una mano por el pelo e ideé a toda velocidad alguna manera mínimamente decente de explicarle lo que le sucedía.

—Bueno… —Me aclaré la garganta dos veces antes de poder continuar—: Lo que…, ejem…, lo que te pasa es algo natural, Ellie.

—¿Sí? —Me miró, dubitativa.

—Sí, es…, bueno…, es una señal de que estás creciendo.

—Pero yo no quiero crecer, ¡estoy muy bien así!

—Siento decirte que eso no se elige. —Hice una mueca—. Es decir…, ejem…, esto te pasará cada mes. Lo sabes, ¿no?

—Mamá lo comentó. Pero… no entiendo el porqué de la…, bueno…, de la sangre. ¿Por qué hay sangre? ¿Es peligroso?

—Bueno, es como si te apuñalaran el útero cada mes. ¿Cómo no va a sangrar?

Ella, horrorizada, abrió mucho los ojos y me apresuré a cambiar de estrategia.

—E-es decir que… yo…, ejem…, ¿seguro que no quieres que llame a mamá?

—¡No! Déjalo. Mejor cambia de tema. Ya se lo preguntaré yo.

—Gracias —suspiré, aliviado—. Háblame de cualquier otra cosa, te lo suplico.

—Vale. ¿Qué hace Jay cuando se encierra en su cuarto y pone música?

Mierda.

¿No querías que cambiara de tema?

—A ver… —empecé, ya con sudores fríos—. Verás, es que Jay…, bueno…, está en esa fase de la vida en que tu cuerpo empieza… a crecer y quieres experimentar cosas…, mhm…, nuevas…

—Mi cuerpo también está creciendo —me dijo, confusa.

—No tengas tanta prisa por experimentar —le advertí al instante.

—¿«Experimentar»? ¿A qué te refieres?

—A que…, mmm…, bueno, su cuerpo está creciendo, tiene vello por las piernas, por el bigote, las axilas…, su voz está cambiando, el cuerpo se le proporciona, le salen granos en la cara…

—Sí, es asqueroso. —Ellie torció el gesto.

—Pues eso es la pubertad, y siento decirte que tú también tendrás que pasar por ella.

—¿También me crecerán pelitos y me cambiará la voz?

—¿Eh? No. Bueno, que yo sepa, la voz no…

—¿Y me encerraré en mi habitación con música a todo volumen?

—¡No! —Le puse mala cara—. Ya intento fingir que tu hermano no lo hace, no me llenéis la cabeza con más traumas, por favor.

Ellie sonrió y se puso de pie. Hice lo mismo, estirando el cuello, mientras ella se acercaba al espejo y se revisaba minuciosamente la cara.

—Entonces ¿me van a salir granitos?

—Puede que sí.

—¿Y me crecerá vello?

—Sí.

—¿Y me saldrán tetas?

—¿Eh?

—A Livvie ya le han crecido un poco las tetas, y los chicos la miran todo el tiempo. Dice que no le gusta. Un día un chico intentó tocárselas.

—¿Cómo? ¿Y qué hizo?

—Se puso a llorar. Pero luego llegué yo y le di una patada en los cataplines.

—Bien hecho.

Me sonrió, muy orgullosa.

—Bueno —concluí—, supongo que no quieres ir a nadar, ¿no?

—No, la verdad es que no.

—Pues quédate aquí. Me inventaré una excusa para los demás.

—Gracias, papá. —Sonrió y se dejó caer en su cama con un suspiro.

En cuanto cerré la puerta de su habitación a mis espaldas, vi que Jay acababa de salir de su dormitorio con una sonrisita de satisfacción.

Está claro que se le borró en cuanto me vio ahí plantado. Su cara se volvió escarlata.

—Eh…, hola…

—Sí, hola. —Enarqué una ceja—. Mira, no me meteré en lo que haces o no ahí dentro, pero espero que al menos uses pañuelos.

Jay enrojeció más, si es que era posible.

—N-no sé de qué me hablas, yo…

—Sí que lo sabes. Mira, te daré un consejo de padre sabio que ha pasado por lo mismo que tú: disimula un poco mejor o tu madre empezará a preguntarte sobre el asunto.

—¿Disimular?

—¿Te crees que alguien se cree lo de que la música a todo volumen es para echarte una siesta? —Enarqué una ceja.

Jay agachó la cabeza.

—Vale, sin música.

—Hazlo por la noche, hombre, un poquito de decencia.

—Vale, pero…, eh…, no le digas nada a nadie, ¿eh?

—Claro que no. —Me acerqué y le puse una mano en la nuca—. Si yo te entiendo, Jay Jay, eres un nido de hormonas adolescentes revolucionadas, y de algún modo tienes que calmarlas un poco, pero… oye, tampoco *escuches música* taaanto tiempo, ¿eh? Vas a terminar con un esguince de muñeca.

Jay enrojeció otra vez y me puso una mano en el brazo.

—Vale. Me calmaré un poco.

—Bien. —Nos quedamos en silencio un momento antes de que yo entrecerrara los ojos—. Te has lavado esa mano, ¿no?

—¡Claro que sí!

—Menos mal. Iba a matarte.

Jay bajó las escaleras a toda velocidad, deseoso de librarse de aquella conversación. Yo lo hice con mucha más calma, descendí cada escalón con un suspiro y, para cuando llegué abajo, me dije a mí mismo que tenía que cambiar esa cara de horror o todo el mundo me haría muchas preguntas.

Jay había salido al patio trasero con los demás, pero yo fui a la cocina.

Jen había entrado y preparaba las bebidas en la encimera. Llevaba puesto un bañador rosa y me daba la espalda, por lo que tuve una vista panorámica y perfecta de todo su cuerpo. Me acerqué lentamente, como un animal al acecho. En cuanto estuve a su lado, me incliné sobre su oreja.

—Perdona, ¿podrías dejarme la llave de tu habitación? Tengo que subir la maleta de mi amiga.

Jen esbozó una gran sonrisa.

—Me pregunto si el primer día también me miraste el culo tan descaradamente.

—Fui todavía peor —le aseguré, rodeándola con los brazos—. ¿Qué haces?

—La merienda. Me siento creativa. ¿Qué le pasa a Ellie?

—Dolor de cabeza, pero ya le he subido una aspirina. Dice que prefiere descansar un rato.

Jen asintió y yo dirigí la mirada al lago. Todos los demás estaban nadando, incluso Sue, que tenía a Ty subido encima de los hombros. Ambos iban flotando y lanzando miradas de desprecio a cada ser vivo con quien se cruzaban.

—¿Quieres nadar? —me preguntó Jen con curiosidad.

Ya había terminado con la merienda, así que se volvió para devolverme el abrazo. La aprisioné contra la encimera, sonriente.

—Prefiero hacer otras cosas.

—¡Jack! —dijo, alarmada y divertida a partes iguales—. Nuestros invitados nos están esperando.

—Mmm…, yo diría que pueden esperar un ratito más.

Como respuesta, Jen me acunó la cara con las manos y me besó en la boca. Lo que al principio fue un pequeño contacto divertido, acabó convirtiéndose en algo mucho más profundo. Tanto que cuando me separé tenía los labios hinchados, igual que ella.

Jen sonrió, todavía con la frente pegada a la mía.

—Gracias por pedirme esa llave, Jack —murmuró.

—Gracias por dármela, Jen.

Ella mantuvo la sonrisa durante unos instantes en los que me dibujó el labio inferior con la punta del dedo. Yo aproveché para apartarle el mechón de pelo de siempre.

Al final, sin separarse, señaló disimuladamente tras ella.

—¿Me ayudas a sacar todo esto?
—Pues claro que sí. ¡La duda ofende!
—Veo que sigues siendo mi chico de los recados.
—Y lo seguiré siendo hasta que te aburras de mí.
Ella sonrió, feliz.
—Pues prepárate para hacerlo toda la vida, Jack Ross.